KB059851

봄이 오면

봉신연의

3

허중림 지음 ● 홍상훈 풀어 옮김

솔

금타

이정의 아들로 문수광법천존의
제자가 되어 구룡도의 사성 중 하나인
왕마를 죽이는 등 강상의 봉신 계획을
위해 힘쓴다.

남극선옹

곤륜산 옥허궁의 주석 선인으로
원시천존을 보좌하며 천교의 임무를
수행한다.

신공표

원시천존의 제자이나 봉신 계획을
막기 위해 절교도들로 하여금
상나라를 도와 천교의 선인들과
싸우게 한다.

양전

옥정진인의 제자로 72가지 변신술에
능하며 강상을 도와 봉신 계획을
실행한다.

목타

이정의 아들로 보현진인의 제자가
되어 구룡도의 사성 중 하나인
이흥패를 죽이는 등 강상의 봉신
계획을 위해 힘쓴다.

문중

상나라의 태사太師로 주왕에게
간언하며 무왕을 막기 위하여 전력을
다하지만 결국 절룡령에서 전사한다.

황비호

상나라의 무장으로 주왕의 폭정
때문에 주나라에 귀순하여 무왕과
강상을 도와 역성혁명과 봉신 계획을
실행한다.

황천화

황비호의 큰아들로 청허도덕진군의
제자가 되어 도술을 수련하다가
강상의 군대를 도와 상나라를
정벌한다.

| 선계 3교의 계보 |

천교 闡敎

태상노군
   ↓
원시천존   연등도인, 강상
   ↓
남극선옹   등화, 소진

곤륜산 12대선

구선산 도원동 광성자 ——————— 은교
태화산 운소동 적정자 ——————— 은홍
건원산 금광동 태을진인 ——————— 나타
오룡산 운소동 문수광법천존 ——————— 금타
구궁산 백학동 보현진인 ——————— 목타
옥천산 금하동 옥정진인 ——————— 양전
청봉산 자양동 청허도덕진군 ——————— 황천화, 양임
금정산 옥옥동 도행천존 ——————— 위호, 한독룡, 설악호
이선산 마고동 황룡진인
협룡산 비운동 구류손 ——————— 토행손
공동산 원양동 영보대법사
보타산 낙가동 자항도인

✿ 종남산 옥주동 운중자 ——————— 뇌진자
✿ 구정철차산 팔보영광동 도액진인 ——————— 이정, 정륜
✿ 오이산 백운동 교곤, 소승, 조보
✿ 서곤륜 육압도인

✿ 용길공주

✿ 신공표

절교 截教

통천교주

벽유궁
- 금령성모 —— 문중, 마씨 사형제　　→　일성구군
- 귀령성모
- 다보도인
- 무당성모
- 규수선
- 오운선
- 금광선
- 영아선

일성구군
- 금광성모
- 진천군
- 조천군
- 동천군
- 원천군
- 손천군
- 백천군
- 왕천군
- 장천군
- 요천군

✿ 구룡도 사성 ———————————— 왕마, 양삼, 고우건, 이흥패
✿ 금오도 함지선
✿ 구룡도 성명산 여악 ———————— 주신, 이기, 주천린, 양문휘
✿ 봉래도 우익선
　　일기선 여원 ————————————— 여화
　　법계 ——————————————————— 팽준, 한승, 한변
✿ 분화도 나선, 유환
✿ 구명산 화령성모
✿ 아미산 나부동 조공명 —————— 진구공, 요소사
✿ 삼선도 세 선녀 ————————————— 운소낭랑, 벽소낭랑, 경소낭랑
✿ 고루산 백골동 석기낭랑, 마원
✿ 장이정광선
✿ 비로선

서역 西域

준제도인　접인도인

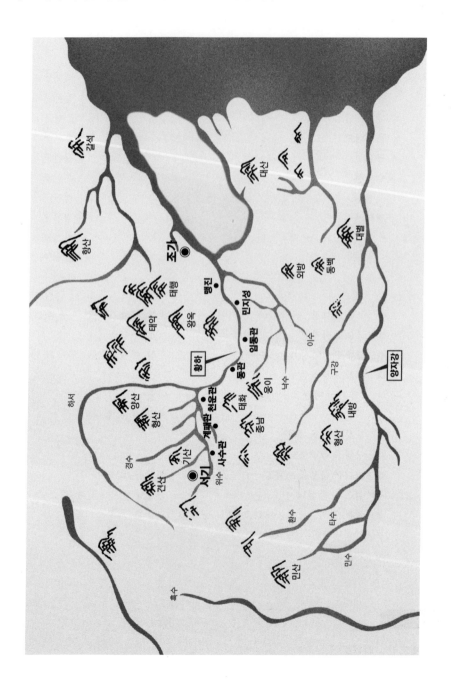

차 례

일러두기

- 이 책은 (明) 許仲琳 編著, 『封神演義』(上海:上海古籍出版社, 2000)를 저본으로 하고 (明) 許仲琳 著, 『封神演義』(北京:中華書局, 2009)와 (淸) 許仲琳 著, 『封神演義』(北京:中國長安出版社, 2003)를 참조하여 원문을 교감한 후 번역한 것이다.

- 이 책에 각 회마다 실려 있는 본문 삽화는 『中國古代小說版畫集成』(北京:漢語大詞典出版社, 2002)에서 발췌한 명나라 때 목판화를 그대로 수록한 것이다.

- 이 책은 기본적으로 전체 완역이지만 가독성을 높이기 위해 "詩曰", "以詩爲證"과 같은 장회소설의 상투적인 표현 가운데 일부는 번역을 생략하기도 하고 본문 가운데 극히 일부의 중복된 서술은 간략히 요약하는 방식을 취했다.

- 이 책에서 주인공의 이름은 본명 표기를 원칙으로 하였기 때문에 원문에서 '자아子牙'와 같이 자호字號를 써서 표기한 것은 '강상姜尙'으로 바꾸었고 '희백姬伯'과 같이 성姓과 작위爵位를 합친 호칭도 '희창姬昌'으로 바꾸는 방식을 일괄적으로 적용했다.

- 이 책에 인용 또는 제시된 원문 가운데 시사詩詞와 부賦를 제외한 산문은 원문을 함께 수록하지 않고 번역문만 제시했다.

- 이 책의 주석은 온전히 역자 개인의 지식을 바탕으로 각종 자료를 검색하여 작성한 것이기 때문에 혹시 있을 수도 있는 오류 또한 역자의 책임이다.

- 이 책에서 저서는 『 』로, 단편 작품의 제목과 편명篇名과 시 및 노래의 제목은 「 」로 표기했다.

문 태사, 병사를 이끌고 추격하다
聞太師驅兵追襲

충신이 떠나니 나라의 운세는 쇠퇴해가고

가뭄과 홍수 잦아 만백성은 재난에 시달렸지.

현명하고 어진 태사가 권력을 옮기니

간신과 요괴는 현량한 인재를 해쳤지.

세 관문에서 고삐 붙들어둘 수 있다고 헛소리 마라.

사방의 길에서 어지러이 백성의 노래 일어난다.

공연히 추격병들만 대낮에 길을 잃게 만들었으니

저 하늘이 정해놓은 운수는 헤아릴 수 없는 법이지.

忠良去國運將灰　水旱頻仍萬姓災

賢聖太師旋斗柄　奸讒妖孽喪鹽梅

三關漫道能留彎　四徑紛紅唱草萊

空把追兵迷白日　彼蒼定數莫相猜

그러니까 문 태사가 추격병을 이끌고 서쪽 성문을 나가서 깃발을 세우고 징과 북을 일제히 울리며 행군하니 거대한 함성 소리가 진동했다.

한편 황비호 일행은 맹진을 지나 황하를 건너 민지현에 이르렀다. 현을 지키는 장수는 장규張奎였는데 황비호는 그가 대단한 인물이라는 것을 알고 있었기 때문에 함부로 성을 지나지 못하고 성 바깥을 우회하여 곧장 임동관으로 갔다. 장수들이 천천히 걸어 백앵림白鸎林에 이르렀을 때 갑자기 뒤쪽에서 커다란 함성이 울리며 뭉게뭉게 먼지가 피어났다. 황비호가 돌아보니 문 태사의 깃발인지라 이내 말안장을 쓰다듬으며 탄식했다.

"태사의 군대가 쫓아왔으니 어찌 대적할 수 있겠는가? 우리는 속수무책으로 죽음을 기다리는 수밖에 없겠구나!"

그는 이제 겨우 일곱 살이 된 막내 황천상을 보고 속으로 한숨을 쉬었다.

'이 아이는 어려서 아무것도 모르는데 무슨 죄가 있어서 이런 재난을 당해야 한단 말이냐?'

그때 수하의 장수가 와서 보고했다.

"전하, 왼쪽에 한 무리 군마가 도착했사옵니다."

황비호가 살펴보니 청룡관의 사령관 장계방張桂芳의 군대였다.

그때 또 다른 장수가 보고했다.

"가몽관을 지키는 마씨魔氏 가문의 네 장수가 오른쪽에서 다가오고 있사옵니다."

또 중앙에는 임동관의 사령관 장봉의 군대가 버티고 있었다. 이렇게 사방에서 군대가 다가오자 황비호는 도저히 탈출할 수 없다고 생각하고 긴 한숨을 내쉬며 하늘을 찌를 듯이 분개했다.

한편 청봉산 자양동의 청허도덕진군은 신선들이 살계殺戒를 범한 까닭에 옥허궁에서 강론을 중지해서 강상이 신들을 봉해준 뒤에야 곤륜산에 올라갈 수 있었기 때문에 한가로이 오악五嶽을 유람하고 있었다. 하루는 임동관을 지나는데 무성왕의 노기가 도덕진군이 타고 있는 상서로운 구름을 찌르기에 구름을 슬쩍 걷고 내려다보니 무성왕이 곤란한 상황에 처해 있었다.

'저런! 내가 구해주지 않으면 누가 하겠는가!'

이에 도덕진군은 황건역사에게 분부했다.

"어서 혼원번混元幡으로 가려 황씨 부자를 외진 산속으로 옮겨다 놓아라. 내가 조가의 병력을 물리치고 저들을 관문 밖으로 내보내야겠다."

"예!"

황건역사는 곧 혼원번으로 덮어 황비호 일행을 모조리 깊은 산속으로 옮겨놓고 종적이 완전히 사라지게 해버렸다.

한편 문 태사의 군대가 중간쯤 이르자 정찰병이 와서 보고했다.

"청룡관의 사령관 장계방이 대기하고 있사옵니다."

"들여보내라!"

장계방이 앞으로 다가와 허리를 숙여 절하자 태사가 물었다.

"황비호가 반란을 일으켜 조가성을 빠져나갔으니 틀림없이 관문

문 태사, 병사를 이끌고 추격하다.

을 통해 나가려고 할 걸세. 혹시 보지 못했는가?"

"못 봤사옵니다."

"속히 돌아가 관문을 단단히 지키게. 늦으면 곤란하네!"

장계방이 명령을 받고 떠나자 다시 정찰병이 보고했다.

"가몽관의 마씨 사형제가 대기하고 있사옵니다."

"들여보내라!"

잠시 후 네 장수가 걸어와 인사를 올렸다.

"태사님, 저희가 무장을 하고 있어서 온전히 예를 갖추지 못하겠
사옵니다."

"황비호가 가몽관으로 갔던가?"

"못 봤사옵니다."

"속히 돌아가 관문을 단단히 지키고 있다가 협력해서 붙잡도록
하세."

네 장수가 떠나자 다시 정찰병이 보고했다.

"임동관의 장수 장봉이 대기하고 있사옵니다."

"들여보내라!"

장봉이 태사가 탄 말 앞에 와서 절을 올리자 태사가 물었다.

"장군, 반역도 황비호가 그쪽 관문으로 갔소이까?"

장봉이 허리를 숙여 절하며 대답했다.

"못 봤사옵니다."

"그렇다면 군사를 돌려 관문을 단단히 지키고 계시구려."

이에 장봉도 임동관으로 돌아가자 태사는 말에 탄 채 곰곰이 생
각했다.

'다들 황비호가 서쪽 성문으로 나가 맹진을 건넜다고 했는데 어째서 보이지 않는 거지? 세 곳의 병력이 몰려왔는데도 모두들 못 봤다고 하니 정말 이상한 일이로군! 어쨌든 좋다, 병력을 이곳에 주둔시키고 기다려보자. 네가 대체 어디로 갈 테냐?'

구름 속에 있던 청허도덕진군은 태사의 군대가 움직이지 않자 혼자 중얼거렸다.

"문중이 병력을 물리지 않으면 황비호가 다섯 관문을 빠져나갈 수 없지 않겠는가?"

그는 호로의 마개를 열고 신령한 모래를 한 줌 쏟아 동남쪽을 향해 뿌렸는데 그 모래는 선천일기先天一炁의 술법으로 화로에서 단련한 현묘한 공을 운용하여 만든 것이었다. 그러자 잠시 후 군정사 관리가 보고했다.

"무성왕이 수하 장수들을 이끌고 거꾸로 조가를 공격하러 가고 있사옵니다!"

이에 문 태사는 황급히 군사를 돌려 조가를 향해 진격해 바쁜 걸음으로 민지현까지 이르렀다. 쫓아가면서 보니 과연 앞쪽에 일단의 무리가 나는 듯이 달려가고 있었다. 이에 문 태사는 군사들을 독촉하여 추격하면서 맹진을 지나갔다.

한편 구름 속에 있던 도덕진군은 황건역사로 하여금 혼원번을 큰길 밖으로 옮겨놓으라고 했다. 잠시 후 황비호 부자와 형제들은 말에 탄 채 졸다가 깬 것처럼 모두들 눈을 문지르며 주위를 둘러보고는 사방의 병력이 종적도 없이 사라져버린 것을 발견했다. 그것을 보고 황명이 감탄했다.

"훌륭한 사람은 하늘이 도와주는 법이로구나!"

황비호는 다급히 형제들에게 말했다.

"조금 전까지 있었던 군대가 모두 어디로 갔을까? 이 틈에 얼른 임동관을 지나도록 하세!"

이에 장수들은 서둘러 말을 달려 앞으로 나아갔다. 그런데 그들이 임동관에 도착해보니 일단의 군대가 영채를 세우고 길을 가로막고 있는 것이었다. 황비호가 군마와 수레를 잠시 멈추게 하고 앞으로 나아가 알아보려는데 갑자기 포성이 울리면서 요란한 함성과 함께 깃발이 펄럭였다. 그가 오색신우에 탄 채 살펴보니 사령관 장봉이 완전무장을 하고 앞쪽에 버티고 있었다.

봉황 날개 장식한 투구
황금으로 만들어 묵직하고
버들잎 같은 갑옷에 붉은 전포 걸쳤다.
허리띠에는 자금에 팔보를 박았고
털실에 두 개의 매화 문양 호심경 매달았지.
적장 잡는 강철 채찍은 표범 꼬리 같고
잘 단련한 추는 차가운 구름 일으키지.
참장도는 가을 서리처럼 서늘하고
말 달려 벼랑가에 서면 언제나 승리하지.
커다란 붉은 깃발에 위엄 있는 명성 세웠으니
'임동관을 지키는 장수 장봉'이 그것이지!

鳳翅盔　黃金重　柳葉甲掛紅袍控

束腰八寶紫金鑲　絨繩雙叩梅花鏡

打將鋼鞭如豹尾　百煉錘起寒雲迸

斬將刀舉似秋霜　馬走臨崖常取勝

大紅幡上樹威名　坐鎮臨潼將張鳳

　그러니까 장봉은 황비호가 무리를 이끌고 관문 앞에 도착했다는 소식을 듣고 말에 올라 진영의 앞쪽으로 나가서 그를 향해 크게 고함을 질렀다.

　"황비호, 나와서 대답하라!"

　황비호는 신우를 타고 영채 앞으로 가서 허리를 숙여 절하며 말했다.

　"숙부님, 제가 반역을 일으킨 신하인지라 온전히 예를 갖추지 못하오니 양해해주십시오."

　"네 부친과 나는 의형제를 맺은 사이이고 너는 주왕의 측근이자 황실의 인척인데 왜 반란을 일으켜 조상을 욕되게 하느냐? 네 부친은 총사령관이라는 대권을 맡고 있고 너는 제후의 지위에 있는데 어찌 아녀자 하나 때문에 군주의 덕을 저버리려는 것이냐? 이번에 반란을 일으켜서 너는 우물에 빠진 생쥐처럼 뛰어오를 곳도 없는 처지가 되었다. 이 늙은이도 그 소식을 듣고 부끄러워 몸 둘 바를 모를 정도였으니 정말 애석한 일이다! 내 말을 듣고 일찌감치 내려서 포박을 받아라. 조가로 압송되면 담당 관리들이 대전에서 흑백을 가려 죄상을 판별할 것이다. 그러면 주왕께서도 네가 황실의 인척이고 지난날 세운 공로를 생각해서 가문 모두의 목숨을 보전해주실 것이다. 그래도 미혹에 빠져 정신을 차리지 못한다면 그때는 후회해도 이미 늦을 것이다!"

"숙부님, 이 조카가 어떤 사람인지는 숙부님께서도 잘 아시지 않습니까? 주왕은 황음무도하게 주색을 밝히고 간신의 말만 들으면서 현량한 신하를 내침으로써 조정을 엉망으로 뒤집어버려 백성이 진즉부터 반란을 꿈꿔왔습니다! 게다가 군주가 신하의 아내를 능욕하는 것은 예의에서 벗어난 패륜이요 자기 아내를 죽인 것은 도의를 멸절시킨 만행입니다. 저는 병력을 이끌고 동해를 평정하면서 이백여 차례나 큰 공을 세웠습니다. 천하를 안정시키고 사직을 평안하게 보전하려고 피땀 흘리며 고생했고 제후를 다스리고 병사를 훈련시키느라 심신이 지쳐 쓰러질 지경에 이르러서도 마다하지 않았습니다. 천하가 태평해졌는데도 공을 세운 신하를 생각해주지 않고 오히려 도리에 어긋나는 짓을 저질렀으니 그러고도 신하가 군주에게 마음을 쏟기를 바라는 것은 어렵지 않겠습니까? 숙부님, 부디 하해와 같은 마음으로 자비를 베푸셔서 제가 관문 밖으로 나가 현명한 군주에게 투신할 수 있도록 해주십시오. 나중에 반드시 결초보은하겠습니다."

"뭐라고? 이런 역적 놈 같으니! 감히 그런 말도 안 되는 비방으로 이 늙은이를 기만하려 하느냐?"

그러면서 그가 칼을 휘두르며 달려들자 황비호도 들고 있던 창으로 막으며 말했다.

"숙부님, 고정하십시오. 저나 숙부님이나 모두 똑같은 신하의 몸인데 만약 숙부님께서도 이런 굴욕을 당하셨다면 틀림없이 다른 곳에 투신하려 하시지 않겠습니까? 예로부터 군주가 올바르지 않으면 신하는 당연히 다른 나라에 투신한다고 하지 않았습니까? 왜 그리 융통성 없이 고지식하게 구시는 것입니까?"

"이 역적 놈, 감히 내 앞에서 교묘한 혓바닥을 놀리다니!"

장봉이 다시 칼을 휘두르자 황비호는 울컥 화가 치밀어 오색신우를 박차고 치달리며 창을 내질렀다. 이렇게 창과 칼이 서른 판쯤 맞부딪치고 나서 힘에 부친 장봉이 말머리를 돌려 도주하니 황비호가 기세를 몰아 추격했다. 장봉은 뒤쪽에 방울 소리가 들려오자 황비호가 쫓아오는 줄을 짐작하고는 오시환烏翅環°에 칼을 걸어놓고 전포를 벌려 잘 단련한 추[百煉錘]를 꺼내 자줏빛 털실을 꼬아 만든 노끈을 가다듬어 손을 휙 뿌리며 추를 내던졌다.

동글동글
아래는 커다란 접시만큼 크고
위는 주발 주둥이만큼 작은데
신들도 만나면 근심하고
귀신도 보면 두려워하지.
사람의 심장 다치게 하고
머리를 부숴버리고
갈비뼈도 절단해버리는
정말 진귀한 무기로다.
잘 단련한 추 손에 잡히는 대로 가볍게 쥐고

남이 눈치채지 못하도록 몰래 지니고 다니지.
대장군도 이것을 만나면 목숨 건지기 어려워
모질게 맞으면 사람도 죽고 말도 함께 쓰러져버리지!

圓的好　冰盤大　碗口小
神見愁　鬼見怕
傷人心　碎人腦
斷肋骨　眞稀少
順手輕持百煉錘　暗帶隨身人不曉
大將逢着命難逃　着重人亡併馬倒

장봉이 말머리를 홱 돌리며 추를 내던지자 황비호는 보검을 위쪽으로 휘둘러 노끈을 잘라버리고 추를 챙겼다. 그리고 장봉이 자기 진영의 사령부로 들어가자 황비호도 더 이상 쫓지 않았다. 그는 장수들에게 수레로 주위를 둘러싸고 영채를 세우게 한 다음 풀을 깔아 만든 자리에 앉아 형제들과 함께 관문을 나갈 방책을 상의했다.

한편 관문 안으로 도망쳐 온 장봉은 대전에 앉아 곰곰이 생각에 잠겼다.

'황비호는 군인 가운데 가장 용맹한 놈인데 나는 이렇게 늙었으니 어떻게 이길 수 있겠는가? 만약 저놈을 놓치면 나 또한 천자에게 죄를 짓는 결과가 되겠지.'

이렇게 생각하고 그는 수하를 불렀다.

"소은蕭銀은 어디에 있느냐?"

이에 소은이 대전으로 올라와 대령했다.

"여기 있습니다."

"황비호는 만 명의 장부도 감당할 만한 용력을 갖추고 있고 또 내 추마저 빼앗아버렸으니 아무래도 힘으로는 당해내지 못할 것 같다. 그러니 너는 날이 저물면 궁수 삼천 명을 이끌고 이경(밤 9시~11시) 무렵에 저들의 영채에 접근했다가 딱따기 소리로 신호가 울리면 일제히 화살을 쏘아 역적들을 죽여라. 저놈들의 수급을 조가에 바쳐 공을 청하면 틀림없이 아무 탈이 없을 것이다."

소은은 명령을 받고 나오면서 혼자 생각했다.

'예전에 황 장군이 도성에 계실 때 나는 그분 휘하에서 추천을 받아 장수로 기용되었지. 그리고 여태까지 나를 무능하다고 질책하시지도 않고 오히려 지금 이렇게 임동관의 부장으로 임명해주셨는데 내가 어찌 은혜를 잊고 오히려 은인의 가문에 재앙을 안길 수 있겠는가? 아아, 차마 그럴 수는 없어!'

이에 그는 복장을 바꿔 입고 은밀히 영채를 나와서 어둠을 헤치고 황비호의 영채로 갔다.

"거기 누구 없소?"

그러자 순찰병이 물었다.

"누구요?"

"나는 원래 전하의 수하에 있던 소은이라는 사람인데 기밀 정보를 알려드리러 왔소."

순찰병이 즉시 안에 보고하자 황비호가 말했다.

"속히 데려오너라!"

소은이 어둠 속에서 황비호에게 절을 올리며 말했다.

"저는 예전에 전하의 수하에 있다가 은혜를 입어 임동관 부장으로 임명되었사옵니다. 오늘 장봉 장군이 제게 은밀히 명령하기를 이경 무렵에 궁수를 모아 접근해서 전하 일행을 쏘아 죽이고 수급을 조가에 바쳐 공로를 표창받으라고 했사옵니다. 하지만 저는 은혜를 저버리고 하늘의 도리를 해칠 수 없어서 이렇게 변복을 하고 찾아와 미리 알려드리옵나이다."

"아니, 그런 일이! 고맙소, 장군! 하마터면 우리 가문이 모조리 비명에 죽을 뻔했구려. 이야말로 다시 태어나게 해준 은혜를 입은 셈이니 이를 어떻게 갚아야 할지 모르겠소이다. 그나저나 당장 발등에 불이 떨어졌는데 장군께서는 어떤 방법으로 우리를 구해주실 생각이시오?"

"어서 말에 오르셔서 수레를 몰고 최대한 빠른 속도로 임동관을 지나가시옵소서. 제가 관문을 열고 기다리겠나이다. 서두르셔야 하옵니다. 자칫하다가 일이 누설되면 낭패가 아니옵니까?"

이에 황비호 등은 황급히 말에 올라 무기를 지니고 함성을 지르며 성난 호랑이처럼 임동관을 향해 돌격했다. 때는 막 초경을 지나 아직 이경이 되기 전이어서 임동관의 병사들은 미처 준비를 못하고 있었다. 소은이 재빨리 성문을 열어주자 황비호 등은 일제히 관문을 빠져나갔다.

한편 청사에 앉아 있던 장봉은 갑자기 황비호가 돌격하여 관문을 뚫고 지나갔다는 소식을 듣고 "아차!" 하고 비명을 질렀다.

"내가 사람을 잘못 썼구나! 소은은 황비호 밑에 있던 자이니 분명 황비호와 내통하여 관문을 열어주고 지나가게 했을 테지. 정말 쾌

씸하구나!"

장봉은 급히 말에 올라 칼을 들고 황비호를 추격했다. 그런데 뜻밖에 소은이 말을 타고 관문 옆에 매복해 있었는데 그는 방울 소리가 들리자 장봉이 추격하러 나왔나 보다 생각했다. 과연 장봉이 말을 달려 관문을 나가자 소은은 말 아래에서 창을 내질러 장봉을 찔렀으니 이를 묘사한 시가 있다.

늠름한 영웅의 재능 지닌 사나이
당당하고 충의에 기개 넘친다.
그저 황비호가 반란을 일으켰기 때문에
명령에 따라 천 개의 활을 쏘려 했지.
은혜를 알고 대의를 실천하여
빗장 풀어 조롱을 열어주었지.
창을 내질러 장봉을 죽이고 나서
황비호 보좌하여 임동관을 나갔지.

凜凜英才漢　堂堂忠義隆
只因飛虎反　聽令發千弓
知恩行大義　落鎖放雕籠
戟刺張鳳死　輔佐出臨潼

소은은 장봉을 죽이고 나서 말을 달려 황비호를 쫓아가며 크게 소리쳤다.

"전하, 잠시만 기다려주시옵소서! 제가 장봉을 죽였으니 살펴 가시기 바라옵니다. 추격병이 올지 모르니 저는 이제 임동관을 굳게 닫고 병졸들에게 단단히 지키라고 하겠사옵니다. 그런 다음 해자를 건너는 다리를 제거해버리면 추격하는 시간을 늦출 수 있을 것이옵니다. 저들이 도착했을 즈음에 전하께서는 이미 멀리 가 계실 테니 이제 작별하면 언제 또 뵐 수 있을지 모르겠사옵니다."

"오늘의 은혜를 언제 갚을 수 있을지 모르겠구려!"

이렇게 해서 그들은 헤어졌다가 소은은 십절진十絶陣 안에서 황비호와 재회하게 되는데 이것은 나중의 일이다.

한편 황비호는 임동관을 떠나 팔십 리 남짓 가서 동관에 이르렀다. 그때 그곳을 지키고 있던 장수 진동陳桐이 정찰병으로부터 보고받았다.

"황비호가 장수들을 이끌고 관문 근처에 이르러 영채를 차렸사옵니다."

"그래? 흥! 황비호, 네가 성탕의 왕조를 영원히 지키게 되기를 바랐겠지만 결국 이런 날이 오고야 말았구나! 여봐라, 병력을 배치하고 길목에 가시 울타리로 방어막을 쳐서 막아라!"

그런 다음 진동은 갑옷을 단단히 차려입고 황비호를 사로잡을 준비를 했다.

한편 황비호는 영채를 차리고 나서 물었다.

"관문을 지키는 사령관은 누구인가?"

주기가 대답했다.

"바로 진동입니다."

황비호는 한참 동안 말이 없더니 길게 한숨을 내쉬었다.

"옛날에 진동은 내 휘하에 있었는데 군령을 어기는 바람에 목을 베어야 했지. 하지만 여러 장수들이 탄원해서 간신히 처형을 면했고 나중에 공을 세워 죗값을 치렀지. 그런데 그가 지금 여기에 있다고 하니 나와 사이가 나빠서 틀림없이 지난날의 원한을 갚으려고 할 텐데 이를 어쩌지?"

그가 고심하고 있을 때 갑자기 밖에서 다급한 함성이 들려왔다. 황비호가 오색신우를 타고 창을 든 채 나가보니 진동이 무위武威를 뽐내며 창을 들고 그를 가리켰다.

"황 장군, 어서 오시오! 옛날에는 제후의 벼슬을 누리더니 오늘은 왜 몰래 관문을 나가려고 하시는 게요? 내가 태사님의 명령을 받고 기다린 지 오래요. 여러 말 할 것 없이 얼른 내려서 포박을 받고 조가로 가십시다."

"그것은 잘못된 말씀이구려! 차면 기울게 마련인 것이 세상사의 이치가 아니겠소? 예전에 그대가 내 휘하에 있을 때 나는 전혀 다른 생각을 하지 않고 수족처럼 대해주었소. 나중에 죄를 지은 것은 그대 스스로 자초한 것이지만 그래도 나는 여러 사람들의 말에 따라 처형을 면해주면서 공을 세워 죗값을 치르게 해주었으니 나름대로 그대에게 은혜를 베푼 셈이 아니오? 그런데 지금 면전에서 나를 모욕하는 것은 설마 지난날의 원한을 갚겠다는 뜻이오? 어디 덤벼보시오. 세 판 안에 나를 이긴다면 바로 내려서 포박을 받겠소!"

그렇게 말하고 황비호가 창을 바로 세우자 진동이 창을 휘두르며 달려들었으니 둘은 곧 치열한 격전을 벌였다.

사방에 먹구름 침침하고
천지에 살기가 뭉게뭉게 피어오른다.
긴 창은 은빛으로 번쩍이고
화극은 깃발을 펄럭인다.
창이 심장과 양 옆구리를 노리고
화극은 눈자위와 눈썹을 노린다.
이를 악물어 얼굴이 시뻘겋게 달아오르니
저승 관청과 하늘 관문도 죄다 뒤흔들린다.

四下陰雲慘慘　八方殺氣騰騰
長槍閃得亮如銀　畫戟幡搖擺動
槍挑前心兩脅　戟刺眼角眉叢
咬牙切齒面皮紅　地府天關搖動

　두 장수는 서로 말과 오색신우를 치달리며 스무 판쯤 맞붙었는데 애초에 적수가 안 되는 진동은 도저히 이길 수 없겠다고 생각하고 창을 슬쩍 허공에 지르고는 재빨리 말머리를 돌려 달아났다. 그러자 황비호가 분기탱천하여 고함을 질렀다.
　"내 기필코 이 못된 놈을 잡아서 한을 풀고 말리라!"
　그가 급히 쫓아가자 진동은 뒤쪽에서 방울이 울리는 소리에 황비호가 쫓아오는 줄 알고 화극을 걸어놓고 화룡표火龍標라는 표창을 꺼내 손에 들었다. 이 표창은 기인이 비밀리에 전수해준 것으로 손에서 던져지면 연기를 내뿜으며 백발백중 맞추는 것이었다. 표창이 날아오는 것을 발견한 황비호는 다급하게 비명을 질렀다.

"이런!"

그는 미처 피하지 못하고 옆구리에 표창을 맞고 말았으니 가련하게도 만 길 신위는 이로써 스러지고 장군이 맞아 떨어지자 전마만 홀로 돌아오는 격이 되고 말았다. 이를 묘사한 시가 있다.

표창이 연기와 불꽃 뿜으며 날아오니
눈부신 그 빛 예사롭지 않구나.
장수가 맞으면 심장이 뚫리고
말이 맞으면 먼지 속에 쓰러지고 말지.
나라를 지키는 값을 매길 수 없는 보물이라
나라를 다스려 천지의 질서 바로잡지.
오늘 황비호를 다치게 하고
꼼짝없이 죽음의 나락에 빠지게 만들었구나!

標發飛煙燄　光華似異珍
逢將穿心過　中馬倒埃塵
安邦無價寶　治國正乾坤
今日傷飛虎　萬死落沉淪

황비호가 화룡표에 맞고 오색신우에서 떨어지자 황명과 주기는 황급히 말을 달려 나가며 고함을 질렀다.

"우리 주군을 해치지 마라! 내가 간다!"

둘이 각기 도끼를 휘두르며 달려들자 진동이 황급히 화극을 들고 맞섰다. 그사이에 황비표가 황비호를 구해 돌아왔지만 그는 이미 죽어 있었다. 이에 진동과 싸우던 두 장수는 원한에 사무쳐 그의 몸을 만 조각으로 찢어놓으려고 했다. 진동이 화극으로 막으며 도망치자 두 장수는 황비호의 원수를 갚으려고 바짝 추격했다. 하지만 진동은 다시 화룡표를 날렸고 주기는 목에 구멍이 나서 말에서 떨어져버렸다. 이에 진동이 말머리를 돌려 그의 수급을 취하려고 하자 어느새 황명이 달려와 격렬한 전투가 벌어졌다. 진동은 이미 두 사람을 물리쳤는지라 더 이상 상대하지 않고 승전고를 울리며 자기 진영으로 돌아가버렸다.

한편 황비표가 황비호의 시신을 찾아오자 세 아들이 대성통곡했다. 황명은 주기의 시신을 들판에 그대로 둔 채 돌아와야 했다. 두 사람이 죽은 것을 보고 상심한 장수들은 울타리에 뿔이 걸린 양처럼 진퇴양난에 빠져 어쩔 줄 몰라 당황했다.

당시 청봉산 자양동의 청허도덕진군은 벽운상碧雲床에 앉아 원신元神°을 운용하다가 갑자기 심장이 뜨끔해졌다. 이에 그는 소매 속에 손을 넣어 점을 쳐보고는 황비호가 액운을 당했다는 것을 알게 되자 황급히 제자를 불렀다.

"백운동자야, 어서 네 사형을 데려오너라!"

백운동자는 즉시 나가서 젊은 도사를 데려왔다. 그는 신장이 아홉 자나 되고 얼굴은 양젖처럼 새하얀 데다가 눈빛이 호랑이처럼 번쩍거렸다. 머리카락은 질끈 동여매서 상투를 틀었고 허리에는 삼끈을 묶었으며 발에는 짚신을 신고 있었다. 그는 벽운상 앞으로 나아가 절을 올렸다.

"사부님, 무슨 일로 부르셨사옵니까?"

"네 부친이 재난을 당했으니 한 번 하산하고 오너라."

그러자 황천화黃天化가 되물었다.

"사부님, 제 부친이 누구입니까?"

"무성왕 황비호가 바로 네 부친이니라. 지금 동관에서 화룡표에 맞아 죽었으니 네가 하산해서 네 부친을 구하고 부자가 상봉하도록 해라. 그리고 먼 훗날 주나라에서 벼슬살이를 하며 함께 왕업을 돕도록 해라."

"그럼 저는 어떻게 여기로 오게 되었습니까?"

"예전에 내가 구름을 타고 곤륜산으로 오는데 네 정수리에서 솟구친 살기가 하늘까지 치솟아 내 구름이 갈 길을 막았다. 당시 너는 겨우 세 살이었지. 그런데 네 관상이 뛰어나서 훗날 아주 귀한 몸이 될 것 같아 이 산으로 데려왔단다. 그것이 벌써 십삼 년이나 되었구나. 오늘 네 부친이 재난을 당했으니 마땅히 네가 가서 구해드려야 하지 않겠느냐?"

도덕진군은 꽃바구니 하나와 칼 하나를 그에게 주면서 분부했다.

"어서 가서 부친을 구해드려라!"

황천화가 그 물건들에 대해 물으려 하자 도덕진군이 말했다.

"진동을 만나거든 반드시 여차여차해야 네 부친이 동관을 나갈 수 있다. 하지만 함께 서기로 가지 말고 속히 돌아오도록 해라. 나중에 결국 다시 만나게 될 테니까 말이다."

황천화는 사부의 엄명을 받고 곧 절을 올리고 나서 산을 내려왔다. 자양동을 나온 그는 흙을 한 줌 집어 공중에 뿌리고 흙의 장막을 이용해 바람처럼 빠르게 동관으로 갔으니 그곳에서 부자가 상봉하여 바야흐로 엄청난 전투가 벌어지려 했다. 뒷일이 어찌 되는지는 다음 회를 보시라.

황천화, 동관에서 부친과 상봉하다
黃天化潼關會父

오도의 현묘한 공부 헤아리기 어렵나니

바람 따라 공기로 변해 아득한 곳까지 이르지.

순식간에 인간 세계를 두루 돌아보고

어느새 태산처럼 높은 산까지 놀러 다니지.

부친을 구하는데 어찌 힘든 고생 마다하랴?

간신 제거하기 위해 사나운 이리도 두려워하지 않지.

동관에서 부자가 상봉하는 날

모두 주나라의 훌륭한 동량이 되겠지.

五道玄功妙莫量　隨風化氣涉蒼茫

須臾歷遍閻浮世　頃刻遨遊泰嶽邙

救父豈辭勞頓苦　誅讒不怕勇心狼

潼關父子相逢日　盡是岐周美棟樑

그러니까 황천화는 흙의 장막을 이용해 순식간에 동관에 도착해서 땅으로 내려갔다. 그때는 막 날이 밝아오는 오경(새벽 3시~5시) 무렵이었는데 저쪽에서 한 무리 인마가 둘러싼 가운데 등불 하나가 공중에 높이 걸려 있고 애절한 곡소리가 들려오는 것이었다. 황천화가 그들 앞으로 걸어가자 어둠 속에서 누군가 물었다.

"너는 누구인데 우리 정황을 탐문하는 것이냐?"

"저는 청봉산 자양동에서 수련한 도사인데 대왕께서 재난을 당하신 사실을 알고 구해드리러 왔으니 어서 안에다 알려주시오."

장수는 그 사실을 안에다 알렸고 황비표가 황급히 영채 앞으로 나왔다. 등불 아래에서 살펴보니 상대는 차림새가 단정한 젊은 도사였으니 이를 증명하는 「서강월」 곡조의 노래가 있다.

정수리에 틀어 올린 상투 찬란하고
도포의 커다란 소매 바람에 펄럭인다.
허리에 맨 띠는 이룡螭龍 모양으로 매듭지었고
삼실로 엮은 신도 진귀하구나.

頂上抓髻燦爛　道袍大袖迎風

絲縧叩結按離龍　足下麻鞋珍重

꽃바구니 안에 현묘한 보물 담고
등에 멘 보검은 서슬 퍼렇다.
동관에서 부자가 상봉하게 되니
바야흐로 기린의 씨앗 있음을 드러냈구나!

花籃內藏玄妙　背懸寶劍鋒凶

潼關父子得相逢　方顯麒麟有種

　　황비표가 도사를 맞이하며 행동거지와 관상을 보니 흡사 황비호를 보는 것과 같아서 황급히 안으로 맞이해 인사를 나누었다. 도사가 영채 안으로 들어와 여러 장수들과 인사를 나누고 나자 황비표가 그에게 말했다.

　　"도사님, 이번에 제 형님을 구해주신다면 그야말로 다시 태어나게 해주신 것과 같은 은혜를 베푸시는 것입니다."

　　"전하는 어디에 계십니까?"

　　황비표는 그를 영채 뒤쪽으로 안내했고 그곳에 마련된 융단 위에 황비호가 누워 있었다. 그는 백짓장 같은 얼굴을 위로 향한 채 눈을 감고 아무 말도 못했다. 황천화는 그 모습을 보고 속으로 고개를 끄덕이며 탄식했다.

　　'아버님, 제후이자 조정의 일품 대신으로서 그렇게 명성 높고 부귀영화를 누리시던 분이 어쩌다가 이런 낭패를 당하셨습니까?'

　　황비호의 옆에는 다른 한 사람이 누워 있었다.

　　"저분은 누구십니까?"

　　"제 의형제인데 저 사람 역시 진동의 표창에 맞아 죽었습니다."

　　"개울에 가서 물을 좀 떠 오십시오."

　　잠시 후 물이 도착하자 황천화는 꽃바구니 안에서 신선의 약초를 꺼내 물에 섞어 갈았다. 그리고 칼로 황비호의 입을 벌려 그 약을 흘려 넣고 배 속으로 들어가게 한 다음 주요 경맥을 거쳐 사지로 퍼져나가 순식간에 팔만 사천 개의 땀구멍까지 돌게 했다. 그러고 나서 상처에도 약을 발라 문질러주었다.

두 시간쯤 지나자 갑자기 황비호가 비명을 질렀다.

"아이고, 아프구나!"

그가 두 눈을 번쩍 떠보니 풀로 엮은 자리 위에 웬 도사가 앉아 있었다.

"설마 저승이란 말인가? 어떻게 여기에 이런 도사가 있지?"

그때 황비표가 말했다.

"저 도사님이 아니었으면 형님은 회생하지 못하셨을 겁니다."

이에 황비호가 도사에게 절을 올리며 감사했다.

"다행히 제가 운이 좋아서 도사님께서 저를 불쌍히 여기시고 되살려주셨군요."

그러자 황천화가 눈물을 흘리며 땅바닥에 무릎을 꿇고 말했다.

"아바마마, 제가 바로 세 살 때 정원에서 사라진 아들 황천화이옵니다!"

"아니! 알고 보니 바로 네가 나를 구하러 왔구나? 어느새 세월이 십삼 년이나 흘러버렸다니! 그런데 얘야, 너는 어디서 도술을 배웠느냐?"

황천화는 여전히 눈물을 머금은 채 대답했다.

"청봉산 자양동에서 청허도덕진군을 사부로 모시고 있사옵니다. 그분께서는 제게 출가할 인연이 있어서 저를 산으로 데려가신 것인데 어느새 십삼 년이 지났사옵니다. 오늘에야 처음으로 세 아우와 두 숙부님을 만날 수 있게 되었고 주기도 제가 되살려 이제 온 가족이 한자리에 모였사옵니다."

그런데 황천화가 이리저리 살펴보니 모친이 보이지 않는 것이었다. 그는 원래 신선의 자질을 지니고 있었지만 성격이 타오르는 불길 같아서 순식간에 얼굴이 시뻘겋게 변하여 황비호에게 말했다.

"아바마마, 정말 지독하시옵니다!"

그가 이를 악물고 이렇게 소리치자 황비호가 말했다.

"얘야, 오늘에야 겨우 이렇게 상봉했는데 갑자기 그게 무슨 말이냐?"

"반란을 일으키시면서 형제들은 모두 데려오셨는데 왜 어머님만 보이지 않는 것이옵니까? 그분은 여자의 몸이신지라 조정에 끌려가 고문당하시면 얼굴이 뭇 사람들에게 드러나게 될 터인데 그러면 무성왕의 체면이 뭐가 되겠사옵니까?"

그러자 황비호가 발을 구르며 눈물을 흘렸다.

"네 말을 들으니 너무나 가슴이 아프구나!"

그러면서 가씨 및 황비가 비명에 죽게 된 사연을 설명해주자 그 말을 들은 황천화는 절규하며 정신을 잃고 땅바닥에 쓰러져버렸다. 사람들이 깜짝 놀라서 응급처치를 하여 황천화를 깨우자 그가 눈물을 그렁그렁하며 넋을 놓고 통곡했다.

"아바마마, 저는 도를 수련하러 청봉산으로 돌아가지 않고 당장 조가로 쳐들어가 어머님의 원수를 갚겠사옵니다!"

그가 이를 갈며 통곡하고 있을 때 밖에서 보고가 들어왔다.

"밖에서 진동이 싸움을 걸고 있사옵니다."

황비호는 그 말을 듣고 안색이 흙빛으로 변했다. 그러자 황천화가 황급히 눈물을 훔치며 말했다.

"아바마마, 나가시옵소서. 제가 있으니 괜찮사옵니다."

황비호는 어쩔 수 없이 완전무장을 하고 오색신우에 올라 영채 밖으로 나가서 고함을 질렀다.

"진동, 간밤에 표창을 던진 원수를 갚겠노라!"

진동은 그가 멀쩡히 나오자 속으로 이상하게 생각했다. 그러나 그 이유를 물을 수도 없어서 맞받아 고함쳤다.

"멈춰라, 역적 놈아!"

"가소로운 놈! 네놈이 표창으로 나를 맞혔지만 하늘이 아직 나를 필요로 한다는 것은 몰랐을 것이다!"

황비호는 즉시 오색신우를 몰고 달려들어 창을 내질렀다. 그러자 진동이 황급히 화극으로 막으면서 둘 사이에 격전이 벌어졌다. 열다섯 판쯤 맞붙었을 때 진동이 말머리를 돌려 도망치자 황비호는 그를 쫓지 않았다. 그때 황천화가 소리쳤다.

"아바마마, 저놈을 추격하시옵소서! 제가 여기에 있는데 무슨 걱정이옵니까?"

이에 황비호가 어쩔 수 없이 진동을 쫓아가자 그가 다시 화룡표를 날렸다. 그때 황천화가 은밀히 꽃바구니의 주둥이를 그쪽으로 향하자 표창은 모두 꽃바구니 안으로 빨려들었다. 그것을 본 진동은 화가 치밀어 다시 말머리를 돌려 황비호에게 달려들었고 그의 뒤쪽에서 누군가 고함을 질렀다.

"진동, 이 가소로운 놈! 내가 왔다!"

진동은 젊은 도사가 싸움에 가세하자 비로소 상황을 눈치챘다.

"오라, 알고 보니 네놈이 내 도술을 깨뜨리고 신표神標를 낚아챘구나! 가만두지 않겠다!"

그가 말을 달려 화극을 휘두르자 황천화는 재빨리 등에 메고 있던 보검을 뽑아 칼끝으로 진동을 가리켰다. 그러자 칼끝에서 술잔 주둥이만 한 별빛이 한 줄기 피어나 진동의 얼굴로 날아갔고 순식간에 진동의 수급은 그대로 말 아래로 떨어져버렸으니 이 뛰어난 보검을 묘사한 시가 있다.

구리도 쇠도 금도 아니고
바로 건원산에서 백 번 단련한 정수라네.
형체 없이 변화하여 오묘하게 쓰이나니
목숨을 죽일 수도 살릴 수도 있음을 알아야 하리라!

非銅非鐵亦非金　乃是乾元百煉精
變化無形隨妙用　要知能殺亦能生

황천화의 이 보검은 바로 청허도덕진군의 보물인 막야보검莫邪寶劍이라는 것으로 이 검에서 눈부신 빛이 번쩍이면 겨냥한 사람의 머리가 즉시 떨어지기 때문에 진동도 목숨을 잃을 수밖에 없었다. 진동이 죽자 황명과 주기 그리고 여러 장수들이 환호성을 지르며 달려들어 나머지 병사들의 목을 베고 오랏줄에 묶었다. 이에 적군은 흩어져 도망쳤고 황비호 일행은 유유히 동관을 나갈 수 있었다. 한편 황천화는 일이 성공한 후에 부친에게 작별 인사를 고했다.

"아바마마, 아우들과 함께 남은 길을 조심히 가시옵소서!"

潼關黃天化下山

황천화, 하산하여 동관으로 가다.

"애야, 왜 우리와 함께 가지 않는 것이냐?"

"사부님의 분부를 어길 수 없으니 반드시 돌아가야 하옵니다."

황비호는 차마 아들과 헤어지기 힘들어 탄식했다.

"이제야 겨우 만났는데 벌써 헤어져야 하다니! 언제나 다시 만날 수 있을꼬?"

"머지않아 서기에서 만나게 될 것이옵니다."

이렇게 해서 부자와 형제는 눈물을 뿌리며 작별했다.

어쨌든 황비호 일행은 동관을 떠나 팔십 리 남짓 가서 천운관에서 멀지 않은 곳에 도착했다. 천운관의 사령관 진오陳梧는 패잔병들로부터 황비호가 진동을 죽였다는 소식을 듣고 칠규七竅°에서 연기가 날 정도로 화가 치밀어 당장 병사와 장수들을 소집하여 동생의 복수를 위해 출정하려 했다. 그러자 장수들 가운데 한 사람이 말했다.

"사령관님, 경솔하게 움직이시면 안 됩니다! 황비호는 삼군 가운데 용맹하기로 으뜸이고 주기 등은 곰처럼 힘센 장수이니 소수로는 다수를 당해낼 수 없고 약한 힘으로는 강적을 막아낼 수 없는 법이 아닙니까? 용맹하신 둘째 나리께서도 부질없이 돌아가셨으니 제 생각에는 마땅히 지모로 생포해야 할 것 같습니다. 힘으로 맞서서는 이길 수 없을지도 모르고 또 혹시 의외의 사건이 생길 수도 있지 않습니까?"

진오는 부장 하신賀申의 말을 듣고 물었다.

"하 장군 말씀도 일리가 있지만 계책을 어떻게 세운다는 말씀이시오?"

"여차여차하면 활을 쓰지 않고도 황씨 가문을 멸살할 수 있지 않겠습니까?"

이에 진오는 무척 기뻐하며 그 계책대로 하기로 했다.

"여봐라, 황비호가 관문에 도착하거든 즉각 보고하라!"

잠시 후 정찰병이 와서 보고했다.

"황비호의 군마가 도착했사옵니다!"

"징과 북을 울리고 장수들은 말에 올라 무성왕 전하를 영접하라!"

황비호가 오색신우에 앉아 살펴보니 진오가 여러 장수들과 함께 갑옷도 입지 않고 무기도 없이 말을 타고 나와 허리를 숙이며 인사하는 것이었다.

"어서 오십시오, 전하!"

황비호도 허리를 숙여 답례했다.

"저는 조정에 죄를 지은 몸이라 관문을 나설 때마다 곤욕을 치렀는데 이제 장군께서 예의를 차려 맞이해주시니 너무나 감사하외다. 어제는 귀하의 아우님께서 길을 막는 바람에 살상이 일어나고 말았는데 장군께서는 저의 억울한 처지를 감안해주시기 바라오. 이번에 가서 혹시 좋은 곳에 자리를 잡게 되면 이 은혜는 절대 잊지 않겠소이다."

"전하께서는 여러 대에 걸친 충신으로서 일편단심으로 나라의 은혜에 보답해오셨다는 사실을 저도 알고 있사옵니다. 지금이야 군주가 신하를 저버려서 이렇게 된 것이지 전하께 무슨 죄가 있겠사옵니까? 제 아우 진동은 주제를 헤아리지도 못하고 하늘의 때를 몰라서 전하의 길을 막았으니 죽어 마땅하옵니다. 이제 조촐한 식사를 준비해놓았으니 잠시 행차하셔서 보잘것없는 정성이나마 받아주시면 한없는 영광으로 여기겠사옵니다."

그러자 황명이 탄식했다.

"한 어미에게서 난 자식이라도 어리석고 현명한 차이가 있으니 한 나무에 열린 과일도 달고 쓰고 차이가 있는 것과 마찬가지로군요! 오늘 보아하니 장군께서는 동생분보다 훨씬 훌륭하십니다!"

황비호 휘하의 장수들은 진오의 말을 듣고 일제히 말에서 내렸다. 진오도 말에서 내려 황비호를 사령부 막사로 청했다. 그러자 모두들 겸양하며 대전으로 들어가 인사를 나누고 서열에 따라 자리에 앉았다. 진오가 상을 차리라고 하자 황비호가 감사했다.

"이렇게 성대하게 베풀어주시니 감당하기 어렵습니다. 이 은덕을 만분의 일이라도 갚을 날이 언제나 올지 모르겠습니다."

장수들이 밥을 먹고 나서 황비호가 일어나 말했다.

"장군, 목숨을 아끼는 측은지심으로 관문을 열어 이 하찮은 목숨들을 구해주십시오. 훗날 반드시 결초보은하겠습니다."

진오는 웃음을 머금은 채 허리를 숙이고 말했다.

"저도 전하께서 반드시 서기로 가셔서 현명한 군주에게 투신하려고 하신다는 것을 알고 있사옵니다. 훗날 기회가 되면 사례할 수 있을 것이옵니다. 그나저나 간단히 술을 준비했사오니 제 성의를 저버리지 말아주시옵소서. 다른 뜻은 전혀 없사오니 안심하시옵소서."

"장군이나 저희나 모두 무신인데 제가 이렇게 억울하게 피난을 가야 하는 신세가 되었습니다. 이처럼 생각해주시니 정말 감사합니다. 현명한 이는 자연히 빛을 보기 마련이 아니겠습니까? 기왕 이렇게 성대한 식사까지 대접받았으니 술도 감히 사양하지 못하겠군요."

이에 진오가 서둘러 수하에게 분부했다.

"어서 술상을 차리고 풍악을 울려라!"

이렇게 해서 주인과 손님으로 자리를 나누어 앉은 그들은 즐겁게 술을 마셨다. 그러다 보니 어느새 날이 저물었고 황비호는 자리에서 일어나 작별 인사를 했다.

"정말 태산과 같은 은혜를 입었습니다. 제가 사정이 조금이라도 나아지면 이 은덕을 절대 잊지 않겠습니다."

"전하, 안심하시옵소서! 먼 길을 오시느라 잠도 제대로 주무시지 못해서 피곤하실 텐데 날이 이미 저물었으니 불편하나마 여기에서 주무시고 내일 아침에 떠나시는 것이 어떠하옵니까? 다른 뜻은 없사옵니다."

그 말을 듣고 황비호는 생각했다.

'호의가 고맙기는 하나 여기는 묵어갈 만한 곳이 아니구나.'

그때 황명이 말했다.

"형님, 진 장군께서 이렇게 친절을 베풀어주시는데 내일 출발해도 되지 않겠습니까?"

이렇게 되자 황비호도 승낙할 수밖에 없었다. 진오는 무척 기뻐하며 말했다.

"몇 잔 더 올려야겠지만 전하께서 연일 피곤하셨을 터라 감히 그러지 못하겠나이다. 편히 쉬시옵소서, 내일 아침에 다시 한잔 올리겠나이다."

황비호는 깊이 감사하며 진오를 전송하고 장수들로 하여금 수레를 회랑 아래로 끌고 와서 한데 모아두라고 했다. 장수들은 곧 촛불을 밝히고 모두들 잠자리에 들었는데 다들 먼 길을 오느라 피곤해서 금방 우레처럼 코를 골아댔다. 한편 황비호는 마음이 불편해서 대전에 앉아 이런저런 생각을 하며 긴 한숨을 내쉬었다.

"하늘이시여! 우리 황씨 가문은 일곱 세대에 걸쳐 상나라의 신하로 있었는데 오늘 이렇게 반란을 일으켜 망명하는 나그네 신세가 될 줄 어찌 알았겠습니까! 저의 충심은 오직 하늘만이 알아주시겠지요. 다만 어리석은 군주가 신하의 아내를 능멸한 것은 너무나 원통하옵니다! 게다가 제 여동생을 내던져 죽이기까지 했으니 상심이 뼈에 사무칩니다! 하늘이시여, 무왕이 우리를 받아들여 군대를 빌려준다면 반드시 무도한 저 주왕을 정벌하겠나이다!"

황비호는 이를 갈며 시를 한 수 지었다.

일곱 세대에 걸쳐 충신 노릇을 했건만 헛일이 되었으니
오늘 서기로 들어가게 될 줄 누가 알았으랴?
다섯 관문의 길은 참으로 위험하나니
세 번 전투에서 군주를 무시한 것이 어찌 허튼 생각이었으랴?
나는 새는 숲을 잃어 집이 이미 부서졌고
남에게 기대어 뜻을 이루자니 지난날의 의심이 떠오르는구나.
하늘이 만약 평생의 뜻을 이루게 해주신다면
이전의 온갖 기구한 일 모두 씻어버리게 되리라!

　　　　　　　　　　七世忠良成畫餅　誰知今日入西岐

　　　　　　　　　　五關有路眞顚厄　三戰無君豈浪思

　　　　　　　　　　飛鳥失林家已破　依人得意念先疑

　그가 시를 짓고 나자 일경(저녁 7시~9시)을 알리는 북소리가 들려왔다. 그렇게 하릴없이 혼자 앉아 있노라니 다시 이경이 다가오고 있었다.

　'왕부의 화려한 풍경과 아름다운 누각에서 얼마나 많은 부귀영화를 누렸던가? 그런데 오늘은 몸 둘 곳조차 없는 처지가 되다니!'

　그 사이에 다시 삼경이 되자 그가 중얼거렸다.

　"오늘은 왜 이렇게 잠이 안 오지?"

　그런데 그때 갑자기 그의 심장이 두근거리면서 온몸에 식은땀이 배어나더니 문득 섬돌 아래에서 한 줄기 바람이 스쳐 지나갔다.

형체도 모습도 없이 서늘하게 사람 놀라게 하며

촛불 끄고 주렴을 뚫고 들어오니 너무나 매정하구나.

흰 구름 아득히 먼 곳으로 보내버리고

남은 낙엽도 마저 떨어뜨려 가볍게 날리게 하는구나.

소낙비 그치도록 재촉하고 배가 가도록 도와주지만

남의 시름 일으켜 편안하기 어렵게 하는구나.

갑자기 한없는 상심의 눈물 흘러

계단 앞에 떨어져 빗소리 내게 하는구나!

無形無影冷然驚　滅燭穿簾太沒情

送出白雲飛去杳　翦殘黃葉落來輕

催驟雨去助舟行　起人愁思恨難平

이렇게 황비호가 삼경 무렵까지 대전에 앉아 있노라니 문득 한 줄기 바람이 섬돌 아래에서 회오리를 일으키며 곧장 대전 안으로 들어오는 것이었다. 그것을 보고 그는 갑자기 모골이 송연해져서 온몸에 식은땀이 흘렀다. 그때 회오리바람이 열리는가 싶더니 손 하나가 쑥 튀어나와 촛불을 꺼버리며 누군가의 목소리가 들려왔다.

"장군, 저는 결코 요괴가 아니라 바로 당신의 아내예요. 여기까지 따라와보니 곧 당신께 큰 재난이 닥칠 것 같군요. 지금 불길이 다가오고 있으니 어서 아주버님들을 깨우셔요. 그리고 어미 없는 세 아이를 잘 보살펴주셔요! 어서 일어나 여기를 빠져나가셔요, 어서요!"

황비호가 퍼뜩 정신을 차려보니 촛불은 처음과 같이 밝아져 있었다. 그는 즉시 탁자를 '쾅!' 내리치며 소리쳤다.

"어서 일어나라! 어서 일어나!"

한창 단잠에 빠져 있던 황명과 주기 등은 그 소리에 깜짝 놀라 황급히 일어나 물었다.

"형님, 왜 그러십니까?"

황비호가 조금 전의 이야기를 들려주자 황비표가 말했다.

"일단 믿어보는 게 좋겠습니다."

이에 황명이 대문 앞으로 가서 살펴보니 과연 그 문은 밖에서 잠겨 있었다.

"이런!"

용환과 오겸은 즉시 도끼로 문짝을 쪼갰다. 그랬더니 밖에는 장작이 산처럼 쌓여 있어서 마치 장작 창고 같았다. 용환과 주기는 황급히 사람들을 불러 수레를 끌어냈고 황비호 일행은 말에 올라 대문을 빠져나갔다. 잠시 후 진오가 장수들과 함께 횃불을 들고 몰려왔으나 이미 한발 늦어버린 뒤였다. 무릇 사람이 하늘의 뜻을 어찌 마음대로 바꿀 수 있었겠는가? 그때 정찰병이 와서 보고했다.

"황비호 일행이 대문 밖으로 나가버렸사옵니다. 수레도 모두 밖으로 끌어냈사옵니다."

"에잇, 한발 늦었구나! 어서 말을 타고 쫓아라!"

그때 황비호가 진오에게 말했다.

"진오, 어제 베풀어준 크나큰 성의는 모조리 강물에 흘려보냈구나. 대체 내가 너와 무슨 원수를 졌기에 이렇게 못된 짓을 하느냐?"

진오는 이미 속셈이 들통 나자 욕을 퍼부었다.

"닥쳐라, 역적 놈! 이참에 삭초제근하여 황씨 가문의 씨를 말려버릴 생각이었는데 교활한 네놈이 미리 눈치채고 구차하게 도망칠 줄이야! 비록 이렇게 되기는 했지만 네놈은 천라지망을 빠져나가지 못할 것이다!"

그리고 그는 말을 몰아 창을 휘두르며 황명에게 달려들었고 황명은 도끼를 들고 맞섰다. 둘이 어둠 속에서 혼전을 벌이니 황비호가 오색신우를 박차고 달려가 창을 들고 진오를 공격했다. 진오는 칼로 도끼를 막고 화극으로 창을 막았는데 얼마 지나지 않아 황비호가 버럭 고함을 지르며 창으로 심장을 뚫어버리자 그대로 낙마해버렸다. 이후로 여러 장수들이 거침없이 살육을 저지르니 관문 안 사람들이 지르는 비명 소리에 천지가 놀라 떨고 귀신도 통곡했다. 곧

이어 황비호 일행은 빗장을 자르고 천운관 밖으로 달려 나갔고 날은 이미 밝아 있었다. 그들이 병력과 행방을 점검하고 계패관 쪽으로 방향을 잡아 행군하자 황명이 말에 탄 채 말했다.

"더 이상 살생은 하지 말아야 합니다. 앞쪽 관문은 어르신께서 지키고 계시니 한 집안 분이 아니십니까?"

황비호 일행은 수레를 재촉하여 팔십 리 남짓 가서 계패관에서 멀지 않은 곳에 도착했다.

한편 계패관을 지키는 사령관인 황곤은 바로 황비호의 부친으로 큰아들이 반란을 일으켜 오는 도중에 관문의 사령관을 죽였다는 소식을 듣고 괴로워하고 있었다. 그때 마침 정찰병의 보고가 올라왔다.

"무성왕 전하께서 두 아우님과 함께 오셨사옵니다!"

"삼천 명의 군사로 진세를 구축하고 죄인을 호송할 수레 열 대를 준비하라. 이 역적들을 붙잡아 조가로 압송할 것이다!"

이제 황비호와 여러 장수들의 목숨이 어찌 되는지는 다음 회를 보시라.

황비호, 사수에서 격전을 벌이다
黃飛虎泗水大戰

수많은 재난 아무리 애써도 막을 수 없거늘
간신과 못된 자 부질없이 어리석은 생각만 고집했구나.
환술로 많은 이 사로잡을 수 있다고 자랑하지 마라
도리에 맞지 않는 사악한 계책은 쉽게 무너지는 법.
공을 세우려던 여화의 꿈은 허사가 되고
한영이 벼슬에 봉해진 것도 잘못이었구나.
결국 하늘의 뜻에 따라 안배가 정해졌거늘
봉신의 이야기 하자니 눈물이 옷깃 가득 적시는구나!

> 百難千災苦不禁　奸臣賊子枉癡心
> 漫誇幻術能多獲　不道邪謀可易侵
> 余化圖功成畫餅　韓榮封拜有參差
> 總然天意安排定　説道封神涙滿襟

그러니까 황곤은 군대를 배치하고 아들이 오기를 기다렸다. 잠시 후 황명과 주기가 멀리 포진해 있는 군사들을 발견했다. 황명이 황비호에게 보고했다.

"어르신께서 군사를 배치하셨고 또 죄수를 호송하는 수레까지 보이니 조짐이 좋지 않습니다."

용환이 말했다.

"일단 어르신께서 뭐라고 말씀하시는지 들어보고 대책을 마련하는 것이 좋겠습니다."

황비호는 그들을 데리고 앞으로 나아가 안장 위에서 허리를 숙이고 인사를 올렸다.

"아버님, 불효자 비호가 온전히 예를 갖추지 못하는 점을 헤아려 주십시오."

그러자 황곤이 말했다.

"너는 누구냐?"

"아버님의 큰아들 황비호가 아닙니까? 왜 그렇게 물으시는지요?"

"네 이놈! 우리 가문은 일곱 세대 동안 천자의 은혜를 입어 상나라의 신하가 되었는데 그동안 충신과 현량한 사람은 있었어도 반역을 일으키거나 간사하게 아첨한 놈은 없었다. 하물며 우리 가문에는 법을 어긴 사내도 재가한 여자도 없었다. 그런데 네가 지금 아녀자 하나 때문에 군주의 크나큰 은혜를 저버리고 일곱 세대를 이어온 존귀한 벼슬을 팽개쳐 보배로운 옥 허리띠를 끊어버리고 인륜의 중대한 예절을 잃어버렸구나. 나라가 보살펴준 은혜를 잊고 군주를 등져서 영화를 추구하려고 아무 이유 없이 반란을 일으켜 조정에서 임명한 관리를 살해하고 천자가 설치한 관문을 침략하면서 그 기회를 이용해 노략질을 자행하여 백성을 재앙에 빠뜨렸다. 이는 저승에 계신 조상을 욕되게 하고 아비를 세상에 부끄럽게 만드는 짓이니 천자에게 충성을 다하지 않고 아비에게 효도를 다하지 않는 작태가 아니더냐? 못난 놈! 쓸데없이 제후의 자리에 앉아 아비와 가문을 욕되게 하다니 너는 살아서 천하에 부끄럽고 죽어서는 조상에게 모욕을 주는 놈이다. 그런데 무슨 낯짝으로 나를 만나러 왔느냐!"

부친의 일장 연설에 황비호는 할 말을 잃어버렸다. 그러자 황곤이 다시 말했다.

"못난 놈, 너는 충신 효자 노릇을 할 수 있겠느냐?"

"아버님, 그것이 무슨 말씀이십니까?"

"충신 효자 노릇을 하려면 당장 내려서 포박을 받아라. 내가 너를 조가로 압송해서 공을 세우면 천자는 분명 나를 해치지 않고 목숨을 보전하게 해줄 것이다. 그러면 비록 너는 죽더라도 상나라의 신하이자 이 아비의 자식으로 남을 테니 충효를 모두 지킬 수 있지 않겠느냐? 그것이 아니라면 너는 이미 반란을 일으켜 천자가 안중에도 없으니 당연히 불충을 저지른 것이고 또한 창을 들어 나를 찌르고 서기로 간다면 거기서 멋대로 굴더라도 내가 보지도 듣지도 못하게 해버리는 것이니 차라리 내 마음이 편할 테고 너도 후련하지 않겠느냐? 제발 내가 늘그막에 형틀에 묶여 고가藥街°에서 목이 잘려 죽게 하지 마라. 사람들이 나를 손가락질하며 '저게 누구의 아비인데 자식 놈이 반란을 일으켜서 저 지경이 되었다'라고 쑥군거리게 하지 말라는 것이다!"

그러자 황비호가 고함을 질렀다.

"아버님, 나무라실 필요 없습니다. 그냥 저를 조가로 압송하십시오!"

그러면서 그가 오색신우에서 내리려 하자 곁에 있던 황명이 소리쳤다.

"형님, 안 됩니다! 주왕은 무도하고 정치를 그르친 군주여서 저희가 충성을 다해 나라를 보필했다는 사실은 고려하지도 않을 것입니다. 옛말에 '군주는 예의에 맞게 신하를 부리고 신하는 충성으로 군주를 섬겨야 한다'라고 했습니다. 그런데 군주가 올바르지 않고 윤리강상을 어지럽히는데 신하가 왜 그에게 복종해야 한다는 말입니까! 저희가 다섯 관문을 나오면서 얼마나 많은 고생을 하고 구사일생으로 여기까지 왔습니까? 이제 어르신 말씀 몇 마디 때문에 죽어버린다면 무슨 도움이 되겠습니까? 깊은 원한을 품은 채 처참하게 죽는다면 저희의 진정을 천하에 알릴 수도 없지 않습니까!"

황비호는 그 말도 일리가 있다고 생각하고 오색신우에 탄 채 말없이 고개를 숙였다. 그러자 황곤이 호통쳤다.

"황명, 네 이놈! 너희 역적 놈들이 애초에 마음이 없는 내 아들을 부추겼구나! 이것이 다 너희처럼 아비도 군주도 몰라보고 인의도 무시하고 삼강오륜까지 망치는 못돼먹은 필부 놈들이 저지른 일이었어! 이렇게 내 면전에서도 내 아들에게 아비의 말을 거역하라고 하니 이것이 바로 네놈들이 저 아이를 사주한 증거가 아니겠느냐? 정말 괘씸하기 그지없구나!"

그러면서 황곤은 말을 치달려 황명에게 칼을 휘둘렀고 황명은 황급히 도끼로 막았다.

"어르신, 제 말씀 좀 들어보십시오! 황비호 등은 어르신의 자식이고 황천록 등은 어르신의 손자이니 그렇다 치고 저희는 어르신의 아들이나 손자도 아닌데 왜 저희까지 수레에 가둬서 압송하려 하십니까? 어르신, 아무리 악독한 호랑이라 할지라도 자식을 잡아먹지는 않습니다. 지금 천자는 정치를 그르치고 인륜을 망쳐서 도처에서 반란이 일어나고 하늘에서는 불길한 조짐을 보여서 이미 재앙이 나타나고 있습니다. 지금 어르신의 며느님은 군주에게 능욕당했고 따님은 군주에게 내던져져서 죽었는데 그 원한을 풀 길이 없습니다. 그런데도 일가족을 위해 복수하실 생각은 하지 않으시고 오히려 아들을 조가로 압송하여 처형당하게 하려 하시니 이것이 말이 됩니까? '군주가 올바르지 못하면 신하는 다른 나라에 투신하고 아비가 어질지 못하면 자식은 등을 돌릴 수밖에 없다'라는 속담도 있지 않습니까?"

"뭐라고? 이 역적 놈이 혓바닥을 잘도 놀리는구나! 이런 쳐 죽일 놈!"

그가 다시 칼을 내리치자 황명이 막으면서 고함쳤다.

"어르신! 이것은 '날이 맑을 때 떠나지 않고 굳이 소낙비에 머리를 적실 때를 기다리는' 어리석은 처사입니다! 총사령관의 자리에 계시면서도 지금 이 시점에서 뭐가 중요한지를 모르시고 다짜고짜 제게 칼을 휘두르시다니요! 제 도끼에는 눈이 없으니 이러다가 만일 다치시기라도 하면 어르신께서 평생 쌓으신 명성이 허사가 되지 않겠습니까? 이 조카는 차마 그런 짓은 못하겠습니다!"

황곤이 버럭 화를 내며 다시 말을 몰아 달려들자 주기가 나섰다.

"어르신, 오늘은 죄를 짓는 한이 있더라도 도저히 참을 수 없습니다!"

이렇게 해서 황명과 주기, 용환, 오겸이 황곤을 둘러싸고 빙빙 돌며 도끼와 창을 휘둘렀다. 그 모습을 본 황비호는 무척 화가 난 표정으로 생각에 잠겼다.

'저놈들도 너무하는구나! 내가 보는 앞에서 아버님께 저렇게 무례하게 굴다니!'

그때 황명이 소리쳤다.

"형님, 저희가 어르신을 포위하고 있는 동안 어서 관문 밖으로 나가십시오! 대체 뭘 기다리시는 것입니까?"

이에 황비표 형제와 황천록, 황천작이 일제히 장수들을 이끌고 수레를 몰아 관문 밖으로 치달렸다. 자식들이 관문을 뚫고 나가는 것을 본 황곤은 너무 화가 치밀어 숨이 막혀서 낙마하고 말았다. 그가 칼을 뽑아 들고 스스로 목을 베려 하자 황명이 구르듯이 말에서 뛰어내려 덥석 안고 만류했다.

"어르신, 굳이 이러실 필요 있습니까?"

황곤이 정신을 차리고 눈을 부릅뜨며 꾸짖었다.

"무지한 강도 같으니라고! 네놈이 반역을 저지른 내 아들을 도망치게 해놓고 아직 여기서 뭐라고 주절거리는 것이냐?"

"한마디로 말씀드리기 곤란하지만 저희는 정말 억울함을 하소연할 곳이 없습니다. 저는 이미 아드님에게 한없는 화풀이를 당했습니다. 아드님이 반란을 일으키려고 해서 제가 몇 번이나 간절히 설득했더니 다짜고짜 저희 넷을 죽이려 들었습니다. 그래서 저희는 어쩔 수 없이 함께 계패관까지만 와서 어르신을 뵙고 아드님을 잡아 조가로 이송하여 저희의 원한을 씻을 방도를 마련하자고 생각했습니다. 그래서 제가 계속 눈치를 드렸는데도 어르신께서는 줄곧 딴소리만 하시지 않았습니까? 저희 속셈이 들통 나면 오히려 안 좋은 일이 생길 것 같아서 이렇게 한 것입니다."

"그럼 어쩔 셈이더냐?"

"어서 말에 올라 아드님을 쫓아가셔서 '황명이 나더러 호랑이도 제 자식은 잡아먹지 않는다고 설득했으니 어서 돌아와라. 나도 너희와 함께 서기로 가서 무왕에게 투신하겠다!' 하고 말씀하십시오. 어떻습니까?"

"허허! 이 못된 놈이 교묘한 말로 오히려 나를 꼬드기는구나!"

"설마 진짜로 여기시는 것은 아니겠지요? 이것은 아드님을 속여 관문으로 들어가게 하려는 술책일 뿐입니다. 대청에 술상을 차려 대접하시다가 종을 쳐서 신호를 주십시오. 그러면 저희가 밧줄과 갈고리 등을 마련해서 준비하고 있다가 일제히 손을 써서 세 아드님과 세 손자를 모조리 붙잡아 수레에 가둬 조가로 압송하겠습니다. 그저 어르신께서 하해와 같은 은혜를 베푸셔서 저희 넷이 높은 벼슬을 얻게 해주시기만 바랄 뿐입니다!"

그러자 황곤이 감탄했다.

"황 장군, 알고 보니 훌륭한 사람이었구면."

그리고 그는 즉시 말에 올라 관문 밖으로 쫓아가서 소리쳤다.

"애야, 황명의 말을 들어보니 일리가 있구나. 나도 생각해보니 너와 함께 서기로 가는 것이 좋을 것 같구나!"

황비호는 그 말을 듣고 이상한 생각이 들었다.

'왜 저런 말씀을 하시지?'

그때 셋째인 황비표가 말했다.

"황명이 무슨 수를 쓴 것 같으니 얼른 돌아가서 그 사람이 시키는 대로 하십시다. 그래야 일이 잘 풀리지 않겠습니까?"

이에 황비호는 관문으로 들어가 부친에게 인사를 올렸다. 그러자 황곤이 말했다.

"먼 길을 가야 하니 얼른 밥이라도 차려 먹고 함께 서기로 가자꾸나."

잠시 후 수하들이 서둘러 술상을 차리자 황곤이 함께 앉아 네다섯 잔을 마셨다. 그러더니 옆에 황명이 서 있는 것을 보고 금종을 몇 번 쳤다. 하지만 황명은 계속 못 들은 체했다. 그때 용환이 황명에게 물었다.

"이제 어쩌지?"

"자네들 둘은 어르신의 짐을 잘 꾸려서 수레에 싣게. 그리고 자네는 군량과 마초에 불을 지르게. 그러고 나서 우리가 일제히 말에 오르면 어르신께서 분명 나에게 뭐라고 하실 텐데 그때는 내 나름대로 생각해둔 대답이 있네."

이에 두 사람은 자리를 떴다.

한편 황곤은 황명이 종소리를 듣고도 손을 쓰지 않자 그를 곁으로 불러서 물었다.

"조금 전에 종을 쳤는데 왜 손을 쓰지 않았는가?"

"어르신, 칼잡이들이 일사분란하게 움직이지 않으니 손을 쓸 수 없지 않습니까? 만약 저쪽에서 눈치채면 곤란해집니다."

그사이에 용환과 오겸은 황곤의 재물을 모두 챙겨 수레에 싣고 곧장 창고에 불을 질렀다. 잠시 후 병사가 달려와서 황곤에게 보고했다.

"군량과 마초에 불이 났사옵니다."

그 틈에 황비호 일행은 일제히 말에 올라 관문 밖으로 달려 나갔다. 그것을 보고 황곤이 비명을 질렀다.

"이런! 내가 저 강도 놈들의 계책에 당했구나!"

그러자 황명이 말했다.

"어르신, 사실대로 말씀드리겠습니다. 주왕은 무도하지만 무왕은 어질고 현명하며 덕이 많은 군주입니다. 저희는 이 길로 그분께 가서 군사를 빌려 원수를 갚을 것입니다. 어르신께서도 함께 가시지요. 그러지 않으면 감독을 소홀히 해서 창고를 불태우고 군량과 마초까지 다 없애버렸으니 조가로 가시더라도 죽음을 면치 못하실 것입니다. 차라리 저희와 함께 무왕에게 투신하는 것이 상책입니다."

이에 황곤이 눈물을 흘리며 긴 한숨을 내쉬었다.

"폐하, 저는 자식의 불충을 방조한 것이 아니라 사람들의 구설수 때문에 어쩔 수 없게 되었사옵니다. 일곱 세대 동안 충성을 다했지만 이제 반도가 되어 망명길에 오를 수밖에 없사옵니다."

그는 조가를 향해 여덟 번 절을 올리고 나서 쉰다섯 냥의 무게가 나가는 사령관의 직인을 은안전에 걸어놓았다. 그리고 삼천 명의 병사와 장수들까지 합쳐서 사천여 명을 이끌고 계패관의 불을 끈 다음 그곳을 떠났다. 이를 묘사한 시가 있다.

계책을 세워 계패관을 나가니
황명과 주기가 빼어난 재능 보였구나.
누가 알았으랴, 사수관이 지나기 어려울 줄을?
어찌하면 천라지망의 재앙에서 벗어날 수 있을까?
여화는 현묘한 이치에 통달하여 오묘한 술법을 많이 알아
술법으로 보물을 운용해 장수를 사로잡았지.
나타가 맞이하러 나오지 않았더라면
군주와 신하가 어찌 녹대를 무너뜨릴 수 있었으랴!

設計施謀出界牌　黃明周紀顯奇才

誰知汜水關難過　怎脫天羅地網災

余化通玄多奧妙　法施異寶捉將來

不是哪吒相接引　焉得君臣破鹿臺

어쨌든 황곤은 그들과 함께 말을 타고 가면서 이렇게 말했다.

"황명, 내가 보기에 네가 내 아들을 생각하는 것은 그를 위해서가
아니라 우리 가문의 충의를 망치기 위해서였구나. 계패관 바깥이
바로 서기 땅이라면 문제가 없겠지만 여기서 팔십 리 떨어진 사수
관을 지키는 장수는 바로 한영이다. 그의 휘하에 여화余化라는 장수
가 있는데 그 사람은 좌도방문左道旁門의 술법을 익혀 칠수장군七首
將軍이라 불리며 도술이 아주 뛰어나 깃발을 펼치고 손을 모으면 바
로 공을 세울 수 있다. 또한 화안금정수를 타고 방천극方天戟을 쓰니

거기에 도착하면 우리는 한 사람도 빠져나가지 못하고 모두 사로잡히고 말 것이다. 내가 너희를 조가로 압송했다면 이 늙은 목숨 하나는 보전할 수 있었겠지만 오늘 이렇게 함께 왔으니 그야말로 형산荊山에 불이 나서 옥석을 가리지 않고 다 타버리는 신세가 되겠구나! 이것이 다 하늘이 정해놓은 피할 수 없는 운수인지라 내 목숨도 응당 그렇게 될 테지!"

황곤은 일곱 살 된 손자가 말 위에서 통곡하는 모습을 보고 더욱 슬퍼져서 자기도 모르게 중얼거렸다.

"우리는 오랏줄에 묶이는 신세를 당하겠지만 너는 천지신명에게 무슨 죄를 지었기에 이런 죽음의 재앙을 함께 당해야 한단 말이냐!"

그는 그렇게 가는 도중에 내내 한숨을 쉬었다. 그러는 동안 황비호 일행은 어느새 사수관 앞에 도착하여 군사를 주둔시키고 영채를 차렸다.

한편 사수관의 사령관 한영은 정찰병으로부터 보고를 들었다.

"황곤이 무성왕과 함께 반란을 일으키고 계패관을 나와 지금 이곳 관문 앞에 영채를 차렸사옵니다."

그 말을 들은 한영은 고개를 숙이고 생각에 잠겼다.

'황 장군, 총사령관으로서 신하들 가운데 가장 높은 자리에 오르신 분이 어째서 물정을 모르고 자식이 반란을 일으키는 것을 방조하셨소이까? 정말 우습구려!'

그는 곧 명령을 내렸다.

"북을 울려 장수들을 소집해라."

잠시 후 장수들이 절을 마치자 한영이 말했다.

"황곤이 자식의 반란을 도와 여기로 왔으니 대책을 잘 상의하기 바라오."

한영은 곧 병력을 이동시켜 길목을 단단히 막았다.

한편 막사에 앉아 있던 황곤은 양쪽에 늘어선 자손들을 보고 고개를 끄덕이며 말했다.

"오늘은 이렇게 자손들이 다 모여서 양쪽으로 늘어서 있지만 내일은 누가 먼저 없어질지 모르겠구나!"

그 말을 듣고 모두들 불만스러운 표정을 지었다.

이튿날 여화는 한영의 명령을 받고 병력을 배치한 후 황비호의 진영 앞으로 가서 싸움을 걸었다. 수문장의 보고를 받은 황곤이 물었다.

"누가 먼저 나갈 텐가?"

그러자 황비호가 나섰다.

"제가 나가겠습니다."

그가 오색신우에 올라 창을 들고 앞으로 나가보니 저쪽에 기괴한 몰골의 장수가 나와 있었다.

얼굴에는 금을 바른 듯하고 수염과 머리카락은 새빨간데
괴상한 두 눈에 눈동자도 금물을 바른 듯하다.
호랑이 가죽 전포에 비늘 엮은 갑옷 입었고
옥으로 만든 허리띠 영롱하게 빛난다.

비전의 현묘한 공부 익혀 적수가 없으니

모두들 칠수장군은 나는 곰처럼 용맹하다고 하지.

짙푸른 깃발에 이름을 쓰고

여화가 먼저 나서서 공을 세우려 하지.

臉似搽金鬚髮紅　一雙怪眼鍍金瞳

虎皮袍襯連環鎧　玉束寶帶現玲瓏

祕授玄功無比賽　人稱七首是飛熊

翠藍幡上書名字　余化先行手到功

　혼자 말을 타고 나온 여화는 무성왕을 본 적이 없었는데 상대를 살펴보니 거동이며 생김새가 예사롭지 않았다. 그는 다섯 가닥 긴 수염을 머리 뒤로 날리고 봉황처럼 불그레한 눈과 누에 같은 눈썹에 금을 입힌 금참제로저金錾提蘆杵라는 몽둥이를 들고 오색신우를 타고 있었다.

　"그대는 누구인가?"

　"내가 바로 무성왕 황비호요. 이제 주왕이 정치를 그르쳐서 그를 버리고 주나라로 귀순하려고 나왔소이다. 그런데 그대는 누구요?"

　"제가 전하를 뵌 적이 없어서 알아뵙지 못했사옵니다. 그런데 성탕 왕조의 신하로서 조정의 모든 부귀영화를 누리고 계신 황씨 가문에서 뭐가 부족하다고 반역을 일으켰사옵니까?"

　"장군의 말씀이 옳기는 하지만 각자 고충이 있으니 한마디로 말하기 어렵소이다. 군주와 신하 사이의 도리로 따지자면 '군주는 예의에 맞게 신하를 부리고 신하는 충성으로써 군주를 섬긴다'라는 옛말이 있지 않소이까? 그런데 지금 주왕은 무도하여 신하 노릇을 하기가 부끄럽다는 사실을 온 천하가 다 알고 있소. 게다가 이제 또 윤리를 어지럽히고 덕을 망쳐서 기강을 더럽혔으며 인의를 해치고 병사와 백성을 긍휼히 여기지 않고 있소이다. 그래서 천하의 제후들이 주나라 같은 곳도 있다는 사실을 다 알고 있으니 주나라는 이미 천하의 삼분의 이를 차지하고 있고 천명이 그곳으로 돌아가고 있음을 알 수 있소이다. 이것이 어찌 사람의 힘으로 되는 일이겠소이까? 이제 나는 이 관문을 나서고자 하니 장군께서 용납해주신다면 한없이 감사하겠소이다."

"허허! 전하의 그 말씀은 잘못된 것이옵니다. 요충지의 관문을 지키는 저로서는 신하로서 도리를 다할 수밖에 없사옵니다. 전하께서 반역을 하지 않으셨다면 당연히 저는 멀리까지 영접하러 나갔을 것이지만 이렇게 반역을 일으키셔서 망명하고자 하시니 저는 전하의 적이 될 수밖에 없사옵니다. 그런데 어떻게 관문을 나가도록 해드릴 수 있겠사옵니까? 전하께서도 이런 이치를 아시지 않사옵니까? 그러니 속히 오색신우에서 내리셔서 포박을 받으시고 조가로 압송하여 폐하께 처분을 내려주십사 청하도록 해주시옵소서. 그러면 문무백관들이 당연히 전하를 위해 변론할 것이고 폐하께서도 전하께서 그간에 쌓으신 공로를 감안하여 죄를 사하여주실지 모르는 일이 아니옵니까? 이 사수관을 무사히 나가고자 하시는 것은 그야말로 나뭇가지에서 생선을 구하는 것처럼 무익할 뿐만 아니라 전하께도 해로운 일이옵니다."

"다섯 관문 가운데 이미 네 관문을 나왔거늘 어찌 사수관에서만 감히 이런 무례한 말을 하는 게요? 덤비시오, 자웅을 겨뤄봅시다!"

황비호가 창을 내지르자 여화도 화극을 들어 맞서면서 둘 사이에 치열한 격전이 벌어졌다.

군대의 진용 앞에서 두 장수의 위세 비할 데 없이 드높아
당장 승패를 가려서 생사를 정하려 했지.
산예가 꼬리 흔들며 기린과 싸우듯
흡사 창룡이 바닷물을 뒤집어놓는 듯했지.
긴 창 거침없이 휘두르니 이무기가 몸을 뒤집는 듯하고
이리저리 흔들리는 모습 마치 얼룩무늬 표범의 꼬리 같구나.
장수들의 험악한 전투 예사롭지 않아
패망에 이르지 않으면 그만둘 생각을 하지 않았지.

二將陣前勢無比　立見輸贏定生死
狻猊擺尾鬭麒麟　却似蒼龍攬海水
長槍蕩蕩蟒翻身　擺動金錢豹子尾
將軍惡戰不尋常　不至敗亡心不止

황비호는 마치 은빛 이무기처럼 강철 창을 사납게 휘두르며 여화를 꼼짝 못하게 가둬버리고 말과 함께 그를 쓰러뜨리려 했다. 이에 여화가 화극을 들어 한 번 막고 나서 그대로 도망치자 황비호는 나는 듯이 쫓아갔는데 그가 팔 하나의 거리만큼 쫓아갔을 때 여화는 화극을 걸어놓고 전포를 헤치더니 주머니에서 깃발을 하나 꺼내 들었다. 혼령을 죽인다고 해서 육혼번戮魂幡이라고 부르는 이 깃발은

봉래도의 일기선인—氖儷人이 전수해준 것으로 좌도방문의 술법을 부릴 수 있는 것이었다. 여화가 그 깃발을 공중으로 턱 세우자 여러 갈래 검은 기운이 피어나 황비호를 감싸더니 그대로 낚아채 원문 앞에 팽개쳐버렸다. 그러자 여화의 부하들이 우르르 몰려나와 그를 오랏줄에 묶어버렸고 여화는 승전고를 울리며 돌아갔다. 영채의 대문을 지키는 장교가 신속하게 한영에게 보고했다.

"여 장군이 반역도 황비호를 체포하여 명령을 기다리고 있사옵니다."

"끌고 와라!"

병사들이 황비호를 끌고 처마 앞으로 가자 황비호는 무릎을 꿇지 않고 당당하게 서 있었다. 한영이 말했다.

"폐하께서 그대에게 무슨 잘못을 저지르셨기에 하루아침에 반역을 일으켰소?"

"하하! 그대는 관문을 지키면서 스스로 대단하다고 여기는 모양인데 내가 보기에는 그저 호가호위에 지나지 않소. 천자의 위세를 빌려 이 작은 지역을 힘으로 억누르고 있을 뿐이니 말이오. 천자의 잘잘못과 재앙이 일어나는 이유와 군주와 신하 사이가 틀어지게 된 원인을 그대가 어찌 알겠소? 이제 내가 사로잡혔으니 그냥 죽으면 그만이지 여러 말이 필요하겠소?"

"내가 이 관문을 지키며 역적을 체포한 것은 직분을 다하기 위한 것일 뿐이니 나 또한 그대와 여러 말을 섞고 싶지 않소. 여봐라, 일단 옥에 가둬두도록 해라! 나머지 잔당들을 모두 체포한 뒤에 함께 압송하겠다!"

한편 영채에서 황비호가 사로잡혔다는 보고를 들은 황곤은 탄식하며 말했다.

"어리석은 놈! 아비의 말을 듣지 않더니 결국 한영에게 공을 세우게 해주고 말았구나!"

이튿날 날이 밝자 정찰병이 보고했다.

"여화가 와서 싸움을 걸고 있사옵니다!"

이에 황곤이 물었다.

"이번에는 누가 나갈 텐가?"

그러자 황명과 주기가 말했다.

"저희가 나가겠습니다."

두 장수는 도끼를 들고 말에 올라 영채 밖으로 나가서 고함을 질렀다.

"네 이놈, 여화! 감히 우리 형님을 사로잡아 갔으니 이 원한을 갚고 말겠다!"

두 장수가 말을 치달려 도끼를 휘두르자 여화도 황급히 화극을 들어 맞서면서 격전이 벌어졌다.

세 장수 늠름하여 살기가 충천하니
자욱한 전쟁의 구름 하늘을 찌른다.
영웅이 활약하니 무시무시한 무예 펼쳐지고
준걸의 가슴속 담도 크구나!
이치를 거스르면 봉신의 복은 생각지도 말지니
시운에 순응하면 저절로 높은 벼슬을 얻으리라.

황비호, 사수에서 격전을 벌이다.

이제까지 운수와 이치는 모두 이와 같았으니
부질없이 마음 써서 고생을 자초하지 말지라!

三將昂昂殺氣高　征雲靄靄透靑霄
英雄踴躍多威武　俊傑胸襟膽量豪
逆理莫思封神福　順時應自得金鰲
從來理數皆如此　莫用心機空自勞

세 장수가 격전을 벌이다가 서른 판을 채 맞붙지 않았을 때 여화
가 말머리를 돌려 도주했다. 이에 황명과 주기가 그를 쫓자 여화는
다시 육혼번을 꺼내 들어 지난번과 마찬가지로 두 장수를 사로잡아
버렸다. 한영은 그들도 옥에 가둬두라고 분부했다.

한편 황명과 주기가 사로잡혔다는 보고를 받은 황곤은 고개를 숙
인 채 아무 말이 없었다. 그때 다시 여화가 싸움을 걸어온다는 보고
가 올라오자 그가 물었다.

"이번에는 누가 나갈 텐가?"

그러자 황비표 형제가 나섰다.

"저희가 나가서 형님의 복수를 하겠습니다."

그들은 곧 말에 올라 창을 들고 영채 밖으로 나가서 여화를 꾸짖
었다.

"네 이놈, 여화! 감히 요사한 술법으로 우리 형제들을 사로잡
다니!"

두 사람이 말을 치달려 공격하자 여화는 그들과 맞서서 스무 판

가까이 싸웠다. 그러다가 여화가 말머리를 돌려 도망치자 황비표 형제가 쫓아갔는데 결국 그들도 똑같은 술법에 걸려 옥에 갇히는 신세가 되고 말았다. 그 소식을 들은 황곤은 마음이 몹시 괴로웠다. 이튿날 다시 여화가 싸움을 걸어오자 황곤이 또 물었다.

"이번에는 누가 나갈 텐가?"

그러자 용환과 오겸이 나섰다.

"설마 저까짓 요사한 술법을 두려워하겠습니까? 저희 둘이 나가 겠습니다!"

두 장수는 창을 들고 말에 올라 영채 밖으로 나가서 여화를 보고 노기충천하여 사납게 고함쳤다.

"네 이놈! 감히 좌도방문의 술법으로 우리 형님과 몇몇을 사로잡다니 절대 용서하지 않겠다!"

이리하여 세 장수는 뒤얽혀 격전을 벌이다가 스무 판쯤 지나자 여화가 다시 도망쳤고 용환과 오겸 역시 추격하다가 황비호 등과 똑같은 신세가 되고 말았다. 여화는 연달아 네 번의 전투에서 승리하여 일곱 명의 장수를 사로잡는 공을 세웠다. 한영은 술상을 차리게 하여 그의 공로를 축하해주었다.

황곤은 장수들이 모두 사로잡히고 세 손자만 우두커니 서 있는 모습을 보고 마음이 너무 아파서 고개를 끄덕이며 눈물을 흘렸다.

"아가, 이제 겨우 열서너 살밖에 안 된 너희가 왜 이런 액운을 당해야 하는 것이냐?"

그때 다시 여화가 싸움을 걸어온다는 보고가 들어왔다. 그러자 둘째 손자 황천록이 나서서 허리를 숙여 절하고 말했다.

"제가 나가서 아버님과 숙부님들의 원수를 갚겠습니다!"

"조심해야 하느니라!"

황천록은 창을 들고 말에 올라 영채 밖으로 나가서 여화에게 말했다.

"하찮은 필부 같으니라고, 완전히 없애버리겠다! 어디 네놈이 공을 세우는 복을 누릴 수 있나 보자!"

그가 창을 휘두르며 달려들자 여화도 화극을 들어 맞섰다. 황천록은 나이가 어렸지만 장수 집안의 자손으로서 정묘한 창술을 전수받아 신기에 가까울 정도로 창을 휘두르며 용감하게 달려들었다. 그의 모습은 그야말로 '갓 태어난 송아지가 호랑이보다 사나운' 격이었으니 후세 사람들이 이를 두고 「창의 노래[槍贊]」를 지었다.

하늘과 땅에도 정말 적고
온 세상에도 과연 드물구나.
태상노군이 화로에서 단련하여
십만 팔천 번을 두드려 만들었지.
태산과 곤륜산도 깎아버리고
황하와 아홉 계곡도 마르게 하지.
전투에 나서면 속세의 먼지 묻지 않고
거둬들일 때는 한바탕 피비린내 날리지!

乾坤眞個少　蓋世果然稀

老君爐裏煉　曾敲十萬八千槌

磨塌泰山崑崙頂　戰乾黃河九曲溪

上陣不粘塵世界　回來一陣血腥飛

　　황천록이 창을 휘두르는 모습은 강물을 뒤집는 괴수처럼 사나워서 감당하기 어려운 기세가 피어났다. 그는 단봉입곤륜丹鳳入崑崙이라는 수법으로 창을 내질렀고 그 창은 그대로 여화의 왼쪽 허벅지를 찔러버렸다. 이에 여화가 황급히 달아나자 황천록은 이것저것 따지지 않고 쫓아갔고 여화는 예의 그 술법으로 황천록을 사로잡아 한영에게 끌고 갔다. 황천록 또한 옥에 갇히고 말았다. 황비호는 가문의 식솔들이 사로잡혀 들어오는 것을 보고 마음이 몹시 아팠는데 둘째 아들까지 사로잡혀 들어오자 자기도 모르게 눈물이 줄줄 흘러내렸다. 가련하게도 혈육에 대한 아비의 절실한 정이 치밀었던 것이니 그들 부자가 비통하게 흐느낀 사실은 말로 표현하기 어렵다.

　　한편 둘째 손자까지 사로잡혔다는 소식을 들은 황곤은 너무나 슬펐다. 하지만 아무리 생각해도 뾰족한 대책이 떠오르지 않았다. 이제 자신과 두 손자밖에 남지 않았으니 이 천라지망을 벗어나기 어려울 것 같았다. 관문 밖으로 나갈 수도 뒤로 물러날 수도 없는 상황이라 그는 탁자를 치며 탄식했다.

　　"틀렸구나, 틀렸어!"

　　황곤은 장수들을 비롯한 삼천 명의 군사에게 명령을 내렸다.

　　"여봐라, 너희는 수레에 실린 금은보화를 한영에게 바치고 관문 밖으로 나갈 수 있는 생로를 찾아보도록 해라. 우리 조손은 모두 목숨을 부지하기 틀렸구나!"

그러자 장수들이 일제히 무릎을 꿇고 말했다.

"나리, 잠시 상심을 접으십시오. 복이 있는 사람은 하늘이 알아서 도와주는 법이거늘 굳이 이러실 필요가 있겠습니까?"

"여화는 좌도방문을 익힌 요사한 자라서 환술을 부리는데 내가 어찌 감당할 수 있겠느냐? 저놈에게 사로잡히면 내 평생 쌓아온 명성이 하루아침에 무산되지 않겠느냐?"

그는 옆에서 울고 있는 두 손자를 보고 자신도 눈물을 흘리며 말했다.

"얘들아, 너희에게 복이 있는지 모르겠구나. 내가 한영에게 사정해볼 생각인데 그자가 너희 둘을 살려줄지 모르겠구나."

황곤은 쓰고 있던 투구를 벗고 옥 허리띠를 풀고 갑옷을 벗은 다음 허리에 옥결玉玦을 찬 채 두 손자를 이끌고 한영의 거처를 찾아갔다. 그가 대문에 도착하자 그곳에 있던 장수들은 감히 아무 말도 하지 못했다. 황곤은 그대로 문지기에게 다가가서 말했다.

"한 장군에게 알려주게, 나 황곤이 좀 만나고 싶다고 말일세."

장교가 들어가서 보고하자 한영이 말했다.

"그래 봐야 소용없는 짓이지!"

그는 병사와 장수들을 좌우로 도열하게 하고 의문儀門을 지나 대문 앞에 이르렀다. 그곳에는 황곤이 하얀 소복을 입은 채 무릎을 꿇고 있었고 그 뒤에는 황천작과 황천상이 무릎을 꿇고 있었다. 이들의 목숨이 어찌 되는지는 다음 회를 보시라.

황비호, 주나라에 귀의하여 강상을 만나다
飛虎歸周見子牙

좌도방문은 삼대처럼 어지러워

어리석은 군주는 간사한 술책을 신임했지.

탐욕과 음란함으로 윤리의 질서 무시하고

정치 어지러워도 나랏일이 어그러진 줄 아무도 몰랐지.

장수와 재상은 당연히 성스러운 군주에게 귀의하거늘

한영이 왜 가는 수레 막았던가?

도중에 영주자를 만나

벽돌에 맞아 상처 입으니 공연한 원망만 생겼구나.

左道旁門亂似麻　只見昏主信奸邪

貪淫不避彝倫序　亂政誰知國事差

將相自應歸聖主　韓榮何故阻行車

中途得遇靈珠子　磚打傷殘枉怨嗟

그러니까 황곤은 무릎으로 기어 사죄하면서 한영에게 절했다.

"죄인 황곤이 사령관께 인사 올립니다."

한영이 황급히 답례하며 말했다.

"장군님, 이 일은 모두 나라의 중대한 사건이라 제가 감히 마음대로 처리할 수 없습니다. 그런데 지금 이러시는 것은 무슨 하실 말씀이 있기 때문입니까?"

"황씨 가문이 법을 어겼으니 당연히 처벌받아야 하고 그것은 피할 수 있는 일이 아닙니다. 다만 한 가지 가련한 일이 있으니 부디 법을 넘어선 자비를 베푸시어 한 가닥 살 길을 열어주시면 저희 부자는 저승에 가서도 그 한없는 은혜를 잊지 않겠습니다."

"무슨 분부이신지 일단 들어보겠습니다."

"자식의 죄에 연루되어 아비가 죽는 것은 저도 감히 원망하지 않습니다. 하물며 황씨 가문은 일곱 세대에 걸쳐 신하로서 도리를 어겨본 적이 없습니다. 그런데 이제 불행히도 이런 액운을 만나 저희 자손이 모조리 도륙당하게 되었으니 실로 애석한 일이 아닐 수 없습니다. 이에 어쩔 수 없이 사령관께 이렇게 무릎을 꿇고 간청하오니 아무것도 모르는 어린아이들의 죄는 용서해도 괜찮지 않겠습니까? 부디 이 일곱 살밖에 안 된 손자만이라도 관문 밖으로 내보내주셔서 황씨 가문의 대를 잇도록 해주시기 바랍니다."

"장군님, 그것은 잘못된 말씀이십니다! 제가 여기에 있으니 당연히 지켜야 할 직무가 있는데 어떻게 사사로운 정에 이끌려 군주를 저버릴 수 있겠습니까? 장군님께서는 총사령관으로 계시면서 모든 관리들의 수령으로서 온 가문이 부귀영화를 누리고 나라의 은혜를 한껏 받으셨는데도 은혜를 갚을 생각은 하시지 않고 자식이 반역하도록 방치하셨으니 그 죄는 일족의 몰살을 피할 수 없는 것입니다. 한 가문이 죄를 저질렀으니 추호의 사적인 관용도 없이 모조리 조가로 압송하겠습니다. 물론 조정에서도 자연히 공론이 벌어져 흑백이 분명히 가려지겠지요. 명분이 바르고 말이 순리에 맞는다면 누가 감히 승복하지 않겠습니까? 지금 제가 장군님의 말씀을 따라 황천상을 관문 밖으로 내보내게 되면 저도 반역도와 내통하여 폐하를 기만하는 셈이 되는데 그렇게 되면 법이라는 것이 없는 것과 마찬가지가 아니겠습니까? 결국 저나 장군님이나 모두 죄를 피할 수 없게 되니 그 분부는 절대 따를 수 없습니다!"

"사령관님, 황씨 가문이 법을 어겼다고는 하나 가문에 다른 사람들도 아주 많은 마당에 어린아이 하나가 무슨 문제가 되겠습니까? 이 아이 하나를 풀어준다고 무슨 일이 생기겠습니까? 이것은 인정상으로 할 수 있는 일이 아닙니까? 측은지심은 모든 이가 가지고 있는 것인데 왜 군이 원칙만 고집하면서 임시방편을 고려하지 않으십니까? 우리 가문은 산처럼 많은 공을 세웠지만 하루아침에 이 모양이 되었는데 '권력을 쥐고 있을 때 사정에 맞게 융통성을 발휘하지 못하면 보물산에 들어갔다가 빈손으로 나오는 격'이라는 옛말도 있지 않습니까? 사람이 어찌 평생 아무 일 없이 순탄하게 살 수 있겠습니까? 하물며 우리 가문 모두가 법도에 맞지 않은 큰 잘못을 저질러 작심하고 반역을 일으킨 것이 아니라 억울한 일을 당한 것이지 않습니까? 부디 자비를 베푸셔서 저 아이를 풀어주십시오. 그 은혜는 절대 잊지 않고 결초보은하겠습니다!"

"장군님, 황천상을 놓아주는 것은 저 또한 반역자가 되어서 망명하는 신세가 되어 장군님을 따라 서기로 가려고 작정해야만 가능한 일입니다."

황곤은 재삼 간청해도 한영이 법을 내세우며 허락하지 않자 버럭 화를 내며 두 손자에게 말했다.

"내가 총사령관의 신분으로 아랫사람에게 사정했으나 사령관이 받아들일 수 없다고 하니 우리 조손이 죽음의 구렁텅이에 빠지게 된들 두려워할 것이 어디 있겠느냐?"

그렇게 말하고 그는 스스로 옥으로 걸어 들어갔다. 황비호는 부친과 두 아들이 한꺼번에 들어오는 것을 보고 대성통곡했다.

"이제 아버님의 말씀대로 이 못난 자식은 만고의 역적이 되고 말았습니다. 이런 날이 올 줄 어찌 알았겠습니까?"

그러자 황곤이 말했다.

"일이 이 지경이 되었으니 후회해봐야 아무 소용도 없다. 애초에 내 목숨 하나만이라도 건지게 해달라고 부탁했지만 네가 거절했거늘 무엇을 또 원망하는 것이냐?"

두 부자는 옥에 갇혀 구슬피 통곡했다.

한편 한영이 황비호 가문 전체를 생포한 공을 세우고 그들의 재물까지 모두 챙기게 되자 여러 장수와 벼슬아치들이 잔치를 열어 축하해주었다. 한영은 요란하게 풍악을 울리며 즐겁게 술을 마시다가 물었다.

"저들을 조가로 압송하는 일은 누구에게 맡기면 좋겠는가?"

그러자 여화가 말했다.

"아무래도 제가 직접 가야 아무 탈이 없을 듯합니다."

"하하! 그래야 내가 마음이 편하지."

그날은 날이 저물어서 술자리를 파했다.

이튿날 여화는 군사 삼천 명을 선발하여 황씨 집안의 죄수 열한 명을 조가로 압송했다. 이에 여러 관리들이 전별 잔치를 열어주었고 술자리가 파하자 한 발의 포성과 함께 병사들이 일제히 출발했다. 그렇게 팔십 리 남짓 가서 계패관에 이르렀는데 죄수를 호송하는 수레에 갇혀 있던 황곤은 사령부의 건물은 그대로인데 뜻밖에 자신은 지금 죄수의 몸인지라 그 풍경을 보고 마음이 쓰려서 자기도 모르게 눈물을 흘렸다. 관문 안의 백성들도 모두 나와서 그 모습을 보고 탄식하며 눈물을 흘렸으니 이 이야기는 이 정도만 하겠다.

한편 건원산 금광동의 태을진인은 한가로이 벽유상에 앉아 원신을 운용하고 있는데 갑자기 심장이 두근거리는 것이었다. 여러분, 무릇 신선이란 번뇌와 진노, 애욕을 영원히 잊어버려서 그 마음이 돌과 같으니 더 이상 동요하지 않는 법이지요. 그러니 심장이 두근거렸다는 것은 갑자기 피가 쏠렸다는 뜻이라오. 어쨌든 태을진인은 소매 안에서 손가락을 짚어 점을 쳐보고 금방 상황을 파악했다.

"이런! 알고 보니 황씨 부자가 재난에 처했구나. 그렇다면 당연히 내가 구해줘야지."

그는 곧 금하동자를 불렀다.

"애야, 가서 네 사형을 좀 데려오너라."

금하동자가 복숭아밭으로 가보니 나타가 거기서 창술을 연마하고 있었다.

"사형, 사부님께서 찾으십니다."

이에 나타는 창을 거두고 벽유상 아래로 가서 엎드려 절했다.

"사부님, 무슨 일로 부르셨습니까?"

"황비호 부자가 재난에 처했으니 네가 가서 구해주도록 해라. 사수관 밖까지만 전송해주고 즉시 돌아와야 한다. 먼 훗날 너는 그 사람과 함께 천자를 모시는 신하가 될 것이니라."

원래 몸을 움직이기 좋아하는 나타는 속으로 무척 기뻐하며 얼른 짐을 꾸려 하산했다. 그는 양쪽에 각기 바람과 불길을 일으키는 두 개의 바퀴인 풍화륜을 타고 화첨창을 든 채 건원산을 떠나 순식간에 천운관에 도착했다. 이를 묘사한 시가 있다.

풍화륜 타고 공중에 날아오르니
건원의 도술 오묘함이 무궁하구나!
바람처럼 천하를 주유하여
순식간에 천운관이 눈에 들어오는구나.

脚踏風輪起在空　乾元道術妙無窮

週遊天下如風響　忽見穿雲眼角中

그러니까 나타는 풍화륜을 타고 순식간에 천운관에 도착하여 어느 산언덕에 내렸다. 잠시 사방을 둘러봐도 아무 동정이 없어서 한참 동안 서 있노라니 저쪽에서 한 무리 인마가 깃발을 펄럭이며 창칼을 들고 삼엄하게 진용을 갖춘 채 다가오고 있었다.

'다짜고짜 공격할 수는 없는 노릇이니 일단 평계를 찾아야겠군.'

이렇게 결심한 그는 노래를 지어 불렀다.

나는 언제 태어났는지도 모르겠고

사부님만 두려울 뿐 하늘도 두렵지 않아!

예전에 태상노군께서 이곳에 들르신 것은

아마도 내게 황금 벽돌을 하나 주시려 했기 때문일 테지.

吾當生長不記年　只怕師尊不怕天

昨日老君從此過　也須送我一金磚

그렇게 노래를 부르고 나서 그는 풍화륜을 몰아 길목에 버티고 섰다. 그러자 정찰병이 달려가 여화에게 보고했다.

"장군님, 어떤 사람이 바퀴 위에 서서 노래를 부르고 있사옵니다."

여화는 영채를 차리게 하고 곧 화안금정수에 올라 살펴보았다. 나타는 이런 모습이었다.

신령하고 보배로운 진주 속세에 떨어져

진당관 안에서 참모습으로 벗어났구나.

구만하 아래에서 이간을 처단하고

분노하여 새끼 용의 힘줄 뽑았지.

보덕문 아래에서 오광을 굴복시키고

두 번이나 건원산에 올라 본래 모습 드러냈지.

세 차례 이정을 쫓고서야 아버지로 인정했고

화첨창 하나 비밀리에 전수받았지.

정수리에 묶은 두건 찬란히 빛나고

수합포에는 호랑이와 용의 문양 수놓은 띠를 둘렀지.

황금 벽돌 이르는 곳에는 거침이 없고

건곤권은 혼천릉과 어울리지.

기주에서 여러 차례 전투 벌여 공을 세우고

비로소 주나라 팔백 년의 역사 확보해주었지.

동쪽으로 다섯 관문에 나아가 선봉이 되었고

창과 깃발 펼치니 견줄 자 없었지.

연꽃의 화신으로 상처도 입지 않는 몸

여덟 개 팔이 있는 나타는 곳곳에 명성 자자하지.

異寶靈珠落在塵	陳塘關內脫眞神
九灣河下誅李艮	怒發抽了小龍筋
寶德門前敖光服	二上乾元現化身
三追李靖方認父	祕授火尖槍一根
頂上揪巾光燦爛	水合袍束虎龍文
金磚到處無遮擋	乾坤圈配混天綾
西岐屢戰成功績	方保周朝八百春
東進五關爲前部	槍展旗開迥絕倫
蓮花化身無壞體	八臂哪吒到處聞

어쨌든 여화가 물었다.

"그대는 누구인가?"

"내가 이곳을 차지하고 산 지 오래되었으니 지나가는 사람은 벼슬아치나 황제를 막론하고 모두 내게 통행세를 내야 한다. 너는 지금 어디로 가는 길이냐? 당장 통행세를 내지 않으면 결코 보내주지 않겠다!"

"하하! 나는 바로 사수관의 사령관 한영 장군의 선봉장 여화다. 지금 역적 황비호 등을 조가로 압송하는 중인데 네놈이 대담하게 길을 막고 무슨 노래까지 불렀구나! 당장 물러가면 목숨은 구할 수 있을 것이다."

"알고 보니 장수를 사로잡아 공을 세운 모양인데 어쨌든 여기를 지나려면 황금 벽돌 열 개를 통행세로 내야 한다."

이에 여화가 버럭 화를 내며 화안금정수를 몰고 달려들어 방천화극을 휘두르자 나타도 들고 있던 창으로 맞서면서 일대 격전이 벌어졌다. 한쪽은 칠살고성七煞孤星°의 화신으로 맹호처럼 용맹하고 다른 한쪽은 연꽃의 화신으로 신위를 자랑했다. 나타는 신선에게 전해지는 오묘한 술법을 지니고 있어서 다른 많은 이들과는 전혀 달랐기 때문에 여화를 기진맥진하도록 몰아붙였다. 이렇게 되자 여화는 방천화극을 허공으로 내지르고 곧바로 도망쳐버렸다. 그러자 나타가 소리쳤다.

"게 섰거라!"

그가 쫓아오는 것을 본 여화는 방천화극을 걸어놓고 육혼번을 꺼내 황비호 등을 잡은 술법으로 나타를 사로잡으려고 했다. 그러자 나타가 껄껄 웃었다.

"그것은 육혼번이 아니더냐? 그까짓 게 뭐 별거라고!"

나타는 여러 갈래의 검은 기운이 자신을 향해 달려들자 손을 휘저어 그 기운을 잡아채서 표범 가죽으로 만든 자루에 집어넣고 고함을 질렀다.

"또 뭘 가지고 있느냐? 한꺼번에 다 던져봐라!"

보물을 빼앗긴 여화는 화안금정수의 고삐를 당겨 돌아서서 다시 나타에게 넘벼들었다. 나타는 사부의 분부에 따라 황비호 일행을 구하러 왔는데 여화가 기밀을 눈치채고 그들을 죽여버리면 오히려 상황이 나빠지게 될까 봐 염려스러웠다. 이에 그는 왼손에 든 창으로 방천화극을 막고 오른손으로는 황금 벽돌을 하나 들어 공중에 떨어뜨리며 소리쳤다.

"가라!"

그 순간 오색 광채가 피어나면서 천지가 어둑해지더니 건원산의 보물에서 빛이 났다. 그리고 벽돌이 떨어져 내려 여화의 정수리를 내리치니 여화는 칠공에서 피를 뿜으며 안장에 엎어져 방천화극을 끌며 도망쳤다. 나타는 잠깐 그를 쫓아가다가 생각을 바꿨다.

'사부님께서 황비호 일행을 구하라고 하셨는데 저놈을 쫓다가 큰일을 그르치면 안 되잖아?'

이에 그는 풍화륜의 방향을 바꾸고 황금 벽돌을 던져 병사들을 뿔뿔이 흩어지게 만들었다. 병사들이 '걸음아, 나 살려라' 하고 도망치자 나타는 머리를 풀어 헤치고 얼굴에 때가 묻은 채 죄수를 싣는 수레 안에 갇힌 사람들을 향해 소리쳤다.

"황 장군이 어느 분이오?"

그러자 황비호가 되물었다.

"그대는 누구인가?"

"저는 건원산 금광동에 계시는 태을진인의 제자 이나타李哪吒인데 사부님께서 장군님이 작은 재앙에 처하신 것을 아시고 저더러 구해드리라고 하셨습니다."

이어서 나타가 황금 벽돌로 수레를 부수고 사람들을 구해내자 황비호가 무척 기뻐하며 엎드려 감사의 절을 올렸다. 그러자 나타가 말했다.

"여러분, 살펴 가십시오. 저는 이제 사수관을 점령하여 여러분이 관문 밖으로 나가시도록 해드리겠습니다."

그러자 모두들 재삼 감사했다.

"크나큰 덕을 베풀어 남은 목숨을 구해주셔서 정말 감사합니다."

황비호 일행은 모두들 무기를 들고 노기충천하여 이를 갈며 나타의 뒤를 따라갔다.

한편 패주한 여화는 하루에 천 리를 달리는 화안금정수를 타고 금방 사수관으로 돌아갔다. 천운관에서 사수관까지는 백육십 리밖에 되지 않았기 때문이다. 그때 한영은 여러 장수들과 즐겁게 술을 마시면서 황씨 가문의 일을 안주로 삼고 있었는데 갑자기 수문장의 보고가 들어왔다.

"선봉장 여화가 대기하고 있사옵니다."

"아니, 왜 다시 돌아왔다는 말이냐? 분명 무슨 일이 있는 게로구나! 어서 들라 하라!"

남의 집에 들어가면 이런저런 일을 묻지 않아도 주인 얼굴만 보면 알 수 있다고 하지 않던가? 한영은 여화가 들어오자마자 다급히 물었다.

"장군, 왜 돌아오셨소? 안색을 보아하니 부상을 당한 것 같구려."

여화는 나타에게 패주하게 된 경위를 설명했다. 한영이 다급히 물었다.

"그럼 황비호 일당은 어찌 되었소?"

"모르겠습니다."

한영은 발을 구르며 탄식했다.

"고생만 하고 역적을 놓쳐버렸구려. 폐하께서 이 사실을 아시게 되면 나도 처벌을 면치 못하지 않겠소?"

그러자 장수들이 말했다.

"황비호는 이 관문을 지나갈 수도 조가로 물러설 수도 없는 처지가 아닙니까? 어서 관문의 요충지에 군사를 배치하여 역적들이 빠져나가지 못하게 하셔야 합니다."

그렇게 한창 의논하고 있는데 정찰병이 들어와서 보고했다.

"어떤 사람이 바퀴를 타고 창을 휘두르며 칠수장군을 만나야겠다고 으름장을 놓고 있사옵니다."

그러자 여화가 옆에서 말했다.

"바로 그자입니다."

한영은 진노하여 모든 장수들에게 말에 오르라고 소리쳤다.

"내가 사로잡아 오겠다!"

한편 나타는 사수관의 장수들이 군사를 이끌고 우르르 몰려나오자 고함을 질렀다.

"여화, 당장 나와서 시비를 따져보자!"

한영이 홀로 말을 몰아 앞으로 나서며 물었다.

"너는 누구냐?"

나타는 머리를 묶어 모자를 쓰고 황금 갑옷에 옥 허리띠를 매고 강철 창을 든 채 은빛 갈기를 날리는 말에 앉은 한영을 보고 이렇게 대답했다.

"나는 바로 건원산 금광동에 계신 태을진인의 제자 이나타다. 사부님의 분부를 받들어 황씨 가문을 구하러 와서 조금 전에 여화라는 자를 만났는데 때려죽이지 못했기 때문에 그자를 잡으러 이렇게 왔다."

"조정에 죄를 지은 관리를 납치하고도 여기까지 와서 행패를 부리다니 정말 괘씸하구나!"

"성탕의 운수가 다해가고 서기에 성스러운 군주가 이미 나타났으니 황씨 가문은 주나라의 동량이 될 사람들이라 하늘이 드리운 징조에 부응한다. 그런데 너희는 어찌 하늘이 정한 운명을 거스르며 이렇게 생각 없는 재앙을 일으키느냐?"

이에 한영은 진노하여 창을 휘두르며 말을 몰아 달려들었고 나타도 풍화륜을 굴리며 창을 들어 맞섰다. 그들이 몇 판 맞붙지 않았을 때 좌우의 병사들이 일제히 주위를 에워쌌으니 그야말로 엄청난 격전이 벌어졌다.

둥둥 북소리
현란하게 흔들리는 깃발

삼군은 일제히 함성 지르고

장수는 저마다 창칼을 들었다.

나타의 창에서는 불꽃이 피어나고

말 위의 한영은 영웅의 기개 드러낸다.

여러 장수들 호랑이처럼 용맹하고

나타는 사자가 머리를 흔드는 듯하다.

장수들 산예가 꼬리 흔드는 듯하고

나타는 바다를 뒤흔드는 황금 자라 같다.

화첨창은 괴이한 이무기 같고

장수와 병졸들의 살기 도도히 피어난다.

나타는 관문을 쳐서 문을 열어 무위를 자랑하고

한영은 저지하며 영웅의 기개 드높이 드러낸다.

천하의 전쟁이 여기에서 시작되니

사수관 앞의 일전은 그 첫 번째였지.

咚咚鼓響　雜彩旗搖

三軍齊吶喊　眾將執槍刀

哪吒鋼槍生烈焰　韓榮馬上逞英豪

眾將精神雄似虎　哪吒像獅子把頭搖

眾將如狻猊擺尾　哪吒似攬海金鰲

火尖槍猶如怪蟒　眾將兵毅氣滔滔

哪吒斬關落鎖施威武　韓榮阻擋英雄氣概高

天下兵戈從此起　汜水關前頭一遭

나타의 화첨창은 금광동에서 전수받은 것이라 수법이 예사롭지 않았다. 공격할 때는 은빛 백룡이 발톱을 휘두르는 것 같고 거둬들일 때는 마치 번개가 치고 무지개가 피어나는 것 같아서 창을 맞은 장수들은 줄줄이 낙마했다. 결국 그들은 도저히 나타를 당해내지 못하고 뿔뿔이 도망쳐버렸고 오직 한영만이 필사적으로 대적했다. 전투가 한창 무르익었을 때 뒤쪽에서 황명과 주기, 용환, 오겸, 황비표 형제가 일제히 공격해 오면서 고함을 질렀다.

"이번에는 반드시 한영을 사로잡아 복수하고 말겠다!"

이렇게 되자 여화도 어쩔 수 없이 화안금정수를 이리저리 몰면서 방천화극을 휘두르며 달려 나왔고 양측은 어지럽게 뒤얽혀 전투를 벌였다. 나타는 황씨 가문의 장수들이 공격에 가담하자 황금 벽돌을 꺼내 공중으로 던져서 한영을 정확하게 맞혔다. 그 바람에 호심경護心鏡이 박살 나버린 한영은 당황하여 달아났고 여화가 고함을 질렀다.

"이나타, 우리 사령관을 해치지 마라!"

여화는 방천화극을 휘두르며 달려들었지만 서너 판도 견디지 못했다. 나타가 창으로 화극을 막으면서 표범 가죽 자루에서 건곤권을 꺼내 여화의 팔을 쳐버리니 당장 뼈가 부러지고 힘줄이 끊어져 하마터면 화안금정수에서 떨어질 뻔했다. 이에 여화도 황급히 동북쪽으로 도망쳤다. 이렇게 나타가 사수관을 접수하자 황명과 주기 등은 관문 안의 군사들 사이를 어지럽게 뚫고 다니며 닥치는 대로 살육했다.

이튿날 황곤과 황비호 등은 한영의 거처에 있는 재물을 모조리 수레에 싣고 사수관을 나갔는데 그곳은 바로 서기의 영역이었다.

한편 나타는 그들을 금계령까지 전송하고 작별 인사를 했다. 그러자 황비호와 여러 장수들이 감사했다.

"뜻밖에 공자公子의 은혜를 입어 못난 목숨을 구할 수 있었습니다. 이제 헤어지면 언제 다시 뵐 수 있을까요? 충실한 수하가 되어 성심을 다해 보은하고 싶습니다."

"남은 길을 평안히 가십시오. 저도 얼마 후에 서기로 가서 다시 만나게 될 것입니다. 너무 과찬하실 필요 없습니다."

나타가 작별하고 건원산으로 돌아가자 무성왕은 원래 거느리고 있던 삼천 명의 인마와 장수들과 함께 새벽이면 출발하고 밤이면 야영하면서 높고 험한 산길과 깊고 거센 강물을 건너 길을 재촉했으니 이를 묘사한 시가 있다.

조가를 버리고 성스러운 군주에게 귀의하니
다섯 관문의 성패는 힘으로 막기 어려웠지.
강상이 이로부터 군대를 움직이게 되니
틀림없이 천자가 주나라를 정벌하리라!

別却朝歌歸聖主　五關成敗力難支
子牙從此刀兵動　準被四九伐西岐

황비호 일행은 수양산 도화령桃花嶺을 지나 연산을 넘어 여러 날 행군하여 서기산에 도착했다. 그곳에서 주나라의 도성까지는 칠십 리밖에 되지 않았다. 황비호는 기산에 영채를 차리게 하고 황곤에게 말했다.

"아버님, 제가 먼저 서기로 가서 강 승상을 만나보겠습니다. 우리를 받아들여준다면 이대로 성으로 들어가고 그렇지 않으면 다른 방법을 찾아봐야겠지요."

"좋은 생각이구나."

황비호는 하얀 소복을 입고 오색신우에 올라 칠십 리를 달려 서기에 도착했다. 그곳은 산천이 수려하고 풍속도 순후하여 다른 곳과는 아주 달랐다. 행인은 서로 길을 양보하고 위아래 사람의 예절이 반듯하며 사람과 물산도 풍부하고 지리적 여건도 적이 침입하기 어렵게 험준했다.

"주나라 제후가 성인이라고 하더니 과연 백성이 평안하고 물산도 풍부해서 요·순 시대의 재현이라 해도 과언이 아니로구나!"

그는 곧 성으로 들어가서 어느 백성에게 물었다.

"강 승상의 저택이 어디입니까?"

"소금교小金橋 입구에 있습니다."

황비호는 소금교 근처에 있는 강상의 저택으로 가서 문지기에게 말했다.

"승상께 조가의 황비호가 뵙고 싶어 한다고 전해주시구려."

문지기는 운판을 울렸고 강상이 은안전에 나오자 명함을 바쳤다. 강상은 명함을 받아보고 말했다.

"조가의 황비호라면 무성왕이 아닌가? 여기는 무슨 일로 오셨을꼬? 어서 안으로 모시게!"

그는 관복을 갖춰 입고 의문으로 나가서 황비호를 맞이했다. 잠시 후 황비호가 처마 아래에 이르러 절을 올리자 강상도 공손히 답례했다.

"전하, 멀리까지 영접하러 나가지 못해 죄송하옵니다."

"저는 반역을 저지른 신하로서 이제 숲을 잃은 새가 둥지를 틀 나뭇가지를 찾듯이 상나라를 버리고 주나라에 귀의하려 합니다. 저희를 받아주신다면 그 은혜를 잊지 않겠습니다."

강상은 황급히 그를 부축해 일으키고 주인과 손님의 자리를 나누어 권했다. 그러자 황비호가 말했다.

"저는 상나라에 반역을 일으킨 신하인데 어찌 감히 승상의 옆자리에 앉을 수 있겠습니까?"

"무슨 말씀을! 제가 비록 재상의 자리에 있다고는 하나 예전에는 전하의 수하였지 않사옵니까? 그런데 왜 이리 겸양하시옵니까?"

그제야 황비호가 공손히 자리에 앉자 강상이 허리를 숙여 예를 표하며 물었다.

"전하, 무슨 일로 상나라를 버리셨사옵니까?"

"주왕이 황음무도하고 권력을 쥔 간신이 언로를 막아 충신의 간언을 듣지 않고 소인배만 가까이하고 있습니다. 밤낮을 가리지 않고 여색을 탐하고 사직에는 신경을 쓰지 않으며 충신을 해치면서도 전혀 거리낌이 없고 엄청난 토목공사를 일으켜 만백성에게 해를 끼쳤습니다. 게다가 설날에는 제 아내가 새해 인사를 하러 입궁했는데 달기가 계책을 꾸며 함정에 빠뜨리는 바람에 적성루 아래로 몸을 던져 죽었습니다. 또 제 여동생은 서궁을 지키는 비빈의 신분인데 그 소식을 듣고 적성루로 찾아가 그 잘못을 구명하여 바로잡으려 했지만 달기를 편애하는 주왕이 제 여동생의 뒷덜미와 옷자락을 붙잡고

황비호, 주나라에 귀의하여 강상을 만나다.

적성루 아래로 내던지는 바람에 온몸이 바스러져 죽고 말았습니다. 저는 군주가 올바르지 않으면 신하가 외국에 투신하는 것이 당연하다고 생각하여 마침내 조가를 버리고 어렵사리 다섯 관문을 빠져나왔습니다. 이제 이 나라에 투신하여 신하로서 온 정성을 다하고자 하니 한없이 큰 은혜를 베푸시어 저희 부자를 받아들여주십시오.”

강상은 그 말을 듣고 무척 기뻐했다.

“전하께서 투신하여 이 사직을 유지하도록 힘써주신다면 제 주군을 위해서도 더없이 큰 행운이 아닐 수 없사옵니다. 그러니 어찌 받아들이지 않겠사옵니까? 잠시 공관에서 쉬고 계시옵소서. 제가 즉시 입궐하여 주군을 알현하고 오겠사옵니다.”

황비호는 강상의 수하를 따라 공관으로 갔고 강상은 말을 타고 궁궐로 갔다. 당시 무왕은 현경전에서 느긋하게 앉아 있었는데 시종이 아뢰었다.

“승상께서 어명을 기다리고 있사옵니다.”

“안으로 모셔라!”

강상이 절을 올리자 무왕이 물었다.

“상보, 무슨 일로 오셨습니까?”

“전하, 엄청난 경사가 생겼사옵니다. 지금 성탕의 무성왕 황비호가 주왕을 버리고 전하께 투신하러 왔사오니 이는 우리 주나라가 크게 흥성할 조짐이옵니다.”

“황비호는 황실의 친척이 아니오?”

“그렇사옵니다, 옛날에 선왕께서 문왕에 봉해져서 거리를 행차하실 때 그분께 큰 은혜를 입은 적이 있사옵니다. 이제 그분이 투신하러 오셨으니 당연히 전하께서 알현을 허락해주시는 것이 예의에 맞을 것이옵니다."

"그렇게 해야지요."

잠시 후 관리가 돌아와서 보고했다.

"황비호가 대령했사옵니다."

무왕이 그를 대전으로 데려오라고 분부하자 황비호가 들어와서 엎드려 절을 올렸다.

"전하, 성탕에서 반역을 일으킨 신하 황비호가 인사 올리나이다. 천세千歲, 천세, 천세!"

무왕이 답례하며 말했다.

"장군의 덕망이 천하에 퍼지고 사방에 의로움을 펼쳐 한없는 은덕을 쌓아서 모두들 진정 충성스럽고 어진 군자라고 우러르기에 오래도록 만나뵙고 싶었는데 이제 이렇게 뵙게 되니 정말 삼생三生의 행운이라 하겠습니다."

황비호가 바닥에 엎드려 아뢰었다.

"전하, 저희 가문을 이끌어 죽음의 구렁텅이와 천라지망에서 꺼내주셨으니 모자란 능력이나마 최선을 다해 은혜에 보답하겠나이다!"

이에 무왕이 강상에게 물었다.

"황 장군께서는 상나라에서 무슨 관직에 계셨습니까?"

"진국무성왕의 지위를 받았사옵니다."

"그렇다면 우리 주나라에서는 글자 하나만 바꿔서 개국무성왕開國武成王에 봉하겠소이다."

황비호는 성은에 감사했다. 무왕은 잔치를 열어 함께 술을 마시며 주왕의 잘못된 정치에 대해 자세한 이야기를 나누었다. 그러다가 무왕이 말했다.

"군주가 올바르지 않다 하더라도 신하는 공손하게 예의를 갖추어 대해야 하지 않겠습니까? 각자 자신의 도리를 다해야 할 따름이지요."

이어서 무왕은 강상에게 분부했다.

"길일을 택해 공사를 시작하여 무성왕께 왕부王府를 지어주십시오."

"예!"

잠시 후 술자리가 파했다.

이튿날 황비호는 대전에 나아가 성은에 감사하고 이렇게 아뢰었다.

"제 아비인 황곤과 아우인 황비표와 황비표, 아들 황천록과 황천작, 황천상 그리고 의동생인 황명과 주기, 용환, 오겸 그리고 휘하의 장수 천 명과 삼천 명의 인마가 도성에 함부로 들어올 수 없어서 지금 기산에 영채를 차리고 주둔하고 있사오니 어찌할지 처분을 내려주시옵소서."

"노장군老將軍께서 오셨다면 속히 도성으로 들어오게 하십시오. 모두들 예전과 같은 관직을 맡기겠소이다."

이리하여 주나라는 황비호를 얻게 되었다. 당시 천하는 곳곳에서 전쟁이 일어나 어지러웠으니 뒷일이 어찌 되는지는 다음 회를 보시라.

조전, 병사를 이끌고 주나라를 탐문하다
晁田兵探西岐事

영채를 나온 황비호 일행은 솔개가 날아서
하늘에 오르는 것처럼 서기로 가기를 바랐지.
군대가 다섯 관문 지나니 사람은 적막해지고
장차 몇 번이나 붉은 피 줄줄 흘릴까?
강상은 오묘한 계책으로 주나라를 안정시켰지만
문중은 주왕의 잘못 바로잡을 방책이 없었지.
용맹한 군대 있다 해도 모두 등지고 떠났거늘
조전은 부질없이 스스로 전쟁에 뛰어들었지.

黃家出寨若飛鳶　盼至西岐擬到天
兵過五關人寂寂　將來幾次血涓涓
子牙妙算安周室　聞仲無謀改紂愆
縱有雄師皆離德　晁田空自涉風煙

한편 조가에 있던 태사 문중은 황비호를 쫓아 임동관에 도착했지만 결국 도덕진군이 뿌린 한 줌의 모래에 속아 병사를 되돌린 꼴이 되고 말았다. 그런데 태사는 벽유궁碧游宮 금령성모金靈聖母의 제자로 오행의 대법으로 바다를 뒤집고 산을 옮기는 능력이 있으며 바람 냄새만 맡고도 승패를 알 수 있고 흙냄새만 맡고도 적군의 상황을 알 수 있는데 어찌 한 줌의 신령한 모래를 알아보지 못했을까? 이는 하늘의 운수가 이미 주나라에게 돌아가 있었기 때문에 이번에는 문 태사도 음양의 기운을 헤아리는 과정에서 실수를 저지르고 말았던 것이다. 결국 문 태사는 돌아가는 군사를 쫓다가 자기도 길을 잃고 어쩔 수 없이 조가로 들어가게 되었다. 소식을 들은 문무백관들은 모두 나와서 문 태사를 맞이하며 일이 어떻게 되었는지 궁금해했다. 문 태사가 황비호 일행을 쫓아간 일에 대해 들려주자 그들은 아무 말도 하지 못했다.

태사는 한참 동안 말없이 생각에 잠겨 있었다.

'설사 황비호가 도망쳤다 하더라도 왼쪽은 청룡관의 장계방이, 오른쪽은 마씨 가문의 네 장수가, 중앙에는 다섯 개의 관문이 있으니 제가 날개를 단다 하더라도 빠져나가지 못할 거야.'

그때 수하가 보고했다.

"임동관의 소은이 관문의 빗장을 열어주고 장봉을 죽여 황비호를 관문 밖으로 내보냈다고 하옵니다."

문 태사가 뭐라고 하기도 전에 다시 보고가 연달아 올라왔다.

"황비호가 동관에서 진동을 살해했사옵니다."

"천운관에서는 진오를 죽였사옵니다."

"계패관의 황곤이 아들을 따라 기주로 투신하러 떠났사옵니다."

"사수관의 한영으로부터 지금 보고가 올라왔사옵니다."

문 태사는 그 문서를 보고 진노했다.

"나는 상나라 선왕으로부터 후사를 부탁한다는 유언을 받들어 막중한 임무를 띠고 있는데 뜻밖에 지금 천자께서 정치를 그르치는 바람에 사방에서 반란이 일어나 먼저 동쪽과 남쪽의 제후들이 조정을 등졌다. 그런데 황궁 안에서 재앙이 일어나 설날에 사고가 터져서 수족 같은 충신이 반역을 일으키게 될 줄이야! 그나마 미처 쫓아가기도 전에 도중에 계책에 걸려들어 돌아올 수밖에 없었으니 이것이 바로 하늘의 뜻인가 보구나. 이제 성패를 알 수 없으니 나라의 흥망을 어찌 단정할 수 있겠는가? 하지만 나는 감히 선왕의 유언을 저버리지 못하겠으니 신하로서 도리를 다하여 죽음으로 선왕의 은혜에 보답하리라! 여봐라, 북을 울려 장수들을 소집하라!"

잠시 후 장수들이 모두 모여서 절하자 문 태사가 물었다.

"장군들, 이제 황비호가 반역을 저질러 희발에게 귀의했으니 틀림없이 변란이 생겨날 것이오. 그러니 차라리 우리가 먼저 군사를 일으켜 그 죄를 다스리고 천자께 복종하지 않는 자들을 토벌하는 것이 어떻소이까?"

그러자 반열에서 사령관 노웅이 앞으로 나와 말했다.

"동백후 강문환이 몇 해 동안 전쟁을 일으켜 유혼관의 두융이 노심초사 고생하고 있고 남백후 악순이 몇 달을 연이어 삼산관을 침략해 목숨을 해쳐서 등구공께서는 잠조차 편히 주무시지 못하는 실정이옵니다. 지금 황비호가 반역을 일으켜 다섯 관문을 나갔으나 태사께서는 장수들을 점검하여 관문의 방어를 더욱 단단히 하시는 것이 좋겠사옵니다. 설사 희발이 군대를 일으켜 쳐들어온다 해도 중앙에 다섯 관문이 버티고 있고 좌우에는 청룡관과 가몽관이 있으니 황비호가 아무리 재간이 있다 한들 어쩔 수 없을 것이옵니다. 그러므로 굳이 그렇게 격노하실 필요는 없다고 생각하옵니다. 당장 지금 두 곳의 전쟁이 끝나지 않은 상황인데 또 다른 곳에서 전쟁을 일으켜서 스스로 문제를 키울 필요는 없지 않사옵니까? 하물며 지금은 나라의 창고가 비어 전량이 부족한 상황이라는 점을 고려하셔야 하옵니다. '대장의 자리에 있는 사람은 싸울 때와 수비할 때를 분명히 구별할 줄 알아야 천하를 안정시킬 수 있다'라는 옛말도 있지 않사옵니까?"

"옳은 말씀이기는 하나 주나라가 본분을 지키지 않고 변란을 일으킬 수도 있으니 내 어찌 방비하지 않을 수 있겠소? 게다가 주나라의 남궁괄은 뛰어난 용장이고 산의생은 온갖 계략에 뛰어나며 강상은 도술까지 부릴 줄 아니 방비하지 않을 수 없소이다. 바둑에서 돌 하나를 잘못 놓으면 백 개의 다른 돌이 허사로 돌아가는 법이고 목이 마를 때에야 우물을 파는 것은 후회해도 이미 때가 늦은 처사가 아니겠소!"

"결정하기 곤란하시면 장수 한두 명을 다섯 관문 밖으로 파견하여 서기의 정세를 탐문해보시는 것이 어떠하옵니까? 만약 저들이 움직일 기미가 보이면 저희도 움직이고 그렇지 않으면 그냥 수비만 단단히 하고 있으면 되지 않겠사옵니까?"

"좋은 말씀이오. 자, 그럼 누가 다녀오시겠소?"

그러자 한 장수가 나섰으니 바로 우성상장佑聖上將 조전이었다.

그는 문 태사에게 허리를 굽혀 예를 표하고 말했다.

"제가 가서 저들의 허실을 탐문하고 서기로 진격하거나 후퇴할 때 이용할 만한 지형지물이 있는지 살펴보겠사옵니다. 이야말로 '눈으로 보면 흥망성쇠를 알 수 있고 세 치 혀로 나라를 평안히 할 수 있는' 일이라고 생각하옵니다."

기주의 허실을 탐문하겠다고 자원하여
삼만 명의 병사 이끌고 도성을 나갔지.
강상이 오묘한 계책으로 임시방편의 수를 써서
장수를 붙잡아 성스러운 군주를 알현하게 했지.

願探西岐虛實情　提兵三萬出都城

子牙妙策權施展　管取將軍謁聖明

태사는 조전이 자원하자 무척 기뻐하며 삼만 명의 병력을 선발하여 그날로 즉시 조가를 떠나게 했으니 그 모습은 이러했다.

하늘을 울리는 포성
땅을 뒤흔드는 징 소리
하늘을 울리는 포성은
드넓은 대해에 봄날 우레가 치는 듯하고
땅을 뒤흔드는 징 소리는
만 길 산 앞에 벼락이 치는 것 같았지.
사람은 산을 떠나는 사나운 호랑이 같고

말은 물에서 뛰쳐나온 교룡 같았지.

펄럭이는 깃발은

상서로운 오색구름 같고

휘황찬란한 창칼은

한겨울의 상서로운 눈 같았지.

하늘 가득한 살기가 천지를 뒤덮고

대지 가득한 전쟁의 먼지는 우주를 덮었지.

용맹한 병사들은 서로 앞자리를 다투고

말에 탄 호랑이 같은 장수들은 날카로운 칼을 들었지.

눈부신 은빛 투구 흰 구름 나는 듯하고

선명한 갑옷 찬란하게 빛났지.

우르르 몰려가는 군사는 터진 봇물 같고

도도히 치달리는 말은 산예처럼 사나웠지.

轟天砲響　震地鑼鳴

轟天砲響　汪洋大海起春雷

震地鑼鳴　萬仞山前飛霹靂

人如猛虎離山　馬似蛟龍出水

旗幡擺動　渾如五色祥雲

戟劍輝煌　却似三冬瑞雪

迷空殺氣罩乾坤　遍地征雲籠宇宙

征夫猛勇要爭先　虎將鞍韉持利刃

銀盔蕩蕩白雲飛　鎧甲鮮明光燦爛

滾滾人行如泄水　滔滔馬走似猱猊

그러니까 조전과 조뢰가 이끄는 병력은 조가를 떠나 황하를 건너 다섯 관문을 나가면서 여러 날 동안 새벽같이 출발하고 밤이 되면 야영했다. 정찰병의 보고로 이미 서기에 들어선 것을 알게 된 조전은 영채를 차리게 하고 대포를 쏘면서 전군이 함성을 지르며 서쪽 성문을 봉쇄하게 했다.

한편 저택에 한가로이 앉아 있던 강상은 갑자기 땅을 뒤흔드는 함성 소리가 들리자 주위의 수하에게 물었다.

"웬 함성 소리인가?"

잠시 후 정찰병이 달려와 보고했다.

"승상, 조가의 병력이 서문을 봉쇄하고 있는데 어찌 된 영문인지 모르겠사옵니다!"

강상은 잠시 생각하다가 곧 명령을 내렸다.

"북을 울려 장수들을 소집하라!"

잠시 후 장수들이 모여서 절을 마치자 강상이 말했다.

"상나라 군대가 침입해 왔는데 이유를 모르겠구려."

그러자 장수들도 일제히 대답했다.

"저희도 영문을 모르겠사옵니다."

한편 영채를 세우고 난 조전은 아우 조뢰와 상의했다.

"태사의 명령에 따라 서기의 허실을 탐문하러 왔는데 알고 보니 아무 준비도 하지 않는구먼. 그러니 오늘 서기로 가서 한판 벌여보는 것이 어떤가?"

조전, 병사를 이끌고 주나라를 탐문하다.

"좋은 생각이십니다."

조뢰는 곧 말에 올라 칼을 뽑아 들고 성 아래로 가서 싸움을 걸었다. 장수들과 논의하고 있던 강상은 정찰병의 보고를 받고 그들을 향해 물었다.

"누가 가서 허실을 알아보시겠소?"

그 말이 끝나기도 전에 대장군 남궁괄이 바로 대답했다.

"제가 나가겠사옵니다."

강상이 허락하자 남궁괄은 한 무리 병력을 이끌고 성 밖으로 나가 진세를 펼쳤다. 그가 말에 탄 채 상대 진영의 깃발을 살펴보니 바로 조뢰의 군대였다.

"조 장군, 멈추시오! 천자께서 왜 아무 이유도 없이 서기에 군대를 보내 공격하게 하시는 것이오?"

"폐하의 칙명과 태사의 군령을 받아 희발이 천자의 어명에 따르지 않고 멋대로 제후의 지위에 올랐을 뿐만 아니라 가증스럽게도 역적 황비호를 거둬들인 일을 문책하러 왔소. 어서 들어가서 그대의 주군에게 전하시오, 속히 역적을 바쳐서 조가로 압송하게 해주면 자신의 재앙은 피할 수 있겠지만 머뭇거리다가는 후회해도 늦을 것이라고 말이오!"

"하하! 조뢰, 내 말을 들어봐라! 주왕은 막중한 죄를 짓고 대신을 해시형에 처하여 공적을 고려하지 않았다. 사천감 태사 두원선을 함부로 죽이고 포락형을 만들어 간언을 용납하지 않았으며 채분을 만들어 궁중 깊은 곳까지 재앙이 미쳤다. 게다가 병을 치료한답시고 숙부를 죽여 심장을 꺼냈고 녹대를 세워 만백성을 재앙에 빠뜨렸으며 신하의 아내를 능욕하여 오륜을 멸절시켰다. 소인배를 총애하고 윤리강상을 모조리 무너뜨렸다. 우리 주군께서는 서기를 지키시면서 법에 따라 어진 정치를 베푸시어 군주의 존엄을 세우심으로써 신하는 공경하며 자식은 효도하고 부모는 자애로운 풍속을 만드셨다. 천하의 삼분의 이가 주나라에 귀속되어 백성은 태평성대를 즐기고 병사들도 기꺼이 순종하는데 네가 지금 감히 군대를 이끌고 우리 땅을 침범했으니 이야말로 네 자신이 능멸당하는 재앙을 자초한 셈이 아니더냐?”

이에 조뢰가 버럭 화를 내며 말을 치달려 칼을 휘두르자 남궁괄도 칼을 들어 맞서면서 격전이 벌어졌다. 하지만 남궁괄이 서른 판쯤 거세게 몰아치니 조뢰는 힘이 빠져서 결국 견디지 못하고 생포되어 오랏줄에 묶이고 말았다. 남궁괄은 그대로 승전고를 울리며 조뢰를 성으로 끌고 들어가 강상의 저택으로 갔다. 그는 대문 앞에 이르러 말에서 내려 수하로 하여금 강상에게 보고하도록 했다.

“들라 하라!”

남궁괄이 대전으로 들어가자 강상이 물었다.

“승부는 어찌 되었소?”

“조뢰가 공격해 오기에 제가 사로잡아서 대령해놓았사옵니다.”

“여봐라, 끌고 와라!”

수하들에게 끌려 처마 앞으로 온 조뢰는 무릎을 꿇지 않고 뻣뻣이 서 있었다. 그러자 강상이 물었다.

“조뢰, 포로가 되었으면서 왜 무릎을 꿇고 살려달라고 하지 않느냐?”

그러자 조뢰가 눈을 부릅뜨며 고함을 질렀다.

"너는 광주리를 엮고 밀가루나 팔던 하찮은 작자이고 나는 조정에서 임명한 장수가 아니더냐? 불행히 포로가 되었으니 죽으면 그만이지 어찌 무릎을 꿇고 목숨을 구걸하겠느냐!"

"그래? 여봐라, 끌고 나가 목을 베어라!"

이에 수하들이 조뢰를 끌고 나갔다.

한편 조뢰가 강상에게 퍼부은 욕을 들은 장수들은 그의 출신이 미천하다는 사실을 알고 속으로 비웃었다. 하지만 강상이 누구인가? 그는 즉시 장수들의 속내를 짐작하고 이렇게 말했다.

"조뢰가 나더러 광주리를 엮고 밀가루나 팔았다고 한 것은 모욕이 아니오. 옛날 이윤은 신야莘野 땅의 보잘것없는 신분이었으나 훗날 성탕을 보좌하여 상나라의 충신이 되었소. 그저 때를 만난 것이 늦었을 뿐이지요."

그런 다음 다시 명령을 내렸다.

"조뢰의 목을 베고 결과를 보고하라!"

그러자 무성왕 황비호가 나서서 말했다.

"승상, 조뢰는 주왕에게만 충성하고 우리 주나라의 존재는 모르고 있으니 제가 그자를 설득하여 투항하게 만들어볼까 하옵니다. 나중에 주왕을 정벌할 때 조금이나마 도움이 되지 않겠사옵니까?"

강상이 허락하자 황비호는 밖으로 나가 무릎을 꿇고 처형을 기다리는 조뢰에게 다가갔다.

"조 장군!"

하지만 조뢰는 그를 보고도 고개를 숙인 채 아무 말이 없었다. 이에 황비호가 다시 말했다.

"자네는 하늘의 때도 땅의 이점도 인간의 화합도 모르는구먼. 천하의 삼분의 이를 이미 주나라가 차지했고 동남쪽과 서북쪽이 모두 주왕의 통치권에서 벗어났네. 주왕이 비록 잠시 강성했지만 그것은 노인의 건강은 꽃샘추위가 지나봐야 안다는 경우에 지나지 않네. 주왕의 죄악이 천하의 모든 백성에게 전해져서 날마다 전쟁이 그치지 않고 동남쪽이 반란으로 시끄러우니 천하의 일을 알 만하지. 무왕은 나라를 평안히 다스릴 만한 문文의 재능과 나라를 안정시킬 만한 무武의 재능을 겸비하고 있네. 그리고 내가 주왕 밑에서 진국무성왕에 봉해졌다는 점을 고려해서 글자 하나만 바꿔 개국무성왕에 봉해주셨네. 이렇게 천하가 주나라로 마음을 돌리고 기꺼이 순종하고 있지. 무왕의 덕은 요·순의 덕에 못지않네. 그러니 어떤가? 내가 승상께 잘 말씀드릴 테니 조 장군도 주나라에 귀순하면 만대에 걸쳐 벼슬살이를 할 수 있을 걸세. 어리석은 생각을 고집하다가 처형 명령이 떨어지면 목숨을 보전하기 어려울 테니 그때는 후회해도 늦을 걸세."

그 말을 들은 조뢰는 마음이 환히 트였다.

"하지만 장군님, 조금 전에 제가 승상께 무례를 범했으니 사면해주려 하시지 않을 것입니다."

"자네가 귀순할 마음만 있다면 내가 힘껏 설득해보겠네."

"장군께서 다시 태어날 수 있는 은혜를 베풀어주시는데 제가 어찌 감히 따르지 않겠습니까?"

이에 황비호는 안으로 들어가 강상에게 상황을 자세히 설명했다. 그러자 강상이 말했다.

"항복한 장수를 죽이는 것은 의롭지 못한 일이지요. 황 장군께서 그리 말씀하시니 석방하라고 하겠소이다."

잠시 후 조뢰가 처마 아래로 와서 강상에게 엎드려 절을 올렸다.

"제가 잠시 어리석은 생각에 승상께 무례를 범했으니 당연히 법에 따라 처벌받아야 마땅하온데 이렇게 사면해주시니 은혜가 태산 같사옵니다."

"장군, 이제 진심으로 나라를 위하고 충심으로 군주를 보좌하게 되었으니 저와 마찬가지로 한 왕조의 군주를 섬기는 신하인 셈인데 무슨 죄를 묻겠소이까? 주나라에 귀의하셨으니 성 밖에 있는 군마도 안으로 들여오시구려."

"성 밖의 영채에는 제 형님인 조전 장군도 계시옵니다. 제가 나가서 불러와 함께 승상께 오겠사옵니다."

"그렇게 하시구려."

한편 성 밖 영채에 있던 조전은 동생이 사로잡혔다는 소식을 듣고 기분이 우울했다.

'태사께서 허실을 탐문하라고 파견하셨는데 뜻밖에도 아우가 출전하자마자 사로잡혀 칼을 맞게 되었구나.'

그런 생각이 끝나기도 전에 다시 보고가 들어왔다.

"둘째 나리께서 원문에 도착하셔서 말에서 내리셨사옵니다."

잠시 후 조뢰가 들어오자 조전이 물었다.

"사로잡혔다고 들었는데 어떻게 돌아왔는가?"

"남궁괄에게 사로잡혀 강상을 만났는데 제가 면전에서 모욕을 주어서 목이 잘려야 마땅했습니다. 그런데 무성왕의 간절한 설득에 감동하여 저는 이제 주나라에 귀의했습니다. 그래서 형님도 모시고 가려고 온 것입니다.”

“뭐라고! 이런 쳐 죽일! 황비호의 그럴싸한 말에 넘어가 항복하고 역적과 한패가 되다니 무슨 면목으로 태사님을 뵐 것이냐!”

“형님, 그것은 모르시는 말씀입니다. 지금 우리뿐만 아니라 온 천하 사람들이 기꺼이 주나라에 귀의하고 있습니다.”

“그것은 나도 알고 있다. 하지만 부모와 처자가 모두 조가에 있는데 어찌 그들을 두고 우리만 주나라에 귀순할 수 있겠느냐? 우리야 평안하게 살 수 있겠지만 그 때문에 부모가 죽임을 당한다면 우리 마음이 편하겠느냐?”

“그럼 어떻게 하면 좋겠습니까?”

“어서 말을 타라. 여차여차해서 적당하게 공을 세운 것으로 해야 돌아가서 태사를 만날 수 있지 않겠느냐?”

조뢰는 그의 계책에 따라 다시 말을 타고 성 안으로 들어가서 강상을 만났다.

“제 형님에게 귀순을 권했더니 형님도 그러고 싶다고 하셨습니다. 다만 제 형님 말씀이 주왕의 명령을 받고 기주를 토벌하러 왔는데 저야 포로가 되어 귀순했다고 하지만 제 형님이 맨손으로 와서 승상을 뵙게 되면 나중에 다른 장수들의 구설수에 오를 것 같다고 하셨습니다. 그러니 승상께서 장수 한 사람을 영채로 보내 제 형님을 초빙하게 하시면 그래도 체면은 살릴 수 있지 않겠느냐고 하셨습니다.”

“그러니까 초빙을 해야 오겠다는 말씀이구려?”

강상은 곧 좌우의 장수들에게 물었다.

"누가 가서 조전 장군을 모셔 오겠소?"

그러자 황비호가 나섰다.

"제가 다녀오겠사옵니다."

강상이 이를 허락하자 둘은 성을 나갔다. 그리고 강상은 신갑과 신면에게 쪽지를 주면서 속히 출발하여 거기에 적힌 대로 시행하라고 분부했다. 또한 남궁괄에게도 쪽지를 주면서 속히 시행하라고 분부했다.

한편 황비호는 조뢰와 함께 성 밖의 영채로 갔다. 그러자 조전이 원문 앞에 나와 공손히 허리를 숙이며 영접했다.

"전하, 안으로 드시옵소서!"

황비호가 세 겹의 포위망 안으로 들어가자 조전이 호령했다.

"잡아라!"

갑작스러운 그의 명령에 양쪽에서 칼을 든 무사들이 일제히 달려들어 갈고리로 황비호를 걸어 붙들고 전포를 벗긴 다음 오랏줄로 단단히 묶었다. 이에 깜짝 놀란 황비호가 매섭게 꾸짖었다.

"도의를 저버리고 은혜를 원수로 갚는구나!"

그러자 조전이 말했다.

"짚신이 닳도록 찾아다녀도 보이지 않더니 전혀 힘을 들이지 않았는데 제 발로 찾아왔구나! 마침 역적을 사로잡아 조가로 압송하려던 참인데 네가 아주 때맞춰 와주었지. 여봐라, 속히 출발하여 다섯 관문 안으로 돌아가자!"

조전이 계책을 세워 주나라 장수 사로잡았으나

오묘한 계산이 어찌 강상만큼 뛰어나랴?

호랑이 그리려다 실패하여 개처럼 되고 말았으니

형제는 오라에 묶여 도성 안으로 끌려 들어갔지.

鼂田設計擒周將　妙算何如相父明

畵虎不成類爲犬　弟兄細縛進都城

조전 형제는 너무나 즐거워서 포성도 울리지 않고 병사들에게 함성도 지르지 못하게 하고 질풍처럼 달려 돌아갔다. 그렇게 삼십오 리를 달려 용산龍山 어귀에 도착했을 때 갑자기 앞쪽에서 두 개의 깃발이 세워지면서 군대가 진세를 펼치는 것이었다. 이어서 호통 소리가 들려왔다.

"조전, 당장 무성왕을 내놓아라! 내가 승상의 분부를 받들고 여기서 한참을 기다렸다!"

"나는 주나라 장수를 해치지도 않았는데 어찌 감히 조정의 죄인을 강탈하려 하느냐?"

그러면서 조전이 말을 치달려 칼을 휘두르면서 덤벼들자 신갑도 도끼를 휘두르며 맞받아쳐 순식간에 격전이 벌어졌다. 둘이 스무 판쯤 맞붙었을 때 신면은 신갑이 조전을 이길 것 같아 보이자 속으로 생각했다.

'황 장군을 구하러 왔으니 당연히 나서야지!'

그는 곧 도끼를 휘두르며 말을 몰아 상대 진영을 향해 돌격했다. 조뢰는 신면이 달려들자 체면도 없고 할 말도 궁해서 그저 칼을 들고 맞설 수밖에 없었다. 하지만 몇 판 맞붙고 나자 조뢰는 아무래도 계책에 걸린 것 같다는 낌새를 눈치채고 재빨리 말머리를 돌려 달아나버렸다. 신면은 주왕의 병사들을 휘저으며 살수를 뿌려 뿔뿔이 흩어지게 하고 황비호를 구출했다. 황비호는 감사 인사를 하고 말을 타고 밖으로 나왔는데 신갑과 조전이 격전을 벌이는 모습을 보고 진노하여 소리쳤다.

"내가 조전 저놈에게 의롭게 은혜를 베풀었거늘 알고 보니 승냥이 같은 심보를 가진 놈이었구나!"

그는 말을 달려 칼을 들고 싸움에 가세했다. 몇 판 맞붙지 않아 조전은 황비호에게 사로잡혀 말에서 떨어졌고 곧 오랏줄에 묶이고 말았다. 황비호는 그에게 손가락질하며 꾸짖었다.

"괘씸한 놈! 네가 속임수로 나를 사로잡았지만 우리 승상의 기묘한 계책과 점술을 어찌 당해낼 수 있겠느냐? 게다가 하늘이 정한 운수가 우리 주나라에 있느니라!"

그는 곧 조전을 주나라 도성으로 압송했다.

한편 간신히 빠져나온 조뢰는 길이 있는 곳이면 어디든 가리지 않고 무작정 내달렸다. 하지만 낯선 길인지라 방향을 잃고 이리저리 헤매다가 결국 서기를 벗어나지 못했다. 저녁 이경 무렵까지 내달리다 보니 비로소 큰길이 나타났는데 앞쪽에 순찰병의 등롱이 높이 걸려 있는 것을 보고 그는 다시 깜짝 놀라 도망쳤다. 그때 방울 소리와 함께 갑자기 포성과 함성 소리가 울리자 자세히 살펴보니 맨 앞에 서 있는 장수는 바로 남궁괄이었다. 조뢰가 등롱의 불빛 속에서 말했다.

"장군, 목숨을 살려주시면 훗날 반드시 보은하겠습니다."

"여러 말 할 것 없이 당장 내려서 포박을 받아라!"

이에 조뢰는 버럭 화를 내며 칼을 휘두르면서 달려들었지만 남궁괄의 적수가 될 수는 없었다. 남궁괄이 호통을 한 번 내질러 조뢰를 말에서 떨어뜨리자 양쪽에 있던 병사들이 달려들어 그를 밧줄로 단단히 묶어 서기성으로 돌아갔다. 이때는 벌써 날이 희미하게 밝아오고 있었는데 황비호는 강상의 저택 앞에서 기다리다가 남궁괄이 돌아오자 감사 인사를 했다. 잠시 후 북소리가 울리고 장수들이 강상의 집무실에 집결하자 담당 관리가 보고했다.

"신갑 장군이 보고하기 위해 대기하고 있사옵니다."

"대전으로 모셔라!"

신갑이 들어와서 보고했다.

"승상, 분부하신 대로 용산 어귀에서 조전을 사로잡고 황 장군을 구출했사옵니다."

"모셔 오시오."

잠시 후 황비호가 들어와서 감사했다.

"승상께서 구해주시지 않았더라면 저 역도들의 독수에 당할 뻔했습니다."

"아무래도 수상해서 잘 생각해보니 저자들이 속임수를 쓴다는 것을 알았소이다. 그래서 세 장수들에게 두 곳에서 대기하라고 했는데 과연 제 예상을 벗어나지 않았소이다."

그때 다시 수하가 보고했다.

"남궁괄 장군이 분부를 기다리고 있사옵니다."

"모셔라!"

곧이어 남궁괄이 들어와서 보고했다.

"분부하신 대로 기산을 지키고 있었더니 과연 이경 무렵에 조뢰가 나타나서 사로잡았사옵니다."

"여봐라, 끌고 와라!"

병사들이 조전 형제를 끌고 처마 아래로 오자 강상이 호통쳤다.

"가소로운 것들! 그런 하찮은 수작으로 감히 나를 속일 수 있을 줄 알았더냐? 이런 하찮은 것들은 당장 끌고 나가 목을 쳐야 마땅하다!"

군정사의 관리가 즉시 두 장수를 밖으로 끌고 나가려 하자 조뢰가 고함을 질렀다.

"억울하옵니다!"

강상이 코웃음을 치며 물었다.

"은밀한 계책으로 사람을 해치려고 수작을 부린 게 분명하거늘 어째서 억울하다는 것이냐? 여봐라, 조뢰를 다시 끌고 와라!"

병사들이 그를 처마 아래로 끌고 오자 강상이 말했다.

"네 이놈! 형제가 모의하여 충성스럽고 어진 신하를 함정에 빠뜨리고 나름대로 공을 세워 조가로 돌아가려 하지 않았느냐? 그런데 생각지도 못하게 내가 미리 눈치를 채버린 것이지. 이제 사로잡혔으니 처형을 감수해야 마땅하거늘 왜 억울하다는 것이냐?"

"승상, 천하가 주나라에 귀의하고 있다는 사실은 누구나 알고 있사옵니다. 그런데 제 형님께서는 부모님이 모두 조가에 계시는 마당에 자식들만 귀순해버리면 화를 당하실 게 빤한데 아무리 생각해도 별다른 수가 없어서 치졸한 계책을 썼던 것이옵니다. 하지만 승상께 간파당해서 이렇게 사로잡혀 처형당하게 되었으니 제발 사정을 참작해주시옵소서!"

"그렇다면 나와 상의해서 가족을 데려올 방도를 마련했어야지 왜 이런 못된 생각을 했느냐?"

"저는 재능도 모자라고 지혜도 천박해서 원대한 계책을 세우지 못하옵니다. 진즉 승상께 말씀드렸다면 이런 액운을 당하지 않았을 것을!"

조뢰가 그렇게 말하고 눈물을 펑펑 쏟자 강상이 말했다.

"정말 진심이렸다?"

"제 말씀이 거짓인지 아닌지는 황 장군께서 잘 알고 계시옵니다."

이에 강상이 황비호에게 물었다.

"이 말이 사실입니까?"

"예."

"그렇다면 믿을 수 있겠구려. 여봐라, 조전을 풀어주도록 해라!"

두 장수가 무릎을 꿇자 강상이 말했다.

"조전은 인질로 삼아 여기에 두고 조뢰는 이 쪽지를 가져가서 여차여차 처신하여 조가에 있는 가족을 데려오도록 하라!"

이에 조뢰는 조가로 떠났는데 이후에 어찌 되는지는 다음 회를 보시라.

제36회

장계방, 어명을 받고 서기를 정벌하다
張桂芳奉詔西征

어명 받아 기주 정벌하며 옥 부절 쪼개니
깃발 높이 펄럭이며 먼 길을 비추었지.
놀라워라, 화극은 금전표처럼 펄럭이고
더욱이 얼음꽃 칼끝에 비꼈지.
장계방은 군사 사로잡아 대단하다고 칭송받고
풍림은 적을 공격할 때 특별한 구슬을 썼지.
설사 지모가 뛰어났다 해도 모두 패망했으니
어찌하랴, 하늘의 마음이 주왕을 미워한 것을!

奉詔西征剖玉符　幡幢飄颻映長途
驚看畵戟翻錢豹　更羨冰花拂劍刳
張桂擒軍稱號異　風林打將仗珠殊
縱然智巧皆亡敗　無奈天心惡獨夫

그러니까 서기를 출발한 조뢰는 한밤중에 다섯 관문을 지나 민지현을 거쳐 황하를 건너서 결국 며칠 만에 조가로 들어갔다. 그는 도성으로 들어가서 먼저 문 태사의 저택으로 갔는데 은안전에 한가로이 앉아 있던 태사는 보고를 받고 그를 불러들여 다급히 서기의 상황에 대해 물었다.

"서기에 도착하자 남궁괄이 싸움을 걸어와서 제가 출전하여 서른 판쯤 맞붙었지만 승부가 나지 않아 양측에서 징을 울려 군사를 물렸사옵니다. 다음 날 조전이 신갑과 격전을 벌여 패퇴시켰사오나 그렇게 며칠 동안 연달아 전투를 벌여도 승부가 나지 않았는데 사수관의 한영이 군량과 마초를 내주려 하지 않아서 군사들이 무척 당황했사옵니다. 군량과 마초는 군대의 목숨줄이 아니옵니까? 이에 저는 어쩔 수 없이 이렇게 밤길을 달려 태사를 뵈러 왔사옵니다. 속히 군량과 마초를 내주시고 병사를 조금 더 지원해주시옵소서!"

문 태사는 한참 동안 생각하더니 이렇게 말했다.

"화패火牌와 영전令箭을 제시했는데도 왜 한영이 군량과 마초를 내주지 않았을꼬? 당장 삼천 명의 군마와 천 석의 군량 및 마초를 수령해서 밤길을 달려 서기로 가게. 내가 다시 장수를 선발해 보낼 테니 함께 공략하도록 하게. 머뭇거리다가 일을 그르치면 절대 안 되네!"

이리하여 조뢰는 재빨리 삼천 명의 병력을 선발하고 군량과 마초를 수령하여 가족을 데리고 은밀히 조가를 떠나 밤길을 재촉해서 서기로 갔으니 이를 묘사한 시가 있다.

신묘한 계산은 세상에 드물었으니

강상의 계책 또한 무척 은밀했지.

당시에 문중을 속였다고 탓하지 말지니

이후의 정벌로 일은 점점 어그러졌기 때문이라!

妙算神機世所稀　太公用計亦深微

當時慢道欺聞仲　此後征誅事漸非

한편 문 태사는 조뢰를 떠나보내고 사나흘이 지나서 문득 이상한 생각이 들었다.

'사수관의 한영이 왜 군량과 마초를 지급해주지 않았을까? 뭔가 사연이 있는 것이 분명해!'

이에 그는 향을 사르고 세 개의 금화를 이용해 팔괘의 오묘한 이치를 점치고 나서야 비로소 그 내막을 알게 되었다. 이에 그는 탁자를 치며 탄식했다.

"이런! 내가 실수를 저질러 오히려 그 역적이 가족을 데리고 떠나게 해주었구나! 이런 괘씸한 일이!"

그는 당장 군사를 거느리고 추격하고 싶었지만 이미 떠난 지 오래되어 따라잡을 수 없을 것 같았다. 그래서 제자인 길립과 여경에게 물었다.

"서기를 정벌하는 데 누구를 보내면 좋겠느냐?"

길립이 대답했다.

"그 일은 오직 청룡관의 장계방만이 할 수 있사옵니다."

문 태사는 무척 기뻐하며 화패와 영전을 꺼내서 전령을 통해 청룡관에 전달하게 했다. 그리고 신위대장군神威大將軍 구인邱引으로 하여금 관문의 수비를 대신하게 했다.

한편 조뢰는 병력을 이끌고 다섯 관문을 나가 서기로 가서 강상을 찾아갔다. 그는 땅바닥에 엎드려 머리를 조아리고 말했다.

"승상의 오묘한 계책은 정말 백발백중이십니다! 이제 저희 부모님과 처자식이 모두 이곳 도성으로 들어왔사오니 이 은덕을 영원히 잊지 않겠사옵니다."

그러면서 문 태사를 만난 일에 대해 자세히 설명하자 강상이 말했다.

"태사께서 분명 군사를 점검하여 정벌하러 나설 것이니 우리도 방어 태세를 마련해야겠구나. 아무래도 큰 전투가 벌어지겠어!"

그즈음 태사가 파견한 전령이 청룡관에 도착했다. 화패와 영전을 인수받은 장계방은 군사 십만 명을 선발했는데 선봉장은 풍후의 후예인 풍림風林이라는 인물이었다. 며칠 후 구인이 도착하자 장계방은 인수인계를 마치고 한 발의 포성과 함께 십만 명의 정예병을 이끌고 출발했다. 그들은 여러 고을을 지나 밤이면 노숙하고 새벽이면 행군하여 서기로 향했으니 이를 묘사한 시가 있다.

무성하게 펄럭이는 깃발
하늘하늘 나부끼는 비단 띠
창의 수실은 불꽃처럼 붉고

칼날은 은처럼 새하얗구나.

도끼에는 꽃무늬 또렷하고

깃발에는 호랑이와 표범 무늬 펄럭인다.

채찍과 창, 망치, 철퇴, 곤봉

정벌의 먼지 하늘까지 뚫고 오른다.

군사는 맹호처럼 사납고

전마는 용과 올빼미처럼 괴이하다.

북소리는 봄날 우레처럼 울리고

징 울리니 땅 귀퉁이가 흔들린다.

장계방이 대장이 되었으니

서기의 일은 더욱 분명해지리라!

浩浩旌旗滾　翩翩繡帶飄

槍纓紅似火　刀刃白如鐐

斧列宣花樣　幡搖虎豹偹

鞭鐧瓜槌棍　征雲透九霄

三軍如猛虎　戰馬怪龍梟

鼓擂春雷震　鑼鳴地角搖

桂芳爲大將　西岐事更昭

장계방의 대군이 여러 날을 행군하고 나서 정찰병이 보고했다.

"사령관님, 기주 땅에 도착했사옵니다."

이에 장계방은 서기성에서 오 리 떨어진 곳에 영채를 차리게 하고 대포를 쏘고 함성을 지르게 했다. 그리고 우선 장수들과 회동하며 주둔지에서 병사를 움직이지는 않았다.

한편 서기에서도 전령을 통해 강상의 저택에 보고가 들어갔다.

"장계방이 십만 명의 병력을 이끌고 와서 남문 앞에 영채를 차렸사옵니다."

이에 강상은 대전에 올라 장수들과 함께 적을 물리칠 방책을 의논했다.

"황 장군, 장계방의 용병술은 어떻소이까?"

황비호가 대답했다.

"그렇게 물으시니 사실대로 말씀드리지 않을 수 없겠습니다."

"왜 그런 말씀을 하시오? 우리 둘 다 대신의 신분으로서 주군의 심복인데 어쩔 수 없이 이야기할 수밖에 없다고 하시다니요?"

"장계방은 좌도방문의 술법을 쓰는 자라서 환술로 사람을 해칩니다."

"어떤 환술을 쓴다는 것이오?"

"아주 이상한 술법입니다. 전투가 벌어지면 보통 상대에게 자신의 이름을 밝히기 마련이지요. 그런데 전투가 진행되는 와중에 그자가 '아무개야, 당장 말에서 내려라!' 하고 소리치면 그 이름이 불린 사람은 자기도 모르게 낙마하고 맙니다. 이런 술법이 있기 때문에 대적하기 어렵습니다. 그러니 장수들이 장계방과 대적할 때는 절대 이름을 밝히지 말라고 단단히 일러두셔야 합니다. 이름을 밝히면 모조리 사로잡히고 말 테니까요."

강상은 그 이야기를 듣고 근심스러운 표정을 지었다. 그때 황비호의 말을 믿지 못한 어느 장수가 나서서 말했다.

"이름만 부르면 낙마한다니 그럴 리가 있습니까? 그렇다면 이름을 한 번 부를 때마다 저희 장수가 하나씩 사로잡혀서 결국 모조리 사로잡히고 만다는 말씀이십니까?"

그 말을 들은 다른 장수들도 모두 믿기지 않는다는 듯이 웃었다.

한편 장계방은 선봉장 풍림으로 하여금 먼저 서기로 가서 첫 번째 전투를 해보라고 군령을 내렸다. 이에 풍림이 말을 타고 성 아래로 달려가서 싸움을 거니 전령의 보고를 받은 강상이 물었다.

"누가 먼저 출전하시겠소?"

그러자 문왕의 아들인 희숙건姬叔乾이 불쑥 나섰다. 이 사람은 성격이 불같았는데 간밤에 황비호가 한 말을 믿을 수 없어서 먼저 출전하겠다고 나선 것이었다. 그가 창을 들고 말에 올라 밖으로 나가보니 상대편 진영의 장수는 푸른 깃발 아래 시퍼런 얼굴과 시뻘건 머리카락, 위아래로 송곳니가 삐져나온 모습이었다.

꽃무늬 모자는 다섯 개의 각이 접혔고
푸른 얼굴에 시뻘건 머리카락 비친다.
불꽃같은 황금 갑옷과 전포
허리에는 옥 허리띠를 매었다.
낭아봉° 손에 들고
곰처럼 사나운 오추마를 탔다.
가슴속에 빼어난 계책 품어

가는 곳마다 틀림없이 공을 세웠지.

신으로 봉해져 조객이 되었을 때는

선봉장으로 있을 때와는 당연히 달라졌지.

커다란 붉은 깃발에는

장수의 성이 풍씨라고 적혀 있었지.

花冠分五角　藍臉映鬢紅

金甲袍如火　玉帶排當中

手提狼牙棒　鳥騅猛似熊

胸中藏錦繡　到處定成功

封神爲弔客　先鋒自不同

大紅幡上寫　首將姓爲風

희숙건은 홀로 말을 몰아 앞으로 나서며 흉악하기 그지없는 상대편 장수에게 물었다.

"그대가 혹시 장계방인가?"

"나는 총사령관의 선봉장 풍림이다. 천자의 어명을 받들어 역적을 토벌하러 왔노라. 지금 너희 주군은 아무 이유 없이 천자의 덕을 저버리고 멋대로 제후의 자리에 올라 무왕이라 칭하고 또 역적 황비호를 거둬들여 악행을 도왔다. 천자의 병사가 도착했는데도 목을 내밀어 죽음을 받아들이지 않고 감히 이 대군에 저항하려는 것인가? 어서 성명을 밝히고 순순히 내 낭아봉을 받아라!"

희숙건은 울컥하여 소리쳤다.

"천하의 제후들이 모두 기꺼이 주나라에 귀의하고 있으니 천명은 이미 주나라에 와 있다. 그런데 어찌 감히 우리 땅을 침범하여 죽음을 자초하느냐? 오늘은 너를 용서해줄 테니 가서 장계방에게 나오라고 전해라!"

"뭣이! 역적 놈이 감히 나를 무시하다니!"

풍림이 말을 치달려 두 개의 낭아봉을 휘두르며 달려들자 희숙건도 황급히 창을 들고 맞서며 일대 격전이 벌어졌다.

두 장수가 진세 앞에서 각자 재능 드러내니

깜짝 놀랄 만큼 징과 북이 울린다.

세상에서 전쟁이 벌어지게 되어 있기 때문이니

마음의 원한에서 비롯된 일은 아닐 터.

휘두르는 창이 어찌 위아래를 구분할 것이며

내지르는 낭아봉에 두 눈 뜨기 힘들구나.

너는 나를 사로잡아

처단하여 나라에 보은하고 현명한 군주 보좌하려 하지만

나는 너를 붙잡아

원문 앞에 효수하여 위엄을 보일 테다!

二將陣前各逞　鑼鳴鼓響人驚

該因世上動刀兵　不由心頭發恨

槍來那分上下　棒去兩眼難睜

你拿我　誅身報國輔明君

我捉你　梟首轅門號令

두 장수는 서른 판 가까이 맞붙었지만 승부가 나지 않았다. 희숙건은 신묘한 창술을 전수받아 빼어난 경지에 이르도록 익혔기 때문에 창 그림자가 온몸을 뒤덮어 물 샐 틈이 없었다. 풍림은 짧은 낭아봉으로 긴 창을 휘두르는 상대를 당해내지 못하고 결국 틈을 드러내고 말았다. 희숙건이 그것을 놓치지 않고 "받아라!" 하며 창을 내지르자 풍림은 왼쪽 다리에 상처를 입고 퇴각했다. 희숙건은 곧 말을 달려 풍림을 쫓았지만 상대가 좌도방문의 술법을 부리는 존재라는 사실을 간과했다. 부상을 입고 급박하게 쫓기는 신세가 된 풍림은 술법을 부리는 데 아무 문제가 없었으므로 희숙건이 쫓아오는 것을 보고 중얼중얼 주문을 외며 입에서 한 줄기 검은 연기를 토해냈다. 그 연기는 즉시 그물로 변했는데 그 안에 주발만 한 크기의 붉은 구슬이 들어 있어서 문왕의 열두 번째 아들인 희숙건은 구슬에 정통으로 맞고 불쌍하게도 그대로 낙마하고 말았다. 그러자 풍림이 말머리를 돌려 단번에 낭아봉을 내리쳐 그를 죽이고는 수급을 베어 들고 승전고를 울리며 자기 진영으로 돌아갔다. 장계방은 보고를 받고 수급을 원문 앞에 효수하게 했다.

한편 주나라의 패잔병들이 성으로 돌아와 그 사실을 보고하자 강상은 안색이 침울하게 변했다. 아우의 죽음을 보고받은 무왕은 너무나 애통해했고 여러 장수들도 이를 갈며 복수를 맹서했다.

이튿날 장계방은 모든 병사를 동원하여 거창한 진세를 펼친 채 강상에게 나오라고 요구했다. 보고를 받은 강상이 말했다.

"호랑이를 잡으려면 호랑이 굴에 들어가야지. 여봐라, 다섯 방위로 나누어 진세를 펼쳐라!"

그는 양쪽으로 용과 호랑이를 굴복시킬 만한 용맹한 장수들을 배치하고 여러 호걸들과 함께 성을 나섰다. 강상이 보니 상대편 진영의 깃발 아래에 은빛 투구를 쓰고 새하얀 갑옷에 창을 든 채 백마를 탄 장수가 보였는데 위아래가 온통 차가운 얼음이나 눈 더미 같았다.

머리의 은빛 투구에는 봉황 날개 장식했고
얽어 엮은 하얀 갑옷 가을 서리 같다.
하얀 전포에 은근히 용 문양 드러나고
허리에는 팔보 상감한 옥 허리띠 매었구나.
호심경은 눈부시게 빛을 반사하고
사각 굴대는 안장 옆에 걸었다.
은빛 갈기의 말은 바다를 나온 용처럼 치달리고
나라 지키는 하얀 자루의 창을 거꾸로 들었다.
가슴속에 무궁한 술법 연마하고
은밀히 전수받은 현묘한 공부 정말 예사롭지 않지.
청룡관에서 명성 널리 퍼져
주왕의 신하들 가운데 빼어난 동량이지.
새하얀 깃발에 쓴 커다란 글씨
칙명 받아 서쪽 정벌하는 장계방.

頂上銀盔排鳳翅　連環素鎧似秋霜
白袍暗現團龍滾　腰束羊脂八寶鑲

護心鏡射光明顯　四面鋼掛馬鞍旁
銀鬃馬走龍出海　倒提安邦白杆槍
胸中煉就無窮術　授祕玄功實異常
青龍關上聲名遠　紂王駕下紫金樑
素白旗上書大字　奉敕西征張桂芳

　　한편 장계방이 보니 강상이 말을 타고 성 밖으로 나오는데 군사
의 대오가 질서 정연하고 군법이 엄격해 보였다. 좌우로 용맹한 장
수들이 위세를 자랑하고 앞뒤로는 진퇴의 법도가 갖춰져 있었다.
황금 투구를 쓴 이들은 영웅의 기상이 넘쳤고 은빛 투구를 쓴 이들
은 기개가 헌앙했다. 그런 이들이 나란히 나오니 정말 용맹스럽기
그지없었다. 또한 검푸른 갈기의 청종마靑鬃馬를 탄 강상은 도복을
입고 은빛 수염을 날리며 두 손에 암수의 보검을 들고 있었으니 이
를 묘사한「서강월」곡조의 노래가 있다.

　　어미 금관 쓰고 학창의 입었는데
　　허리에 두른 띠는 건곤의 매듭으로 묶었구나.
　　암수의 보검 손에 들고
　　팔괘 문양 신선의 옷 안에다 받쳐 입었구나.

魚尾金冠鶴氅　絲縧雙結乾坤
雌雄寶劍手中拎　八卦仙衣内襯

　　산을 옮기고 바다를 뒤집을 능력 있고

콩을 뿌려 군사를 만드는 것도 쉽게 하지.

신선의 풍모 과연 빼어나니

극락의 신선이 전장에 강림한 듯하구나!

善能移山倒海　　慣能撒豆成兵

仙風道骨果神清　　極樂神仙臨陣

꿩의 깃털을 장식한 커다란 보독번 아래에는 무성왕 황비호가 창을 들고 오색신우를 타고 있었다. 그것을 본 장계방은 화가 치밀어 단신으로 군대의 진세 앞으로 가서 강상에게 말했다.

"강상, 너는 원래 상나라의 신하로서 천자의 은혜를 입어 벼슬을 받았는데 왜 배반하고 희발의 악행을 돕는 것이냐? 또 역적 황비호를 거둬들이고 속임수로 조전을 꾀어 주나라에 투항하게 했으니 그 죄악이 너무나 커서 죽음으로도 갚을 수 없을 정도다. 이제 내가 어명을 받들어 친히 정벌에 나섰으니 당장 안장에서 내려 포박을 받아 군주를 기만하고 나라에 반역을 저지른 죗값을 치러야 마땅하거늘 아직도 감히 천자의 군대에 대항하다니! 우리가 서기 땅을 쓸어버리면 옥석을 가리지 않고 모두 재가 될 터인데 그때는 후회해도 이미 늦을 것이다!"

"허허! 그것이 무슨 말도 안 되는 말씀이오? '현명한 신하는 군주를 가려서 벼슬살이를 하고 훌륭한 새는 나무를 골라서 둥지를 튼다'라는 말도 들어보지 못하셨소? 천하가 모두 주왕을 등졌거늘 그것이 어찌 우리 주나라 탓이라는 말씀이오? 그대가 충신이라고는 해도 주왕이 쌓은 죄를 어찌할 수는 없소. 우리나라의 군주와 신하는 공정하게 법을 지키고 예법을 어기지 않았는데 오늘 이렇게 군대를 일으켜 침범한 것은 그대가 우리를 무시한 것이지 우리가 그대를 무시한 것이 아니오. 혹시라도 이 전투에서 패배하면 남의 웃음거리가 될 테니 정말 애석한 일이 아니겠소? 그러니 차라리 그냥 군사를 돌려 돌아가시는 것이 상책인 것 같소이다. 괜히 화를 자초하여 통한을 남기지 말라는 말씀이오!"

"듣자 하니 네가 곤륜산에서 몇 년 동안 재주를 배운 모양인데 그래도 천지간의 무궁한 변화를 모르는구나. 네 말은 어린애도 비웃을 만큼 사리를 분별하지 못하는 것이니 지혜로운 이가 할 말이 아니다. 선봉장, 당장 강상을 잡아 와라!"

그 말이 떨어지기 무섭게 풍림이 말을 몰고 달려들자 깃발이 세워진 강상의 진영 귀퉁이에서 한 장수가 붉은 햇빛에 반짝이는 마노 같은 빛깔의 말을 몰고 달려 나와 칼을 휘두르며 맞서 싸웠으니 그는 바로 대장군 남궁괄이었다. 그들은 아무 말도 나누지 않고 다짜고짜 칼과 낭아봉을 휘두르며 격전을 벌였다.

두 장수가 진영 앞에서 안색을 바꾸고
전마 재촉하여 달려드니 마음도 고약하게 먹었구나.
이쪽은 영원토록 역사에 이름 날리려 하고
저쪽은 금란전에 명성 남기고자 하지.
이쪽이 강철 칼 치켜드니 차가운 얼음 같고
저쪽이 낭아봉 무지개처럼 날리니 번개 같구나.
예로부터 치열한 전투는 과연 순탄하지 않아

두 호랑이가 다투는 듯 간담 떨리게 하는구나.

二將陣前把臉變　催開戰馬心不善

這一個指望萬載把名標　那一個聲名留在金鑾殿

這一個鋼刀起去似寒冰　那一個棒擧虹飛驚紫電

自來惡戰果蹊蹺　二虎相爭心膽顫

그렇게 두 장수가 격전을 벌이자 사방에 먼지가 일고 징 소리와 북소리가 하늘을 뒤흔들었다.

그때 장계방이 강상의 깃발 아래에 있는 무성왕 황비호를 보고 화를 참지 못하고 갑자기 말을 몰아 달려들었다. 황비호도 오색신우를 몰고 달려 나가며 소리쳤다.

"이런 역적 놈, 감히 우리 진영을 공격하다니!"

둘은 창을 휘두르며 연못에서 용이 싸우듯 격전을 벌였는데 둘의 싸움이 무르익어 열다섯 판쯤 맞붙었을 때 장계방은 좌도방문의 술법을 써서 황비호를 사로잡으려고 했다.

"황비호, 당장 말에서 떨어져라!"

그러자 황비호는 자기도 모르게 안장에서 떨어져버렸다. 이에 장계방 쪽 군사들이 달려들어 그를 사로잡으려 하자 주나라 쪽 장수 하나가 말을 몰고 달려 나와 도끼로 장계방을 공격했다. 주기가 장계방을 공격하자 황비표 형제가 나와서 황비호를 구출해 갔는데 주기와 격전을 벌이던 장계방이 갑자기 창을 허공에 슬쩍 지르더니 곧바로 말머리를 돌려 달아나버리는 것이었다. 주기는 영문을 몰라서 급히 그를 추격했고 장계방이 소리쳤다.

"주기, 당장 말에서 떨어져라!"

그러자 주기는 즉시 낙마했고 그것을 본 주나라 장수들이 구출하러 달려 나갔지만 이미 저쪽 병사들이 사로잡아 원문 안으로 들어가버린 뒤였다.

한편 남궁괄과 싸우던 풍림도 말머리를 돌려 달아나기 시작했다. 이에 남궁괄이 뒤쫓자 풍림은 지난번과 마찬가지로 입에서 검은 연기를 토했는데 그 안에 있던 사발만 한 구슬이 남궁괄을 낙마시켜 결국 남궁괄도 생포되어 끌려갔다. 대승을 거둔 장계방은 승전고를 울리며 영채로 돌아갔고 두 장수를 잃은 강상은 기분이 무척 울적했다.

장계방은 주기와 남궁괄을 중군 막사로 끌고 오게 해서 물었다.

"아니, 왜 무릎을 꿇지 않고 뻣뻣이 서 있는 것이냐?"

그러자 남궁괄이 버럭 호통쳤다.

"하찮은 놈이 말을 함부로 하는구나! 나는 이미 나라에 몸을 바쳤거늘 어찌 죽음을 애석히 여기겠느냐? 이제 요사한 술법에 의해 사로잡혔으니 네 마음대로 하면 될 것이지 무슨 말이 그리 많느냐!"

"여봐라, 이 두 놈을 죄수를 나르는 수레에 가둬라! 주나라를 격파하고 나서 조가로 압송하여 폐하의 처분에 따를 것이니라!"

이튿날 장계방은 직접 성 아래로 가서 싸움을 걸었다. 강상은 그가 이름만 부르면 장수가 말에서 떨어지니 감히 출전을 명령하지 못하고 휴전을 알리는 패를 걸라고 분부했다. 그러자 장계방이 껄껄 웃으며 말했다.

"강상, 네놈이 한번 맛을 보더니 바로 휴전패를 내거는구나!"

어쨌든 그날은 싸움이 일어나지 않았다.

한편 건원산 금광동의 태을진인은 벽유상에 앉아 원신을 운용하고 있었다. 그때 갑자기 심장이 두근거리는 것을 느끼고 금방 그 이유를 알아챘다.

"금하동자야, 가서 네 사형을 데려오너라!"

금하동자가 곧 복숭아밭으로 가서 나타에게 전하자 나타가 부들방석 아래로 와서 절을 올렸다.

"여기는 오래 있을 곳이 아니니 어서 서기로 가서 네 사숙을 구해 공을 세우도록 해라. 지금 서른여섯 방향에서 병력이 서기를 정벌하러 오고 있으니 현명한 군주를 보좌하여 하늘이 드리운 징조에 부응하게 해라."

나타는 무척 기뻐하며 작별 인사를 하고 하산했다. 그는 풍화륜을 타고 화첨창을 든 채 표범 가죽 자루를 비스듬히 메고 순식간에 서기로 갔으니 이를 묘사한 시가 있다.

바람과 불꽃 소리 공중에 퍼지면

천하를 두루 돌아 아무 곳이나 마음대로 갈 수 있지.

하늘과 땅만큼 먼 곳도 순식간에 도착하니

현묘한 이치와 공부는 당연히 예사롭지 않지.

風火之聲起在空　遍遊天下任西東

乾坤頃刻須臾到　妙理玄功自不同

서기에 도착한 나타는 풍화륜에서 내려 사람들에게 강상의 저택이 어디에 있는지 물었다. 이리저리 설명을 들으며 찾아가보니 그곳은 소금교 근처였다. 그가 대문 앞에 이르러 풍화륜에서 내리자 문지기가 안에 보고했다.

"어느 젊은 도사가 뵙고 싶다고 하옵니다."

강상이 안으로 데려오라고 하자 나타가 대전 앞으로 와서 엎드려 절을 올렸다.

"사숙을 뵈옵니다."

"어디서 오셨는가?"

"저는 건원산 금광동에 계신 태을진인의 제자 이나타라고 하옵니다. 사부님께서 하산하여 사숙의 분부를 따르라고 말씀하셔서 이렇게 찾아왔사옵니다."

이에 강상이 무척 기뻐하자 미처 인사를 나누기도 전에 반열 가운데서 황비호가 나와 지난번에 구해준 은혜에 감사했다. 나타가 그에게 물었다.

"지금 공격하고 있는 적장은 누구입니까?"

"청룡관을 지키던 장계방이라는 자일세. 놀라운 좌도방문의 술법으로 우리 장수 두 명을 생포해버려서 지금 승상께서 일부러 휴전패를 걸어놓았네."

"이제 제가 하산했으니 어찌 수수방관만 하고 있겠습니까! 사숙, 휴전패를 걸어놓는 것은 장기적인 계책이 아닙니다. 제가 나가서 장계방을 사로잡아 오겠습니다."

강상이 이를 허락하고 수하에게 휴전패를 거둬들이라고 분부하자 정찰병의 보고를 받은 장계방이 선봉장 풍림에게 말했다.

"강상이 며칠 동안 출전하지 않더니 어디서 구원병이라도 온 모양이지? 오늘 휴전패를 거뒀다고 하니 그대가 나가서 싸움을 걸어 보게!"

이에 풍림이 성 아래에서 싸움을 걸자 정찰병이 강상에게 보고했다. 그 말을 들은 나타가 강상에게 말했다.

"제가 나가겠습니다."

"조심해야 하네, 장계방은 상대의 이름을 부르면 말에서 떨어지게 하는 좌도방문의 술법을 쓴다네."

"상황을 봐서 대처하겠습니다."

나타는 즉시 풍화륜을 타고 성 밖으로 나갔다. 그러자 저쪽에서 시퍼런 얼굴에 시뻘건 머리카락을 한 흉측하게 생긴 장수가 낭아봉을 든 채 말을 타고 달려와서 말했다.

"너는 누구냐?"

"나는 승상의 사질師姪인 이나타다. 네가 이름만 부르면 낙마시키는 재주가 있다는 그 장계방이냐?"

"아니다, 나는 선봉장 풍림이다."

"네 목숨은 살려줄 테니 가서 장계방더러 나오라고 해라."

이에 풍림은 버럭 화를 내며 말을 몰고 달려들어 낭아봉을 휘둘렀고 나타도 들고 있던 창으로 맞서며 격전이 벌어졌으니 이를 묘사한 시가 있다.

하산하여 첫 전투에서 풍림을 만났으니

손을 써서 공을 세우기가 어찌 쉬웠으랴?

무왕의 크나큰 복이 아니었다면

기주성 아래에서 사태를 막기 어려웠으리라.

下山首戰會風林　發手成功豈易尋

不是武王洪福大　西岐城下事難禁

풍림은 스무 판 가까이 맞붙고 나서 속으로 생각했다.

'이놈의 도력이 예사롭지 않으니 먼저 손을 쓰지 않으면 내가 당하고 말겠구나!'

그는 곧 낭아봉을 허공에 휘두르며 재빨리 말머리를 돌려 달아났다. 이에 나타가 급히 쫓아가니 앞쪽의 풍림은 거센 바람에 낙엽이 날리듯 내달렸고 뒤쪽의 나타는 소나기가 떨어진 꽃잎을 두드리듯 쫓아갔다. 풍림이 나타가 쫓아오는 것을 보고 입에서 검은 연기를 내뿜자 연기 속에서 사발만 한 구슬이 나와서 나타의 얼굴을 향해 날아갔다. 이에 나타가 웃으며 말했다.

"이건 올바른 도술이 아니로군!"

그러면서 그가 손가락을 들어 가리키자 검은 연기는 저절로 스러져버렸고 자신의 술법이 깨진 것을 본 풍림은 화가 치밀어 소리쳤다.

"네놈이 감히 내 술법을 깨뜨리다니!"

풍림이 다시 고삐를 당겨 방향을 바꾸어 달려들자 나타가 표범 가죽 자루에서 건곤권을 꺼내 던졌는데 그것은 정확히 풍림의 왼쪽 어깨를 맞혀 뼈가 부러지고 힘줄이 끊어져버렸다. 풍림은 하마터면

張楫芳奉招狂雨

장계방, 어명을 받고 서기를 정벌하다.

말에서 떨어질 뻔했지만 간신히 몸을 추스르고 자기 진영으로 도망쳤다. 나타는 상대편 진영의 원문 앞에 서서 계속 장계방에게 나오라고 소리쳤다.

그사이 패주한 풍림은 장계방에게 자세한 사정을 설명했다. 나타가 자신을 찾는다는 보고를 받은 장계방은 울컥 화가 치밀어 황급히 창을 들고 말에 올라 밖으로 나가 위세를 뽐내고 있는 나타를 향해 물었다.

"네가 나타라는 놈이냐?"

"그렇다!"

"내 선봉장을 다치게 한 자가 너라고?"

"가소로운 놈! 듣자 하니 네놈이 상대의 이름을 불러서 낙마시키는 재주가 있다고 하기에 내가 특별히 잡으러 왔느니라!"

그러면서 나타가 창을 휘두르며 달려들자 장계방이 황급히 맞서며 엄청난 격전이 벌어졌다. 한쪽은 연꽃의 화신인 영주자이고 다른 한쪽은 봉신방에 이름을 올린 상문신喪門神°이었으니 이들의 격전을 묘사한 부가 있다.

전쟁의 먼지 우주를 뒤덮고

살기가 천지를 감싼다.

이쪽은 강철 창으로 사직을 안정시키려 하고

저쪽은 풍화륜 타고 사정없이 손을 쓴다.

이쪽은 강산 지키기 위해 몸 바쳐 나라에 보답하지만

저쪽은 세상을 두고 다투니 어찌 쉽게 놓아주려 하겠는가?

이쪽의 창은 바다를 뒤흔드는 황금 자라 같고

저쪽의 창은 몸을 뒤집는 거대한 이무기 같다.

언제나 전쟁이 끝나

남녀노소가 평안히 태평성대를 맞을까?

征雲籠宇宙　殺氣繞乾坤

這一個展鋼槍要安社稷　那一個踏雙輪發手無存

這一個爲江山以身報國　那一個爭世界豈肯輕平

這一個槍似金鰲攪海　那一個槍似大蟒翻身

幾時纔罷干戈息　老少安康見太平

둘은 어느새 삼사십 판을 맞붙었다. 태을진인에게서 창술을 전수받은 나타는 허공을 휘감는 번개처럼 창을 휘두르며 아름드리나무를 뒤흔드는 바람 같은 소리를 냈다. 그러니 장계방이 아무리 창술이 뛰어나다 할지라도 더 이상 버티기가 힘들어서 결국 그 술법을 쓸 수밖에 없었다.

"나타, 당장 떨어져라!"

나타는 그의 주문에 깜짝 놀랐지만 풍화륜을 단단히 딛고 서서 떨어지지 않았다. 장계방은 술법이 통하지 않자 깜짝 놀랐다.

'스승님께서 비밀리에 이 주문을 전수해주시면서 누구라도 이름을 부르면 사로잡을 수 있다고 하셨는데 오늘은 왜 먹히지 않지?'

그가 다시 주문을 외었지만 나타는 전혀 신경조차 쓰지 않았다. 장계방이 연달아 세 번을 소리치자 나타가 버럭 고함치며 꾸짖었다.

"가소로운 놈, 아직도 정신을 차리지 못하는구나! 내리고 말고는 내 마음대로 하는 것이지, 네놈이 억지로 시킬 수는 없어!"

장계방은 화가 치밀어 사력을 다해 싸웠고 나타는 창을 더욱 거세게 휘두르며 마치 바다 밑을 뒤집는 하얀 용처럼 허공을 가득 메우는 눈처럼 몰아쳤다. 이에 기진맥진한 장계방은 온몸이 땀으로 흠뻑 젖었다. 그 틈에 나타가 건곤권을 들고 장계방을 내리쳤으니 이제 그의 목숨이 어찌 되는지는 다음 회를 보시라.

제37회

강상, 첫 번째로 곤륜산에 오르다
姜子牙一上崑崙

강상이 처음 신선 세계로 돌아오는데

멀리 옥루에 향기로운 안개 피어나는구나.

푸른 물에는 인간 세상의 남은 꿈이 흐르고

푸른 산에는 제왕의 재목 다 없어졌다.

백성이 재난당하니 전쟁이 일어나고

장수와 병사의 재난은 대개 요사한 술법 때문이었지.

어찌하랴, 봉신은 하늘이 정한 뜻이거늘

기산에서는 비로소 새로운 누대 세웠지.

子牙初返玉京來　遙見瓊樓香霧開

綠水流殘人世夢　靑山消盡帝王才

軍民有難干戈動　將士多災異術催

無奈封神天意定　岐山方去築新臺

그러니까 나타가 건곤권으로 장계방의 왼쪽 어깨를 쳐서 뼈를 부러뜨리고 힘줄을 끊어놓았지만 장계방은 말 위에서 서너 번 휘청거리기만 했을 뿐 낙마하지는 않았다. 어쨌든 나타가 개선가를 부르며 성으로 들어가자 정찰병의 보고를 받은 강상이 그를 불러 물었다.

"장계방과의 승부는 어찌 되었는가?"

"제 건곤권에 맞아 왼쪽 어깨에 부상을 입고 자기 진영으로 패주해버렸습니다."

"자네 이름을 묻지 않던가?"

"그자가 세 번이나 그 주문을 외었지만 제게는 전혀 먹혀들지 않았습니다."

여러 장수들은 그 말을 듣고도 영문을 몰랐다. 일반적인 사람은 세 개의 혼魂과 일곱 개의 백魄을 가지고 있어서 장계방이 이름을 부르면 혼백이 한 몸에 붙어 있지 못하고 제각기 흩어져버려 자연히 낙마할 수밖에 없었다. 그러나 나타는 연꽃의 화신인지라 혼백 같은 것이 있을 리 없으니 장계방의 주문이 먹혀들지 않았던 것이다.

한편 장계방은 왼팔에 부상을 입고 선봉장 풍림도 마찬가지인지라 어쩔 수 없이 사람을 통해 조가의 태사 문중에게 구원을 요청했다.

그 무렵 강상은 혼자 저택에서 생각에 잠겨 있었다.

'나타가 승리하기는 했지만 나중에 조가에서 대군이 몰려오면 서기에 곤란한 상황이 생기겠구나.'

그는 곧 목욕재계하고 옷을 갈아입은 다음 무왕을 알현하러 갔다. 그가 인사를 마치자 무왕이 물었다.

"상보, 무슨 급한 일이 있습니까?"

"잠시 곤륜산에 다녀오려고 인사드리러 왔사옵니다."

"성 아래에 군대가 와서 곧 해자 앞까지 다가올 텐데 나라 안에 사람이 없지 않습니까? 산에 너무 오래 계시지 마십시오. 짐은 그저 빨리 돌아오시기만을 기다리겠습니다."

"길어야 사흘, 이르면 이틀 안에 돌아올 것이옵니다."

무왕이 허락하자 강상은 조정에서 나와 자기 저택으로 가서 나타에게 말했다.

"무길과 함께 성을 단단히 지키되 절대 장계방과 맞서 싸우지 말게. 내가 돌아오면 다시 방도를 마련하겠네."

"예, 알겠습니다."

당부를 마친 강상은 흙의 장막을 이용해 순식간에 곤륜산으로 갔으니 이를 묘사한 시가 있다.

현묘한 가운데 현묘하고 또 그 속에서 비우니

오묘함 속에 오묘한 법은 오묘함이 무궁하도다.

오행의 장막을 이용한 술법은 예사롭지 않아

한 줄기 맑은 바람 타고 신선 세계에 이르렀도다.

玄裏玄空玄內空　妙中妙法妙無窮

五行遁術非凡術　一陣淸風至玉宮

기린애에 도착한 강상은 곤륜산의 풍경에 감탄했다.

'이 산을 떠난 지도 어느새 십 년이 되었는데 이번에 다시 오니 풍경이 새롭게 변했구나.'

강상은 그 풍경에서 눈을 떼지 못했다.°

노을은 오색 광채 뿌리고

해와 달도 빛이 흔들린다.

수천 그루의 오래된 측백나무

만 그루의 키 큰 대나무

수천 그루의 오래된 측백나무

비 내리자 온 산을 파랗게 물들이고

만 그루의 키 큰 대나무

안개 머금은 오솔길에 녹음도 푸르구나.

문 밖에는 기이한 꽃이 비단처럼 펼쳐졌고

다리 가에는 신선 세계의 풀이 향기를 피운다.

고개 위의 반도는 붉은 비단처럼 예쁜 꽃 만발했고

동굴 입구의 우거진 풀은 푸른 실처럼 길게 자랐다.

이따금 선학의 울음소리 들려오고

항상 상서로운 난새 나는 모습 보인다.

선학이 울 때면

그 소리 아홉 언덕 너머 하늘까지 전해지고

상서로운 난새 나는 곳에는

깃털에서 오색구름의 빛을 뿌린다.

흰 사슴 검은 원숭이 수시로 숨었다가 나타나고

푸른 사자 하얀 코끼리 마음대로 다니다가 숨는다.

신령하고 복된 땅 자세히 살펴보니

과연 천당보다 낫구나!

煙霞散彩　日月搖光

千株老柏　萬節修篁

千株老柏　帶雨滿山靑染染

萬節修篁　含煙一徑色蒼蒼

門外奇花布錦　橋邊瑤草生香

嶺上蟠桃紅錦爛　洞門茸草翠絲長

時聞仙鶴唳　每見瑞鸞翔

仙鶴唳時　聲振九皇霄漢遠

瑞鸞翔處　毛輝五色彩雲光

白鹿玄猿時隱現　靑獅白象任行藏

細觀靈福地　果乃勝天堂

강상은 기린애를 지나 옥허궁에 도착했다. 하지만 감히 함부로 들어가지 못하고 한참을 기다리고 있노라니 백학동자가 밖으로 나왔다.

"여보게, 내가 왔다고 안에 알려주시게."

백학동자는 서둘러 옥허궁 안으로 들어가 팔괘대八卦臺 아래에 무릎을 꿇고 보고했다.

"밖에 강상 사숙께서 찾아와 하명을 기다리고 있사옵니다."

그러자 원시천존이 고개를 끄덕이며 말했다.

"마침 부르려던 참인데 잘되었구나."

이에 백학동자가 밖으로 나가서 말했다.

"사숙, 사부님께서 안으로 모시라고 하셨습니다."

강상은 팔괘대 아래로 가서 엎드려 절을 올렸다.

"사부님, 만수무강을 기원하나이다!"

"마침 잘 왔다, 남극선옹더러 네게 봉신방封神榜을 주라고 할 테니 돌아가거든 기산에 봉신대封神臺를 세우도록 해라. 누대에 봉신방을 걸어놓으면 네 평생 해야 할 일을 모두 다 하게 되느니라."

강상이 무릎을 꿇고 말했다.

"지금 장계방이라는 자가 좌도방문의 술법으로 서기를 공격하고 있사옵니다. 하지만 제 도술이 보잘것없어서 굴복시킬 수 없사오니 부디 자비를 베푸셔서 도와주시옵소서."

"너는 인간 세상의 재상으로서 나라의 녹을 받고 상보라고 불리고 있거늘 인간 세상의 일을 내가 어찌 관여할 수 있겠느냐? 서기는 덕이 있는 이가 지키고 있는데 좌도방문의 술법을 염려할 필요가 있느냐? 위급한 때가 되면 당연히 훌륭한 인물이 나타나 도와줄 것이니 이 일은 내게 물어볼 필요가 없다. 그만 가봐라."

이에 강상은 감히 다시 묻지 못하고 옥허궁을 나올 수밖에 없었다. 그가 막 밖으로 나오자 백학동자가 대문 어귀에서 그를 불렀다.

"사숙, 사부님께서 부르십니다!"

강상이 황급히 팔괘대로 돌아가 무릎을 꿇자 원시천존이 말했다.

"가는 길에 누가 너를 부르더라도 절대 응대하지 마라. 만약 응대하면 서른여섯 방향에서 군대가 너를 정벌하게 될 것이다. 그리고 동해에서 누가 너를 기다리고 있을 테니 조심해야 할 것이다. 그만 가봐라."

강상은 옥허궁을 나왔고 남극선옹은 그를 배웅해주었다. 강상이 그에게 말했다.

"사형, 산에 올라와 사부님께 장계방을 물리칠 가르침을 주십사 간청했는데 자비를 베풀어주시지 않으니 이를 어쩌면 좋습니까?"

"하늘이 정해놓은 운수는 결국 바꿀 수 없는 법일세. 그저 누가 자네를 부르더라도 절대 응대하지 말게, 명심해야 하네. 나는 이쯤에서 돌아가야겠네."

강상은 봉신방을 받아 들고 길을 가다가 기린애에 이르러 막 흙의 장막을 펼치려고 했다. 그때 누군가 뒤에서 그를 불렀다.

"여보게, 강상!"

'정말 누가 부르는구나. 하지만 절대 응대해서는 안 된다고 하셨지.'

뒤에서 누군가 다시 불렀지만 그는 대답하지 않았다. 그리고 또 "강 승상!" 하고 불러도 대답하지 않았다. 그렇게 네다섯 번을 불러도 대답하지 않자 그 사람이 고함쳤다.

"강상, 너무 매정하게 옛 친구를 잊어버렸구나. 지금 승상이 되어 신하로서는 제일 높은 자리에 있다고 옥허궁에서 지내던 날을 잊어버리다니. 너와 함께 사십 년 동안 도술을 배웠건만 오늘 이렇게 여러 번 부르는데도 대답조차 하지 않는 것이냐!"

강상이 어쩔 수 없이 고개를 돌려 바라보니 도사 하나가 보였다.

이를 묘사한 시가 있다.

머리에 두른 푸른 두건 일자로 펄럭이고

바람에 나부끼는 커다란 소매에는 얇은 비단을 댔구나.

삼실로 엮은 신 아래에서는 구름과 안개 피어나고

보검의 화려한 빛 하늘까지 파고드는구나.

호로 안에는 장생의 술법 담고 있고

가슴속에는 현묘한 병법 숨기고 있지.

호랑이 타고 산에 오르고 땅을 내달리니

아무리 높은 산이라도 마음대로 노닐 수 있지.

頭上靑巾一字飄　迎風大袖襯輕綃

麻鞋足下生雲霧　寶劍光華透九霄

葫蘆裏面長生術　胸內玄機隱六韜

跨虎登山隨地走　三山五嶽任逍遙。

　그 도사는 바로 강상의 사제인 신공표申公豹였다.

　"사제, 자네가 불렀구먼? 아까는 사부님께서 누가 부르더라도 절대 응대하지 말라고 하셔서 대답하지 않았네, 미안하네."

　"사형, 손에 들고 계신 것은 무엇입니까?"

　"봉신방일세."

　"지금 어디로 가시는 길입니까?"

　"서기로 가서 봉신대를 만들어 이것을 그 위에 걸어야 하네."

　"사형, 지금 어느 쪽을 편드시는 겁니까?"

"그게 무슨 말도 안 되는 소리인가? 나는 서기에서 재상의 자리에 있고 문왕께서 내게 후사를 부탁하셔서 무왕을 옹립했네. 천하의 삼분의 이가 이미 주나라에 귀순했고 팔백 명의 제후도 기꺼이 귀의했네. 이제 무왕을 보좌하여 주왕을 멸함으로써 하늘이 드리운 징조에 부응하고자 하는데 자네는 어찌 기산에 봉황이 울어 진정한 천명을 받은 군주가 나왔음을 모르는가? 지금 무왕의 덕은 요·순에 버금가고 어짊은 하늘의 마음에 부합하네. 게다가 성탕의 왕성한 기운도 흐려져 주왕을 끝으로 다하게 되네. 그런데 어찌 그런 질문을 하는가?"

"성탕이 왕 노릇을 할 기운이 이미 다했다고 하시니 이제 저는 하산하여 성탕의 편을 들어 주왕을 돕겠습니다. 사형이 주나라를 도우시겠다면 기어이 막겠습니다!"

"사제, 그게 무슨 말인가! 사부님의 지엄하신 분부를 어찌 감히 어기겠다는 것인가?"

"제 말씀 좀 들어보십시오. 가장 좋은 방법은 저와 함께 주왕을 도와 주나라를 멸망시키는 것입니다. 그러면 우리 형제간에 한마음이 될 수 있고 또 서로 싸우지 않아도 되지 않겠습니까?"

강상은 정색하고 말했다.

"사제, 말도 안 되는 소리 그만 하게! 자네 이야기는 사부님의 분부를 어기는 것일세. 뿐만 아니라 하늘이 정한 운명을 인간이 어찌 거스를 수 있겠는가? 절대 그럴 수는 없네! 그만 가보게."

그러자 신공표가 화를 내며 말했다.

"강상, 네가 기어이 주나라 편을 들겠다는 것이냐? 기껏 사십 년

밖에 배우지 못한 도술일진대 네까짓 게 얼마나 많은 재간이 있다는 거냐? 내 도술로 말할 것 같으면 이와 같느니라."

오행의 진정한 묘결을 단련하여

산을 옮기고 바다 뒤집는 것에 더욱 통달했도다.

용과 호랑이 굴복시키는 것은 내 마음대로요

학과 용을 타고 하늘로 들어갈 수도 있노라.

자줏빛 기운 타고 천만 길 높이 날아오를 수도 있고

즐거울 때는 화기火氣 안에 황금 연꽃을 심을 수 있노라.

노을빛 타고 한가로이 장난칠 수도 있고

느긋이 몇 천 년을 지낼 수도 있노라!

煉就五行眞妙訣　移山倒海更通玄

降龍伏虎隨吾意　跨鶴乘龍入九天

紫氣飛昇千萬丈　喜時火內種金蓮

足踏霞光閒戲耍　逍遙也過幾千年

그러자 강상이 말했다.

"자네와 나는 각자에게 맞는 능력을 얻었거늘 얼마나 오래 배웠는지가 뭐가 중요하겠는가?"

"강상, 너는 기껏해야 오행의 술법으로 바다를 뒤집고 산을 옮길 수 있을 뿐이다. 나는 머리를 떼어 공중에 던지면 천만 리를 돌아다니다가 붉은 구름으로 받쳐서 제자리로 돌려놓아 다시 말할 수 있다. 이런 도술을 부릴 수 있으니 그동안 배운 보람이 있는 것이지. 네

까짓 게 무슨 재간이 있다고 감히 주나라를 도와 주왕을 멸하겠다는 것이냐! 내 말대로 그 봉신방인지 뭔지는 불태워버리고 함께 조가로 가자. 그래도 여전히 승상의 자리를 잃지 않을 것이다."

그가 이렇게 유혹하자 강상은 속으로 생각했다.

'사람의 머리는 육체의 우두머리인데 그것을 베어서 천만 리를 떠돌다가 다시 목에 붙여 예전처럼 만들다니 그런 술법은 정말 보기 드문 것이지.'

이에 그가 말했다.

"사제, 어디 한번 목을 베어보게. 정말 목을 공중으로 던졌다가 다시 붙일 수 있다면 나도 봉신방을 불태우고 자네와 함께 조가로 가겠네."

"남아일언중천금이오!"

"대장부가 뱉은 말은 태산처럼 무거운 법이거늘 어찌 식언을 하겠는가?"

그러자 신공표가 두건을 벗고 칼을 들더니 왼손으로 푸른 수실을 잡고 오른손으로 칼을 그어 목을 베어냈는데 그 몸뚱이는 쓰러지지 않았다. 그리고 머리를 공중으로 던지자 허공을 빙빙 돌며 계속 위로 올라갔다. 강상은 충직한 사람인지라 그저 멍하니 고개를 치켜들고 쳐다보고만 있었다. 그 머리는 계속 맴돌며 올라가 조그마한 점으로 변했다.

한편 강상을 전송한 남극선옹은 옥허궁으로 들어가지 않고 대문 어귀에서 잠시 쉬고 있었다. 그런데 신공표가 그 틈을 이용해 강상을 따라가더니 기린애 앞에서 이리저리 손짓 발짓을 해가며 무언가 이야기하는 것이었다. 그리고 잠시 후 신공표의 머리가 공중에 떠다니는 모습을 보고 그가 중얼거렸다.

"강상은 충직한 사람인지라 저 요사한 놈에게 미혹될까 염려스럽구나."

그는 황급히 백학동자를 불렀다.

"어서 백학으로 변해 신공표의 머리를 물고 남해南海로 가라."

"예!"

백학동자는 즉시 백학으로 변해 공중으로 날아올라 신공표의 머리를 물고 남해로 갔으니 이를 묘사한 시가 있다.

좌도방문의 술법으로 강상을 미혹했으나
남극선옹의 오묘한 예측은 더욱 정확했지.
신선을 초대하는 일은 전적으로 신공표에게 달렸으니
천자의 군대 뒤엉킨 삼대처럼 몰려왔지.

左道旁門惑子牙　仙翁妙算更無差

邀仙全在申公豹　四九兵來亂似麻

한편 강상은 공중을 쳐다보고 있는데 갑자기 백학이 날아와 신공표의 머리를 물고 가버리는 것이었다. 이에 그는 발을 구르며 소리쳤다.

"저 못된 것이 왜 머리를 물고 가버리는 거지?"

그때 남극선옹이 살그머니 뒤쪽으로 다가와 강상의 등짝을 손바

子牙路遇申公豹

강상, 도중에 신공표를 만나다.

닥으로 쳤다. 강상이 돌아보니 남극선옹인지라 황급히 물었다.

"사형, 무슨 일로 또 오셨습니까?"

남극선옹은 강상에게 손가락질하며 말했다.

"알고 보니 자네는 정말 바보였구먼! 신공표는 좌도방문의 인물이라 이런 보잘것없는 환술을 부린 것인데 그것을 진짜로 여기다니! 두 시간하고도 삼각三刻이 지나도 그 머리가 목에 다시 붙지 않으면 저놈은 피를 뿜으며 죽게 되네. 스승님께서 자네에게 누가 부르더라도 응대하지 말라고 하셨거늘 왜 저놈하고 이야기를 나누었는가? 자네가 응대한 것은 별일이 아니지만 그 바람에 천자의 군대가 서른여섯 방향에서 공격하게 되었네. 조금 전에 내가 옥허궁 대문 앞에서 자네가 저놈하고 이야기하는 것을 목격했는데 저놈이 이런 환술로 미혹하니까 자네는 바로 봉신방을 불태우려 하지 않았는가? 만약 진짜로 그것을 불태워버렸다면 어찌 되었겠는가? 그래서 내가 백학동자에게 저놈의 머리를 물고 남해로 가라고 했네. 시간이 지나면 저 못된 놈은 죽어버릴 테니까 자네에게도 근심거리가 사라지게 되겠지."

"사형, 이미 상황을 알게 되셨으니 저 사람을 용서해주십시오. 도를 깨달은 이의 마음은 어느 누구에게나 자비를 베푸는 법이 아닙니까? 그래도 저 사람이 여러 해 동안 도술을 배우고 단전을 단련하여 음양의 조화를 이루었으니 이대로 죽는다면 너무나 애석한 일이 아닙니까? 그러니 부디 저 사람을 불쌍히 여겨주십시오."

"자네가 저놈을 용서한다 해도 저놈이 자네를 용서하지 않을 걸세. 그러면 천자의 군대가 서른여섯 방향에서 자네를 공격할 텐데 괜히 후회할 짓은 하지 말게."

"설사 나중에 천자의 군대가 정벌하러 오게 된다 하더라도 제가
어찌 자비를 망각하고 어질지 못하고 의롭지 못한 일을 미리 할 수
있겠습니까?"

한편 백학에게 머리가 물려 몸뚱이로 돌아가지 못하게 된 신공표
는 마음이 초조해서 미칠 지경이었다. 두 시간하고도 삼각이 지나
면 피를 쏟고 죽게 될 터인데 이러지도 저러지도 못하게 되었기 때
문이다. 그런데 강상이 남극선옹에게 간절히 청하니 남극선옹은 결
국 승낙하고 한 손을 들어 흔들었다. 그러자 백학동자가 입을 벌리
고 신공표의 머리를 떨어뜨렸는데 너무 서두르는 바람에 얼굴이 등
쪽을 향하여 붙고 말았다. 이에 신공표는 황급히 두 손으로 양쪽 귀
를 잡고 똑바로 돌려서 맞춰놓았다. 그가 눈을 뜨자 앞에 서 있던 남
극선옹이 그에게 호통쳤다.

"이 죽어 마땅한 놈! 좌도방문의 술법으로 강상을 미혹하여 봉신
방을 불태우고 주왕을 도와 주나라를 멸망시키자고 했더냐? 당장
옥허궁으로 끌고 가서 교주께 처분을 맡길까? 썩 물러가지 않고 뭐
하는 게냐! 강상, 자네도 조심히 가시게."

신공표는 너무나 부끄러워 감히 대꾸조차 못하고 이마에 하얀 반
점이 있는 호랑이의 등에 타서는 강상에게 말했다.

"가시오, 내 기필코 서기에 피가 바다처럼 출렁이고 백골이 산처
럼 쌓이게 만들어줄 것이니!"

그러면서 그는 원한에 차서 그 자리를 떠났다.

한편 강상은 봉신방을 가지고 흙의 장막을 이용해 동해로 갔다.

그러다가 어느 산에 표연히 내렸는데 영롱하기 그지없는 그 산은 기괴한 모양의 바위와 봉우리가 구름과 안개에 싸여 있고 근처에는 섬이 하나 있었으니 이를 묘사한 시가 있다.

섬의 높은 봉우리에서 기괴한 구름 일어나고
벼랑가의 홰나무와 잣나무에는 푸른 녹음 짙구나.
언덕머리에서는 바람이 맹호같이 포효하고
베틀 북처럼 바위를 치는 파도는 파군성° 같구나.
기화이초는 향기 진하게 풍기고
푸른 소나무와 대나무는 색깔도 풍성하다.
영지가 맑고 신령한 땅에 자라나니
진정 봉래도는 여기에 훨씬 미치지 못하리라!

海島峰高起怪雲　岸傍檜柏翠氤氳
巒頭風吼如猛虎　拍浪穿梭似破軍
異草奇花香馥馥　青松翠竹色紛紛
靈芝結就淸靈地　眞是蓬萊迥不群

강상은 그림 같은 풍경을 한참 동안 구경했다.

'속세를 벗어나 이런 곳에 와서 소박하게 살면서 조용히 앉아『황정경』이나 읽는다면 더 이상 소원이 없겠구나!'

그 생각이 끝나기도 전에 파도가 뒤집히면서 사방에 회오리바람이 일었다. 바람이 물결을 일으키니 바다가 백설같이 뒤집히고 바닷물에 파도가 일어나니 우레 같은 소리가 사방에서 울리면서 몰아쳤다. 순식간에 구름과 안개가 자욱하게 피어나 온통 어둑해지면서 산봉우리마저 덮어버렸다.

"아니! 이게 무슨 일이지? 정말 이상한 일이로구나!"

그때 갑자기 거대한 파도가 갈라지면서 실오라기 하나 걸치지 않은 사람이 나타나 소리를 질렀다.

"신선님! 떠도는 혼령이 천 년 동안 바다에 잠겨 육신을 벗어나지 못하고 있사옵니다. 예전에 청허도덕진군께서 말씀하시기를 오늘 이 시간에 어느 도사께서 이곳을 지나갈 테니 저더러 모시라고 하셨사옵니다. 부디 밝은 빛을 비추어 이 영혼으로 하여금 안개와 파도에서 벗어나 이 힘겨운 바다를 떠나도록 해주신다면 영원히 그 은혜를 잊지 않겠나이다!"

강상은 마음을 가다듬고 물었다.

"그대는 누구인데 여기서 파랑을 일으키고 있는가? 무슨 원한이 있는지 자세히 이야기해보라."

"저는 헌원 황제를 모시던 총사령관 백감柏鑑이옵니다. 치우를 격파하다가 불화살에 맞아 바다에 빠졌는데 천 년 동안 벗어나지 못하고 있사옵니다. 도사님, 부디 저를 구제하여 복된 땅으로 갈 수 있게 해주시옵소서!"

"그대가 바로 백감이셨구려. 그렇다면 우리 옥허궁의 지시에 따라 기산으로 가서 기다리시구려."

그러면서 강상이 한 손을 뿌리자 천둥소리가 울리면서 미혹의 관문이 열리더니 신속하게 신의 길을 넘어서게 했고 백감은 모습을 나타내 절을 올렸다. 이에 강상은 무척 기뻐하며 다시 흙의 장막을 이용해 기주로 갔는데 그들이 바람 소리와 함께 순식간에 기산 앞에 도착하자 갑자기 거센 바람이 몰아쳤으니 이를 묘사한 시가 있다.

아주 미세하게 흙먼지 뿌리며
형체도 없이 숲을 지나 가시덤불에 들어간다.
강상은 무얼 그리 자세히 보나?
알고 보니 조가의 오로신°일세.

細細微微播土塵 　無形過樹透荊榛
太公仔細觀何物 　却是朝歌五路神

강상이 자세히 살펴보니 바로 오로신五路神이 마중을 나온 것이었다.

"예전에 조가에 있을 때 은인의 은혜를 입었는데 기산에 머물면서 분부를 기다리라고 하셨사옵니다. 그러다가 이제 은인님께서 이곳을 지나신다는 소식을 듣고 마중하러 나왔사옵니다."

"내가 길일을 택해 봉신대를 짓고자 하는데 백감에게 그 공사를 맡기겠네. 공사가 끝나면 봉신방을 걸게 될 텐데 내 나름대로 방도가 있네."

그러면서 그가 백감에게 분부했다.

"그대는 이곳에서 공사를 감독하게. 완공되거든 내가 와서 봉신방을 걸겠네."

오로신과 백감은 분부를 받들어 공사를 시작했고 강상은 서기로 돌아가 자신의 저택으로 들어갔다. 그러자 무길과 나타가 그를 맞이하여 함께 대전으로 갔다.

"장계방이 싸움을 걸어오지 않던가?"

무길이 대답했다.

"예."

강상은 곧 입궁하여 무왕을 알현했다. 그가 절을 마치자 무왕이 물었다.

"상보, 곤륜산에 가신 일은 어찌 되었습니까?"

강상은 천기를 누설할 수 없어서 대충 얼버무리고 장계방의 일도 언급하지 않았다. 무왕이 말했다.

"상보께서 노고가 많으시니 제 마음이 편하지 않습니다."

"저야 나라를 위해 당연히 해야 할 일을 할 뿐이옵니다. 어찌 수고를 마다하겠사옵니까?"

무왕은 술상을 준비하게 해서 강상과 함께 몇 잔을 마셨다. 잠시 후 강상은 자기 거처로 돌아갔다.

이튿날 강상은 장수들을 소집하여 명령을 내렸다.

"여러 장수들은 문서를 수령하시오."

그는 황비호와 나타, 신갑, 신면 등에게 차례로 영전을 내렸다.

한편 나타에게 부상당한 장계방은 강상이 공격해 올 것이라는 사실을 전혀 모른 채 영채 안에서 요양하며 조가에서 올 지원군을 기다리고 있었다. 그런데 한밤중인 삼경 무렵에 갑자기 포성이 울리더니 사방에서 함성이 일어나 산악을 뒤흔드는 것이었다. 그가 황급히 갑옷을 걸치고 말에 오르자 풍림도 그를 따라 말에 올랐다. 영채를 나와보니 사방이 주나라 병사들 천지였고 시뻘건 횃불이 대낮처럼 환하게 비추고 있었다. 연이어 터지는 함성에 산이며 대지가 한꺼번에 흔들렸고 원문에서는 나타가 풍화륜을 타고 화첨창을 휘두르며 맹호 같은 기세로 공격해 오고 있었다. 장계방은 그를 보고 싸울 생각도 하지 못하고 도망쳤다. 영채 왼쪽에 있던 풍림은 오색신우를 타고 창을 휘두르며 달려드는 황비호를 발견하고는 버럭 소리쳤다.

"이 역적 놈! 어찌 감히 한밤중에 쳐들어와 죽음을 자초하느냐?"

그는 곧 검푸른 갈기의 청종마를 몰고 두 개의 낭아봉을 휘두르며 황비호에게 달려들었다. 둘이 한밤중에 혼전을 벌이는 사이에 신갑과 신면은 진영 우측으로 공격해 들어갔고 적진에는 그들과 맞설 장수가 없었다. 그들은 종횡무진 휘저으며 그대로 영채 뒤쪽까지 뚫고 가서 수레에 갇힌 주기와 남궁괄을 발견하고는 주변을 지키는 병사들을 처단하고 수레를 부수어 두 장수를 구출해냈다. 이에 주기와 남궁괄은 날카로운 무기를 들고 이리저리 뛰어다니며 적을 공격했다. 주나라 장수와 병사들이 천지가 갈라지고 귀신이 시름겨워 통곡할 만큼 위세를 발휘하며 안팎에서 협공하니 장계방의 군사들은 도무지 감당할 수 없었다. 결국 장계방과 풍림은 전세가 불리하다는 것을 깨닫고 부상당한 채 도주했고 온 벌판에는 여기저기 시체가 널려 흐르는 핏물은 강이 되었다. 장계방의 군사들은 비명을 질러대며 북이며 징이며 모두 팽개치고 필사적으로 도망쳤고 전사한 자들은 그 수를 헤아릴 수 없을 정도였다. 장계방은 밤새 내

달려 기산에 도착해서 겨우 패잔병을 수습했다.

장계방은 풍림이 막사로 들어오자 그에게 말했다.

"내가 이제까지 출병하여 패배라는 것을 몰랐는데 오늘 서기에서 이렇게 많은 병력을 잃었으니 마음이 무척 울적하구먼!"

그리고 그는 황급히 구원병을 청하는 문서를 써서 조가로 보냈다.

그러는 사이에 강상의 군사들은 모두 즐거워하며 개선가를 부르면서 성으로 돌아갔다.

안장 위의 장군은 맹호 같고
승리한 장교들은 날랜 표범 같구나!

鞍上將軍如猛虎　得勝小校似飛彪

한편 장계방이 보낸 전령은 조가에 도착해 문 태사의 거처로 가서 문서를 바쳤다. 문중이 대전에 올라가 장수들을 소집하자 수하가 장계방이 보낸 문서를 올렸다. 문중은 그것을 보고 깜짝 놀랐다.

"서기를 정벌하러 간 장계방이 승리를 거두지 못하고 오히려 병사와 장수들만 잃었다고 하니 내가 직접 가야 그곳을 점령할 수 있겠구나. 하지만 동쪽과 남쪽에서 전쟁이 계속되고 유혼관의 사령관 두융도 승리하지 못하는 탓에 여기저기서 도적이 어지러이 창궐하니 이를 어쩌면 좋단 말인가? 내가 가자니 도성이 비어버릴 것이고 가지 않는다면 서기를 굴복시키지 못할 게 아닌가?"

이때 그의 제자 길립이 앞으로 나와서 말했다.

"지금 도성 안에 사람이 없는데 사부님께서 어찌 몸소 정벌하러 나서실 수 있겠사옵니까? 차라리 곳곳의 산중에 계신 벗을 몇 분 초청하여 기주의 장계방을 도와달라고 하시면 사태가 해결될 수 있을 것 같사옵니다. 왜 굳이 노심초사하셔서 옥체를 해치려 하시옵니까?"

바로 이 말로 인해서 수행하던 두 사람이 봉신방에 이름을 올리게 되는데 뒷일이 어찌 되는지는 다음 회를 보시라.

제38회

네 현자, 서기에서 강상과 만나다
四聖西岐會子牙

왕도는 예로부터 어진 정치를 우선시했거늘
함부로 전쟁 일으켜 스스로 몰락을 자초했지.
명예를 좇는 전사는 파도처럼 치달렸고
재앙을 좇는 신선은 도깨비불 끄듯이 했지.
진기한 술법 가운데 어느 것이 진짜이며
힘으로 우위를 다투는 이들 중에 누가 진짜인가?
차라리 느긋하게 깊은 산중에 앉아
천성을 지키며 자신을 수양해야지.

王道從來先是仁　妄加征伐自沈淪
趨名戰士如奔浪　逐劫神仙似斷燐
異術奇珍誰個實　爭強圖霸孰爲眞
不如閒向深山坐　樂守天眞養自身

그러니까 문 태사는 길립의 말을 듣고 문득 섬에 있는 친구들이 생각나서 손뼉을 치며 껄껄 웃음을 터뜨렸다.

"번잡한 일 때문에 종일 정신이 없었구나. 군대와 백성의 일로 편히 쉴 날이 없어서 그 친구들까지 잊고 지냈어. 네가 이야기를 꺼내지 않았더라면 어느 세월에 천하가 평안해졌을지 모를 일이야! 가서 장수들에게 사흘 동안은 나를 찾아올 필요가 없다고 전해라. 그리고 너는 여경과 함께 집을 잘 보고 있어라. 나는 이삼일 뒤에 돌아오마."

문 태사가 묵기린을 타고 두 개의 황금 채찍을 안장에 걸어놓은 다음 머리에 난 뿔을 툭 치자 기린의 네 발에서 바람과 구름이 피어나면서 순식간에 천하를 두루 치달렸으니 이를 묘사한 시가 있다.

네 발에 바람과 구름 일어 맑은 소리 울리니
기린이 피워낸 오색 안개 금빛을 비춘다.
천하를 두루 돌아 순식간에 도착하니
비로소 현묘한 도가의 술법 마음껏 뽐냈구나!

四足風雲聲響亮　麟生霧彩映金光
週遊天下須臾至　方顯玄門道術昌

문 태사가 서해西海의 구룡도九龍島에 도착해보니 바닷물이 일렁이고 안개가 도도히 흐르고 있었다. 묵기린이 벼랑 앞에 내려 살펴보니 동굴 문 밖에는 기화이초가 제각기 자태를 자랑하고 푸른 소나무와 잣나무가 저마다 상큼한 녹음을 피워냈다. 그곳은 그야말로 신선들만 오가는 곳일 뿐 보통 사람의 발길은 허용하지 않았다. 그가 풍경을 감상하고 있노라니 어느 동자가 나왔다.

"여보게, 자네 사부께서는 안에 계시는가?"

"예, 바둑을 두고 계십니다."

"들어가서 상나라 도성의 문 태사가 찾아왔다고 전해주시게."

잠시 후 네 명의 도사가 일제히 밖으로 나와 그를 맞이했다.

"하하! 문형, 무슨 바람이 불어서 여기까지 오셨소?"

태사도 만면에 웃음을 머금고 곧 그들과 함께 안으로 들어가 인사를 나누고 부들방석에 앉았다. 네 도사가 물었다.

"문형, 어디서 오시는 길이시오?"

"인사차 들렀소이다."

"우리는 속세를 피해 황량한 섬에서 지내는데 무슨 가르침을 주시려고 일부러 여기까지 찾아오셨을꼬?"

"나는 나라의 큰 은혜를 입고 선왕의 부탁을 받아 재상의 자리에 앉아 조정의 기강을 이끌고 있소이다. 그런데 지금 서기의 무왕을 섬기는 강상이라는 자가 곤륜산의 제자로서 도술을 믿고 나라의 공무를 무시하여 희발을 도와 반란을 일으켰소. 그래서 장계방으로 하여금 군대를 이끌고 가서 토벌하게 했는데 그만 전투에서 승리하지 못하고 말았소이다. 게다가 하필 동쪽과 남쪽에서도 반란이 일어나 제후들이 멋대로 날뛰고 있는 상황이오. 내가 서쪽으로 정벌하러 나서자니 도성이 비게 되는지라 아무리 생각해도 달리 방도가 떠오르지 않아 부끄럽지만 이렇게 형장들을 찾아왔소이다. 그러니 형장들께서 크나큰 은혜를 베풀어 위급한 나라를 구하고 강포한 무리를 제거하도록 힘을 보태주시면 정말 고맙겠소이다."

그러자 맨 앞쪽의 도사가 말했다.

"이렇게 찾아오셨으니 내가 가서 장계방을 도와주면 일이 자연히 해결될 것입니다."

그러자 두 번째 도사가 말했다.

"가려면 넷이 함께 가야지요. 설마 왕王형 혼자만 문형을 돕고 우리는 가지 말라는 것입니까?"

문 태사는 그 말에 무척 기뻐했으니 바로 이 네 현자 또한 봉신방에 이름이 올라 있었던 것이다. 그들의 성명은 각기 왕마王魔와 양삼楊森, 고우건高友乾, 이흥패李興霸로 영소보전의 장수들이었다.

무릇 신기神祇라는 것은 원래 신선에서 그렇게 바뀌는 것인데 단지 수양이 천박하여 궁극의 경지까지 깨달음을 얻을 수 없기 때문에 그런 존재가 되는 법이지요.

어쨌든 왕마가 이렇게 말했다.

"문형, 먼저 돌아가시구려. 우리도 곧 따라가겠소이다."

"그렇게 하겠소이다, 여러분이 큰 은덕을 베풀어 부탁을 바로 들어주시니 감사하외다. 너무 지체하지 마시고 속히 와주시구려."

"제자에게 먼저 기산에 가 있으라 하고 우리도 바로 따라가겠소이다."

이에 문 태사는 묵기린을 타고 조가로 돌아갔다. 그리고 왕마를 비롯한 네 도사도 일제히 물의 장막을 이용해 조가로 갔으니 이를 묘사한 시가 있다.

오행 가운데는 물이 으뜸이니

배를 탈 필요도 없지.

천지 어디라도 순식간에 도착하니

벽유궁 안의 신선이 전해준 비법이라네.

五行之內水爲先　不用乘舟不駕船

大地乾坤頃刻至　碧游宮內聖人傳

　　네 도사는 조가에 도착해서 물의 장막을 거두고 성으로 들어갔
다. 한편 조가의 군사와 백성들은 그 모습을 보고 혼비백산 놀랐다.
일자 두건을 쓰고 수합포를 입은 왕마는 얼굴이 보름달처럼 둥글었
고 연밥 모양의 장식을 매단 두건을 두르고 두타頭陀 같은 모습에 검
은 옷을 입은 양삼은 얼굴이 솥바닥처럼 시커먼 데다가 수염이 주
사처럼 시뻘겋고 두 눈썹은 누런색이었다. 고우건은 두 개의 상투
를 틀어 올리고 붉은 장삼을 입었는데 얼굴은 푸르뎅뎅하고 수염은
시뻘겋고 입술 위아래로 송곳니가 삐져나와 있었다. 그리고 이흥패
는 어미금관을 쓰고 연노란색 옷을 입었는데 얼굴이 대추처럼 검붉
었고 긴 수염을 기르고 있었다. 이들은 모두 신장이 한 길 대여섯 자
나 되어 걸음걸이도 휘적휘적 여유로웠으니 백성들이 그들을 보면
놀라서 혀를 내밀고 손가락을 깨물 수밖에 없었다. 왕마가 백성들
에게 물었다.

　　"태사의 저택이 어디인가?"

　　그러자 개중에 제법 담이 큰 사람이 나서서 말했다.

　　"정남쪽의 이룡교二龍橋 근처에 있습니다."

네 도사가 찾아가자 문 태사가 그들을 맞이했다. 서로 절을 마치고 나서 문 태사가 수하에게 분부했다.

"주안상을 차려라!"

원래 좌도방문의 도사들은 대부분 고기와 술을 먹었으니 재계를 하는 이들이 아주 적었다. 이에 그들 다섯은 함께 술을 마셨다.

이튿날 문 태사가 입궐하여 주왕을 알현하고 아뢰었다.

"구룡도의 도사 네 분을 초빙하여 서기의 무왕을 격파해달라고 했사옵니다."

"태사께서 나라를 위해 노고가 많으십니다. 그분들을 뵐 수 있도록 모셔 오시는 것이 어떻습니까?"

문 태사는 어명을 전했고 잠시 후 관리들이 네 도사를 안내하여 대전으로 들어왔다. 주왕은 그들의 흉악한 모습에 혼비백산 놀랐다.

'정말 흉악하게 생겼구나!'

그때 네 도사가 절을 올렸다.

"폐하, 빈도貧道들이 인사 올리옵나이다."

"편히 서십시오, 태사께서는 짐을 대신하여 현경전에서 이분들께 연회를 베풀어주십시오."

"예."

주왕은 곧 내전으로 돌아갔다.

문 태사가 네 도사와 함께 현경전에서 즐겁게 술을 마시고 나자 왕마가 말했다.

"문형, 우리가 공을 세우고 돌아오면 다시 한잔 하십시다. 이만 가보겠소이다."

이리하여 네 도사는 문 태사의 전송을 받으며 조가를 떠났다. 그들은 물의 장막을 이용해 순식간에 서기산으로 가서 장막을 거두고 장계방의 영채로 찾아갔다. 정찰병의 보고를 받은 장계방은 영채 밖으로 나와 그들을 맞이하여 중군 막사로 들어갔다. 장계방과 풍림이 허리를 숙여 인사를 올리자 왕마가 그들의 거동이 불편한 것을 알아보고 물었다.

"태사께서 우리더러 자네들을 도와주라고 부탁했는데 혹시 부상당했는가?"

풍림이 나타에게 팔을 다친 이야기를 들려주자 왕마가 말했다.

"어디 상처를 좀 보세. 허! 알고 보니 건곤권을 맞은 게로구먼!"

그는 호로에서 단약을 한 알 꺼내 입에 넣고 씹더니 그 가루를 상처에 발라주었다. 그러자 상처가 금방 나았다. 이에 장계방도 자기 상처를 치료해달라고 했고 왕마는 같은 방법으로 치료해주었다.

"강상은 지금 어디에 있는가?"

"여기서 칠십 리 떨어진 곳에 있습니다. 저희는 전투에서 패배하여 여기로 밀려났습니다."

"어서 군사를 정돈해서 서기성으로 가세!"

이에 장계방이 군령을 내리자 곧 한 발의 포성과 함께 군사들이 함성을 질렀다. 그들은 그대로 서기로 진격하여 동쪽 성문 아래에 영채를 차렸다. 마침 장계방의 패잔병에 대한 처리 문제를 상의하고 있던 강상은 정찰병의 보고를 받고 여러 장수들에게 말했다.

"구원병이 와서 다시 온 모양이니 모두들 조심해야 하오."

"예!"

중군 막사에 앉아 있던 왕마는 장계방에게 말했다.

"내일 출전하거든 강상을 불러내도록 하게. 우리는 깃대 아래에 은신하고 있다가 그자가 나오면 알아서 처리하겠네."

그러자 양삼이 장계방과 풍림에게 말했다.

"자네 둘은 이 부적을 말안장에 붙이고 저들에게 말을 걸게. 우리가 타는 것은 기이한 짐승인지라 전투마가 보면 온몸에 맥이 풀려서 제대로 서 있을 수 없을 걸세."

"알겠습니다."

이튿날 장계방은 갑옷을 단단히 차려입고 말에 올라 성 아래로 가서 강상을 불러냈다. 보고를 받은 강상은 곧 군사를 다섯 방위로 나누어 배치하고 포성을 울리며 성문을 열고 밖으로 나갔다.

푸른 깃발 펼쳐지니

온 연못의 연잎이 맑은 바람에 살랑이고

하얀 띠 길게 늘어뜨리니

정원 가득 배꽃이 상서로운 눈처럼 날린다.

붉은 깃발 눈부시게 펄럭이니

산을 휩쓸며 활활 타오르는 불꽃 같고

검은 양산 하늘하늘 흔들리니

먹구름이 무쇠 산 정상을 덮은 듯하다.

행황기 펄럭이며 중군을 호위하니

장수는 맹호처럼 용맹하고

양쪽으로 영웅호걸이 진세를 갖추었다.

靑幡招展　一池荷葉舞淸風

素帶施張　滿院梨花飛瑞雪

紅幡閃灼　燒山烈火一般同

皂蓋飄搖　烏雲蓋住鐵山頂

杏黃旗麾動護中軍　戰將英雄如猛虎　兩邊排打陣衆英豪

꿩 꼬리 깃털이 장식된 보독번 아래에서 강상이 푸른 갈기의 청종마를 타고 보검을 든 채 나타나자 장계방이 홀로 말을 몰고 앞으로 다가갔다. 이에 강상이 물었다.

"패장이 무슨 낯짝으로 찾아왔느냐?"

"승패는 병가지상사이거늘 부끄러울 게 어디 있단 말이냐? 이번에는 지난번과 다르니 상대를 무시하지 마라!"

장계방이 그 말을 마치기도 전에 뒤쪽에서 북소리가 울리더니 깃발이 옆으로 치워지면서 네 마리의 괴상한 짐승이 나타났다. 왕마는 폐안狴犴을, 양삼은 산예를, 고우건은 얼룩무늬 표범을, 이흥패는 쟁녕猙獰°을 타고 있었다. 네 도사가 이처럼 괴상한 짐승을 타고 갑자기 출전하자 강상의 좌우에 있던 장수들이 모두 놀라 순식간에 낙마해버렸고 강상마저도 안장 아래로 떨어져버렸다. 전투마들은 그런 괴상하고 무시무시한 짐승을 대해본 적이 없기 때문에 모두 온몸에 맥이 풀렸는데 오직 풍화륜을 탄 나타만은 전혀 동요하지 않았다. 오색신우를 탄 황비호 또한 기세가 꺾이지 않았다. 네 도사는 강상이 낙마하여 모자가 삐뚤어지고 도포가 엉망으로 흐트러지자 껄껄 웃으며 소리쳤다.

"겁먹지 말고 천천히 일어나시구려!"

강상은 황급히 옷차림을 단정히 하고 다시 살펴보니 용모가 흉악하기 그지없고 얼굴색도 각기 시퍼렇고, 새하얗고, 시뻘겋고, 시커먼 네 도사가 괴상망측한 짐승을 타고 있었다. 그는 차분히 고개를 숙여 예를 표하며 물었다.

"네 분 도형들께서는 어디서 오셨소이까? 여기는 무슨 가르침을 주시려고 오셨소이까?"

그러자 왕마가 말했다.

"강상, 우리는 구룡도에서 수련한 왕마와 양삼, 고우건, 이흥패라고 하오. 우리도 그대와 같이 도교의 문하에 있는 몸인데 문 태사의 초빙을 받고 특별히 여기를 찾아왔소이다. 우리는 그저 그대의 포위를 풀어주게 하려는 것 외에 전혀 다른 뜻이 없는데 그대가 우리를 위해 세 가지를 해줄 수 있을지 모르겠구려."

"말씀하시구려, 세 가지가 아니라 서른 가지라도 들어드릴 수 있으니 일단 들어보십시다."

"첫 번째는 무왕으로 하여금 천자의 신하임을 인정하라는 것이외다."

"그것은 잘못된 말씀이외다! 우리 주공이신 무왕께서는 죽어도 상나라의 신하로서 공정한 법을 지키면서 상전을 기만한 적이 없으셨거늘 어찌 인정하지 않을 수 있겠소이까?"

"둘째는 창고를 열어 이쪽 군사들에게 상을 내리라는 것이고 셋째는 황비호를 성에서 내쫓아 장계방으로 하여금 조가로 압송할 수

네 현자, 서기에서 강상과 만나다.

있게 해달라는 것이외다. 어떻소이까?"

"아주 지당하신 말씀이구려. 일단 성으로 돌아가서 사흘 후에 상소문을 작성해 올 것이니 번거로우시겠지만 도형들께서는 그것을 조가의 천자께 전해주셔서 더 이상 다른 문제가 생기지 않게 해주시구려."

이에 양쪽은 서로 손을 들어 인사했다.

"그럼, 이만!"

일단 세 가지 일을 수락해놓고
두 번째로 곤륜산을 다녀왔지.

且說三事權依允　二上崑崙走一遭

그러니까 강상은 장수들과 더불어 성으로 들어가 자신의 저택에 있는 대전에 자리를 잡고 앉았다. 그러자 무성왕 황비호가 무릎을 꿇고 말했다.

"승상, 저희 부자를 장계방의 영채로 압송하여 무왕 전하께 누가 되지 않도록 해주시옵소서."

강상이 황급히 그를 부축해 일으키며 말했다.

"황 장군, 조금 전에는 임시방편으로 잠시 그 세 가지 조건을 수락한 것이지 다른 뜻이 있었던 것은 아니외다. 그자들이 모두 괴이한 짐승을 타고 있어서 장수들이 싸우기도 전에 모두 낙마하여 사기가 꺾였는지라 잠시 적의 계책을 역이용하여 일단 성으로 들어온 다음에 대책을 강구하려고 한 것이오."

황비호가 감사 인사를 하자 다른 장수들도 곧 해산했다. 잠시 후 강상은 향을 사르고 목욕한 다음 무길과 나타에게 성을 잘 지키고 있으라고 분부하고 나서 흙의 장막을 이용해 다시 곤륜산 옥허궁으로 갔으니 이를 묘사한 시가 있다.

도술은 오행에 따라 전수하니
오색 안개 타지 않고도 몸이 한없이 가볍지.
순식간에 부상扶桑의 길을 곧장 지나
지척을 가듯이 신선 세계에 도착했지.

道術傳來按五行　不登霧彩最輕盈

須臾直過扶桑徑　咫尺行來至玉京

강상은 옥허궁에 도착하여 감히 함부로 들어가지 못하고 백학동자가 나오기를 기다렸다.

"내가 왔다고 안에다 말씀드려주게."

잠시 후 원시천존의 분부를 받은 백학동자가 나와서 그를 안으로 안내했다. 강상이 엎드려 절을 올리자 원시천존이 말했다.

"구룡도의 왕마 등 네 명이 서기에서 너를 공격하는데 그들이 탄 네 마리 짐승을 너는 모를 것이다. 세상의 모든 짐승이 창룡蒼龍을 경배하던 먼 옛날 각각의 종족이 서로 달랐는데 그 가운데 용이 낳은 아홉 종족도 생김새가 모두 달랐지. 그놈들도 바로 그 가운데 속한 것들이지. 백학동자야, 복숭아밭에 가서 내가 타고 다니는 녀석을 끌고 오너라."

이에 백학동자가 복숭아밭에 가서 사불상四不相을 끌고 왔는데 그 생김새를 묘사한 시가 있다.

기린 머리에 해치의 꼬리, 몸뚱이는 용과 같은데
상서로운 빛을 밟고 하늘 높이 오를 수 있지.
천하의 어디든 마음대로 갈 수 있고
제아무리 높고 먼 산도 순식간에 도착하지.

麟頭豸尾體如龍　足踏祥光至九重

四海九州隨意遍　三山五嶽霎時逢

백학동자가 사불상을 끌고 오자 원시천존이 말했다.

"강상, 너도 사십 년 동안 수행한 공덕이 있으니 나를 대신해서 신들에게 벼슬을 봉할 수 있게 되었다. 이제 이것을 타고 기주로 가면 삼산三山과 오악五嶽, 사독四瀆에 사는 기이한 동물을 만나더라도 모두 문제가 없을 것이니라."

원시천존은 남극선옹에게 나무로 만든 채찍을 가져오게 했다. 그것은 길이가 석 자 다섯 치 여섯 푼에 스물여섯 개의 마디가 있고 마디마다 네 개의 부적이 찍혀 있어서 모두 여든네 개의 부적이 찍힌 타신편打神鞭이라는 것이었다. 강상은 무릎을 꿇고 그 채찍을 받아 든 다음 원시천존에게 절을 올리며 간청했다.

"사부님, 자비를 베풀어주시옵소서!"

"가는 길에 북해에 들르도록 해라. 거기서 누가 너를 기다리고 있을 것이니라. 여기 중앙을 나타내는 행황무기기杏黃戊己旗를 주겠다.

깃발 안에 편지가 있으니 위급할 때 그것을 보면 대책을 알 수 있을 것이니라."

　강상은 머리를 조아려 작별 인사를 하고 옥허궁을 나왔고 남극선옹은 기린애까지 전송해주었다. 강상이 사불상에 올라 머리의 뿔을 툭 치자 그 짐승은 한 줄기 붉은 빛을 피워내며 영롱한 방울 소리와 함께 서기로 달렸다. 가는 도중에 사불상은 표연히 어느 산에 내렸는데 그 산은 바다의 섬과 가까이 이어져 있는 멋진 곳이었다.°

　　수많은 봉우리가 창처럼 늘어서 있고
　　만 길 절벽이 병풍처럼 서 있다.
　　고개 바깥에는 산 기운이 햇빛 받아 일렁이고
　　비 개인 녹음은 싸늘한 안개 머금었다.
　　오래된 나무는 등줄기가 휘감고 있고
　　가파른 벼랑에서 참새들이 지저귄다.
　　기화요초와
　　높다란 대나무, 아름드리 소나무
　　숲 그늘의 새소리 근처에서 들려오고
　　도도한 바다의 파도 소리 울린다.
　　겹겹 골짝은 지초와 난초가 에워싸고
　　까마득한 벼랑마다 이끼가 자란다.
　　높고 낮은 봉우리는 지맥도 훌륭하니
　　틀림없이 이름 숨긴 뛰어난 이가 살고 있으리라.

千峰排戟　萬仞開屛

日映嵐光輪嶺外　雨收黛色冷含煙

　　　　藤纏老樹　雀聒危巖

　　　　奇花瑤草　修竹喬松

　　　幽鳥啼聲近　滔滔海浪鳴

重重谷壑芝蘭繞　處處巉崖苔蘚生

起伏蠻頭龍脈好　必有高人隱姓名

　강상이 산의 경치를 구경하고 있을 때 산발치에서 갑자기 괴이한 구름이 뭉게뭉게 피어났는데 구름이 지나는 곳에서 바람이 일더니 바람 소리와 함께 아주 괴상망측하게 생긴 동물이 나타났다.

머리는 낙타 같은데 흉악하기 그지없고
목은 거위 같은데 꼿꼿이 세워 사납고 용맹하다.
수염은 새우 같아서 위아래로 뻗어 있고
귀는 소 같고 두 눈은 툭 불거졌다.
몸뚱이는 물고기 같은데 찬란한 빛이 나고
손은 매 같아서 쇠갈고리 같은 손톱 번쩍인다.
발은 호랑이 같아서 산으로 숨고 계곡을 건너뛰니
용의 자식이라 기이한 모습으로 내려왔구나.
천지간의 신령한 기운 모으고
해와 달의 정수를 받았도다.
손을 쓰면 바위를 옮기고 현묘한 능력 많으며
입으로는 사람의 말을 하니 온 세상에 이런 존재 또 없지.

용이나 표범과도 어울리니 정말 부럽구나!
현명한 군주 보좌하여 황제의 왕국 이루려고 왔지.

$$頭似駝猙獰兇惡　項似鵝挺折梟雄$$
$$顋似蝦或上或下　耳似牛凸暴雙睛$$
$$身似魚光輝燦爛　手似鷹電灼鋼鉤$$
$$足似虎潛山跳澗　龍分種降下異形$$
$$採天地靈氣　受日月之精$$
$$發手運石多玄妙　口吐人言蓋世無$$
$$龍與豹交眞可羨　來扶明主助皇圖$$

　강상은 그 모습을 보고 혼비백산 놀라서 온몸에 식은땀을 흘렸다. 그때 그 괴물이 큰 소리로 말했다.
　"강상의 살 한 덩어리만 먹어도 천 년의 수명을 늘릴 수 있어!"
　"알고 보니 나를 잡아먹으려는 것이었구나!"
　그러자 그놈이 껑충 뛰어 다가오며 소리쳤다.
　"강상, 너를 잡아먹을 테다!"
　"너와 원수진 일도 없는데 왜 나를 잡아먹겠다는 것이냐?"
　"하하! 오늘 이 재난에서 벗어날 것은 꿈도 꾸지 마라!"
　강상은 얼른 행황무기기를 펼쳐 원시천존의 편지를 읽었다.
　'알고 보니 이런 일이었군!'
　그는 다시 괴물을 향해 말했다.
　"너 이 못된 놈! 아무래도 내가 네놈에게 잡아먹히는 일을 피하기 어렵겠구나. 다만 네가 이 행황무기기를 뽑는다면 네놈 먹이가 되어주마. 하지만 이것을 뽑지 못한다면 네 팔자를 원망해라!"

그러면서 강상이 그 깃발을 땅에 꽂자 깃발의 크기가 세 길 남짓으로 늘어났다. 괴물은 손을 뻗어 뽑으려 했지만 뽑히지 않았다. 두 손으로 용을 써도 마찬가지였으며 음양수陰陽手°를 써도 매한가지였다. 이에 두 손으로 깃대의 아래를 잡고 목을 힘껏 뻗어 용을 쓰며 뽑아보려 했지만 깃발은 역시 꼼짝도 하지 않았다. 그때 강상이 허공을 향해 손을 뿌려 오뢰五雷의 술법을 쓰자 우레와 벼락 소리가 번갈아 울렸는데 깜짝 놀란 괴물은 손을 놓으려고 했지만 뜻밖에 그의 손이 깃발에 붙어서 떨어지지 않았다. 그러자 강상이 호통쳤다.

"이 못된 놈, 내 칼을 받아라!"

"아이고, 살려주십시오! 제가 신선님의 오묘한 술법을 몰라뵈었습니다. 이것은 신공표가 저를 해치려고 시킨 일입니다!"

신공표의 이름을 듣고 강상이 물었다.

"네가 나를 잡아먹으려고 한 것이 신공표와 무슨 상관이 있다는 것이냐?"

"신선님, 저는 용수호龍鬚虎라고 합니다. 소호少昊 시절에 태어나 천지의 신령한 기운을 모으고 음양의 정화를 받아들여 이미 불사의 몸이 되었습니다. 그런데 저번에 신공표가 이곳을 지나다가 오늘 이 시간에 강상이 여기를 지날 텐데 그의 살을 한 덩어리만 먹어도 만 년의 수명을 늘릴 수 있다고 했습니다. 그래서 제가 잠시 어리석은 생각에 간덩이가 부어서 신선님께 무례를 범했습니다. 자비로우신 신선님께서 이렇게 도와 덕이 높고 크실 줄은 몰랐습니다. 예로부터 자비를 베푸는 것은 도와 덕을 쌓는 일이라고 했으니 제가 천 년 동안 고생하여 겨우 내단을 연성했다는 점을 불쌍히 여기시어 제발 목숨만은 살려주십시오! 그렇게만 해주신다면 만 년 동안 감사하겠습니다!"

"그렇다면 나를 스승으로 모셔라, 그러면 살려주겠다."

"그렇게 하겠습니다!"

"그럼 눈을 감아라."

용수호가 눈을 감자 허공에서 벼락 소리가 울리면서 깃발에 붙어 있던 그의 손이 떨어졌다. 용수호는 즉시 땅바닥에 엎드려 절을 올렸고 강상은 정식으로 그를 제자로 거둬들였다.

"여기서 도술을 배운 것이 있느냐?"

"저는 손만 내밀면 돌이 나타나게 할 수 있습니다. 손을 펼치는 즉시 맷돌만 한 크기의 돌이 벌 떼나 소낙비처럼 쏟아져 온 산의 흙먼지가 하늘을 가리게 되는데 마음만 먹으면 언제든지 그렇게 할 수 있습니다."

"오, 그래? 잘되었구나! 적진을 공격할 때 네가 나서면 많은 공을 세울 수 있겠구나."

강상은 행황무기기를 거둬들인 다음 용수호를 거느리고 사불상에 올라 곧바로 서기성으로 갔다. 그가 저택에 도착하자 여러 장수들이 맞이하러 나왔는데 그의 뒤쪽에 있는 용수호의 모습을 보고 모두 깜짝 놀랐다.

"승상께서 사악한 기운을 몰고 오셨구나!"

"하하! 이 아이는 북해에 살던 용수호라고 하는데 내가 제자로 거뒤들였소이다."

강상은 안으로 들어가서 장수들의 절을 받은 다음 성 밖의 소식을 물었다. 그러자 무길이 대답했다.

"성 밖에서는 아무 동정이 없습니다."

이에 강상은 교전을 준비하라고 분부했다.

한편 장계방은 닷새를 기다려도 강상이 황비호 부자를 영채로 끌고 오지 않자 네 도사에게 말했다.

"어르신들, 강상이 닷새가 지나도록 소식이 없으니 혹시 속임수를 쓴 것이 아닐까요?"

그러자 왕마가 말했다.

"이미 승낙했는데 설마 우리를 속일까! 그렇다면 서기성을 피바다로 만들고 시체로 산을 쌓아야지!"

다시 사흘이 지나자 양삼이 왕마에게 말했다.

"도형, 강상이 여드레가 되도록 나오지 않으니 우리가 그자를 만나 어찌 된 일인지 알아보는 게 어떻소이까?"

그때 장계방이 말했다.

"강상이 그날 형세가 좋지 않아서 말로 얼버무리고 빠져나간 모양입니다. 그자는 겉으로 충성스러운 척하지만 속으로는 간사한 생각을 품고 있습니다."

이에 양삼이 말했다.

"그렇다면 우리가 나가보겠네. 정말 우리를 속인 것이라면 한바탕 전투를 벌여야지. 단번에 끝장을 내서 자네도 일찌감치 군대를 이끌고 돌아가게 해주겠네."

이에 풍림이 군사들에게 포성을 울리게 하자 전군이 함성을 지르며 성 아래로 쇄도하여 강상에게 나오라고 요구했다. 정찰병의 보고를 받은 강상은 나타와 용수호, 무성왕 황비호를 거느리고 사불상에 올라 성 밖으로 나갔다. 그러자 왕마가 그를 보고 버럭 화를 내며 소리쳤다.

"강상, 제법이구나! 저번에 낙마하더니 곤륜산에서 사불상을 빌려 와 우리와 자웅을 겨뤄보겠다는 말이구나!"

그러면서 그는 즉시 폐한을 몰고 달려들어 강상에게 칼을 휘둘렀다. 그러자 곁에 있던 나타가 풍화륜을 몰고 나가 화첨창을 흔들며 소리쳤다.

"왕마, 내 사숙을 해치지 마라!"

이리하여 왕마와 나타 사이에 엄청난 격전이 벌어졌다.

양쪽 진영에서 깃발 흔들며 전고를 울리니
창과 검 엇갈리며 노을빛 토해낸다.
창은 건원산에서 은밀히 전수받았고
검법은 빙산처럼 위력이 엄청나다.
나타는 분노 터뜨려 강인한 성격 드러내는데
왕마의 보검을 누가 감히 막으랴?
나타는 건원산에서 온 보배롭고 빼어난 인물이요
왕마는 온 마음으로 성탕 왕조를 도우려 했지.
창칼을 함께 드니 아무도 막을 수 없어

양쪽 모두 도박하듯 목숨 걸고 달려들었지.

兩陣上幡搖擂戰鼓　劍槍交加霞光吐

槍是乾元秘授來　劍法氷山多威武

哪吒發怒性剛毅　王魔寶劍誰敢阻

哪吒是乾元山上寶和珍　王魔一心要把成湯輔

槍劍並舉沒遮攔　只殺得兩邊兒郎尋鬪賭

　나타가 창을 휘두르며 왕마와 맞서면서 싸움이 점점 무르익었는데 양삼이 보기에 나타의 창술이 무시무시하기도 하고 아무래도 왕마의 보검은 길이가 짧은지라 나타의 긴 창을 당해내기 어려울 것 같았다. 이에 그는 표범 가죽 자루에서 개천주開天珠라는 구슬을 꺼내 나타에게 던졌다. 그러자 나타는 그것을 맞고 그대로 풍화륜에서 떨어져버렸다. 왕마는 나타의 수급을 베려고 달려들었고 그때 황비호가 재빨리 오색신우를 몰고 달려 나가 창을 휘둘러 나타를 구해냈다. 황비호와 왕마가 격전을 벌이자 양삼이 다시 개천주를 던졌는데 황비호는 평범한 인간 세계의 장수일 뿐이었으니 어찌 그것을 당해낼 수 있었겠는가? 그는 그대로 오색신우에서 떨어지고 말았다. 그러자 용수호가 버럭 고함을 질렀다.

　"우리 대장군을 해치지 마라! 내가 간다!"

　왕마는 그의 모습을 보고 어디서 요괴가 나타난 줄 알고 깜짝 놀랐다.

　기괴하기 짝이 없는 얼굴

머리는 크고 목은 길게 늘어졌다.
외발로 그저 껑충껑충 뛰기만 하고
눈에서는 금빛 쏟아진다.
몸뚱이에는 비늘 반짝이고
두 손은 쇠갈고리인 듯 창날인 듯
기이한 술법 익혀
손을 쓰면 맷돌처럼 강력하지.
용수호를 만나기만 하면
죽기 아니면 중상을 입지!

古怪蹊蹺相　頭大頸子長
獨足只是跳　眼內吐金光
身上鱗甲現　兩手似鉤槍
煉成奇異術　發手磨盤強
但逢龍鬚虎　不死也著傷

　　얼룩무늬 표범을 타고 있던 고우건은 용수호의 흉악한 모습을 보고 황급히 혼원보주混元寶珠를 꺼내 던졌다. 그것은 정확히 용수호의 목에 맞았고 그 바람에 용수호는 덜렁거리는 머리를 달고 도망쳐버렸다. 주위 사람들이 황비호를 구해 돌아오는 사이에 왕마와 양삼이 함께 달려들어 강상을 잡으려 하자 강상은 어쩔 수 없이 칼을 뽑아 들고 맞서 싸워야 했다. 하지만 세 장수가 부상을 당해 간신히 구원받아 업혀 가는 바람에 그를 도와줄 사람이 없었다. 이때 이홍패가 벽지주劈地珠를 던졌고 미처 방비하지 못하고 있던 강상은 그대로 앞가슴에 구슬을 맞고 말았다. 그는 "으악!" 비명을 지르며 사불상에서 거의 떨어질 뻔했다가 간신히 면하고 북해를 향해 필사적으로 도망쳤다. 왕마가 다른 도사들에게 말했다.

"내가 가서 잡아 오겠소!"

그는 마치 바람에 휩말리는 구름처럼, 시위를 떠난 쇠뇌 화살처럼 강상을 쫓아갔다. 앞가슴에 상처를 입은 강상은 뒤쫓아오는 소리를 듣고 사불상의 뿔을 툭 쳐서 공중으로 날아오르게 했다. 그러자 왕마가 껄껄 웃었다.

"그래 봐야 도술일 뿐, 나라고 구름을 탈 줄 모르겠느냐?"

그가 폐한을 탁 치자 그놈도 공중으로 날아올라 재빨리 쫓아갔다. 강상은 서기에서 일곱 번의 죽음과 세 번의 재앙을 당할 운명이었는데 이들 네 도사를 만남으로써 바로 첫 번째 죽음을 맞게 된 것이다. 왕마는 폐한이 사불상을 따라잡지 못하자 다시 개천주를 꺼내 강상의 등을 향해 던졌고 등짝에 구슬을 맞은 강상은 그대로 사불상에서 떨어져 산비탈을 데굴데굴 굴러 얼굴을 하늘로 향한 채 죽어버렸다. 이에 사불상은 어쩌지 못하고 강상의 옆에 서 있기만 했다. 왕마는 폐한의 등에서 내려 강상의 수급을 베러 다가갔는데 그때 갑자기 산 중턱에서 노랫소리가 들려왔다.

들판 강물은 맑고 바람은 버들가지 쓰는데
연못의 수면에는 꽃잎이 하늘하늘
묻노라, 그대 사는 곳 어디인가?
흰 구름 깊은 곳을 집 삼아 산다네.

野水清風拂柳　池中水面飄花
借問安居何處　白雲深處爲家

　　왕마가 그 소리에 고개를 돌려보니 그는 바로 오룡산 운소동의 문수광법천존이었다. 이에 왕마가 물었다.

　　"도형, 여기는 웬일로 오셨소이까?"

　　"도우, 강상을 해쳐서는 안 되네! 나는 옥허궁의 명령을 받고 여기서 한참 동안 기다렸다네. 사실 다섯 가지 일이 겹쳤기 때문에 강상을 하산시킨 것일세. 첫째, 성탕의 운수가 이미 다했고 둘째, 서기에 진정한 군주가 강림했고 셋째, 우리 천교에서 살계를 범했고 넷째, 강상은 서쪽 땅에서 복록을 누리며 장상將相의 권세를 쥐게 되어야 하고 다섯째, 저 사람은 옥허궁을 대신해서 신들에게 벼슬을 봉해주어야 하기 때문일세. 여보게, 자네는 절교에서 아무런 구속도 없이 느긋하게 지내더니 왜 갑자기 고약한 기운을 풍기며 흉험한 마음을 품었는가? 자네들 절교의 저 벽유궁에 이런 훌륭한 구절이 있지 않은가?"

　동부의 대문 단단히 닫아걸고
　조용히 『황정경』이나 두세 권 읽을지니
　서쪽 땅에 가게 되면
　봉신방에 이름 남기리라!

緊閉洞門　靜誦黃庭三兩卷
身投西土　封神臺上有名人

그가 계속 말했다.

"사실 자네가 강상을 죽인다 하더라도 회생할 날이 있을 걸세. 그러니 여보게, 내 말대로 그냥 돌아가면 우리 사이가 원만하게 지속되겠지만 내 말을 듣지 않는다면 나중에 후회할 일이 생길 걸세."

"말씀이 지나치구려! 우리 둘 다 똑같이 도교의 문하에 몸을 담고 있는데 어찌 사이가 틀어진다는 이야기를 하실 수 있소? 설마 그대에게만 훌륭한 스승이 있고 내게는 교주도 없는 줄 아시오?"

왕마는 까닭 모를 화가 치밀어 칼을 들고 사납게 문수광법천존을 공격했다. 그때 문수광법천존의 뒤쪽에서 상투를 틀어 올리고 연노란색 도복을 입은 젊은 도사가 불쑥 나서며 고함을 질렀다.

"왕마, 함부로 설치지 마라. 내가 간다! 나는 바로 문수광법천존의 제자인 금타다!"

그러면서 금타가 칼을 휘두르며 공격하자 왕마도 칼을 들어 맞서며 흉험한 격전이 벌어졌으니 이를 묘사한 시가 있다.

왔다 갔다 치고받으니 칼은 빛을 토하고
두 신이 오룡강에서 격전을 벌였지.
행실이 돈독하거나 가벼운 것은 모두 운명 때문이니
비로소 알겠구나, 하늘이 성탕을 멸하려 하는 뜻을!

     來往交還劍吐光 二神鬪戰五龍崗

     行深行淺皆由命 方知天意滅成湯

왕마와 금타가 산 아래에서 격전을 벌이자 문수광법천존은 품에서 보물을 하나 꺼냈다. 이 보물은 도교에서 둔룡장이라고 하는 것으로 훗날 불교에서는 칠보금련이라고 불리게 된다. 말뚝처럼 생긴 이 몽둥이에는 세 개의 황금 테가 둘러져 있는데 천존이 그것을 위로 던지자 황금 테가 떨어지면서 왕마의 목과 허리, 발목에 각각 채워졌다. 이렇게 되자 왕마는 꼼짝달싹 못하고 둔룡장에 뻣뻣이 기대어 서 있을 수밖에 없었다. 금타는 왕마가 보물에 포박당하자 칼을 들어 내리쳤는데 이제 그의 목숨이 어찌 되는지는 다음 회를 보시라.

제39회

강상, 기산을 꽁꽁 얼리다
姜子牙冰凍岐山

네 도사가 이유 없이 하늘을 거스르려 하여
기이한 술법 믿고 함부로 날뛰었지.
서쪽 땅에 오니 벼슬 봉해질 신이 나뉘고
북벌할 때에야 비로소 정과 이룬 신선이 누구인지 알았지.
이곳에서 얼마나 많은 인재 스러졌던가?
한없는 악당 지난날의 잘못 저질렀지.
7월에 눈 날리고 천 자 두께의 얼음 어니
우혼과 비중은 고생 끝에 저승으로 떠났지.

> 四聖無端欲逆天　仗他異術弄狂顚
> 西來有分封神客　北伐方知正果仙
> 幾許雄才消此地　無邊惡孽造前愆
> 雪飛七月冰千尺　尤費顚連喪九泉

그러니까 금타는 단칼에 왕마의 목을 베어버렸다. 이에 한 가닥 영혼이 봉신대로 떠났으니 청복신淸福神 백감이 백령번百靈幡을 써서 인도해 들어갔다. 문수광법천존은 왕마의 보물을 수습하고 곤륜산을 향해 절을 올렸다.

"제가 살계를 열었습니다."

그리고 금타로 하여금 강상을 업고 산으로 올라가게 한 후 단약을 물에 개어서 입에 흘려 넣어주었다. 잠시 후 강상이 회생하여 문수광법천존을 보고 말했다.

"도형, 제가 어떻게 여기서 도형을 만나게 되었소이까?"

"하하! 하늘의 뜻이 원래 그렇게 정해져 있으니 사람의 마음대로 할 수 있는 게 아니지요."

그리고 서너 시간이 지나자 문수광법천존이 금타에게 분부했다.

"너는 사숙과 함께 하산하여 서쪽 주나라를 도와라. 나도 조만간 갈 것이다."

이에 금타는 강상을 부축하여 사불상에 태우고 서기로 갔다. 그리고 문수광법천존은 왕마의 시신을 흙으로 묻어주었다.

한편 서기성에서는 강상이 사라지자 장수들이 모두 당황하여 어쩔 줄 몰랐다. 무왕은 몸소 승상의 저택으로 행차하여 정찰병들로 하여금 곳곳을 수색하게 했다. 그러다가 강상이 금타와 함께 돌아오자 무왕은 장수들과 강상의 저택 밖으로 나와 그를 맞이했다. 강상이 사불상에서 내리자 무왕이 물었다.

"상보, 어디에서 패전하셨습니까? 짐이 얼마나 걱정했는지 아십니까!"

"제자인 금타가 아니었다면 저는 절대 살아 돌아오지 못했을 것이옵니다."

금타는 무왕을 알현하고 나서 나타와 만났고 이후로 자연스럽게 둘이 함께 지내게 되었다. 강상은 자신의 저택으로 들어가 공무를 처리했다.

그 무렵 상나라 영채에 있던 양삼은 왕마가 강상을 쫓아갔는데 날이 저물도록 돌아오지 않자 이상한 생각이 들었다.

'어째서 여태 돌아오지 않지?'

그는 서둘러 소매 속에 손을 넣고 점을 쳐보더니 비명을 질렀다.

"이런, 큰일 났구나!"

고우건과 이흥패가 이유를 묻자 양삼이 분개하여 소리쳤다.

"천 년 동안 도를 수행했는데 하루아침에 오룡산에서 죽고 말았으니 이 얼마나 안타까운 일이냐 이거요!"

세 도사는 머리카락이 모자를 뚫고 나올 만큼 화가 치밀어 밤새 편히 쉬지 못했다. 그리고 이튿날 각자 괴이한 짐승을 타고 서기성 아래로 달려가 싸움을 걸며 강상에게 당장 나오라고 소리쳤다. 이에 정찰병이 강상의 저택에 보고했지만 강상은 아직 상처가 낫지 않은 상태였다. 그러자 금타가 말했다.

"사숙, 제가 여기서 보호해드리게 되었으니 출전하시면 반드시 공을 세우실 수 있을 것입니다!"

강상은 곧 사불상에 올라 성문을 열고 나갔다. 밖에서는 세 도사가 이를 갈며 욕을 퍼붓고 있었다.

"강상, 이 못된 놈! 우리 벗을 죽였으니 결코 네놈과 한 하늘을 이고 살지 않겠다!"

세 도사가 일제히 달려들자 강상의 옆에 있던 금타와 나타도 달려 나갔다. 금타는 두 자루 보검을 들었고 나타는 풍화륜을 탄 채 화첨창을 휘두르며 세 도사와 맞섰다. 이렇게 다섯이 어우러져 격전을 벌이니 불그레한 구름이 자욱하게 천지를 뒤덮고 치솟는 살기가 강산을 환히 비추었다. 그 모습을 보고 강상이 생각했다.

'사부님께서 타신편을 주셨는데 왜 여태 쓰지 않았지?'

이에 그가 타신편을 공중으로 던지자 천둥소리와 함께 불벼락이 내리쳐 그대로 고우건의 정수리를 때려버렸다. 그 바람에 그는 뇌수가 터져서 그대로 비명에 죽어 영혼이 즉시 봉신대로 들어가고 말았다. 그 모습을 본 양삼이 사자후를 터뜨리며 강상에게 달려들자 나타가 건곤권을 내던졌는데 양삼이 그 보물을 거둬들이려고 할 때 이번에는 금타가 둔룡장을 던져 그를 꼼짝 못하게 포박해버렸다. 그리고 단칼에 몸뚱이를 두 동강으로 잘라버리니 그의 영혼도 봉신대로 떠나버렸다. 두 도사의 죽음을 목격한 장계방과 풍림은 각기 창과 낭아봉을 휘두르며 달려들었고 쟁녕을 탄 이흥패는 네모난 쇠몽둥이를 휘두르며 달려들었다. 이에 금타는 땅 위를 내달리며 대적했고 나타는 화첨창을 휘둘러 맞서며 다시 혼전이 벌어졌다. 그때 서기성 안에서 포성이 한 발 울리더니 젊은 장수 하나가 말을 몰고 달려 나왔는데 까까머리에 은빛 모자와 은빛 갑옷을 입고 백마에 탄 채 긴 창을 들고 있는 그는 바로 황비호의 넷째 아들 황천상이었다. 군진의 앞쪽으로 달려 나온 그는 발군의 무예를 선보이며 용맹하게 활약했다. 그가 소낙비가 쏟아지는 듯한 창술로 비스듬히 내지르자 풍림이 막지 못하고 그대로 낙마해버렸고 그의 영혼도 그길로 봉신대로 떠나버렸다. 장계방은 승산이 없다고 생각하고 후퇴하여 자기 진영으로 돌아갔는데 역시 중군 막사로 돌아온 이홍패가 장계방에게 자기 생각을 이야기했다.

"우리 넷이 자네를 도우러 왔지만 뜻밖에 오늘 패전하여 세 벗을 잃고 말았네. 어서 태사에게 알리고 구원병을 보내달라고 하게. 오늘의 이 한을 반드시 씻고 말겠네!"

장계방은 급히 문서를 작성하여 전령으로 하여금 밤낮을 가리지 말고 속히 조가로 달려가 보고하게 했다.

한편 강상은 승리를 거두고 서기성으로 돌아와서 은안전에 올라 장수들의 공적을 보고받았다. 그는 말을 타고 창을 휘둘러 풍림을 쓰러뜨린 황천상을 칭찬했다. 그때 금타가 말했다.

"사숙, 오늘 승전을 거두었으나 머뭇거리면 안 됩니다. 내일 다시 공격하면 반드시 성공할 것입니다."

"좋은 생각이구나."

이튿날 강상은 장수들을 점검하여 성을 나섰고 병사들은 사기가 드높아 거대한 함성을 내질렀다. 그들은 그대로 상나라 영채 앞으로 가서 장계방에게 당장 나오라고 소리쳤다. 보고를 받은 장계방이 말했다.

"내가 여태 출전하여 기세가 꺾인 적이 없는데 오늘은 하찮은 것들에게 모욕당하다니 도저히 참을 수 없구나!"

그는 서둘러 말에 올라 진세를 펼치고 원문 밖으로 나가 강상에게 손가락질하며 욕을 퍼부었다.

"이 역적 놈! 어찌 감히 천자가 임명한 사령관을 모독하느냐? 내 당장 네놈과 자웅을 결판내고 말리라!"

그러면서 그가 창을 휘두르며 말을 몰아 달려들자 강상의 뒤쪽에 있던 황천상이 달려 나가 창을 들고 맞서며 일대 격전이 벌어졌다.

화려한 안장에 탄 두 장수

전장에 나서서 말을 타고 즐거워한다.

이쪽은 우레가 울부짖듯 화를 내고

저쪽은 마음속에 불길이 이글거린다.

이쪽은 주왕을 보좌하려는 상문성이요

저쪽은 주나라를 지키려는 천강성.

이쪽은 목숨 내놓고 사직을 안정시키려 하고

저쪽은 남은 목숨 팽개치고 강산을 바로잡으려 하지.

예로부터 험악한 전투 예사롭지 않았으니

원문이 선홍빛 피에 젖은 것이 몇 번이던가?

二將坐雕鞍　征夫馬上歡

這一個怒發如雷吼　那一個心頭火一攢

這一個喪門星要扶紂王　那一個天罡星欲保周元

這一個捨性命而安社稷　那一個棄殘生欲正江山。

自來惡戰不尋常　轅門幾次鮮紅濺

황천상은 장계방과 서른 판을 맞붙었지만 승부가 나지 않았다. 이에 강상이 북을 치라고 명령을 내렸는데 군중의 법은 북을 치면 진격하고 징을 치면 멈추거나 퇴각하는 것이었다. 그러자 주나라 진영에서 수십 명의 장수들이 좌우에서 말을 몰아 달려 나갔으니 백달伯達과 백적伯適, 중돌仲突, 중홀仲忽, 숙야叔夜, 숙하叔夏, 계수季隨, 계왜季騧, 모공 수, 주공 단, 소공 석, 남궁괄, 신갑, 신면, 태전, 굉요, 황명, 주기 등이 그들이었다. 그들은 즉시 장계방을 한가운데 두고 주위를 단단히 둘러쌌다. 그럼에도 장계방은 바람을 희롱하는 맹호처럼 술에 취해 날뛰는 표범처럼 전혀 두려워하지 않고 주나라 장수들과 맞섰다.

그사이 강상이 금타에게 말했다.

"너도 출전해서 이홍패와 대결하도록 해라. 내가 타신편으로 도와줄 테니 오늘 큰 공을 세워보도록 해라."

"예!"

금타가 보검을 들고 느긋하게 걸어 나가자 쟁녕을 타고 있던 이홍패가 그를 발견하고 즉시 달려들어 쇠몽둥이로 내리쳤다. 이에 금타는 칼을 들어 맞섰는데 그들이 몇 판 맞붙었을 때 나타가 풍화륜을 타고 달려와 화첨창을 내지르자 이홍패가 다급하게 쇠몽둥이를 들어 막았다. 그때 사불상을 타고 있던 강상이 막 타신편을 꺼내 들려는 순간 전세가 불리하다고 느낀 이홍패는 재빨리 쟁녕의 뿔을 탁 쳤고 쟁녕의 네 발에서 바람과 구름이 일더니 순식간에 공중으로 날아올라 도망쳐버렸다. 이홍패가 도망친 것을 본 나타는 재빨리 풍화륜을 굴려서 포위된 장계방을 향해 달려들었다. 그러자 조전 형제가 장계방을 향해 소리쳤다.

"장계방, 당장 말에서 내려 항복해라! 그러면 목숨을 살려주고 우리 형제와 함께 태평성대를 누리게 해주겠다!"

"뭐라고? 가소로운 역적 놈들! 나라를 위해 몸을 바치고 목숨을 다해야 충신이라 할 수 있거늘 어찌 네놈들처럼 목숨에 연연하여 명예와 절개를 훼손할 수 있겠느냐!"

하지만 새벽부터 정오 무렵까지 장계방은 도저히 포위망을 뚫을 방도가 없었다. 이에 그가 절규했다.

"주왕 폐하, 저는 나라의 은혜에 보답하고 공을 세울 수 없게 되었는지라 죽음으로써 신하의 절개를 지키겠나이다!"

그러더니 창끝을 돌려 자신의 심장을 찌르고 그대로 낙마해 죽어버렸다. 그의 영혼은 봉신대로 가서 청복신의 인도를 받았으니 그야말로 이런 격이었다.

반평생 영웅으로 살아 무엇을 이루었던가?

아름다운 이름 남겨 만고 역사에 기록되게 했지.

英雄半世成何用　留得芳名萬載傳

장계방이 죽자 상나라 군사들은 주나라에 투항하거나 도망쳐 관문으로 돌아갔다. 강상은 승전을 거두고 성으로 돌아와 대전에 올랐고 장수들은 각기 공적을 보고했다. 그리고 이날 강상은 여러 장수들이 용감하게 위용을 자랑한 것을 치하하며 기뻐했다.

한편 포위망을 벗어난 이홍패는 정신없이 도망쳤는데 그 역시 네 도사의 운명에 포함된 몸이었으니 어찌 벗어날 수 있었겠는가? 한참 내달리던 쟁녕이 표연하게 어느 산에 내리자 그는 구르듯이 안장에서 내려 소나무 그늘 아래에 있는 바위에 기대어 잠시 쉬면서 깊이 생각에 잠겼다.

'구룡도에서 그 오랜 세월을 수련한 내가 뜻밖에 서기에서 이렇게 패배를 당할 줄이야! 벗들에게 부끄러우니 섬으로 돌아갈 수도 없구나. 차라리 조가로 가서 문형과 상의해 오늘의 원한을 갚도록 하자.'

이렇게 결심하고 그가 막 몸을 일으키려는데 산 위에서 누군가 민요[道情]°를 부르며 다가왔다. 고개를 돌려 쳐다보니 젊은 도사였다.

하늘이 현묘한 이치로 돌아가게 해주어 신선이 되었나니
신선 되어 어느 곳에서나 푸른 하늘 볼 수 있었지.
나더러 안하무인 거만하다고 하지 말지니
뜻을 이루고 돌아갈 때면 자연과 하나가 되리라!

> 天使還玄得做仙　　做仙隨處覩青天
> 此言勿謂吾狂妄　　得意回時合自然

그 도사는 이홍패를 보더니 고개를 숙여 절하며 말했다.
"도우, 안녕하십니까?"
이홍패가 답례하자 그가 다시 물었다.
"도우, 어느 산 어느 동부에 계시는 분이십니까?"

"구룡도에서 수련한 이홍패라고 하외다. 장계방을 도와 서기를 정벌하다가 실패하여 여기서 잠시 쉬고 있소이다. 그런데 그대는 어디로 가시는 길이오?"

그러자 젊은 도사는 무척 기뻐했다.

'이야말로 쇠 신이 닳도록 찾아다녀도 만나지 못하더니 가만히 있어도 저절로 찾아온다는 격이로군!'

그러면서 그가 말했다.

"저는 바로 구궁산 백학동에 계신 보현진인의 제자 목타입니다. 사부님의 분부에 따라 사숙인 강 승상을 도와 주왕을 멸하는 데 공을 세우려고 서기로 가는 중이지요. 제가 떠나올 때 스승님께서 이렇게 말씀하시더군요. '만약 이홍패를 만나거든 붙잡아 서기로 끌고 가도록 해라. 강상을 만나는데 예물이라도 들고 가야 하지 않겠느냐?' 그런데 공교롭게도 그대를 이렇게 만났구려!"

이홍패는 코웃음을 치며 말했다.

"못된 놈, 나를 너무 무시하는구나!"

그가 쇠몽둥이를 들어 내리치자 목타도 칼을 들고 맞서며 격전이 벌어졌다.

이쪽은 가볍게 걸어오고
저쪽은 다급히 삼실로 엮은 신 신고 돌아섰지.
가볍게 걸어온 쪽은
옥 손잡이를 단 강철 몽둥이를 걸이에서 뽑아 들었고
다급히 신 신고 돌아선 이는

금물 입힌 보검을 상자에서 꺼냈지.

칼이 공격하면 쇠몽둥이로 막으니

눈앞에 한 무더기 꽃송이 비스듬히 찔러 갔지.

칼을 거두고 쇠몽둥이 맞이하니

머리 뒤에 수천 덩어리 서늘한 안개 세차게 흘렀지.

하나는 육신을 지니고 신선이 되었는데

목타의 무예는 위력도 대단했지.

다른 하나는 영소보전에 있던 신선으로

신장의 용맹한 기개 자랑했지.

조금이라도 눈치가 늦으면

당장 살과 가죽이 망가지고

잠깐이라도 손짓이 흐트러지면

즉시 몸뚱이가 두 동강 나리라!

> 這一個輕移道步　那一個急轉麻鞋
>
> 　　輕移道步　撒玉靶純鋼出鞘
>
> 　　急轉麻鞋　淺金裝寶劍離匣
>
> 　　劍來鐧架　目前斜刺一圍花
>
> 　　劍去鐧迎　腦後千塊寒霧滾
>
> 一個是肉身成聖　木吒多威武
>
> 一個是靈霄殿上　神將逞英雄
>
> 　　些兒眼慢　目下皮肉不完全
>
> 　　倐爾手鬆　眼前尸骸分兩段

원래 목타는 오구吳鉤라고 불리는 보검을 등에 메고 있었으니 바로 간장干將이나 막야莫邪 같은 보검으로서 암수 한 쌍으로 되어 있었다. 격전을 벌이는 와중에 목타가 왼쪽 어깨를 슬쩍 흔들자 수컷 칼이 공중으로 날아올라 이흥패의 목을 가로로 슥 그어버렸다.

천 년의 수련 죄다 쓸모없어져
구궁산에서 핏물로 옷깃 적셨구나!

　　　　　　　千年修煉全無用　　血染衣襟在九宮

목타는 이흥패의 시신을 묻어주고 흙의 장막을 이용해 서기로 가서 성 안으로 들어가 강상의 저택 앞에 이르렀다. 문지기의 보고를 받은 강상이 안으로 데려오라고 하자 목타가 대전으로 가서 절을 올렸다.

"어디서 오신 분인가?"

강상의 곁에 있던 금타가 말했다.

"제 동생 목타인데 구궁산 백학동에 계신 보현진인의 제자입니다."

"세 형제가 함께 현명한 군주를 보좌하니 영원히 역사책에 명성이 남아 전해지겠구먼!"

이렇게 서기는 나날이 번창하고 있었다.

한편 조가에서 크고 작은 나랏일을 돌보고 있던 태사 문중은 조목조목 법도에 맞게 일을 처리했다. 그러던 중에 사수관의 사령관 한영이 보낸 문서가 도착했다. 그것을 펼쳐 읽은 문 태사는 탁자를 내리치며 절규했다.

"도형, 어찌 그렇게 비명에 돌아가셨단 말이오! 나는 신하들의 우두머리로서 나라의 은혜를 태산같이 입었는데 나랏일이 곤란하여 함부로 이곳을 떠날 수 없었소. 그런 차에 이런 보고를 받으니 슬픔이 뼈에 사무치는구려! 여봐라, 당장 장수들을 소집하라!"

잠시 후 은안전에 세 번의 북소리가 울리면서 일단의 장수들이 문 태사를 배알했다.

"지난번에 내가 구룡도의 네 벗을 초빙하여 장계방을 도와달라고 했는데 뜻밖에 세 분이 돌아가시고 풍림도 전사해버렸소. 그러니 여러분은 이제 누가 가서 나라를 위해 장계방을 도와 서기를 격파할 것인지 상의하기 바라오."

그 말이 끝나기도 전에 나이가 지긋한 좌군상장군左軍上將軍 노웅이 대전으로 올라왔다.

"제가 다녀오겠습니다."

문 태사는 백발에 수염까지 허연 노웅이 나오는 것을 보고 이렇게 말했다.

"장군께서는 연세가 너무 많아서 공을 세우기 어려울 것 같소이다."

"허허! 태사, 장계방은 젊어서 높은 자리에 올라 병사를 운용할 때에도 강력한 무력만 믿었으며 자신이 도술을 익혔다는 것을 너무 자만했습니다. 또한 풍림은 재능이 보잘것없는 자이기 때문에 목숨을 잃는 재앙을 당한 것입니다. 장수가 군대를 운용할 때는 먼저 하늘의 때를 살피고 나서 지리적 이점을 고려하되 병사들 사이를 화목하게 하는 법도 알아야 합니다. 문학의 재능으로 군대를 운용하고 무력으로 도와주며 지킬 때는 차분하고 움직일 때는 신속해야 합니다. 그래야 패망의 위기에서도 생존하고 죽음의 위기에서도 살아남아 약한 것을 강하게 만들고 부드러운 것을 단단하게 만들며 위기를 당해도 평안함을 유지하고 재앙을 복으로 바꿀 수 있는 것입니다. 상대가 예측할 수 없는 임기응변으로 천 리 밖의 전쟁을 승리로 이끌고 위로 하늘에서 아래로 땅에 이르기까지 모르는 바가 없어야 합니다. 그래야 십만의 군대가 누구나 힘을 쓰고 천지를 아울러 만물을 빠짐없이 형성해내는 조물주의 역량을 발휘하여 각기 오묘함을 얻게 되는 것입니다. 자연의 이치를 정해 승부를 결판낼 기회를 잡고 운용의 권력을 신묘하게 하며 무궁한 지혜를 담고 있어야 하는 것이 바로 장수입니다. 제가 가게 되면 반드시 공을 세울 것인데 여기에 한두 명의 부장을 붙여주신다면 일이 자연히 잘 마무리될 것입니다."

'노 장군은 비록 나이가 많지만 장수로서 재능이 있는 듯하고 게다가 충성심도 강하지. 참모를 선발하려면 상황 판단을 잘하는 사람이어야 할 테니 비중과 우혼에게 가라고 하는 것이 낫겠구나.'

이에 그는 급히 비중과 우혼에게 참모로 나가라고 분부를 내렸다. 그러자 군정사의 관리가 그들 둘을 대전으로 데려왔고 두 사람이 절을 올리자 태사가 말했다.

"얼마 전에 장계방이 패전하고 풍림이 전사하여 노옹 장군이 구원하러 가는데 참모 두 명이 필요한 상황이오. 그래서 나는 두 대부께 참모로서 업무를 보좌하여 서기를 정벌하도록 하고자 하오. 개선하게 되면 그 공을 더없이 크게 인정받을 것이오."

비중과 우혼은 그 말에 혼비백산 놀라서 황급히 아뢰었다.

"태사, 저희는 문관인지라 군대의 일에 대해서는 잘 모르니 중대한 나랏일을 그르치지 않을까 염려스럽사옵니다."

"두 분은 임기응변에 능하시고 경중을 판단하는 지혜에 통달하셨으니 참모의 역할을 충분히 해낼 수 있을 것이오. 노 장군이 고려하지 못한 부분을 도우신다면 그것이 폐하를 위해 힘쓰는 일이 아니겠소? 지금 나랏일이 곤란에 처해 있으니 마땅히 군주를 보좌하여 나라를 위해 나서야 하거늘 서로 책임을 떠넘기면 되겠소이까? 여봐라, 참모의 인장을 가져오너라!"

수하들이 참모의 인장을 가져오자 비중과 우혼은 더 이상 빠져나갈 길이 없어져버렸다. 그들이 어쩔 수 없이 인장을 차자 문 태사는 두 사람의 모자에 꽃을 꽂고 술을 내려 격려했다. 이어서 그는 동부를 발행하여 장계방을 지원할 병력 오만 명을 선발했으니 이를 묘사한 시가 있다.

노옹은 일편단심 충정으로 나라에 보답하려 하나
비중과 우혼은 두려움에 간담이 서늘해졌지.
여름에 행군하니 멈추기도 곤란하고
뜨거운 불볕 태양이 정벌군을 내리쬐었지.
나라의 운세에 난리가 일어나서
요사한 기운이 재앙을 일으키기에 이르렀지.

대를 만들어 신을 봉하는 일 이미 준비되어
강상은 산을 얼려 간신을 처단했지.

魯雄報國寸心丹　費仲尤渾心膽寒
夏月行兵難住馬　一籠火傘罩征鞍
只因國祚生離亂　致有妖氣起禍端
臺造封神將已備　子牙冰凍絕讒奸

　그러니까 노웅은 길일을 택해 소와 말을 잡아 꿩 깃털을 장식한 보독번에 제사를 올린 다음 며칠 후에 출병했다. 그는 문 태사에게 작별 인사를 하고 곧 포성을 울리며 출발을 명령했는데 때는 늦여름에서 초가을로 넘어가는 시기라 날씨가 지독하게 더워서 홑옷 위에 철갑을 걸친 병사들은 걷기가 힘들었다. 이에 전투마는 땀을 비오듯 흘렸으며 보병들은 숨을 헐떡거렸다. 그들이 행군할 때 날씨가 얼마나 더웠는지는 다음의 부를 보면 알 수 있다.

　만 리의 천지는
불볕 같은 태양빛에 싸여 있는 듯
사방 들판에는 구름도 바람도 모두 스러졌고
온 천지에 뜨거운 공기만 공중으로 치솟았지.
높은 산꼭대기와
거대한 바다의 물결 속
높은 산꼭대기에는
햇빛에 탄 바위가 갈라져 재가 날리고

거대한 바다의 물결 속에는

뒤집혀 흐르는 파도가 끓어오를 지경이었지.

숲 속을 나는 새는

깃털이 타서 빠지니

공중으로 날개 펼칠 생각을 못하고

물 바닥의 물고기는

비늘까지 익어 벗겨질 지경이니

어찌 흙장난하며 진흙 속을 파고들 수 있으랴?

길에 깔린 벽돌은 시뻘겋게 달궈진 솥바닥처럼 뜨거워

무쇠나 돌로 된 사람이라도 땀을 흘릴 수밖에!

군대가 행군하는 길에는

수많은 투구가 하늘에 부딪치는 은 경쇠 같고

겹겹의 갑옷은 온 대지를 뒤덮은 무기의 산 같지.

군대는 소낙비처럼 세차게 나아가고

말은 환희에 찬 용처럼 치달리니

갑옷은 은빛 잎사귀처럼 반짝이고

화려하게 장식한 활은 방향을 바꾸었지.

그야말로 함성이 산천과 못을 진동하는데

천지는 마치 타오르는 등롱 같았지.

> 萬里乾坤　似一輪火傘照當中
>
> 四野無雲風盡息　八方有熱氣昇空
>
> 高山頂上　大海波中
>
> 高山頂上　只曬得石裂灰飛

大海波中　只蒸得波翻浪滾

林中飛鳥　曬脫翎毛　莫想騰空展翅

水底遊魚　蒸翻鱗甲　怎能弄土鑽泥

只曬得磚如燒紅鍋底熱　便是鐵石人身也汗流

三軍一路上　盔滾滾撞天銀磬　甲層層蓋地兵山

軍行如驟雨　馬跳似歡龍

閃翻銀葉甲　撥轉皀雕弓

正是　喊聲振動山川澤　天地乾坤似火籠

　　노옹이 이끄는 병력은 다섯 관문을 나가서 행군을 계속했다. 그러던 어느 날 정찰병이 보고했다.

　　"장계방 총사령관께서는 패전하여 전사하셔서 서기의 동쪽 성문에 수급이 효수되었사옵니다."

　　"장계방이 이미 죽었다면 우리가 갈 필요가 없지 않은가? 일단 이 근처에 영채를 세우도록 하라. 앞쪽에는 무엇이 있더냐?"

　　"기산이옵니다."

　　"숲 깊숙한 곳에 영채를 세우도록 하라."

　　그리고 그는 군정사의 관리에게 문서를 작성하여 문 태사에게 보고하도록 했다.

　　한편 강상은 장계방의 목을 벤 뒤에 이李씨 삼형제가 모두 서기로 왔음을 알았다.

　　하루는 그가 저택에서 공무를 보고 있는데 전령이 들어와 보고

했다.

"기산에 일단의 군대가 영채를 차렸사옵니다."

강상은 이미 그 내막을 알고 있었다. 며칠 전 청복신이 와서 보고하기를 봉신대가 완공되었으니 이제 봉신방을 걸고 제사를 지내야 한다고 했던 것이다.

"남궁괄과 무길은 군사 오천 명을 인솔하여 기산으로 가서 영채를 차리고 길목을 막도록 하시오. 절대 저들의 병력을 통과시켜서는 안 되오!"

"예!"

두 장수는 곧 군사를 점검하고 성을 나섰다. 한 발의 포성과 함께 칠십 리쯤 가자 멀리 기산에 일단의 병력이 상나라의 깃발을 내세우고 있는 것이 보였다. 남궁괄은 그들 진영을 마주 보고 영채를 세웠는데 날이 너무 더워서 군사들은 서 있기조차 힘들었다. 하늘에서 쉴 새 없이 뜨거운 햇볕이 내리쬐자 무길이 남궁괄에게 말했다.

"사부님께서 저희에게 이곳에 영채를 차리라고 분부하셨는데 모두 목이 타고 햇빛을 가릴 수목도 없으니 병사들 사이에 원망이 생기지 않을까 염려스럽습니다."

이튿날 신갑이 영채로 찾아와 강상의 명령을 전했다.

"병력을 기산 정상으로 이동시켜 그곳에 영채를 차리라고 하셨습니다."

그 말에 남궁괄과 무길은 깜짝 놀랐다.

"지금 날씨가 감당할 수 없을 정도로 무더운데 오히려 산꼭대기로 가는 것은 죽음을 재촉하는 행위가 아니겠습니까?"

"군령이니 어쩔 수 없지 않습니까? 그대로 하는 수밖에요."

이에 남궁괄과 무길은 곧 병력을 산 정상으로 이동시켰다. 더위에 시달린 병사들은 입을 헤벌리고 숨을 헐떡이며 견디기 힘들어했으며 밥을 지으려 해도 물을 길어 오기가 불편하여 모두들 원망을 퍼부었다.

한편 숲 깊숙한 곳에 주둔하고 있던 노웅의 병사들은 기산 위에 군대가 영채를 차리는 것을 보고 비웃었다.

"이런 날씨에 산꼭대기에 영채를 차리다니 전투가 벌어지지 않더라도 사흘도 견디지 못하고 죄다 죽고 말 거야!"

이렇게 되자 노웅은 그저 구원병이 오기만을 기다렸다.

이튿날 강상은 삼천 명의 병력을 이끌고 기산으로 갔다. 남궁괄과 무길이 산을 내려와 맞이하자 함께 산꼭대기로 간 강상은 팔천 명의 병력이 산꼭대기에 차린 영채의 중군 막사에 자리를 잡고 앉았다. 그날 날씨가 얼마나 무더웠는지를 묘사한 시가 있다.

태양의 진정한 화기가 먼지를 태우니
바위까지 태우는 열기 몰아쳐 정말 가련했지.
푸른 버들과 소나무는 고운 빛 시들고
날짐승과 들짐승도 재앙에 시달렸지.
정자 위에는 연기가 피어나는 듯했고
물가 누각에는 불길이 몰아치는 듯했지.
만 리 천지에 오로지 뜨거운 햇볕만 내리쬐니

행상과 나그네도 힘겹게 서로 부축해야 했지.

太陽眞火煉塵埃　烈石煎熬實可哀

綠柳靑松催豔色　飛禽走獸盡罹災

涼亭上面如煙燎　水閣之中似火來

萬里乾坤只一照　行商旅客苦相挨

어쨌든 중군 막사에 앉은 강상은 곧 군령을 내렸다.

"무길은 속히 영채 뒤쪽에 흙으로 석 자 높이의 대를 쌓으라!"

"예!"

그때 신면이 수레에 많은 물품을 싣고 와서 보고하자 강상이 그
것을 영채 안으로 옮겨 나눠주게 했다. 병사들은 그것을 보고 한참
동안 멍한 표정을 지었는데 어쨌든 강상은 일일이 호명하여 물품을
나눠주었다. 병사 한 명에 솜옷 한 벌과 삿갓 하나씩이 돌아가자 그
들은 허탈한 웃음을 지었다.

"이걸 입으면 더 빨리 죽겠구먼!"

그날 저녁에 무길이 대를 완성하자 강상은 그 위로 올라가 머리
카락을 풀어 헤치고 칼을 짚은 채 동쪽 곤륜산을 향해 절을 올렸다.
그런 다음 별자리를 따라 걸음을 옮기며 현묘한 술법을 펼치면서
신령한 경전을 외고 부적을 태워 재를 물에 섞어 뿌렸다.

강상이 술법을 펼치자

순식간에 거센 바람 일어나

포효하며 숲을 뚫고 지나면서

흐릿한 먼지 자욱하게 몰아치니

온 세상 어둑해지고

천지가 무너질 듯 휘리릭 소리 울리며

바다가 끓고 산이 무너지듯 촤르르 소리 일어나니

깃발은 구리 북이 울리듯 소리를 내고

장교는 두 눈조차 뜨기 힘들었지.

어느새 차가운 가을바람 흔적도 없이 사라지니

병사들은 승패의 도박을 걸 수 있게 되었구나!

子牙作法　霎時狂風大作

吼樹穿林　只刮得颼颼灰塵

霧迷世界　滑喇喇天摧地塌　驟瀝瀝海沸山崩

幡幢響如銅鼓振　眾將校兩眼難開

一時間金風撤去無蹤影　三軍正好賭輸贏

이를 묘사한 시가 있다.

옥허궁의 오묘한 비결 외니

비밀리에 전수받은 신령한 부적 더욱 틀림없구나.

사악한 도깨비 내쫓고 굴복시키며 수시로 효험 발휘하니

비바람 불러 모래가 휘몰아치는 듯하다.

念動玉虛玄妙訣　靈符秘授更無差

驅邪伏魅隨時應　喚雨呼風似滾沙

한편 막사 안에 있던 노웅은 거센 바람이 일면서 더위가 모조리 사라지자 무척 기뻐했다.

"태사께서 병력을 출발시키셨다면 날씨가 온화하니 공격하기에 딱 좋겠구나."

그러자 비중과 우혼이 말했다.

"폐하의 크나큰 복이 하늘과 나란하니 서늘한 바람까지 불어서 도와주는군요!"

하지만 그 바람은 기세를 타자 맹호처럼 사나워졌으니 이를 묘사한 시가 있다.

횡횡 쌩쌩 깊은 성 안으로 파고들어
형체도 그림자도 없이 사람 놀라게 하는구나.
누런 모래 휘감아 삼만 길 높이 치솟게 하고
검은 안개와 수많은 먼지 날려 오게 했지.
숲을 지나며 나무 쓰러뜨리는 모습 정말 형용할 길 없고
뼈에 사무쳐 한기 일으키는 것 어찌 쉽게 이야기하랴?
멋대로 타오르는 흉험한 불길보다 더욱 맹렬하여
강과 호수에 물결 일어 더욱 길을 찾지 못하게 했지.

蕭蕭颯颯透深閨　無影無形最駭人
旋起黃沙三萬丈　飛來黑霧百千塵
穿林倒木眞無狀　徹骨生寒豈易論
縱火行兇尤猛烈　江湖作浪更迷津

그러니까 강상이 기산 꼭대기에서 술법을 펼치자 삭풍처럼 으스스한 바람이 사흘 동안 거세게 몰아쳤다. 그리고 그것을 본 병사들은 모두 감탄했다.

"하늘의 때가 바르지 않고 나라의 운명이 불길하니 이런 이상한 일이 생기는구나!"

그렇게 서너 시간이 지나자 하늘에서 하늘하늘 나풀나풀 눈꽃이 떨어지기 시작했다. 그러자 주왕의 병사들이 원망을 늘어놓았다.

"우리는 이렇게 홑옷에 쇠로 만든 갑옷을 입고 있는데 어떻게 엄동설한을 견디라는 거지?"

그러는 사이에 곧 거위 깃털과 배꽃 같은 눈송이가 어지럽게 춤을 추며 엄청난 폭설이 쏟아졌다.°

사락사락 휘휘
겹겹으로 빽빽하다.
사락사락 휘휘 내리니
온통 콩깍지 탄 재와 같고
겹겹으로 빽빽하니
춤추는 버들 솜 같구나.
처음에는 한두 송이 내리면서
바람에 쓸리는 거위 깃털처럼 공중에 날리더니
나중에는 수천수만 무리로 내려
빗방울에 배꽃이 땅에 떨어지는 듯했지.
높은 산에 쌓이니

노루며 여우가 길을 잃어 다니지 못하고

도랑과 계곡도 흔적 사라져

길 가는 사람 걸음 옮기기 힘겹구나.

순식간에 온 세상 은빛으로 치장하고

잠깐 사이에 천지를 분가루로 덮었구나.

나그네는 술 사기 어려워졌고

노인은 매화 찾기 어려워졌구나.

하늘하늘 날리는 모습 나비 날개 같고

겹겹이 쌓이니 길도 보이지 않았지.

풍년 알리는 상서로운 조짐 하늘에서 내려오니

인간 세상에 분명 좋은 일 일어날 터라 축하해야지.

瀟瀟灑灑　　密密層層

瀟瀟灑灑　一似豆稭灰

密密層層　猶如柳絮舞

起初時一片兩片　似鵝毛風捲在空中

次後來千團萬圍　如梨花雨打落地下

高山堆疊　獐狐失穴怎能行

溝澗無蹤　苦殺行人難進步

霎時間銀粧世界　一會家粉砌乾坤

客子難沽酒　蒼翁苦覓梅

飄飄蕩蕩裁蝶翅　疊疊層層道路迷

豐年祥瑞從天降　堪賀人間好事宜

한편 중군 막사에 있던 노웅은 비중과 우혼에게 말했다.

"칠월 가을에 이렇게 폭설이 내리다니 정말 희한한 일이구먼."

나이가 많은 노웅은 이토록 지독한 추위를 견디기 어려웠고 비중과 우혼도 뾰족한 방도가 없었다. 그 바람에 주왕의 군사들은 모두 추위에 시달리며 피폐해졌다.

그에 비해 산꼭대기의 주나라 병사들은 모두 솜옷을 입고 삿갓을 쓴 채 승상의 은덕에 감사했다. 그 무렵 강상이 무길에게 물었다.

"눈이 얼마나 쌓였더냐?"

"산꼭대기에는 두 자 정도인데 발치에는 바람에 날린 것이 쌓여 네다섯 자나 됩니다."

그러자 강상이 다시 대에 올라가 머리카락을 풀어 헤치고 칼을 짚은 채 중얼중얼 주문을 외었다. 그 순간 하늘의 눈구름이 흩어지면서 붉은 해가 나타나더니 순식간에 눈을 녹였고 그 물은 산 아래를 향해 거세게 흘러가서 움푹한 골짜기로 모여들었다. 강상은 밝은 햇빛을 보며 느긋하게 감상했다.

진정한 불은 원래 태양이라
초가을에 쌓인 눈이 넘치는 물로 변했지.
옥허궁에서 전수받은 비법 한없이 오묘하여
상나라 병사들 모조리 얼려 죽이려 했지.

眞火原來是太陽　初秋積雪化汪洋

玉虛秘授無窮妙　欲凍商兵盡喪亡

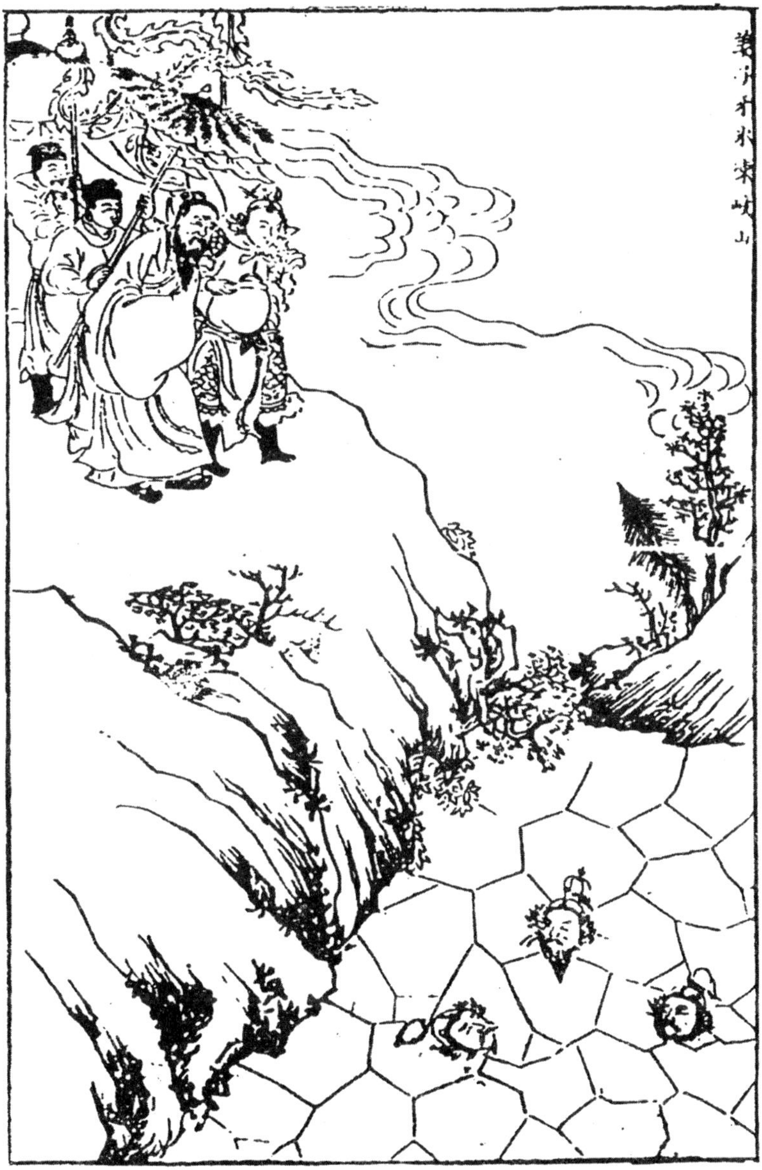

강상, 기산을 꽁꽁 얼리다.

눈이 녹은 물이 산 아래로 맹렬히 흘러가는 모습을 본 강상은 황급히 부적을 살라 다시 거센 바람이 몰아치게 했다. 잠시 후 먹구름이 퍼지면서 태양을 가려버렸고 엄동설한 못지않은 거센 바람이 순식간에 기산 전체를 얼음덩어리로 만들어버렸다. 이에 강상은 상나라의 영채를 바라보니 깃발이 죄다 꺾여 있기에 남궁괄과 무길에게 군령을 내렸다.

"검사劍士 스무 명을 데리고 하산해서 적장의 수급을 베어 오시오!"

두 장수가 하산하여 상나라 영채로 들어가 살펴보니 병사들이 물속에 갇힌 채 그대로 얼어붙어 있고 죽어가는 이들도 많았다. 잠시 후 노옹과 비중, 우혼이 중군 막사에 있는 것을 발견한 병사들은 일제히 다가가 그들을 사로잡았는데 마치 주머니에 담긴 물건을 꺼내듯이 손쉬웠다. 그들은 세 사람을 강상에게 끌고 갔으니 세 사람의 목숨이 어찌 되는지는 다음 회를 보시라.

사천왕, 병령공을 만나다
四天王遇炳靈公

마씨 집안 네 장수 천왕이라 불렸는데

오직 청운검만이 특이했지.

비파 퉁기면 상대는 이미 죽고

구슬 우산 펼치면 햇빛도 사라졌지.

타오르는 불꽃만이 태워 죽일 수 있는 것이 아니니

얼룩무늬 여우도 강한 상대 잘 잡아먹지.

아무리 많은 희세의 보물 있다 한들

병령공 만나면 먼저 목숨 잃게 되지.

魔家四將號天王　惟有靑雲劍異常

彈動琵琶人已絕　撑開珠傘日無光

莫言烈燄能焚殺　且說花狐善食強

縱有幾多希世寶　炳靈一遇命先亡

그러니까 남궁괄과 무길이 세 사람을 사로잡아 원문에 와서 보고하자 강상이 분부했다.

"끌고 들어와라!"

잠시 후 안으로 끌려 들어온 노웅은 당당히 서 있었고 비중과 우혼은 무릎을 꿇었다. 강상이 말했다.

"노 장군, 때를 알아 하늘의 뜻을 따르면서 큰 도리를 알아 참과 거짓을 구별해야 하오. 지금 천하가 주왕의 쌓인 악행을 알고 모두 그를 버리고 주나라에 귀의하고 있으며 이미 주나라는 천하의 삼분의 이를 차지하고 있소. 그런데 왜 군이 하늘을 거스르면서 스스로 죽음과 재앙을 자초하시는 게요? 이제 포로가 되었으니 또 무슨 하실 말씀이 있소이까?"

그러자 노웅이 호통쳤다.

"강상, 너는 주왕의 신하로서 대부의 벼슬까지 지냈거늘 이제 군주를 배신하고 영화를 추구하니 선량한 사내가 아니로구나! 내가 지금 포로가 되었지만 군주의 녹을 먹었으니 마땅히 군주의 어려움을 위해 목숨을 바쳐야 할 것이다. 죽으면 그만이지 여러 말 할 필요가 있겠느냐!"

강상은 그를 잠시 영채 뒤쪽에 있는 옥에 가둬두라고 분부했다. 그리고 다시 대에 올라가 별자리를 밟아 눈구름을 흩어지게 했다. 그러자 잠시 후 태양이 나타나 불길 같은 빛을 내리쬐니 기산 발치의 얼음이 순식간에 녹아버렸다. 주왕의 군사 오만 명 가운데 이삼천 명이 얼어 죽었고 나머지는 다섯 관문 안으로 도망쳤다.

강상은 남궁괄로 하여금 서기성으로 가서 무왕을 기산으로 모셔

오라고 분부했다. 이에 남궁괄이 말을 몰아 성으로 들어가서 알현하자 무왕이 물었다.

"상보께서 기산에 계시는데 날씨가 너무 무덥고 그늘도 없어서 병사들의 고생이 무척 심하겠구려. 그런데 장군은 무슨 일로 찾아오셨소이까?"

"승상의 분부에 따라 전하를 기산으로 모셔 가려고 왔사옵니다."

이에 무왕은 문무백관들을 거느리고 기산으로 갔으니 이를 묘사한 시가 있다.

군주가 올바르고 신하가 현명하여 나라는 날로 번창하니
무왕의 어진 덕은 요 임금에 필적했지.
얼음 얼려 사로잡은 군사가 죽은 일은 젖혀두고
대성에서 장수의 목을 벤 이야기나 들어보라.
제사 올려 신에게 벼슬 봉하느라 성스러운 군주가 수고하고
바쁜 나랏일은 어진 신하들에게 맡겼지.
예로부터 얼마나 많은 영웅이 피를 흘렸던가?
이익 다투며 명성 추구하던 이들 모두 해를 당했지.

君正臣賢國日昌　武王仁德配陶唐

漫言冰凍擒軍死　且聽臺城斬將亡

祭賽封神勞聖主　驅馳國事仗臣良

古來多少英雄血　爭利圖名盡是傷

무왕이 문무백관들과 기산으로 가는데 이십 리도 채 못 갔을 때

양쪽 도랑에 얼음 덩어리가 떠내려 오는 것이 보였다. 이에 그는 남궁괄에게 어찌 된 일인지 물어보고 나서야 비로소 강상이 기산을 얼어붙게 만든 일에 대해 알게 되었다. 일행이 칠십 리를 가서 기산에 도착하자 강상이 나와 무왕을 맞이했다.

"상보, 무슨 일로 짐을 부르셨습니까?"

"전하께서 몸소 기산에 제사를 지내주시기를 청하고자 하옵니다."

"산천에 제사를 지내는 것은 예법에 맞는 일이지요."

이에 무왕이 산으로 올라가 중군 막사로 들어가자 강상이 제문祭文을 준비했다. 무왕은 오늘의 제사가 봉신대에서 행해지는 것을 몰랐으니 강상이 그저 기산에 제사를 지내는 것으로 이야기했기 때문이다. 제사상이 차려지고 나서 무왕이 향을 사르자 강상이 무길에게 명령했다.

"그들 셋을 끌고 와라!"

무길은 노웅과 비중, 우혼을 끌고 왔다. 그러자 강상이 명령했다.

"저들의 목을 베고 결과를 보고하라!"

잠시 후 세 사람의 수급이 바쳐지자 무왕이 깜짝 놀라서 물었다.

"상보, 산에 제사를 지내는데 왜 사람을 참수하셨소이까?"

"이 둘은 상나라의 비중과 우혼이옵니다."

"그런 간신들은 목을 베어야 마땅하지요."

뒤이어 강상은 무왕과 함께 병사를 이끌고 기주로 돌아갔고 청복신은 세 사람의 영혼을 인도하여 봉신대로 들어갔다.

한편 다섯 관문 안으로 달아난 노응의 병졸들은 조가로 돌아갔다. 당시 문 태사는 각처의 문서를 읽고 있었는데 삼산관의 사령관 등구공이 남백후의 군대를 크게 격파했다는 내용이었다. 그때 사수관의 사령관 한영이 보낸 문서가 도착했다는 보고가 들어왔다.

"가져오너라."

문 태사는 그 문서를 펼쳐보더니 발을 구르며 소리쳤다.

"서기의 강상이 이렇게 흉악할 줄이야! 장계방을 죽이고 또 노응을 사로잡아 기산에 효수하며 방자하게 날뛰는구나. 내가 직접 정벌하러 가고 싶지만 동쪽과 남쪽에서 전쟁이 끝나지 않았으니 이를 어쩌면 좋을꼬?"

이에 그가 길립과 여경에게 물었다.

"이번에는 누구를 서기로 보내는 것이 좋겠느냐?"

그러자 길립이 대답했다.

"서기는 지모가 뛰어나고 병사와 장수들도 용맹하옵니다. 장계방도 패전했고 구룡도의 네 도사까지 승리하지 못했사오니 이제 영패를 내리셔서 가몽관의 마씨 사형제에게 정벌을 맡기시면 큰 공을 세울 수 있을 것으로 생각하옵니다."

"옳거니! 그래, 그 넷이 아니면 이 커다란 악의 무리를 제압할 수 없겠구나!"

그는 황급히 영패를 내리고 좌군대장左軍大將 호승胡陞과 호뢰胡雷로 하여금 가몽관의 수비를 인계받도록 조치했다. 이에 전령이 출발하여 하루 만에 가몽관에 도착했다.

"태사께서 긴급 공문을 보내셨사옵니다."

마씨 사형제가 공문을 받아 읽어보더니 껄껄 웃음을 터뜨렸다.

"태사께서 여러 해 동안 군대를 운용하셨는데 지금은 어쩌다가 이런 낭패를 당하셨을꼬? 서기에는 기껏해야 강상과 황비호 등이 있을 뿐인데 어찌 닭 잡는 데 소 잡는 칼을 쓰라는 것인지!"

그들 사형제는 전령을 먼저 돌려보내고 곧 십만 명의 병력을 선발하여 그날 즉시 서기로 출발할 준비를 마쳤다. 그리고 호승과 호뢰에게 인수인계를 한 다음 한 발의 포성과 함께 군사를 이끌고 기세등등하게 함성을 지르며 서기로 향했다.

병사들은 함성을 지르고
다섯 방위에 깃발 세웠다.
칼에서는 가을 호수처럼 서늘한 빛 치솟고
창은 갓 흙을 뚫고 나온 삼대처럼 늘어섰다.
개산부는 가을 달처럼 둥글고
화극에는 수실이 바람에 나부낀다.
채찍과 쇠몽둥이, 갈퀴, 쇠망치 좌우로 나뉘고
길고 짧은 칼은 용 비늘이 덮인 듯하다.
요란하게 북이 울려
병사와 장수를 재촉한다.
진영을 울리는 징 소리에
철군 명령 내려간다.
좌우의 기병은 영채를 방어하고
갑옷 입고 쇠뇌 재어 공격을 준비한다.

중군 막사는 갈고리와 낫 들고 지키고

앞뒤 영채에는 엄격하게 순찰을 돈다.

전투에 임해서는 오로지 마음속 계책에 의존하지만

무력을 쓸 때는 기강과 법도에 맞춰 시행하지.

三軍吶喊　幡立五方

刀如秋水逆寒光　槍似麻林初出土

開山斧如同秋月　畫杆戟豹尾飄飄

鞭鐧抓錘分左右　長刀短劍砌龍鱗

花腔鼓擂　催軍趲將

響陣鑼鳴　令出收兵

拐子馬禦防劫寨　金裝弩準備衝營

中軍帳鉤鐮護守　前後營刁斗分明

臨兵全仗胸中策　用武還依紀法行

마씨 사형제는 새벽이면 행군하고 밤이면 노숙하면서 개울과 고을을 지나고 산과 고개를 넘어 여러 날이 지난 뒤에 도화령을 넘었다. 그리고 마침내 정찰병이 보고했다.

"사령관님, 서기성 북문에 도착했사옵니다."

이에 마예청魔禮青이 영채를 차리라고 명령하자 병사들은 대포를 쏘고 함성을 지르며 영채를 세웠다.

한편 강상이 기산을 열려버린 뒤로 주나라 군사들의 사기는 대단히 높아졌다. 천하의 영웅들이 하늘의 뜻을 따라 사방에서 귀의했으므로 서기성에는 호걸이 구름처럼 모여 있었다. 강상은 군사 업무를 논의하다가 정찰병의 보고를 받았다.

"마씨 가문의 네 장수가 병력을 이끌고 와서 북문 앞에 영채를 세 웠사옵니다."

이에 강상은 대전에 올라 장수들을 소집하고 대책을 논의했다. 무성왕 황비호가 앞으로 나와서 말했다.

"승상, 가몽관의 네 장수는 형제지간인데 모두 기인에게서 비법 을 전수받아 기묘한 변화가 담긴 환술을 쓰기 때문에 상대하기가 까다롭습니다. 첫째는 마예청이라고 하는데 신장이 두 길 넉 자이 고 얼굴은 게처럼 생겼으며 구리 같은 수염이 나 있는 자로 말을 타 지 않고 걸어 다니며 긴 창을 써서 싸웁니다. 또 청운검青雲劍이라고 하는 비전의 보검을 전수받았는데 그 칼에는 지地, 수水, 화火, 풍風 이라고 적힌 네 개의 부적이 찍혀 있습니다. 그것을 써서 흑풍이라 는 바람을 부르고 그 안에는 수많은 창이 숨겨져 있어서 바람을 맞 으면 사지가 가루로 변해버립니다. 또 불은 허공중에 황금 뱀이 꿈 틀거리는 것처럼 타올라 온 천지를 검은 연기로 뒤덮어 사람의 눈 을 가리고 닥치는 대로 태워 죽입니다. 둘째 마예홍魔禮紅은 혼원산 混元傘이라고 하는 비전의 양산을 전수받았는데 이 양산은 조모록 祖母綠과 조모벽祖母碧, 야명주夜明珠, 피진주辟塵珠, 피화주辟火珠, 피 수주辟水珠, 소량주消涼珠, 구곡주九曲珠, 정안주定顔珠, 정풍주定風珠 같은 구슬을 꿰어 '천지를 싣는다[裝載乾坤]'라는 글자를 이루고 있 습니다. 양산을 펼치면 천지가 캄캄하게 변하여 해와 달도 빛을 잃 고 그것을 돌리면 순식간에 하늘과 땅이 뒤흔들려서 도저히 감당하 기 어렵습니다. 셋째 마예해魔禮海는 창을 쓰는데 현이 네 개 걸린 비파를 등에 메고 다닙니다. 이 비파는 지地, 수水, 화火, 풍風의 순서대로 안배되어 있어서 현을 퉁기면 청운검과 마찬가지로 바람과 불길이 한꺼번에 몰아닥칩니다. 넷째 마예수魔禮壽는 두 개의 채찍을 쓰고 화호초花狐貂라고 부르는 하얀 쥐처럼 생긴 동물을 자루에 넣고 다닙니다. 이놈을 공중에 풀어놓으면 겨드랑이에 날개가 달린 하얀 코끼리 같은 모습을 드러내고 사람을 마구 잡아먹습니다. 이런 네 장수가 쳐들어왔다고 하니 우리 병사들로서는 당해내기 어려울 것 같습니다."

"장군께서는 그것을 어찌 아시오?"

"이들은 예전에 제 휘하에서 동해를 정벌한 적이 있습니다. 그러니 지금 승상께 사실대로 말씀드리지 않을 수 없습니다."

강상은 그 말을 듣고 걱정스러운 표정을 지었다.

한편 마예청은 세 동생에게 이렇게 말했다.

"어명을 받아 흉적을 소탕하러 왔으니 사흘 안에 반드시 공을 세워 태사께서 천거해주신 뜻을 저버리지 말아야 하네."

마예홍이 말을 받았다.

"내일 우리 형제가 일제히 강상을 만납시다. 단번에 승리를 거두어 개선하면 그만이지요."

그날 사형제는 즐겁게 술을 마셨다. 그리고 이튿날 포성을 울리고 북을 치며 진세를 펼친 다음 원문 앞으로 나가 강상에게 싸움을 걸었다. 정찰병의 보고를 받은 강상은 황비호에게 들은 이야기가 있기에 장수들이 출전하면 불리할 것 같아서 선뜻 결정을 내리지 못했다. 그러자 곁에 있던 금타와 목타, 나타가 일제히 말했다.

"사숙, 황 장군의 말씀만 듣고 전투를 하지 않으시겠다는 것입니까? 주나라는 덕이 있어 하늘이 보우할 테니 임기응변으로 대처하면 되는데 이렇게 보고만 있어서야 되겠습니까?"

그러자 강상이 퍼뜩 정신을 차리고 명령을 내렸다.

"다섯 방위에 깃발을 세우고 장수들을 점검하여 대오를 갖추어라. 성 밖으로 나가서 교전을 벌이겠다!"

　두 쪽 성문이 활짝 열리자
　푸른 깃발 펼쳐지면서
　동북쪽 진震의 방위에서 치솟는 살기 하늘을 찌르고
　새하얀 깃발 넘실거리는
　동남쪽 태兑의 방위에서는 전장의 먼지 일어나며
　붉은 깃발 펄럭이는
　동쪽 이離의 방위에서는 산을 태울 듯 맹렬한 불길 일고
　검은 깃발 나부끼는
　서쪽 감坎의 방위에서는 먹구름이 위아래로 피어난다.
　행황무기기 세워진
　중앙의 큰길로 병사들이 나오나니
　황금 투구 쓴 장수는 맹호 같고
　은빛 투구 쓴 장수는 이리 같다.
　남궁괄은 머리 흔드는 사자 같고
　무길은 꼬리 휘젓는 산예 같다.

사현팔준은 영웅호걸의 기상 드러내고
금타와 목타는 보검을 들고 있다.
용수호는 기이한 모습 타고났고
무성왕은 오색신우에 비스듬히 앉아 있다.
맨 앞에 선 나타는 빼어난 무예 자랑하고
적진을 쳐들어가는 장수들 기개도 드높다.

兩扇門開　青幡招展　震中殺氣透天庭
　　　　　素白紛紜　兌地征雲從地起
　　　　　紅幡蕩蕩　離宮猛火欲燒山
　　　　　皂帶飄飄　坎氣烏雲由上下
　　　　　杏黄旗麾　中央正道出兵來
　　　金盔將如同猛虎　銀盔將一似歡狼
　　南宮適似搖頭獅子　武吉似擺尾狻猊
　　四賢八俊逞英豪　金木二吒持寶劍
　　龍鬚虎天生異像　武成王斜跨神牛
　　領首的哪吒英武　掠陣的眾將軒昂

　마씨 가문의 네 장수가 보기에 강상의 군대는 법도에 맞추어 기
율이 엄격했다. 강상은 사불상을 타고 진세 앞으로 나왔으니 그 모
습을 묘사한 시가 있다.

　황금 모자 양옆으로 물고기 꼬리 장식했고
　도복은 노을빛 비단 끈으로 띠를 둘렀다.

아이같이 발그레한 얼굴에 새하얀 머리카락

턱 밑으로 길게 늘어진 은빛 수염

사불상을 타고

날카로운 검을 손에 들었으니

옥허궁 문하의 제자로서

신들에게 벼슬 봉하고 성스러운 왕조 세운 이로다!

金冠分魚尾　　道服勒霞綃

童顏並鶴髮　　項下長銀苗

身騎四不象　　手掛劍鋒梟

玉虛門下客　　封神立聖朝

강상은 허리를 숙여 예를 표하고 물었다.

"네 분이 바로 마 사령관들이시오?"

그러자 마예청이 말했다.

"강상, 너는 주나라 영토나 지킬 생각은 하지 않고 재앙을 일으키려고 일부러 역적을 받아들여 조정의 법과 기강을 무너뜨렸다. 그리고 대신을 죽여 서기에 효수하는 등 무도한 짓을 일삼았으니 이는 스스로 멸망을 자초한 것이다. 이제 천자의 군대가 이르렀는데 무기를 버리고 머리를 바치지 않고 아직 저항하려 하느냐? 곧 성을 짓밟아 너희를 모조리 가루로 만들어버릴 텐데 그때는 후회해도 때가 늦을 것이다!"

"허허! 그것이 무슨 말씀이시오? 우리는 공정한 법을 지키고 상나라의 신하로서 서쪽 땅에 봉토를 받아 지키고 있거늘 어찌 역적이라고 하는 것이오? 지금 천자가 대신들의 간언을 믿고 누차에 걸쳐 서기를 정벌했는데 그로 인한 패배와 치욕은 곧 조정의 대신들이 자초한 것이지 우리는 병사 하나 장수 하나도 다섯 관문을 건드리지 않았소. 그런데 그대들이 그런 얼토당토않은 죄명을 씌우고 있으니 우리 주나라의 군주와 신하들이 어찌 순순히 승복할 수 있겠소?"

"뭣이라! 교묘한 말로 대신들이 모욕을 자초했다고 둘러대다니! 당장 눈앞에 나라가 망할 재난이 닥친 것은 생각하지 않는 것이냐?"

그러면서 그가 성큼 걸어와서 강상에게 창을 내지르자 왼쪽 선봉대의 남궁괄이 말을 몰아 칼을 휘두르며 호통쳤다.

"감히 누구를 공격하느냐!"

그러면서 그가 급히 칼을 내밀어 창을 가로막으면서 곧바로 둘 사이에 치열한 격전이 벌어졌다. 그때 마예홍이 잰걸음으로 달려와서 방천극을 휘둘렀고 강상의 진영에서는 신갑이 도끼를 휘두르며 달려 나가 맞섰다. 마예해가 창을 휘두르며 달려들자 이쪽에서는 풍화륜을 탄 나타가 화첨창을 휘둘러 맞섰고 마예수가 두 개의 쇠몽둥이를 휘두르며 맹호처럼 머리를 흔들면서 달려들자 이번에는 무길이 은빛 투구에 새하얀 갑옷을 입고 백마에 탄 채 창을 휘두르며 맞섰다.

하늘 가득한 살기
온 대지에 피어나는 전쟁의 먼지
이쪽 진영에서는 삼군이 위용을 과시하고

저쪽 진영에서는 장수들의 기개 헌앙하다.

남궁괄의 참장도는

반쯤 고인 가을 호수 같고

마예청의 호두창은

싸늘한 얼음 같구나.

신갑의 커다란 도끼는

밝은 빛 뿌리는 달과 같고

마예홍의 방천화극은

꼬리 흔드는 표범 같구나.

나타는 분통 터뜨려 더욱 힘을 내고

마예해는 화를 내며 무예를 드러냈지.

무길의 긴 창은

쉭쉭 소낙비처럼 꽃송이를 뿌려대고

마예수의 두 쇠몽둥이는

으스스 빙산에 흰 눈이 날리는 듯했지.

사천왕은 충심으로 상나라를 보좌하려 하고

장수들은 일편단심 성스러운 군주 보필하려 했지.

양쪽 진영에서 징 소리 북소리 바삐 울리고

사방 선봉대 안에서는 병사들의 함성 드높았지.

아침부터 정오까지

격전으로 태양은 빛을 잃고

해가 저물 무렵에는

순식간에 천지가 깜깜해졌지.

滿天殺氣　遍地征雲

這陣上三軍威武　那陣上戰將軒昂

南宮适斬將刀　似半潭秋水

魔禮青虎頭槍　似一段寒氷

辛甲大斧　猶如皓月光輝

魔禮紅畫戟　一似金錢豹尾

哪吒發怒抖精神　魔禮海生嗔顯武藝

武吉長槍　颼颼急雨灑殘花

魔禮壽二鐧　凜凜冰山飛白雪

四天王忠心佐成湯　眾戰將赤膽扶聖主

兩陣上鑼鼓頻敲　四哨內三軍吶喊

從辰至午　只殺得旭日無光

未末申初　霎時間天昏地暗

이를 묘사한 시가 있다.

나라 위해 가정도 잊고 충성 다하려 했건만
그저 천 년의 역사에 이름만 신으로 봉해졌을 뿐.
전장에서 죽었지만 애석해한 적 있었던가?
그저 황실을 위해 큰 공을 세우고 싶었을 뿐!

爲國忘家欲盡忠　只徒千載把名封

捐軀馬革何曾惜　止願皇家建大功

사천왕, 병령공을 만나다　229

한편 나타는 마예해와 겨루다가 창으로 막으면서 재빨리 건곤권을 꺼내 공중으로 던져 상대를 치려 했다. 그런데 그것을 본 마예해가 황급히 사정권 밖으로 벗어나더니 혼원진주산을 펼쳐 건곤권을 거둬들이는 것이었다. 동생이 보물을 빼앗긴 것을 본 금타는 다급하게 둔룡장을 써서 공격하려 했지만 그 역시 마예해의 혼원산에 걸려 빼앗겨버렸다. 강상도 타신편을 공중에 던졌지만 안타깝게도 이 채찍은 신을 공격할 수는 있어도 신선이나 사람에게는 효력이 없었다. 사천왕은 불교의 문하였기 때문에 타신편으로 마예해를 칠 수 없었고 오히려 천 년 후에 불교도들에게 제사를 받게 되는 마예해에게 타신편마저 빼앗겨 강상은 깜짝 놀랐다. 남궁괄과 싸우던 마예청은 창으로 슬쩍 허공을 지르고 재빨리 사정권에서 벗어나 청운검을 흔들었다. 그가 검을 세 번 흔들자 바람이 일더니 수천만 개의 창이 무시무시한 소리를 내며 날아왔으니 이를 묘사한 시가 있다.

흑풍 몰아치니 감당하기 어려워
백만 명의 정예병 모조리 부상당했지.
이 보물의 날카로운 날 정말 무시무시하여
구리 병사 쇠 장수라도 재앙을 당하지.

黑風捲起最難當　百萬雄兵盡帶傷
此寶英鋒眞利害　銅軍鐵將亦遭殃

마예홍은 형이 청운검을 쓰는 것을 보고 자기도 혼원진주산을 펼쳐 연달아 서너 번 돌렸다. 그러자 순식간에 천지가 캄캄해지면서 무너질 듯 흔들리더니 뜨거운 연기와 시커먼 안개가 매정한 불길로 타올라 황금 뱀이 꿈틀거리듯 허공에 불빛이 일어 사방을 날아다녔다. 이를 묘사한 시가 있다.

만 마리 황금 뱀이 불길 속을 치달리고
검은 연기 몸을 덮어 목숨 부지하기 어렵구나.
강상의 도술도 전혀 소용없어
오늘은 주나라 군사들 모조리 패주했지.

萬道金蛇火內滾　黑烟罩體命難存
子牙道術全無用　今日西岐盡敗奔

게다가 마예해는 지, 수, 화, 풍의 비파를 퉁겼고 마예수는 화호초를 허공에 풀어놓았다. 그러자 화호초는 공중에 하얀 코끼리 같은 모습을 드러내더니 송곳니와 발톱을 마음껏 휘두르며 사람들을 잡아먹었고 비파가 일으킨 바람과 불길은 매정하게 몰아쳤다. 이에 기주의 장수들은 완패했고 병사들은 모조리 재앙을 당했는데 검은 바람이 몰아치고 불길이 날아와 인마가 엄청난 혼란에 빠지자 강상은 어쩔 수 없이 후퇴했다. 하지만 마씨 사형제가 병력을 재촉하여 매섭게 몰아치니 주나라 병사들은 고통에 찬 비명을 내지르며 도망쳤고 장수들도 여기저기 부상당했다.

　장수들 쫓아와 마음껏 칼을 휘두르고

哪天王遇丙靈官

사천왕, 병령공을 만나다.

기세를 타고 주나라 군대 휩쓸었지.

칼 맞은 이는 어깨부터 등까지 갈라지고

불길에 당한 이는 이마와 머리까지 타버렸지.

안장에 앉은 이 없고

전마는 고삐 끌며 혼자 내달렸지.

영채의 앞뒤를 가리지 않고

땅바닥에는 시체들이 널브러지고

팔다리 꺾이고 뼈가 부러지니

동서남북 방향을 어찌 구분할까?

사람도 말도 죽어 자빠졌으니

제왕의 창업 도우려다 이 지경이 되었지.

장수와 병사들은 도망치려 했지만

그저 비명만 지를 뿐 갈 데가 없었지.

강상이 성을 나설 때는

질서정연하고

장수들은 투구 쓰고 갑옷 입어서

영악한 여우나 호랑이처럼 용감했지만

이제는 그저 애절하게 통곡만 할 뿐

투구는 찌그러지고 갑옷도 벗겨진 채

닭보다 못한 깃털 빠진 봉황 신세가 되었지.

죽은 이들의 시신은 들판에 팽개쳐졌고

산 자들은 쥐구멍 찾아 도망쳤지만 성으로 돌아가기는 어려워

천지를 뒤흔들며 장수는 애절하게 소리치고

산과 고개도 눈물짓도록 병사들이 비명 지르니

시름겨운 구름은 아홉 층 하늘로 올라가고

한 무리 패잔병은 정신없이 땅을 내달렸지.

趕上將任從刀劈　乘著勢剿殺三軍

逢刀的連肩拽背　遭火的爛額焦頭

鞍上無人　戰馬拖韁

不管營前和營後　地上屍橫

折臂斷骨　怎分南北東西

人亡馬死　只爲扶王創業到如今

將躱軍逃　止落叫苦連聲無投處

子牙出城　齊齊整整

衆將官頂盔貫甲　好似得智狐狸強似虎

到如今只落得哀哭哭　歪盔卸甲　猶如退翎鸞鳳不如雞

死的屍骸暴露　生的逃竄難回

驚天勦地將聲悲　嚎山泣嶺三軍苦

愁雲直上九重天　一派殘兵奔陸地

마씨 사형제와 벌인 첫 번째 전투에서 주나라는 만 명이 넘는 병사와 아홉 명의 장수를 잃었고 남은 이들도 열에 여덟이나 아홉은 부상당했다. 강상은 사불상을 타고 공중을 날아 도망쳤고 금타와 목타는 흙의 장막을 이용해 도망쳤다. 나타는 풍화륜을 몰고 도망쳤으며 용수호는 물속에 숨어 목숨을 건졌다. 하지만 그런 술법조차 쓰지 못하는 장수들은 어찌 그 재난에서 탈출할 수 있었겠는가?

강상이 성으로 들어가 저택에서 장수들을 소집해놓고 보니 태반이 심한 부상을 입은 상태였다. 전사한 아홉 명의 장수들 가운데는 문왕의 아들이 여섯 명이나 포함되어 있었고 나머지 세 명은 부장들이었다. 이에 강상은 너무나 슬피 애도했다.

한편 마씨 사형제는 병사들을 거두어 승전고를 울리며 기세도 당당하게 영채로 돌아갔으니 그야말로 이런 격이었다.

희희낙락 등자 두드리며
하하 껄껄 일제히 개선가 부르며 돌아갔지.

　　　　　　喜孜孜鞭敲金鐙響　　笑吟吟齊唱凱歌回

영채로 돌아온 마씨 사형제는 서기성을 점령할 방책을 논의했다. 마예홍이 말했다.

"내일 성을 포위하고 전력을 다해 공격하면 금방 점령할 수 있을 테니 강상은 포로가 되고 무왕은 목을 바치겠지요."

마예청이 말했다.

"아주 좋은 생각이야."

이튿날 그들은 군사를 동원하여 성을 포위하고 우렁찬 함성과 함께 성 아래로 돌진하여 강상에게 성 밖으로 나오라고 소리쳤다. 정찰병의 보고를 받은 강상이 명령을 내렸다.

"성 위의 누각에 휴전을 알리는 패를 내걸어라."

그것을 본 마예청은 다시 부하들에게 명령을 내렸다.

"사방에 사다리를 설치하고 화포를 쏘아 공격하라!"

이렇게 되자 상황이 아주 위급해졌다.

한편 전투에서 패배하고 많은 장수들이 부상당하자 강상은 황급히 금타와 목타, 용수호, 나타, 황비호 등에게 성으로 올라가서 재가 담긴 병과 돌 대포, 불화살, 쇠뇌, 창 등 모든 수단을 동원하여 밤낮으로 성을 단단히 지키라고 명령했다. 그 바람에 마씨 사형제는 사흘 동안 성을 공격했지만 함락하지 못하고 오히려 적지 않은 병사들만 잃고 말았다. 이에 마예홍이 건의했다.

"잠시 병사를 물립시다."

그들은 곧 징을 울려 병사들을 영채로 돌아가게 하고 저녁 무렵에 넷이서 대책을 논의했다.

"강상은 곤륜산의 제자인지라 당연히 용병술이 뛰어나지. 그러니 우리는 일단 무력으로 공격하지 말고 그저 단단히 포위만 해서 양곡과 마초가 떨어지더라도 외부에서 도움을 받지 못하게 합시다. 그러면 성은 가만히 내버려둬도 저절로 함락될 겁니다."

마예청이 말했다.

"아주 좋은 생각일세!"

이에 그들은 마음 놓고 성을 포위하고 있었다. 시간은 어느새 두 달이 지나버렸고 사형제는 마음이 초조해졌다.

"태사께서 기주를 정벌하라고 명령하신 지가 벌서 세 달이 가까워지는데 아직 성을 함락하지 못하고 있구먼. 게다가 병사의 수가 십만 명이나 되는지라 날마다 드는 곡식도 엄청난데 태사께서 진노하시면 우리 체면이 뭐가 되겠는가? 어쩔 수 없네! 오늘 밤 각자 가

진 보물을 날려서 서기성을 물바다로 만들어버리고 일찌감치 개선하세!"

마예수가 동의했다.

"큰형님 말씀이 옳습니다!"

이에 그들 형제는 모두 기뻐했다.

그 무렵 강상은 저택에서 무성왕 황비호와 적을 물리칠 대책을 상의하고 있었다. 그때 갑자기 거센 바람이 불어닥치더니 꿩 깃털을 장식한 보독번의 깃대가 두 동강 나버리는 것이었다. 깜짝 놀란 강상은 황급히 향을 사르고 동전을 꺼내 팔괘점을 쳐보고 얼굴이 흙빛으로 변해서는 즉시 목욕하고 옷을 갈아입은 다음 향을 들고 곤륜산을 향해 절을 올렸다. 이렇게 해서 강상은 바다를 뒤집어 서기성을 구하게 되니 이를 묘사한 시가 있다.

옥허궁에서 전수받은 비법 정말 훌륭하여

오묘함 속에 또 오묘하게 천지의 방위를 정했지.

마씨 사형제가 기이한 보물로 술법을 펼쳤지만

강상은 바다를 뒤집어 서기를 구해냈지.

玉虛秘授甚精奇　玄內玄中定坎離

魔家四將施奇寶　子牙倒海救西岐

그러니까 강상은 머리카락을 풀어 헤치고 칼을 짚은 채 바다를 뒤집어 서기성을 덮어버렸다.

한편 옥허궁의 원시천존은 서기에서 일어난 일을 알고 유리병에 담긴 정갈한 물을 서기에 뿌렸다. 그러자 해와 달과 별의 신들이 바닷물 위에 떠 있게 되었다.

그 무렵 마예청은 청운검을 뽑아 들고 지, 수, 화, 풍의 술법을 부렸고 마예홍은 혼원진주산을 펼쳤으며 마예해는 비파를 퉁겼고 마예수는 화호초를 공중에 풀어놓았다. 그러자 사방에 먹구름이 일고 싸늘한 안개가 허공에 자욱하게 피어나면서 우렛소리가 울리더니 산을 무너뜨릴 듯한 기세가 일어나 마치 하늘이 무너지듯 땅이 꺼지듯 엄청난 비가 후두둑후두둑 쏟아지기 시작했다. 주나라 병사들은 그것을 보고 모두들 혼비백산 놀라 두려워했고 마씨 사형제는 각기 기이한 술법으로 큰 공을 세우고 개선하려고 했다. 하지만 결국 한바탕 몽상으로 끝나고 말았으니 그야말로 이런 격이었다.

괜히 신경 써서 힘만 낭비하고
봄물에 눈 녹듯이 한바탕 부질없는 꿈이 되었구나.

枉費心機空費力　雪消春水一場空

마씨 사형제는 각자 보물을 써서 한밤중인 삼경 무렵까지 술법을 부리고 나서야 보물을 거둬들이고 영채로 돌아가 내일은 개선하여 돌아갈 수 있으리라고 기대했다.

한편 강상이 바다를 뒤집어 이 위기를 구해내는 동안 장수들은 밤새 불안해서 잠을 이루지 못했다. 이튿날 강상은 바닷물을 북해로 돌려보냈고 서기성은 전혀 피해를 입지 않고 그대로 다시 나타났다. 마씨 사형제의 병사들은 서기성이 풀 한 포기 다치지 않았다는 사실을 알고 황급히 보고했다.

"서기성이 전혀 피해를 입지 않고 그대로 있사옵니다!"

네 형제가 깜짝 놀라 일제히 원문 밖으로 나가 살펴보니 서기성은 정말 그대로였다. 그들은 달리 묘책이 없어서 그대로 포위망을 유지하는 수밖에 없었다.

그 무렵 바다를 뒤집어 서기성을 구한 강상은 장수들에게 성에 올라가서 단단히 지키라고 명령했다. 시간은 쏜살같이 흘러 마씨 사형제의 군대에 포위된 채 어느새 또 두 달이 지났지만 적을 물리칠 마땅한 방도가 없었다. 마씨 사형제가 보물에 의지하여 위세를 떨치니 어찌 물리칠 수 있었겠는가? 그때 곡식 창고를 관리하는 이가 찾아와 보고했다.

"창고에 곡식이 모자라 열흘밖에 버틸 수 없사옵니다."

"성이 포위당한 것쯤이야 문제가 아니지만 식량이 모자라면 큰일이 아닌가? 이를 어쩌면 좋을꼬?"

그러자 황비호가 말했다.

"백성 가운데 부유한 이들은 분명 곡식을 쌓아놓고 있을 테니 포고를 내려서 조금씩 빌려달라고 하십시오. 삼사 만 석이나 오륙 만석을 빌렸다가 적을 물리치고 나서 이자를 붙여 돌려준다고 하면 되지 않겠습니까? 일단 발등의 불은 꺼야 되니까요."

"그런 포고를 내리면 군사와 백성들이 당황하여 내부에서 변고가 생길 수도 있소. 일단 열흘 치 양식이 있다고 하니 그사이에 대책을 마련해보도록 합시다."

어느새 또 여드레가 지나고 강상은 초조한 마음에 걱정이 태산 같았다. 그런데 그날 각기 붉은 옷과 푸른 옷을 입은 두 명의 젊은 도사가 강상을 찾아왔다. 그들은 대전에서 강상에게 절을 올리고 말했다.

"사숙, 안녕하십니까?"

"어느 산 어느 동부에서 오셨는가? 무슨 가르침을 주시러 여기까지 오셨는가?"

"저희는 금정산金庭山 옥옥동玉屋洞에 계신 도행천존道行天尊의 제자로 저는 한독룡韓毒龍이라 하고 저 친구는 설악호薛惡虎라고 하옵니다. 사부님의 분부에 따라 양곡을 보내드리려고 왔습니다."

"오, 그래요? 양곡은 어디에 있소이까?"

"저희가 지니고 왔습니다."

그러더니 그들은 비단 주머니에서 편지를 한 통 꺼내서 강상에게 건네주었다. 강상은 그것을 보고 무척 기뻐했다.

"사부님께서 말씀하시기를 위급한 상황이 되면 자연히 도와주실 훌륭한 분이 나타날 것이라고 하셨는데 과연 그렇구먼!"

강상이 곡식을 가져오라고 하자 두 도사가 표범 가죽으로 만든 자루에서 사발만 한 크기의 되를 꺼냈는데 거기에는 쌀이 가득 담겨 있었다. 장수들은 그것을 보고 차마 웃지도 못했다. 강상은 한독룡에게 직접 창고에 가져다두고 돌아와서 보고하라고 했다. 잠시 후 한독룡이 돌아와서 보고했다.

"다 가져다놓았습니다."

그로부터 네 시간이 채 되지 않았을 때 창고를 담당하는 관리가 달려와서 보고했다.

"승상, 창고에 쌀이 가득 쌓여서 통풍구 위까지 넘쳐나고 있사옵니다!"

이에 강상은 무척 기뻐했다. 이처럼 위급한 상황에 훌륭한 이가 스스로 찾아와 도와준 것은 무왕의 크나큰 복이었으니 이를 묘사한 시가 있다.

무왕의 어진 덕에 복록도 창성하여

복을 주는 신이 찾아와 양곡을 도와주었지.

자양동의 황천화는

서기로 와서 사천왕을 모두 없앴지.

武王仁德祿能昌　增福神祇來助糧

紫陽洞裏黃天化　西岐盡滅四天王

어쨌든 강상은 양곡도 풍족하고 장수와 병사들의 수도 많았지만 마씨 사형제가 기이한 보물로 사람을 살상하는 것은 어쩌지 못해서 그저 성을 단단히 지키며 함부로 밖에 나가지 못했다. 한편 또다시 두 달이 흘러 시간이 일 년이 가까워졌는데도 성을 함락하지 못한 마씨 사형제는 어쩔 수 없이 문 태사에게 공문을 보내서 상황을 보고했다. 그들은 강상이 전투에 능하지만 수비에도 뛰어나다고 설명했다.

그러던 어느 날 강상이 저택에서 군사 업무를 상의하고 있는데 어느 도사가 찾아왔다는 보고가 들어왔다.

"모셔 오너라."

선운관扇雲冠을 쓰고 수합포를 입은 채 명주실로 된 허리띠를 매고 삼실로 엮은 신을 신은 그 도사는 처마 앞에 이르러 절을 올렸다.

"사숙, 안녕하십니까?"

"어디서 오셨는가?"

"저는 옥천산玉泉山 금하동金霞洞에 계신 옥정진인玉鼎眞人의 제자 양전楊戩이옵니다. 사부님의 분부에 따라 사숙을 도와드리려고 왔습니다."

강상은 빼어난 그의 용모와 기상을 보고 무척 기뻐했다. 한편 양전은 여러 동료들과 인사를 나눈 다음 무왕을 알현하고 돌아와서 강상에게 물었다.

"성 밖에 병력을 주둔하고 있는 자는 누구입니까?"

강상이 마씨 사형제와 그들이 쓰는 보물에 대해 자세히 들려주고 휴전패를 걸어놓은 상황이라고 하자 양전이 말했다.

"제가 왔으니 그 패는 거둬들이셔도 됩니다. 제가 마씨 사형제를 만나보면 모든 상황을 알 수 있을 것입니다. 어쨌든 일단 전투를 벌여야 임기응변을 취할 수 있지 않겠습니까?"

강상은 무척 기뻐하며 곧 휴전패를 치우라고 분부했다.

영채에 앉아 있던 마씨 사형제는 그 사실을 보고받고 무척 기뻐하며 즉시 밖으로 나가 싸움을 걸었다. 정찰병의 보고를 받은 강상은 양전에게 출전을 명령했고 나타로 하여금 뒤를 지원하게 했다.

이윽고 성문이 열리고 양전이 출전해보니 마씨 사형제는 하늘을 찌를 듯 위풍당당한 기세로 살기를 뿜어내고 있었다. 마예청은 성 안에서 도사도 속인도 아닌 듯한 이가 선운관을 쓰고 도복에 명주 띠를 묶은 채 백마를 타고 창을 들고 나오자 그에게 물었다.

"너는 누구냐?"

"나는 승상의 사질인 양전이다. 너희는 무슨 재간이 있기에 감히 여기에 와서 행패를 부리고 좌도방문의 술법으로 사람을 해치느냐? 내 무서움을 알려주어 죽어도 묻힐 곳이 없게 만들어주겠다!"

그러면서 그가 말을 몰아 달려들자 반년 동안 전투를 벌이지 못해 몸이 근질근질하던 마씨 사형제는 일제히 달려 나가 양전을 에워싸고 격전을 벌였다.

그런데 그때 마침 서기에 양곡을 운송하려고 초주楚州에서 온 어느 관리가 성으로 들어가려다가 앞쪽에서 전투가 벌어지는 바람에 길이 막혔다는 사실을 알게 되었다. 마성룡馬成龍이라는 이 관리는 적토마를 타고 쌍칼을 쓰는 용맹한 인물인지라 그 장면을 보고 "내가 왔다!" 하고 버럭 호통치며 싸움판에 끼어들어 마씨 사형제와 싸웠다. 마예수는 또 한 명의 장수가 공격해 오자 화가 치밀어 열 판을 채 맞붙기도 전에 화호초를 꺼내 공중에 풀어놓았고 화호초는 흰 코끼리 같은 몸체를 드러내고 피를 바른 듯한 주둥이에 날카로운 칼 같은 송곳니로 사람들을 마구 잡아먹었으니 이를 묘사한 시가 있다.

이 짐승은 몸을 숨겼다 나타내는 공부를 수련하여

음양의 두 기운을 안에 품고 있지.

수시로 커지고 작아져서 변화에 능통하고

들판의 곰처럼 사람의 심장을 먹어치우지.

此獸修成隱顯功　陰陽二氣在其中

隨時大小皆能變　吃盡人心若野熊

그러니까 마예수가 풀어놓은 화호초는 '획' 소리를 내며 마성룡의 몸을 반쯤 먹어치워버렸다. 옆에서 그 모습을 본 양전은 속으로 기뻐했다.

'알고 보니 저 못된 것이 수작을 부리는 것이었군!'

마씨 사형제는 양전이 아홉 번의 단련을 통해 현묘한 공부를 완성했다는 사실을 몰랐는데 마예수는 다시 화호초를 풀어 양전의 몸을 반쯤 먹어버리게 했다. 이에 사태가 불리해졌다고 생각한 나타는 성으로 들어가서 강상에게 보고했다.

"양전이 화호초에게 잡아먹혀버렸습니다."

그 소식을 들은 강상은 종일 기분이 우울했다.

한편 승전고를 울리며 영채로 돌아온 마씨 사형제는 즐겁게 모여서 술을 마셨다. 그러다가 이경 무렵이 되자 마예수가 말했다.

"형님, 지금 화호초를 성 안에다 풀어놓을까요? 강상이나 무왕을 잡아먹어버린다면 만사가 다 해결될 게 아니겠습니까? 그러면 우리도 병력을 이끌고 돌아갈 수 있을 텐데 뭐하러 굳이 이렇게 죽기 살기로 버티느냐 이겁니다."

네 사람은 술이 얼큰해져서 저마다 큰소리를 늘어놓았다. 그러자 마예청이 말했다.

"아우의 말이 일리가 있네."

마예수는 표범 가죽 자루에서 화호초를 꺼내며 말했다.

"내 보물아, 네가 강상을 잡아먹고 온다면 정말 큰 공을 세우는 것이란다."

그는 화호초를 공중에 풀어놓았다. 하지만 화호초는 결국 짐승인지라 사람을 잡아먹을 줄만 알았지 양전을 잡아먹은 것이 재앙이 될 줄은 꿈에도 생각하지 못했다. 양전은 아홉 번의 단련을 거쳐 현묘한 공부를 이룬 몸이라 한없이 오묘한 일흔두 가지 변신술을 부릴 수 있었고 육신을 지닌 채 신선이 되어 청원묘도진군淸源妙道眞君에 봉해진 이였다. 화호초의 배 속에서 그들 사형제의 계책을 모두 들은 양전은 버럭 화를 냈다.

"이 못된 놈, 내가 누군 줄 모르는 모양이로구나!"

그러면서 양전은 화호초의 심장을 손으로 잡아 뜯었고 그놈은 비명을 지르며 땅바닥에 쓰러져버렸다. 그사이에 본래 모습을 드러낸 그는 화호초를 단칼에 두 동강 내버리고 삼경 무렵에 강상의 저택으로 찾아갔다. 그러자 문을 지키는 병사가 그를 보고 북을 울렸다. 강상은 그때까지도 나타와 함께 마씨 사형제에 대한 일을 의논하고 있었는데 갑자기 북소리와 함께 양전이 돌아왔다는 보고가 올라오자 이렇게 말했다.

"아니, 죽은 사람이 어찌 다시 살아날 수 있다는 말인가! 나타, 자네가 나가서 사실인지 알아보게."

이에 나타가 대문간으로 가서 물었다.

"도형, 자네는 이미 죽었는데 어떻게 다시 왔는가?"

"자네나 나나 모두 도가의 제자들이지만 각자 지닌 도술은 다르지 않은가? 어서 문이나 열게, 사숙께 말씀드릴 일이 있네."

나타가 문지기에게 문을 열라고 하자 양전이 대전으로 찾아갔다. 강상은 그를 보고 놀라서 물었다.

"아침에 전사한 몸이 어떻게 다시 왔는가? 틀림없이 무슨 회생술을 쓸 줄 아는 모양이로구먼."

"마예수가 화호초를 풀어놓고 성 안으로 들여보내 무왕 전하와 사숙을 해치려고 음모를 꾸몄는데 제가 그놈 배 속에 숨어서 모두 듣고 조금 전에 그놈을 죽여버린 다음 이렇게 사숙께 알려드리려고 왔습니다."

"옳거니! 이렇게 훌륭한 도술을 쓰는 이가 함께 있으니 무얼 두려워하랴!"

"이제 돌아가겠습니다."

그러자 나타가 물었다.

"어떻게 돌아가시겠다는 거요?"

"사부님께서 전수해주신 비법이 있으니 나름대로 현묘한 술법으로 바람을 따라 불가사의한 변신술을 쓸 수 있네. 자, 이 시를 들어보게."

신선의 진정한 묘결을 전수받아
나는 다른 도사와 다르다네.
산이나 물, 산꼭대기, 고개

황금이나 보물, 구리나 쇠

난새나 봉황, 날짐승

용이나 호랑이, 사자, 뱁새라도

바람 따라 형체가 생겼다가 곧 사라지니

반도회에 가서 수명을 늘릴 수도 있었지.

秘授仙傳眞妙訣　　我與道中俱各別
或山或水或巔崖　　或金或寶或銅鐵
或鸞或鳳或飛禽　　或龍或虎或獅猊
隨風有影卽無形　　赴得蟠桃添壽節

그러자 강상이 말했다.

"그런 기묘한 술법이 있다면 한두 가지 보여줄 수 있겠는가?"

이에 양전이 몸을 한번 흔들더니 화호초로 변해서 마당을 이리저리 뛰어다녔다. 그것을 본 나타는 기뻐서 어쩔 줄 몰랐다. 그러자 양전이 말했다.

"그럼, 다녀오겠습니다!"

그리고 휙 떠나려 하자 강상이 말했다.

"잠깐! 그런 신묘한 술법을 가지고 있으니 마씨 사형제의 보물을 훔쳐내서 속수무책이 되게 만들어버리게."

"알겠습니다."

양전은 즉시 날아올라 서기성을 나와 마씨 사형제의 막사로 갔다. 마예수가 보물이 돌아오는 소리를 듣고 얼른 손을 내밀어 붙들고 자세히 살펴보았으나 사람을 잡아먹은 흔적은 보이지 않았다.

이때는 시간이 벌써 사경에 가까워지고 있어서 네 형제는 함께 막사로 들어가 잠을 잤다. 마침 술도 얼큰하게 취한 터라 그들은 그대로 쓰러져 우레처럼 코를 골며 세상모르고 잠에 빠져들었다. 양전이 표범 가죽에서 빠져나와 살펴보니 막사 안에 네 개의 보물이 걸려 있기에 그것들을 손에 받쳐 들었다가 그만 떨어뜨려 겨우 혼원진주산 하나만 잡을 수 있었다. 마예홍은 잠결에 보물이 땅으로 떨어지는 소리를 듣고 급히 일어나 살펴보았다.

"이런! 고리를 잘못 걸어서 떨어진 게로구먼!"

그는 술에 취해서 눈이 몽롱했기 때문에 보물 하나가 없어진 것을 모르고 다른 보물들을 걸어놓고 다시 잠이 들었다. 그사이에 서기성으로 돌아온 양전은 강상을 찾아가 혼원진주산을 바쳤고 금타와 목타, 나타도 모두 찾아와 그 양산을 구경했다. 그리고 양전은 다시 마씨 사형제의 영채로 돌아가서 표범 가죽 속에 숨었다.

이튿날 중군 막사에서 북이 울리자 사형제는 각자 보물을 챙겼다. 그런데 마예홍은 혼원진주산이 보이지 않자 깜짝 놀랐다.

"아니, 이게 어디 갔지?"

그는 영내를 순찰하는 장교에게 다급히 물었지만 다들 대답이 똑같았다.

"영채 안쪽으로는 모래 한 알도 날아들지 못하는데 어떻게 세작이 숨어들 수 있겠습니까?"

그러자 마예홍이 절규했다.

"내가 공을 세우는 것은 오로지 그 보물 덕분인데 이제 갑자기 그것을 잃어버렸으니 어쩌면 좋단 말인가!"

일이 이렇게 되자 사형제는 모두 기분이 우울해져서 군정을 돌볼 마음이 싹 사라져버렸다.

한편 청봉산 자양동의 청허도덕진군은 갑자기 심장이 두근거리자 급히 금하동자를 불렀다.

"가서 네 사형을 데려오너라."

"예!"

잠시 후 황천화가 벽유상 앞으로 와서 엎드려 절을 올렸다.

"사부님, 무슨 일로 부르셨습니까?"

"너를 하산시킬 테니 부친을 도와 주나라의 천하통일을 위해 공을 세우도록 해라. 따라오너라."

황천화는 사부를 따라 복숭아밭으로 갔고 도덕진군은 그에게 두 개의 추鎚를 전수해주었다. 황천화는 그것을 보고 금방 이해하고는 한 치도 틀림없이 능숙하게 익혔다. 그러자 도덕진군이 말했다.

"내 옥기린玉麒麟을 줄 테니 타고 가라. 그리고 화룡표火龍鏢도 가져가도록 해라. 얘야, 절대 본분을 잊지 말고 도道와 덕德을 존중해야 하느니라. 알겠느냐?"

"제가 어찌 감히 그것을 잊겠습니까?"

그는 곧 사부에게 작별 인사를 하고 동부를 나와 옥기린을 타고 그 뿔을 슬쩍 두드렸다. 그러자 옥기린의 네 발에서 바람 소리와 구름이 일었다. 이 짐승은 도덕진군이 여러 산천을 유람할 때 타고 다니던 것으로 황천화는 순식간에 서기에 도착하여 강상의 저택을 찾아갔다. 문지기의 보고를 받은 강상이 그를 안으로 데려오라고 분부하자 잠시 후 황천화가 대전에 올라와 절을 올렸다.

"사숙, 제자 황천화가 사부님의 분부에 따라 사숙의 손발이 되어 드리기 위해 하산했습니다."

"어디에서 왔는가?"

그때 황비호가 대신 대답했다.

"이 아이는 바로 청봉산 자양동에 계신 청허도덕진군의 제자이 자 저의 큰아들입니다."

이에 강상은 무척 기뻐했다.

"장군께 출가하여 도를 닦은 자제가 있었다니 더욱 경사스러운 일이구려!"

황천화는 곧 부자지간에 상봉하고 황비호의 저택으로 가서 즐거 운 술자리를 가졌다. 그는 산에서는 소식을 했지만 이날은 갖은 양 념과 고기 요리가 섞인 훈채를 먹었다. 그리고 곧 두 쪽으로 상투를 틀고 왕자의 복식을 입은 다음 속발관束髮冠°을 쓰고 황금 머리띠를 이마에 둘렀으며 붉은 도포 위에 황금 갑옷을 입고 옥으로 만든 허 리띠를 찼다.

이튿날 그가 이런 차림으로 강상을 찾아가자 강상이 놀라서 그에 게 말했다.

"자네는 원래 도가의 문하인데 왜 하루아침에 복장을 바꿨는가? 나는 재상의 자리에 있지만 감히 곤륜산의 덕을 잊지 않고 있네! 그 런데 자네는 어제 하산해서 오늘 바로 복장을 바꿔 입었구먼. 아무 래도 명주 띠를 두르는 게 낫겠네."

"알겠습니다."

황천화는 즉시 그 차림새 위에 명주 띠를 둘렀다.

"제가 하산한 것은 마씨 사형제를 물리치기 위해서인지라 이렇게 장수의 차림을 했을 뿐입니다. 어찌 감히 근본을 잊었겠습니까?"

"마씨 사형제는 좌도방문의 술법을 쓰니 조심해야 하네."

"사부님께서 환히 알려주셨는데 무얼 두려워하겠습니까?"

이에 강상이 출전을 허락하자 황천화는 옥기린을 타고 두 개의 추를 든 채 성문을 열고 마씨 사형제의 영채 앞으로 가서 싸움을 걸었다. 이리하여 마씨 사형제는 병령공炳靈公°과 마주하게 되었으니 승패가 어찌 되는지는 다음 회를 보시라.

문 태사, 주나라를 정벌하다
聞太師兵伐西岐

태사가 군대 거느리고 상나라 도읍 나서니
서풍이 소슬하게 기우는 해 전송했지.
군주가 정치 어지럽혀 백성은 고난에 시달리고
신하는 충심으로 간언하다가 모두 목숨 잃었지.
떠나는 날만 알 뿐 돌아올 날 어찌 알았으랴?
흥성한 시절만 알고 망하는 날은 몰랐구나.
따라간 네 장수도 전사하고 말았으니
사람들로 하여금 몇 번이나 성탕의 덕을 떠올리게 했던가!

太師行兵出故商　西風颯颯送斜陽
君因亂政民多難　臣爲攄忠命盡傷
惟知去日寧知返　只識興時那識亡
四將亦隨征進沒　令人幾度憶成湯

그러니까 마예홍은 혼원진주산이 보이지 않자 군정을 돌볼 마음이 싹 가셔버렸다. 그때 누군가 원문 앞에 와서 싸움을 걸고 있다는 보고가 올라왔다. 마씨 사형제는 곧 병력을 점검하고 밖으로 나갔으니 원문 밖에는 옥기린을 탄 장수가 그들을 기다리고 있었다.

높은 산에서 십육 년 동안 도를 깨달아
신선에게 전수받은 도술 영통하기 그지없지.
동관에서 부친의 목숨 구해준 적 있고
보검 막야로 진동의 목을 베었지.
황금 속발관에는 타오르는 불꽃무늬 장식했고
붉은 전포 위에 용 문양 수놓았다.
황금 조각 엮은 갑옷 입고
허리에 두른 비단 끈 좌우로 나뉘었다.
두 자루 은 추는 팔각형으로 모가 났고
편안히 타고 전투에 임하는 것은 옥기린이지.
사부의 분부 받들어 네 장수 거둬들이러 왔나니
서기성 밖에서 첫 번째 공을 세우지.
깃발 펼치고 손 모은 황천화는
봉신방에 이름 오른 병령공이지.

悟道高山十六春　仙傳道術最通靈
潼關曾救生身父　莫邪寶劍斬陳桐
束髮金冠飛烈焰　大紅袍上繡團龍
連環砌就金鎖鎧　腰下絨縧左右分

兩柄銀錘生八楞　穩坐走陣玉麒鱗

奉命特來收四將　西岐城外立頭功

旗開拱手黃天化　封神榜上炳靈公

마예청이 그를 보고 앞으로 나가서 물었다.

"너는 누구냐?"

"나는 바로 개국무성왕의 장남 황천화다. 이제 승상의 명령에 따라 네놈들을 잡으러 왔노라!"

마예청이 버럭 화를 내며 창을 치켜들고 달려들자 황천화도 추를 휘둘러 맞서며 둘 사이에 격전이 벌어졌다.

북소리는 하늘의 우레처럼 울리고

징 소리는 양측의 싸움 재촉한다.

붉은 깃발은 타오르는 불꽃 같고

장군들 사방에서 위용을 떨친다.

이쪽은 목숨 바쳐 사직을 안정시키려 하고

저쪽은 목숨 걸고 중원과 오랑캐의 관계 바로잡으려 한다.

예로부터 장수들의 격전 많이 보았지만

창과 추로 맞서는 이번 싸움과는 비교할 수 없었지.

發鼓振天雷　鑼鳴兩陣催

紅幡如烈火　將軍八面威

這一個捨性命而安社稷　那一個挤殘生欲正華夷

自來也見將軍戰　不似今番槍對錘

254

마예청과 황천화가 스무 판쯤 맞붙었을 때 마예청이 들어 올린 백옥금강탁白玉金剛鐲에서 한 줄기 노을빛이 쏘아져 내려오더니 그 대로 황천화의 등을 때려버렸다. 그 바람에 황천화는 황금 속발관이 벗겨진 채 옥기린에서 떨어졌고 마예청은 황천화의 수급을 베려했다. 그때 나타가 고함을 지르며 달려들었다.

"내 도형을 해치지 마라!"

나타가 재빨리 풍화륜을 몰고 달려들어 황천화를 구해내고 마예청과 서로 창을 들고 격전을 벌이자 천지가 시름에 겨워 어둑해질 정도였다. 이때 마예청은 백옥금강탁을 들어 공격했고 나타도 건곤권을 내던졌는데 건곤권은 황금으로 만든 것이요 금강탁은 옥으로 만든 것이니 둘이 맞부딪치자 금강탁은 산산이 부서질 수밖에 없었다. 마예청과 마예홍은 일제히 고함을 질렀다.

"나타, 이 못된 놈! 우리 보물을 부숴버리다니 도저히 용서할 수 없다!"

그리고 둘이서 일제히 공격하자 전세가 불리해진 나타는 재빨리 성 안으로 도망쳤다. 마예해가 막 비파를 퉁기려는 참이었지만 나타는 어느새 성 안으로 들어가버린 뒤였다. 영채로 돌아온 마예청은 금강탁이 사라진 팔목을 바라보며 줄곧 울적한 표정이었다.

한편 금강탁에 맞은 황천화는 목숨이 끊어져버렸다. 이에 황비호는 아들의 시신을 끌어안고 통곡했다.

"서기에 오자마자 편히 지내지도 못하고 죽어버리다니 이 얼마나 애통한 일이더냐!"

그들은 어쩔 수 없이 황천화의 시신을 강상의 저택 대문 앞에 안치했다. 이로 인해 강상도 기분이 우울했다. 그때 갑자기 수하가 들어와서 보고했다.

"웬 젊은 도사가 찾아왔사옵니다."

"들라 하라!"

잠시 후 도사가 대전으로 들어와 절을 올리자 강상이 물었다.

"어디서 오셨는가?"

"저는 자양동 도덕진군의 제자로 사부님께서 사형을 업고 산으로 돌아오라고 분부하셨습니다."

이에 강상은 무척 기뻐했다.

백운동자는 황천화를 업고 자양동으로 돌아가 대문 앞에 내려놓고 안에 보고했다. 잠시 후 도덕진군이 나와서 말없이 눈을 감고 있는 황천화의 모습을 보더니 백운동자에게 물을 떠 오라고 했다. 그리고 그는 단약을 물에 개어 칼끝으로 황천화의 입을 벌리고 약을 흘려넣었는데 그로부터 두 시간이 채 지나기도 전에 황천화가 회생하여 두 눈을 번쩍 떴다. 황천화는 자기 옆에 있는 스승을 보고 물었다.

"제가 어떻게 여기에 있는 것입니까?"

"못난 놈! 하산해서 훈채를 먹은 것이 첫 번째 죄요 근본을 잊고 옷을 갈아입은 것이 두 번째 죄다. 강상의 체면이 아니라면 내 절대 네놈을 구하지 않았을 게야!"

황천화가 엎드려 절을 올리고 사죄하자 도덕진군이 한 가지 물건을 건네주며 말했다.

"속히 서기로 돌아가서 다시 마씨 사형제와 대결하면 큰 공을 세울 수 있을 것이다. 나도 조만간 하산하마."

이에 황천화는 스승에게 작별 인사를 하고 흙의 장막을 이용해 서기로 가서 강상의 저택을 찾아갔다. 문지기의 보고를 받은 강상은 그를 안으로 불러들였고 황천화는 사부에게 들은 이야기를 자세히 들려주었다. 아들이 되살아 돌아온 것을 본 황비호의 기쁨은 말로 표현할 수 없었다.

이튿날 황천화는 다시 옥기린을 타고 성을 나가 마씨 사형제에게 싸움을 걸었다. 군정사 관리의 보고를 받은 마씨 사형제가 황급히 영채 밖으로 나와보니 황천화가 멀쩡한 모습으로 소리치고 있는 것이었다.

"오늘은 반드시 자웅을 결하고 말겠다!"

이에 마예청이 창을 들고 달려들자 황천화도 재빨리 맞서며 다시 격전이 벌어졌다. 그런데 서너 판을 맞붙고 나서 갑자기 황천화가 옥기린을 돌려 달아나는 것이었다. 마예청이 놓치지 않으려고 쫓아가자 황천화는 두 개의 추를 안장에 걸어놓고 비단 주머니를 꺼냈는데 그 주머니에는 길이가 일곱 치 다섯 푼에 눈부신 불꽃이 이글거리는 찬심정鑽心釘이라는 쇠못이 들어 있었다. 황천화가 찬심정을 손에 쥐고 돌아서며 내던지자 세상에 드문 진귀한 보물인 이 쇠못이 한 줄기 금빛으로 변해 그의 손바닥을 떠났으니 이를 묘사한 시가 있다.

이 보물이 이제 자양동을 나왔는데
일곱 치 다섯 푼 길이로 단련한 것이라.

도교의 현묘한 법술은 진정 기이하여

마씨 사천왕을 굴복시켰지.

此寶今番出紫陽　煉成七寸五分長

玄中妙法眞奇異　收伏魔家四天王

그렇게 날아간 찬심정은 그대로 마예청의 앞가슴에 맞고 그가 눈치도 채지 못한 사이에 심장을 뚫고 지나갔다. 마예청이 비명을 지르며 땅바닥에 쓰러지는 모습을 보고 화가 치민 마예홍은 급히 달려와 방천극을 휘두르며 황천화를 쫓았다. 하지만 어느새 찬심정을 회수한 황천화가 다시 그것을 내던지니 마예홍도 미처 피하지 못하고 그대로 앞가슴에 맞고 말았다. 쇠못이 심장을 뚫고 지나가자 마예홍은 털썩 땅바닥에 쓰러져버렸다. 그때 마예해가 버럭 고함을 질렀다.

"새파란 놈이 지독하구나! 내 두 형님을 해친 게 무엇이냐?"

그러면서 황급히 달려 나갔지만 그 역시 황천화가 쏜 찬심정에 맞아 죽고 말았다. 이 또한 사천왕이 병령공을 만나 목숨을 잃도록 안배된 하늘의 운수 때문이었던 것이다.

세 형이 비명에 죽는 것을 본 마예수는 너무나 화가 치밀어 서둘러 달려와서 표범 가죽 안의 화호초를 꺼내 황천화를 공격하려 했다. 하지만 그 화호초는 양전이 변신한 것임을 그가 어찌 알았으랴? 마예수가 손을 집어넣어 화호초를 잡으려는 순간 뜻밖에 양전이 입을 벌려 그 손을 덥석 물어버렸다. 그 바람에 마예수는 손 하나를 잃고 뼈만 조금 남게 되었으니 그 고통이 어떠했겠는가? 그 순간 다시 황천화의 찬심정이 그의 심장을 뚫어버렸으니 그야말로 이런 격이었다.

세상 다스리는 영웅 된들 무슨 소용이랴?
봉신대에 이름표만 남겼구나!

治世英雄成何濟　封神臺上把名標

한편 황천화가 마씨 사형제를 죽이고 막 수급을 베려 하는데 갑자기 표범 가죽 안에서 한 줄기 바람이 일더니 화호초가 사람의 모습으로 변하는 것이었다. 양전을 알아보지 못한 황천화가 물었다.

"바람에서 사람의 모습으로 변한 그대는 누구인가?"

"나는 양전이라고 하오. 강 사숙의 분부에 따라 여기서 내응하고 있었소. 이제 도형께서 네 장수를 연달아 물리치셨으니 이야말로 하늘이 내린 징조에 부응하는 일이었소이다."

그렇게 말하는 사이에 나타가 풍화륜을 타고 달려와서 말했다.

"두 분께서 큰 공을 세우셨으니 말할 수 없이 기쁘군요!"

세 사람은 서로 축하 인사를 하고 함께 성으로 돌아가 강상에게 자세한 상황을 설명했다. 그러자 강상은 무척 기뻐하며 마씨 사형제의 목을 베어 성 위에 효수하라고 분부했다.

한편 마씨 사형제의 병졸 가운데 도망친 이들이 다섯 관문을 통과하여 그 사실을 사수관의 사령관 한영에게 보고했다. 한영은 깜짝 놀랐다.

"강상의 용병술이 이렇게 대단할 줄이야!"

그는 다급히 보고서를 작성해서 전령으로 하여금 밤낮을 가리지 말고 달려가 조가에 보고하게 했다. 한편 저택에서 한가로이 지내고 있던 태사 문중은 모처럼 기쁜 소식을 들었다.

"유혼관의 사령관 두융이 동백후와 전투해서 여러 차례 승리를 거두었다고 하옵니다."

"삼산관 사령관 등구공의 딸 등선옥鄧嬋玉이 남백후와 전투해서 여러 차례 승리를 거두어 반란군이 이미 퇴각했다고 하옵니다."

이에 문중이 무척 기뻐하던 차에 사수관에서 한영의 보고가 올라왔다. 전령에게 문서를 받아본 문중은 마씨 사형제가 효수된 사실을 알고는 탁자를 내리치며 노성을 질렀다.

"이런 영웅들까지 서기에서 전사할 줄이야! 대체 강상의 재간이 얼마나 뛰어나기에 조정의 장수들에게 치욕을 안기는 것인가!"

문 태사는 너무 화가 치밀어 미간의 눈이 번쩍 뜨였다. 그 눈에서는 두 자 남짓한 하얀 빛이 쏟아졌고 속이 부글부글 끓어 칠공에서 연기가 날 지경이었다.

'좋아! 이제 동쪽과 남쪽이 점차 안정되고 있으니 내일 폐하를 알현하고 내가 직접 정벌하러 가야겠구나. 그러지 않으면 도저히 저들을 제압하지 못하겠어.'

그는 즉시 출사표를 작성하여 이튿날 조회에서 주왕을 알현하고 바쳤다. 이에 주왕이 말했다.

"태사께서 기주를 정벌하신다고 하니 짐을 대신해서 잘 처리해 주시기 바라오."

그리고 그는 수하에게 황색 깃대 장식[黃旄]과 은 도끼[白鉞]를 가져와 문 태사에게 전하게 했다. 이것은 천자를 대신하여 제후를 정벌할 수 있는 권한을 위임하는 것이었다. 문 태사는 길일을 택하여 꿩 깃털을 장식한 보독번에 제사를 올렸다. 그리고 주왕이 친히 전별 잔치를 열어 잔에 술을 가득 따라 그에게 건네주자 술잔을 받아들고 허리를 숙여 아뢰었다.

"제가 이번에 가면 반드시 역적을 소탕하여 변방을 안정시키겠나이다. 바라옵건대 폐하께서는 신하들의 간언을 따르면서 만사를 잘 살펴 실행하시어 군주와 신하 사이에 소통이 단절되는 일이 없도록 해주시옵소서. 저는 반년을 넘기지 않고 개선하여 돌아오겠나이다."

"이번에는 태사께서 친히 원정을 나가시니 짐은 당연히 그에 대해서는 걱정하지 않소이다. 머지않아 태사의 목소리를 다시 들을 수 있겠지요."

주왕은 황색 깃대 장식과 은 도끼를 세우게 하고 문 태사에게 출정을 명령했다. 문 태사는 술을 몇 잔 마시고 나서 묵기린에 올랐는데 묵기린이 전장에 나가본 지 오래되어 문 태사가 타려고 하자 비명을 지르며 펄쩍 뛰는 바람에 그만 안장에서 떨어지고 말았다. 이에 깜짝 놀란 문무백관들이 황급히 부축해주어 얼른 의관을 바로잡았다. 그때 하대부 왕변王變이 나아가 아뢰었다.

"태사께서 출정에 앞서 안장에서 떨어지셨으니 이는 아주 불길한 징조이옵니다. 그러니 이번 원정은 다른 장수를 선발해 보내는 것이 좋을 것 같사옵니다."

그러자 문 태사가 말했다.

"그것은 아니지요! 신하는 나라를 위해서라면 가정조차 잊고 말에 올라 무기를 들면 자기 목숨 따위는 돌보지 않는 법이오. 전장에 나간 장수가 죽거나 부상당하는 것은 당연한 일이거늘 그것을 이상하게 여길 것이 어디 있겠소? 아마 이 묵기린이 오랫동안 출정하지 않은 데다가 훈련도 제대로 받지 못해서 근육과 뼈가 마음대로 펴지지 않아 이런 일이 생겼을 테지요. 그러니 대부께서도 더 이상 그런 말씀은 하지 마시구려."

문 태사는 포성을 울리게 하고 출병을 명령한 후 다시 묵기린에 올랐다. 이제 떠나면 언제 다시 군주의 얼굴을 뵐 수 있을까? 결국 말없는 영혼만이 피에 젖어 돌아오게 될 것을! 어쨌든 문 태사가 일편단심으로 삼 년 동안 정벌에 나선 것은 모두 나라와 백성을 위한 것이었다.

지모를 다하여 제왕의 기업 보조했건만
하늘이 드리운 징조로 인해 성공하지 못했지.

用盡機謀扶帝業　上天垂象不能成

그러니까 문 태사는 삼십만 명의 병력을 이끌고 조가를 나서서 황하를 건너 민지현에 이르렀다. 그곳 사령관 장규가 영접하러 나와 막사에서 절을 올리자 문 태사가 물었다.

"기주로 가는 가까운 길이 어디인가?"

"청룡관을 통해 나가시면 이백 리 정도 가깝사옵니다."

이에 태사는 수하에게 청룡관 쪽으로 방향을 잡으라고 분부했다. 깃발을 펼치고 수놓은 띠를 펄럭이며 행군하는 그 부대의 모습은 정말 장관이었다.

　비룡번은 붉은 수실 번쩍이고
　비봉번은 자줏빛 안개 서린 듯하고
　비호번은 뭉게뭉게 살기를 피워내고
　비표번은 천지를 가려 덮는다.
　방패의 물결 도도히 지나가고
　단검은 눈부시게 빛난다.
　방패의 물결 도도히 지나가
　만군의 전투마 발자국을 쓸고
　단검은 눈부시게 빛나
　천 겹 창수를 쳐부순다.
　대간도와 안령도
　대오에 맞춰 늘어서고
　침금창과 점강창°
　붉은 수실 휘날린다.
　태아검과 곤오검은
　용 비늘 같은 무늬 겹쳐 있고
　금장간과 은도간은
　삼엄한 냉기 뿌린다.
　화간극과 은첨극°

표미를 드높이 휘날리고

개산부와 선화부

흡사 수레바퀴처럼 크다.

삼군의 함성 하늘을 뒤흔들고

오색 깃발 햇빛을 가린다.

북소리 울리면

모든 부대의 병사들 용감하게 무용을 드러내고

징 소리 울리면

여러 장수들 구불구불 대오를 따라간다.

꿩 깃털 장식한 보독번 아래에는

상서로운 기운 안개처럼 덮여 있고

금물로 글씨 쓴 지휘 깃발은

베틀 북처럼 바삐 오간다.

신속하게 보고하는 좌우의 기마병은 녹각°을 끼고 있고

적의 선봉을 공격하는 연주포는 기습을 방비하지.

飛龍幡紅纓閃閃　飛鳳幡紫霧盤旋

飛虎幡騰騰殺氣　飛豹幡蓋地遮天

擋牌滾滾　短劍輝輝

擋牌滾滾　掃萬軍之馬足

短劍輝輝　破千重之狼銑°

大桿刀雁翎刀　排開隊伍

鍉金槍點鋼槍　蕩蕩硃纓

太阿劍昆吾劍　龍鱗砌就

金裝鋼銀鍍鋼　冷氣森嚴

畫桿戟銀尖戟　飄蕩豹尾

開山斧宣花斧　一似車輪

三軍吶喊撼天關　五色旗搖遮映日

一聲鼓響　諸營奮勇逞雄威

數捧鑼鳴　眾將委蛇隨隊伍

寶纛幡下　瑞氣籠煙

金字令旗　來往穿梭

能報事拐子馬緊挨鹿角　能衝鋒連珠砲隄防劫營

이런 시가 있다.

무성히 치솟는 살기에 전장의 먼지 피어나고
은은한 붉은 구름 푸른 이끼를 비춘다.
십 리에 걸쳐 창칼과 갑옷 소리만 들리니
무기의 산 하나가 흙 위로 솟아난 듯하구나!

騰騰殺氣滾征埃　隱隱紅雲映綠苔

十里只聞戈甲響　一座兵山出土來

　그러니까 그 많은 병력이 청룡관을 나오자 곧 기마병 한두 명만
겨우 지날 수 있는 좁고 험한 길이 이어졌다. 이에 병사며 말도 걷기
가 힘들어져 고개가 더욱 험준하게 느껴졌다. 그 모습을 보고 문 태
사는 괜히 그 길을 택했다고 후회했으나 이미 때는 늦었다.

'이럴 줄 알았더라면 차라리 다섯 관문으로 나갔을 것을! 그것이 훨씬 편했을 텐데 말이야. 괜히 길에서 시간만 허비하는구나!'

그러다가 어느 날 황화산黃花山에 도착했으니 그 장대한 모습은 이러했다.

멀리서 보는 산은
푸른 산에 녹음 짙더니
가까이 와서 보니
녹음이 푸른 산을 덮었구나.
푸른 산에 녹음 짙으니
하늘을 찌를 듯한 소나무 하늘하늘 그림자 흔들리고
녹음이 푸른 산 덮으니
험준한 고개 옆에 가파른 벼랑 이어졌다.
가파른 계곡에는
푸른 노송 그림자 어둑한 표미처럼 흔들리고
험준한 벼랑에는
푸른 소나무 늙은 용의 허리처럼 굽었구나.
위를 올려다보니
사다리인 듯 돌비탈 길인 듯
아래를 내려다보니
동굴인 듯 구덩이인 듯
만 길 푸른 산 하늘에 닿아 있고
송골매도 무서워할 계곡 땅속까지 뻗어 있구나.

봄이면 이 산은 불꽃인 듯 안개인 듯 하고

여름이면 쪽빛인 듯 비취색인 듯 하고

가을이면 황금인 듯 비단인 듯 하고

겨울이면 옥인 듯 은인 듯 하지.

봄이면 왜 불꽃인 듯 안개인 듯 한가?

새빨간 복사꽃이 불꽃을 뿜어내고

푸르게 휘영청 늘어진 버들가지 안개를 머금기 때문이지.

여름이면 왜 쪽빛인 듯 비취색인 듯 한가?

비가 오면 푸른 안개 방울방울 떨어질 듯하고

달이 지나면 산의 안개 자욱하기 때문이지.

가을이면 왜 황금인 듯 비단인 듯 한가?

여기저기

무더기무더기로

온통 국화가 상서로운 빛 토하고

층층이

조각조각

온통 붉은 낙엽 바람에 흔들리기 때문이지.

겨울이면 왜 옥인 듯 은인 듯 한가?

눈부신 물이 얼어 수많은 옥으로 변하고

자욱하게 내린 눈이 온 산에 은처럼 쌓이기 때문이지.

산길은 험난하여

나아가거나 빠져나오기 힘들고

물길은 구불구불

흘러가고 흘러온다.

나뭇가지 끝에는 생명이 끝없이 자라나고

새가 울어대면 그윽한 운치 피어난다.

遠觀山　山靑疊翠

近觀山　翠疊靑山

山靑疊翠　參天松婆娑弄影

翠疊靑山　靠峻嶺逼陡懸崖

逼陡澗　綠檜影搖玄豹尾

峻懸崖　靑松折齒老龍腰

望上看　似梯似磴

望下看　如穴如坑

靑山萬丈接雲霄　斗澗鷹愁長地户

此山到春來如火如煙　到夏來如藍如翠

到秋來如金如錦　到冬來如玉如銀

到春來怎見得如火如煙

紅灼灼天桃噴火　綠依依弱柳含煙

到夏來怎見得如藍如翠

雨來蒼煙欲滴　月過嵐氣氤氳

到秋來怎見得如金如錦

一攢攢　一簇簇　俱是黃花吐瑞

一層層　一片片　盡是紅葉搖風

到冬來怎見得如玉如銀

水晃晃凍成千塊玉　雪濛濛堆疊一山銀

268

山徑崎嶇　難進難出

水途曲折　流去流來

樹梢上生生不已　鳥啼時韻致幽揚

　그야말로 구경하는 재미에 돌아갈 생각조차 들지 않는 멋진 풍경이었으니 이를 묘사한 시가 있다.

　산 하나를 지나니 또 다른 산이 맞이하고
　천 리에 걸쳐 평지라고는 조금도 없구나.
　목동이 멀리 가리키는 곳이야 이야기하지 말지니
　그림 같은 풍경만 보일 뿐 지나갈 엄두도 내지 못하겠구나!

一山未過一山迎　千里全無半里平

莫道牧童遙指處　只看圖畵不堪行

　이 험준한 산을 본 문 태사는 병사들에게 행군을 멈추라는 명령을 내리고 묵기린을 몰아 혼자 산 위로 올라가 살펴보았다. 그러자 저 멀리 일정한 넓이의 평탄한 길이 보였는데 마치 어느 전쟁터 같았다.
　"허! 정말 대단한 산이로구나! 조가가 평안해져서 내가 이 황화산에 와서 한적하게 은거하면 얼마나 좋을까!"
　그는 또 휘영청 솟은 대숲과 오래된 나무, 아름드리 소나무를 하염없이 구경했다. 그때 갑자기 뒤쪽에서 징 소리가 울리기에 황급히 고삐를 잡고 돌아보니 산 아래쪽에 일단의 군대가 장사진을 펼

문 태사, 군대를 이끌고 서기를 정벌하다.

치고 있었다. 맨 앞의 장수는 푸르뎅뎅한 얼굴에 시뻘건 머리카락을 흩날리며 입술 위아래로 송곳니가 삐져나와 있고 황금 갑옷에 붉은 전포를 입은 채 검은 말을 탄 손에는 개산부開山斧가 한 자루 들려 있었다. 문 태사는 한참 동안 그 진세를 바라보았는데 뜻밖에도 부대의 병졸 하나가 그를 발견했다. 붉은 전포를 입고 기이한 동물을 탄 채 두 개의 황금 채찍을 들고 이쪽 진세를 훔쳐보는 문중을 발견한 병졸은 곧 대장에게 달려가 보고했다.

"전하, 산 위에서 누군가 저희를 훔쳐보고 있사옵니다!"

이에 개산부를 든 그가 위쪽을 쳐다보더니 버럭 화를 내며 병력을 뒤로 물리고 즉시 말을 몰아 산 위로 올라왔다. 문 태사는 나는 듯이 달려오는 그의 용맹한 모습을 보고 속으로 무척 기뻐했다.

'이 사람을 거둬들여 서기를 정벌하면 아주 쓸만하겠구나!'

그렇게 생각하며 머뭇거리고 있는데 그가 어느새 앞으로 다가와 고함을 질렀다.

"너는 누구냐? 감히 내 산채를 엿보다니 간덩이가 부었구나!"

"빈도가 보아하니 이 산이 아주 그윽하여 여기에 초가집을 하나 짓고 아침저녁으로 『황정경』이나 읽으면서 지낼까 생각 중인데 장군께서 허락해주실지 모르겠구려."

"뭣이? 요사한 도사 같으니!"

그러면서 그가 말을 몰아 달려들며 도끼로 내리찍으려 하자 문 태사가 황급히 황금 채찍을 들어 맞서니 둘이 산 위에서 격전을 벌였다. 문 태사는 오랜 세월 동안 수많은 정벌에서 많은 호걸을 만나 왔지만 그들이 눈에 차지 않았다. 그런데 도끼를 휘두르는 이 장수는 상당히 재간이 뛰어났다.

'이자를 거둬들여 서기로 가면 크지는 않더라도 어느 정도는 공을 세울 수 있겠구나.'

그러면서 문 태사는 슬쩍 고삐를 돌려 동쪽으로 달아났다. 곧이어 뒤에서 쫓아오는 소리가 들리자 황금 채찍으로 슬쩍 가리키니 갑자기 땅 위에 황금 담장이 나타나 그 장수를 가둬버렸다. 이에 문 태사는 다시 산으로 돌아가 묵기린에서 내려 소나무 아래에 있는 바위에 기대앉았다. 산속에 몇 가닥 살기가 숨어 있었지만 그는 묵묵히 모른 체했다.

한편 산채에서는 하급 장교가 상관에게 보고했다.

"두 분 전하께 아뢰옵니다. 붉은 옷을 입은 웬 도사가 첫째 전하를 유인하여 황금빛 속으로 들어갔는데 갑자기 모습이 사라져버렸사옵니다!"

"뭐라고? 그자는 지금 어디에 있느냐?"

"산 위에 앉아 있사옵니다."

두 사람이 버럭 화를 내며 황급히 무기를 들고 말에 오르자 수하들이 일제히 함성을 지르며 산 위로 돌진했다. 그 모습을 본 문 태사는 느긋하게 묵기린에 올라 황금 채찍을 들고 그들 두 사람을 가리키며 호통쳤다.

"멈춰라!"

두 장수는 세 개의 눈을 가진 도사를 발견하고 깜짝 놀랐지만 이내 앞으로 다가가서 호통쳤다.

"너는 누구인데 감히 여기서 행패를 부리는 것이냐? 우리 형님은 어디에 가뒀느냐? 당장 돌려보내지 않으면 네 목숨을 부지하기 어려울 것이다!"

"조금 전에 얼굴이 시퍼런 자가 멋모르고 덤벼들었다가 내 채찍한 방에 죽어버렸는데 너희 둘은 또 뭐하러 온 것이냐? 나는 다른 뜻이 있어서가 아니라 이 황화산을 교화하여 수련의 장소로 만들고 싶을 뿐이다. 그렇게 해줄 수 있겠느냐?"

두 사람은 버럭 화를 내며 말을 몰아 각기 창과 두 개의 쇠몽둥이를 휘두르며 공격했다. 그러자 문 태사도 황금 채찍을 휘두르며 맞섰는데 잠시 후 문 태사가 묵기린의 고삐를 돌려 남쪽으로 도망치자 두 장수가 쫓아왔고 문 태사는 다시 채찍을 들어 가리키니 곧 물의 장막이 장천군張天君˚을, 나무의 장막이 도천군陶天君을 가둬버렸다. 문 태사는 그렇게 등천군鄧天君과 장천군, 도천군을 거둬들이고 다시 산비탈에 태연히 앉아 있었다.

한편 산비탈 뒤쪽에서 곡식을 수확하고 있던 신천군辛天君 신환辛環에게 졸개가 달려가서 보고했다.

"전하, 큰일 났사옵니다!"

"무슨 일이냐?"

"세 분 전하께서 어떤 도사에게 맞아 돌아가시고 말았사옵니다."

"뭐라고? 그런 고얀 일이!"

그는 황급히 쇠망치[錘鑽]를 챙겨 들고 양쪽 겨드랑이 아래의 날개를 펼쳐서 공중으로 날아올랐다. 그러자 바람 소리와 함께 허공에서 우렛소리가 들리더니 어느새 그가 산 위로 날아가 고함쳤다.

"요사스러운 도사 같으니! 우리 형제들을 때려죽였으니 절대 네놈을 살려두지 않겠다!"

문 태사가 미간의 눈을 뜨고 살펴보니 아주 흉악하게 생긴 자가 날개를 펄럭이며 날아오고 있었다.

두 날개는 공중에서 소리 울리고
머리에는 호랑이 머리 모양의 모자를 썼다.
얼굴빛은 붉은 대춧빛이요
머리 위에는 보배로운 빛이 싸늘히 빛난다.
쇠망치로 천하를 다스리니
입에는 송곳니가 삐져나왔다.
일단 화가 나면 아무도 막을 수 없나니
날아오는 기세가 흡사 난새 같구나!

二翅空中響　頭戴虎頭冠

面如紅棗色　頂上寶光寒

錘鑽定天下　獠牙嘴上安

一怒無遮擋　飛來勢若鸞

문 태사는 그 모습을 보고 무척 기뻐했다.

'정말 빼어난 호걸이로다!'

신환이 문 태사의 정수리를 향해 쇠망치를 후려치자 문 태사도 황급히 황금 채찍을 들어 막았는데 상대의 무술이 여간 뛰어난 것이 아니었다. 이에 문 태사가 슬쩍 헛손질을 하고 동쪽을 향해 달아나자 신환이 고함을 질렀다.

"요사한 도사야, 어딜 도망치느냐? 내가 간다!"

그는 두 날개를 퍼덕이며 즉시 문 태사의 머리 위로 쫓아갔으니 문 태사의 엄청난 능력을 몰랐기 때문에 멋대로 위세를 부린 것이었다. 그 모습을 보고 문 태사가 생각했다.

'오행의 장막[五遁法]으로는 이자를 가둘 수 없겠구나.'

그는 황금 채찍으로 길가의 산을 연달아 두세 번 가리키며 황건역사에게 명령했다.

"이 산의 바위로 저자를 눌러버려라!"

"예!"

황건역사는 황급히 그 바위를 들고 공중으로 날아올라 신환의 허리를 눌러버렸다.

현묘한 도술은 너무나 기이하여

웃고 떠들면서도 바다를 뒤집고 산을 옮기지.

玄中道術多奇異　倒海移山談笑中

신환이 바위에 눌려 꼼짝달싹 못하게 되자 문 태사는 묵기린의 고삐를 돌려 돌아와서 황금 채찍을 들고 그의 머리를 내리치려고 했다. 그러자 신환이 고함을 질렀다.

"도사님, 자비를 베풀어주십시오! 제가 고명하신 분을 몰라뵙고 하늘같은 위엄을 거슬렀사옵니다. 목숨을 살려주시면 그 은혜를 잊지 않겠사옵니다!"

그러자 태사가 그의 머리 위에 채찍을 얹고 말했다.

"네가 나를 알아보지 못하는 것은 당연하지. 나는 도사가 아니라 조가의 태사 문중이니라. 서기를 정벌하러 가는 길에 여기를 지나게 되었는데 얼굴이 시퍼런 너의 형제가 아무 이유 없이 나를 해치려고 하더구나. 그런데 너는 살고 싶으냐 죽고 싶으냐?"

"태사 나리, 소인은 나리께서 이곳을 지나시는 것을 몰랐사옵니다. 알았더라면 진즉 멀리까지 나가서 영접했을 것이옵니다! 하늘 같은 분께 무례를 저질렀사오나 부디 죄를 용서해주시옵소서!"

"살고 싶다고 하니 용서해주마. 다만 내 수하가 되어 서기로 함께 가야 한다. 공을 세우면 부귀영화를 누리게 해주마."

"못난 저를 등용해주신다니 기꺼이 수하가 되어 분부에 따르겠사옵니다."

이에 문 태사가 채찍을 들어 가리키자 황건역사가 바위를 치웠다. 신환은 한참 동안 일어나지 못하다가 겨우 일어나 땅에 엎드려 절을 올렸다. 문 태사는 그를 부축하여 일으켜 세우고 다시 소나무 아래에 있는 바위에 기대앉았다. 신환이 그 옆에 공손히 서자 문 태사가 물었다.

"황화산에 있는 병력은 얼마나 되느냐?"

"이 산의 사방 육십 리 구역에 있는 수하를 모두 모으면 일만 명 남짓 되고 양곡과 마초도 제법 많이 준비되어 있사옵니다."

문 태사는 자기도 모르게 무척 기뻤다. 그러자 신환이 무릎을 꿇고 아뢰었다.

"태사님, 자비를 베푸시어 저번에 왔던 세 장수를 사면해주시옵소서. 그들이 다시 살 수 있다면 미흡하나마 최선을 다해 자신의 재능을 알아보고 등용해주신 은혜에 보답하고자 할 것이옵니다.”

“그들이 필요하다는 것이냐?”

“저희는 모두 성도 이름도 다르지만 한 몸과 같은 정을 나누며 살아왔사옵니다.”

“그렇다면 너희도 의리가 있는 게로구나. 잠깐 비켜봐라!”

문 태사가 손을 쓰자 벼락 소리가 울리면서 산악을 뒤흔들었다. 장막에 갇혀 있던 세 장수가 잠깐 눈을 비비는 사이에 등천군을 가두고 있던 황금 담장과 장천군을 가두고 있던 거대한 바다, 도천군을 가두고 있던 큰 숲이 모두 사라져버렸다. 세 장수는 말을 달려 산으로 돌아와 신환이 그 붉은 옷을 입은 도사 옆에 서 있는 모습을 보았다. 이에 등충鄧忠이 벼락같이 화를 내며 고함을 질렀다.

“아우, 내가 그 요사한 도사를 사로잡겠네!”

그 말이 끝나기도 전에 장천군과 도천군이 일제히 소리쳤다.

“요사한 도사를 사로잡세!”

이제 문 태사의 목숨이 어찌 되는지는 다음 회를 보시라.

제42회

문 태사, 황화산에서 사천왕을 거둬들이다
黃花山收鄧辛張陶

재앙의 운수로 서로 만나니 또한 예사롭지 않아
온 하늘의 신들이 전장으로 왔구나.
아무리 기이한 술법을 부려도 모두 패배당하니
신선이며 평범한 인간이며 모두 부상당했지.
주나라는 흥성하여 태평 시절 함께 누리지만
상나라는 재난당하니 한날에 함께 죽으리라.
황화산 아래에서 용맹한 장수 거둬들였지만
결국 기산의 흙 속에 묻히고 말았지.

劫數相逢亦異常　諸天神部涉疆場
任他奇術俱遭敗　那怕仙凡盡帶傷
周室興隆時共泰　成湯喪亂日偕亡
黃花山下收强將　總向岐山土內藏

278

그러니까 세 장수가 일제히 분노를 터뜨리자 신환이 황급히 앞으로 나아가 저지했다.

"형님들, 경거망동하지 마시고 어서 말에서 내려 절을 올리십시오. 이분은 조가의 태사이신 문중 나리이십니다."

세 장수는 그 말을 듣자마자 구르듯이 안장에서 뛰어내려 일제히 땅바닥에 엎드렸다.

"태사님, 오래전부터 위대한 명성을 흠모해왔지만 여태 존안을 직접 뵙지 못했사옵니다. 이제 다행히 하늘이 정한 인연으로 이곳에 왕림하셨는데 저희가 마중을 나가지는 못할망정 무례를 범하고 말았사옵니다. 조금 전에는 나리를 몰라뵙고 저지른 실수이오니 부디 용서해주시옵소서."

잠시 후 그들이 산으로 올라가자고 청하자 문 태사도 기뻐하며 그들을 따라갔다. 네 장수가 그를 상석에 앉히고 다시 절을 올리자 문 태사도 위로하며 물었다.

"그대들은 성함이 어찌 되시는가? 오늘 이렇게 운 좋게 만나게 되니 나도 영광일세."

그러자 등충이 대답했다.

"이곳은 황화산이온데 저희 넷은 오래전에 결의형제가 되었사옵니다. 저는 등충이옵고 둘째는 신환, 셋째는 장절張節, 넷째는 도영陶榮이라고 하옵니다. 제후들이 난을 일으키는 바람에 저희는 잠시 이 산에 피신하고 있을 뿐 사실 이렇게 지내는 것이 저희의 본심은 아니옵니다."

"자네들, 나를 따라 서기로 가겠는가? 공을 세우면 모두 폐하의 신하가 되는 것일세. 이렇게 산적 노릇이나 하면서 영웅의 기상을 묻어버리고 타고난 재능을 팽개쳐서야 되겠는가?"

그러자 신환이 대답했다.

"태사께서 버리지만 않으신다면 저희도 수하가 되어 따라가고 싶사옵니다."

"자네들이 황실을 위해 힘써주겠다고 하니 정말 나라의 경사가 아닐 수 없네. 이 산의 부하들은 몇 명이나 되는가?"

신환이 대답했다.

"만 명 남짓 되옵니다."

"그렇다면 그들에게 알리게, 정벌에 따라나서고 싶은 이들은 따라나서라고 말일세. 싫은 사람은 적당히 재물을 나눠주고 집으로 돌려보내게. 그래도 그동안 자네들을 따른 보람은 있어야 할 게 아닌가?"

신환이 수하들에게 알리자 따라나서겠다는 이들도 있고 그렇지 않은 이들도 있었다. 신환은 그들 모두에게 그동안 쌓아놓은 재물을 나눠주었고 모두들 기꺼이 승복했다. 따라나서지 않겠다는 이들을 제외하고 남은 수하들은 칠천여 명이나 되었다. 양곡과 마초는 모두 삼 만 섬이나 되어서 이것을 모두 싸서 수레에 싣고 쇠가죽으로 만든 천막은 태워버렸다. 문 태사는 그날 즉시 병력을 출발시켰는데 그는 네 장수를 얻게 되자 자기도 모르게 기분이 좋아졌다. 인마가 황화산을 지나 기세 좋게 전진하니 그 모습은 대단히 용맹스러웠다.

펄럭이는 깃발에 살기가 나부끼고

수많은 전마는 흡사 용과 같구나.

서기에 호걸이 구름처럼 몰려드니

태사가 몸소 정벌하는 모습 몰아치는 파도 같구나!

烈烈旗幡飛殺氣　紛紛戰馬似龍蛟

西岐豪傑如雲集　太師親征若浪拋

이렇게 문 태사의 병력이 행군하고 있을 때 앞쪽에 절룡령絕龍嶺이라고 적힌 비석이 하나 나타나자 문 태사는 묵기린을 탄 채 한참 동안 아무 말이 없었다. 등충이 보니 태사의 얼굴에 놀라 두려워하는 기색마저 있었다.

"태사님, 왜 멈춰 서서 아무 말씀도 안 하시는지요?"

"나는 옛날에 벽유궁의 금령성모를 스승으로 모시며 오십 년 동안 도술을 배우고 도를 깨달았지. 사부님께서 나더러 하산하여 상 나라를 보좌하라고 하셔서 나는 떠날 때 이렇게 여쭤보았네. '저는 결국 어떻게 되는 것이옵니까?' 그러자 스승님께서 말씀하셨지. '너는 평생 절絕이라는 글자를 만나면 안 되느니라.' 그런데 오늘 행군하다가 공교롭게도 저 비석에 적힌 그 글자를 보고 말았으니 마음에 의혹이 생겨서 이렇게 기분이 좋지 않은 게지."

그러자 등충을 비롯한 네 장수가 실소를 터뜨렸다.

"하하! 태사님, 그것은 잘못 생각하신 것이옵니다. 대장부가 어찌 글자 하나 때문에 평생의 복과 재앙이 결정되겠사옵니까? 게다가 '복 많은 사람은 하늘이 도와준다'라고 하지 않았사옵니까? 태사님의 재능과 덕망으로 서기 정벌에 성공하지 못할 리 있겠사옵니

까? '의혹이 없는데 무엇을 점치겠는가?'라는 옛말도 있지 않사옵
니까?"

　그래도 문 태사는 웃지도 않고 아무 말도 하지 않았다. 장수들은
인마의 행군을 재촉했다. 그리하여 창칼이 강물처럼 흐르고 갑옷
입은 전사들이 구름처럼 지나갔으니 가는 길 내내 별다른 일이 없
었다. 어느 날 정찰병이 중군 막사로 들어와 보고했다.

　"태사님, 병력이 서기성 남문에 도착했으니 어찌할지 분부를 내
려주시옵소서!"

　"영채를 차려라!"

　이에 한 발의 포성과 함께 병사들이 함성을 지르고 나서 커다란
영채를 차렸다.

　남북으로 영채 차리고
　동서로 진세 펼쳤다.
　남북으로 차린 영채는 음양을 나누고
　동서로 펼친 진세는 목木과 금金을 나누었다.
　위자수°들은 살기를 더하여
　호랑이와 이리 같은 위세로 전쟁의 구름 무럭무럭 피워낸다.
　말을 탄 호위병은 가지런히 정렬하고
　꿩 깃털 장식한 깃발은 세찬 바람 몰아 일으킨다.
　진세 앞의 장교들은 황금 갑옷을 입었고
　창을 전하는 젊은 병사들은 비단 전포를 둘렀다.
　선봉장은 사나운 호랑이 같고

지원부대 장수는 표범과 곰처럼 흉악하다.

영채를 차리는 포성에 천지가 무너지고

진세 구축을 재촉하는 북소리 우레처럼 울린다.

낮에는 법도 있게 드나들고

밤이면 영전 내려 불침번을 선다.

태사가 영채를 차리니

까마귀도 감히 공중으로 날아오르지 못한다.

營安南北　陣擺東西

營安南北分龍虎　陣擺東西按木金

圍子手平添殺氣　虎狼威長起征雲

拐子馬齊齊整整　寶纛幡卷起威風

陣前小校披金甲　傳槍兒郎掛錦裙

先行官如同猛虎　佐軍官惡似彪熊

定營砲天崩地裂　催陣鼓一似雷鳴

白日裏出入有法　到晩間轉箭支更

只因太師安營寨　鴉鳥不敢望空中

한편 강상의 저택에서는 전령이 급한 전갈을 전했다.

"태사 문중이 삼십만 명의 병력을 거느리고 와서 남문 앞에 영채
를 차렸사옵니다."

"옛날 조가에 있을 때는 문 태사를 만나본 적이 없는데 이제 병력
을 이끌고 여기로 왔다고 하니 군대의 기강이 어떤지 살펴볼까?"

강상은 곧 장수와 제자들을 거느리고 성에 올랐는데 누대에서 문

태사의 영채를 살펴보니 과연 대단한 기세였다.

    허공 가득 살기가 퍼지고
    철마와 무기 시내처럼 늘어섰다.
    뭉게뭉게 전장의 구름 피어나고
    오색 깃발 은은히 휘날린다.
    수천 개의 화극
    금빛 수실 오색 깃발과 더불어 휘날리고
    수만 개의 칼
    용과 호랑이 베는 청동검 같구나.
    빽빽한 도끼와 깃발은
    수정 쟁반만큼 크고
    쌍쌍이 세워진 창은
    사발만 한 굵기의 은빛 자루 화려하게 장식했다.
    그윽한 뿔피리 소리는
    동해의 늙은 용이 신음하는 듯하고
    눈부신 은빛 투구는
    도도한 얼음과 서리, 명주처럼 펼쳐진 눈 같구나.
    수놓은 비단옷 입은 장수들
    우르르 말을 몰아 선봉에 서고
    옥대 찬 병사들
    중군 사령관의 명령만 대기하고 있구나.
    채찍과 갈퀴 든 장군과 병사들 모두 영웅의 풍모 자랑하고 진세를 펼친 젊은 병사들 호랑이처럼 사납구나.
치우를 격파한 헌원 황제의 기세 못지않으니
마치 땅 위로 무기의 산이 솟은 듯하다.

満空殺氣　一川鐵馬兵戈

片片征雲　五色旌旗縹緲

千枝畵戟　豹尾描金五彩幡

萬口鋼刀　誅龍斬虎靑銅劍

密密鉞斧　幡旗大小水晶盤

對對長槍　盞口粗細銀畵桿

幽幽畵角　猶如東海老龍吟

燦燦銀盔　滾滾氷霜如雪練

錦衣繡袄　簇擁走馬先行

玉帶征夫　侍聽中軍元帥

鞭抓將士儘英雄　打陣兒郎兇似虎

不亞軒轅黃帝破蚩尤　一座兵山從地起

강상은 한참 동안 살펴보다가 감탄했다.

"태사가 뛰어난 장수의 재능을 가지고 있다고 하던데 지금 이렇게 잘 정돈된 정예병의 모습을 보니 남들 이야기가 제대로 평했다고 하기에는 아직 모자라구나!"

그는 곧 성을 내려와 저택으로 가서 제자와 장수들과 함께 적을 물리칠 방도를 논의했다. 그러자 옆에 있던 황비호가 말했다.

"승상, 염려하지 마십시오. 마씨 사형제도 그 정도밖에 되지 않았

으니 그야말로 국왕의 복이 크나크면 강대한 적은 자연히 스러진다
는 격이 아니겠습니까?"

"그렇기는 하지만 백성이 편히 살 수 없고 병사와 장수들이 갑옷
을 입고 안장 위에서 고생하는 것은 모두 태평한 징조가 아니지 않
소이까?"

그렇게 한창 논의하고 있을 때 전령이 보고했다.

"태사가 사람을 통해 편지를 보내왔사옵니다."

"받아 오너라!"

잠시 후 성문이 열리자 문 태사의 진영에서 장수 하나가 와서 편
지를 들고 강상에게 바쳤다. 강상이 펼쳐보니 그 내용은 이러했다.

상나라의 태사 겸 정서천보대원수征西天寶大元帥 문중이 승
상 강상께.

신하가 반란을 일으키는 것은 하늘을 크게 거스르는 것이라
했소. 지금 천자께서 혁혁한 위명을 떨치고 계시는데 그대들은
서쪽 땅에서 감히 도리에 어긋나는 짓을 행하며 국법을 따르지
않고 스스로 왕위에 올라 나라의 체통에 해를 끼쳤소. 또 역적
을 받아들여 대놓고 나라의 법을 무시했소. 천자께서 여러 차
례 그 죄를 문책하기 위해 군대를 파견했는데 그대들은 엎드려
죄를 시인하지는 못할망정 오히려 방자하기 그지없이 행패를
부리고 천자께서 파견한 관리에게 대항하며 천자의 병사와 장
수를 죽이고 감히 장수의 머리를 효수하여 위세를 떨쳤소. 이
러니 천자의 법은 대체 어디 있다는 것이오? 그 죄는 살을 씹어

먹고 가죽을 벗겨 깔고 잔다 해도 씻기 어려우며 그대들의 종
묘를 옮기고 강토를 삭탈한다 하더라도 그 잘못을 보상하기 어
렵소.

이제 어명을 받들어 죄를 응징하러 왔으니 성 안 백성을 긍
휼히 여긴다면 속히 원문으로 와서 머리를 바침으로써 국법을
바로 세울 수 있도록 하시오. 만약 계속 저항한다면 그야말로
곤륜산을 태우는 불길처럼 그대들을 모조리 가루로 만들어버
릴 것이니 그때는 땅을 치고 후회해도 늦을 것이오. 이 서신을
받는 즉시 알아서 결정하기 바라오.

이상이오!

강상이 읽고 나서 물었다.

"그대는 누구인가?"

"등충이라 하오이다."

"등 장군, 돌아가셔서 태사께 인사 전해주시구려. 편지에 답장을
써줄 테니 사흘 후에 성 아래에서 만납시다."

"알겠소이다."

등충은 돌아가서 태사에게 강상의 대답을 전했다.

어느덧 사흘이 지나자 상나라 진영에서 포성과 함께 함성이 일어
나 하늘을 뒤흔들었다. 이에 강상도 명령을 내렸다.

"다섯 방위로 대오를 갖추어 성 밖으로 나가도록 하자!"

원문에 있던 문 태사가 살펴보니 서기성의 성문이 열리면서 포성

과 함께 네 개의 푸른 깃발이 펼쳐지고 깃발 아래에 네 명의 장수가 동남쪽 진궁震宮에 자리를 잡았다.

> 푸른 전포에 푸른 말 타고 죄다 푸른 옷을 입었는데
> 겹겹이 늘어선 보병과 말 탄 장수들
> 손에는 방패 들고 호랑이 같은 모습이요
> 단검과 긴 창 들고 철옹성처럼 버티고 있구나.
>
> > 靑袍靑馬盡穿靑　步將層層列馬兵
> > 手挽擋牌人似虎　短劍長槍若鐵城

두 번째 포성이 울리면서 네 개의 붉은 깃발이 펼쳐지더니 깃발 아래에 네 명의 장수가 동쪽 이궁離宮에 자리를 잡았다.

> 붉은 전포에 붉은 말 붉은 깃발의 수실
> 진세 거두는 구리 징 들고 뿔피리 찼다.
> 용맹한 장수와 병사들 전마에 타고
> 궁수와 화포 부대 줄지어 영채를 차린다.
>
> > 紅袍紅馬絳幡纓　收陣銅鑼帶角鳴
> > 將士雄赳跨戰騎　窩弓火砲列行營

세 번째 포성이 울리면서 네 개의 하얀 깃발이 펼쳐지더니 깃발 아래에 네 명의 장수가 서남쪽 태궁兌宮에 자리를 잡았다.

하얀 전포에 하얀 말 눈부신 은빛 투구

보검 곤오는 햇빛 받아 반짝인다.

화염창과 금물 장식한 쇠몽둥이

큰 칼은 흡사 하얀 용이 나는 듯하다.

白袍白馬爛銀盔　寶劍昆吾耀日輝

火燄槍同金裝鐧　大刀猶似白龍飛

네 번째 포성이 울리면서 네 개의 검은 깃발이 펼쳐지더니 깃발 아래에 네 명의 장수가 서쪽 감궁坎宮에 자리를 잡았다.

시커먼 사람들 검은 말 타고 검은 전포 입었는데

적장을 베라는 명령 적힌 깃털 화살 더욱 호기롭구나.

도끼에는 꽃무늬 대추를 찧어 바른 듯하고

호랑이 머리 장식한 창 안령도와 짝을 이루었구나.

黑人黑馬皂羅袍　斬將飛翎箭更豪

斧有宣花酸棗搠　虎頭槍配雁翎刀

다섯 번째 포성이 울리면서 네 개의 연노랑 깃발이 펼쳐지더니 깃발 아래에 네 명의 장수가 중앙 토土의 자리인 무기궁戊己宮에 위치했다.

황금 투구에 황금 갑옷 연노랑 깃발

중앙에 앉은 장수는 일원을 지킨다.

뭉게뭉게 피어난 살기 전투마를 감싸고
돌격을 준비하는 정예병 원문 앞에서 대기한다.

金盔金甲杏黃幡　將坐中央守一元
殺氣騰騰籠戰騎　衝鋒銳卒候轅門

　강상이 이렇게 다섯 방위에 대오를 갖추자 양쪽에서 여러 장수들
이 짝을 맞추어 가지런히 도열했다. 나타는 풍화륜을 타고 화첨창
을 든 채 양전과 금타, 목타, 한독룡, 설악호, 황천화, 무길 등과 짝을
이루어 강상의 양쪽을 호위했다. 꿩 깃털을 장식한 보독번 아래에
는 강상이 사불상을 타고 있었고 오른쪽에는 무성왕 황비호가 오색
신우를 타고 나왔다.
　잠시 후 문 태사는 용과 봉황의 무늬가 수놓인 깃발 아래에서 등
충 등 네 장수를 좌우로 거느리고 나타났다. 그는 연한 황금빛 얼굴
에 다섯 갈래 수염이 머리 뒤까지 휘날렸고 손에는 황금 채찍을 들
고 있어서 대단히 위풍당당했다.

　구운관에는 금빛 노을 뭉게뭉게
　붉은 비단옷에는 춤추는 학과 나는 구름무늬
　음양조 허리에 매고
　가죽 장화는 현묘한 기미에 호응하지.
　타고 있는 기린은 먹물 젖은 듯하고
　황금 채찍은 찬란히 빛나며 흔들린다.
　통천교 문하로 들어가

삼제°와 오둔의 술법을 펼치며

가슴속에 천지를 아울러 포용하고

만 휘의 구슬로 천운을 점치지.

일편단심은 태양을 꿰뚫어

그 충정 영원히 남을지라.

용과 봉황 수놓은 깃발 아래 기를 늘어세우고

태사가 군대 운용함은 당연히 빼어났지.

九雲冠金霞繚繞　絳綃衣鶴舞雲飛

陰陽縧結束　朝履應玄機

坐下麒麟如墨染　金鞭擺動光輝

拜上通天敎下　三除五遁施爲

胸中包羅天地　運籌萬斛珠璣

丹心貫乎白日　忠貞萬載名題

龍鳳幡下列旌旗　太師行兵自異

강상이 말을 몰아 앞으로 나와서 허리를 숙여 예를 표하고 말했다.

"태사, 온전히 예를 갖추지 못하는 점을 양해해주십시오."

"승상, 그대는 곤륜산의 저명한 인사라고 하던데 어째서 그리 사리를 분별하지 못하시는 게요?"

"저는 외람되게 옥허궁의 문하로 들어가 도와 덕을 두루 수양한 몸이거늘 어찌 감히 하늘의 법도를 거스를 수 있겠습니까? 위로는 천자의 명령을 준수하고 아래로 병사와 백성을 따르며 공평한 법을 받들어 지키면서 여태 도리에 어긋나는 일은 하지 않았습니다. 공손하고 성실하게 하늘의 계율을 지키면서 어리석은 자와 현명한 자를 분별하여 이곳 서기를 지키며 감히 백성을 학대하거나 정치를 어지럽힌 적이 없습니다. 그리하여 어린아이도 속이지 않고 만백성이 평안히 지내며 물산도 풍부하여 모두들 기꺼워하고 있거늘 사리를 분별하지 못한 것이 어디 있다는 말씀이십니까?"

"교묘하게 말만 잘할 뿐 자신의 잘못을 모르는구려. 지금 위로 천자가 계시는데 그대는 군주의 명령을 따르지 않고 멋대로 무왕을 즉위하게 했으니 군주를 기만한 죄가 이보다 더 클 수 있겠소? 역적 황비호를 받아들인 것은 명백히 군주를 기만하는 행위인 줄 알면서도 태연히 저지르고 천자의 군대에 대항했으니 반역의 죄가 이보다 더 클 수 있겠소? 문책하러 온 군대가 이르렀는데도 죄를 시인하기는커녕 함부로 대항하여 병사와 장수들의 목숨을 해쳤으니 이보다 더 큰 반역죄가 어디 있다는 말이오! 이제 내가 직접 왔는데도 자기 재간을 믿고 항복하지 않으면서 여전히 군사를 일으켜 대항하며 교묘한 말로 둘러대다니 정말 가증스럽기 짝이 없구려!"

"하하! 그것이 무슨 말씀이십니까? 멋대로 무왕을 즉위시켰다는 것은 사실 저희가 상주하여 허락을 청하지 않은 것을 두고 하시는 말씀이신 것 같은데 자식이 아비의 지위를 세습하는 것이 어찌 잘못이라는 것입니까? 게다가 천하의 제후들이 모두 상나라에 등을 돌렸는데 그 또한 군주를 기만한 것입니까? 군주가 먼저 기강을 없애버려서 군주의 자격을 잃었기 때문에 모두들 등을 돌리고 신하로 복종하지 않았을 뿐인데 그 잘못을 어찌 신하에게만 전가할 수 있겠습니까? 저희가 무성왕을 받아들인 것은 그야말로 '군주가 바르지 않으면 신하는 다른 나라에 투신한다'라는 당연한 예법을 따른 것입니다. 지금 천자는 아직 스스로 반성하지 않고 오로지 신하만 탓하고 있으니 이 얼마나 부끄러운 일입니까! 조정에서 파견한 관리와 병사를 죽인 것은 그들 스스로 이곳을 찾아와 욕된 죽음을 자초한 것이지 저희는 병사 한 명 장수 한 명도 움직여 제후를 돕거나 관문을 침범하지 않았습니다. 명성이 천하를 진동하는 태사께서 지금 또 이곳에 오신 것은 먼저 경거망동하신 것일 뿐 저희가 어찌 감히 조정에 대항하려 했겠습니까? 그러니 제 말씀대로 하십시오, 태사께서도 병력을 되돌려서 각자 영토를 지키고 계신다면 서로 웃는 얼굴로 대할 수 있지 않겠습니까? 하지만 태사께서 굳이 개인적인 욕심으로 하늘을 거스르는 일을 하시려 한다면 전투의 승부는 누구도 알 수 없는 일이 아닙니까? 부디 잘 생각하셔서 권위와 명성을 손상시키지 않도록 하십시오."

그 말에 얼굴이 시뻘겋게 달아오른 태사는 꿩 깃털로 장식한 보독번 옆에 있는 황비호를 보고 버럭 고함을 질렀다.

"역적 황 아무개야, 당장 이리 나오너라!"

황비호는 시선을 피할 수 없게 되자 어쩔 수 없이 앞으로 나아가 허리를 숙여 예를 표하며 말했다.

"태사를 뵌 지도 벌써 여러 해가 되었는데 이제 다시 뵙게 되었으니 제 억울함을 풀 수 있겠습니다."

"뭐라고! 온 조정의 부귀영화를 독차지하던 네 가문이 하루아침에 군주를 저버린 채 반역을 저지르고 조정의 명을 받고 나온 관리까지 죽여 그 죄가 이미 차고 넘치거늘 또 무슨 억지 변명을 늘어놓는 게냐? 여봐라, 누가 먼저 나서서 저 역적을 잡아 오겠느냐?"

그러자 왼쪽 선봉 부대의 등충이 고함을 질렀다.

"제가 나가겠사옵니다!"

그가 즉시 말을 몰고 나가 도끼를 휘두르며 공격하자 황비호도 오색신우를 몰아 창을 들고 맞섰다. 그때 장절이 창을 휘두르며 달려 나가 도우려 하자 주나라의 대장군 남궁괄이 발목을 잡았고 도영이 말을 몰고 달려 나가 쇠몽둥이를 휘두르자 무길이 달려 나가 창을 휘둘러 맞섰다. 이렇게 양쪽 진영의 여섯 장수가 왔다 갔다 치고받고 위아래로 뛰고 달리며 격전을 벌이니 순식간에 천지가 시름에 겨워 어둑해지고 해와 달이 빛을 잃었다. 세 형제가 승리를 거두지 못하자 신환이 겨드랑이 아래의 날개를 펼치고 공중으로 날아올라 철추를 뿌려서 강상을 공격했는데 이에 황천화가 재빨리 옥기린을 몰고 나가 두 개의 은빛 추를 휘둘러 신환을 막았다. 주나라 진영의 여러 장수들이 상대 진영에서 호랑이 머리를 장식한 모자를 쓰고 대추처럼 시뻘건 얼굴에 날카로운 송곳니를 드러낸 채 무시무시한 용모를 한 장수가 날아오르는 것을 보았지만 황천화를 제외한 다른 이들은 감히 나서지 못했다. 문 태사는 옥기린을 탄 황천화의 모습이 도사 같은지라 황급히 묵기린을 몰고 달려 나가 두 개의 황금 채찍을 휘둘러 강상을 공격했다. 이에 강상이 다급히 사불상을 몰아 맞서니 두 짐승의 발밑에서 구름과 안개가 자욱하게 피어났다. 이 싸움은 문 태사가 서기에서 벌인 첫 번째 전투였다.

양측에서 진세에 맞춰 대오를 정렬하니
군정사의 관리가 징과 북을 울린다.
앞뒤의 군대 승부를 결할 준비 마쳤고
좌우의 장수들 맞대결할 준비 마쳤다.
모두들 창날과 갈퀴 지니고
모두들 달리고 날아다닌다.
산예와 해치, 사자, 기린
오소리와 표범, 괴수, 맹호, 교룡
산예가 싸우니 거센 바람 휘몰아치고
해치가 싸우니 햇빛 눈부시다.
사자가 싸우니 싸늘한 바람 일어나고
기린이 싸우니 으슬으슬 냉기 피어난다.
오소리와 표범이 싸우니 왔다 갔다 달리고 뛰며
괴수가 싸우니 온 대지에 안개와 구름 자욱하다.
교룡이 싸우니 온 하늘에 오색구름 퍼지고
맹호가 싸우니 거센 바람 몰아친다.
한바탕 격렬한 전투를 어찌 그만두려 하겠는가?
영웅들은 험악한 전투에서 용맹을 자랑한다.
털어내기 어려운 벌레 밉다면
그것을 없애는 것은 남산의 늙은 비구 차지이지!

雨下裏排門對伍　軍政司攂鼓鳴鑼

前後軍安排賭鬪　左右將準備相持

一等等有牙有爪　一等等能走能飛

黃花山收鄧辛張陶

황화산에서 사천왕을 거둬들이다.

犵猊獬豸獅子麒麟　獥彪怪獸猛虎蛟龍

犵猊鬪狂風蕩蕩　獬豸鬪日色輝輝

獅子鬪寒風凜凜　麒麟鬪冷氣森森

獥彪鬪來往攛跳　怪獸鬪遍地煙雲

蛟龍鬪彩雲布合　猛虎鬪卷起狂風

大戰一場怎肯休　英雄惡戰逞雄赳

若煩解的蟲王恨　除是南山老比丘

문 태사의 채찍은 대단히 살벌해서 휘두를 때마다 바람과 우렛소리가 진동했고 오랫동안 군사를 독려하는 데 익숙하게 사용해왔기 때문에 사방에서 호응했다. 그러니 강상이 어찌 감당할 수 있었겠는가? 그가 고전하고 있을 때 문 태사가 수컷 채찍을 공중으로 던졌는데 그 채찍은 원래 두 마리 교룡의 화신으로 음양에 따라 두 개의 기운으로 나뉘어 있었던 것이다. 그 채찍이 공중을 쓸려 날아와서 강상의 어깨를 후려치니 강상은 그만 안장에서 떨어지고 말았다. 이에 문 태사가 막 그의 수급을 베려 할 때 나타가 풍화륜을 몰고 달려와 창을 휘두르며 소리쳤다.

"멈춰라! 감히 우리 사숙을 해치려 하다니!"

그러면서 문 태사의 얼굴을 향해 창을 내지르자 문 태사가 황급히 막는 사이에 신갑이 재빨리 강상을 구해냈다. 문 태사는 나타와 서너 판 맞붙다가 다시 채찍을 던져 공격했는데 미처 방비하지 못하고 있던 나타는 채찍에 맞아 풍화륜에서 떨어지고 말았다. 그 순간 금타가 달려들어 보검으로 황금 채찍을 막아 나타를 구하려 하자 문 태사가 버럭 화를 내며 두 개의 채찍을 연달아 던졌다. 암수가 다른 두 채찍은 각기 치솟고 떨어지면서 금타와 목타를 후려치고 또 한독룡까지 후려쳐버렸다. 다행히 옆에 있던 양전이 태사의 예리한 채찍을 보고 재빨리 은합마를 몰아 사정권 밖으로 벗어나더니 즉시 창을 내뻗어 찔러왔다. 문 태사는 양전의 외모가 예사롭지 않은 것을 보고 속으로 생각했다.

'서기에 이런 뛰어난 인재들이 있으니 반란을 일으킬 수밖에 없겠구나!'

그러면서 그는 곧 채찍을 들고 몇 번 맞서다가 다시 암수 채찍을 공중으로 던져서 양전의 정수리를 정확히 후려쳤다. 하지만 채찍을 맞은 자리에서 불똥만 튈 뿐 양전에게 전혀 피해를 주지 못하자 문 태사는 깜짝 놀랐다.

'이자는 진정 도덕을 갖춘 도사로구나!'

한편 무길과 싸우던 도영은 다른 형제들이 승부를 가리지 못하자 재빨리 취풍번聚風幡을 꺼내서 연달아 몇 번 흔들었다. 그러자 순식간에 모래가 날리고 바위가 구르면서 흙먼지가 자욱하게 피어나 천지가 캄캄해졌다. 엄청난 바람에 병사들은 휩쓸리는 조각구름처럼 깃발이며 북이며 모두 놓쳐버렸고 장수와 졸병을 막론하고 투구가 비틀어지고 갑옷이 삐뚤어져 방향을 구분하지 못하고 다투어 도망쳤다.

삽시간에 천지가 캄캄해지고
어느새 구름과 안개 자욱하게 일어난다.

처음에는 흙먼지와 모래 날리더니

이어서 바위가 구르고 벽돌이 날아다닌다.

거센 바람의 그림자 속에

병사들은 어지러이 도망치고

참담한 안개 속에서

장수들은 마음이 당황스럽다.

무술을 잘하는 이도 창칼 쓰는 법도가 어지러워지고

글공부 잘하는 이도 자빠져서 안절부절

태사의 황금 채찍은 용이 꼬리를 흔들 듯 몰아치고

등충의 커다란 도끼는 마치 수레바퀴 같으며

신환의 날개는 세상에 보기 드물고

장절의 창법은 천하에 진귀한 것이며

도영의 취풍기 기이하기 그지없구나.

이는 바로 벼락신이 맹렬한 위세 떨친 것과 마찬가지라

서기의 장수들 각기 살려고 도망치니

버려진 북과 징 땅바닥에 가득하고

쓰러진 시체와 말은 헤아릴 수 없었지.

나라 위해 목숨 버려 칼을 맞고

목숨 걸고 충성 다했으니 다칠 수밖에!

문 태사는 서기에서 승전을 거두고

사천왕도 승전고 울리며 영채로 돌아갔지.

霎時間天昏地暗　一會兒霧起雲迷

初起時塵沙蕩蕩　次後來卷石飜磚

狂風影裏　三軍亂竄

慘霧之中　戰將心忙

會武的刀槍亂法　能文的顚倒慌張

聞太師金鞭龍擺尾　鄧忠闊斧似車輪

辛環肉翅世間稀　張節槍傳天下少　陶榮奇異聚風旗

這纔是雷部神祇施猛烈　西岐眾將各逃生

棄鼓丟鑼抛滿地　尸橫馬倒不堪題

爲國亡身遭劍劈　盡忠捨命定逢傷

聞太師西岐得勝　四天君掌鼓回營

　승전고를 울리며 돌아온 문 태사는 중군 막사로 가서 자리에 앉았고 곧 장수들이 찾아와 축하했다. 모두들 첫 전투에서 승리를 거두어 적의 예봉을 꺾었으니 서기성을 함락할 날도 얼마 남지 않았다고 좋아했다.

　한편 패전하여 성으로 돌아온 강상이 저택으로 가자 장수들이 대전으로 모였다. 강상은 그들을 보고 말했다.

　"오늘 이씨 삼형제와 한독룡 등 여러 장수들이 모두 태사의 채찍에 부상을 입었구려."

　그러자 옆에 있던 양전이 말했다.

　"승상, 한 이틀 쉬었다가 다시 맞붙으면 반드시 승리할 수 있을 것이옵니다. 기세를 몰아 저들의 영채를 공격하여 우선 사기를 꺾고 나면 파죽지세로 치고 들어가 문중을 사로잡을 수 있을 것이옵니다."

　"좋은 생각일세."

셋째 날이 되자 서기성에 포성이 울리더니 장수들이 성을 나와 공격을 준비했다. 정찰병의 보고를 받은 문 태사도 즉시 출전하여 좌우로 사천왕을 거느리고 진세의 앞으로 나섰다. 강상이 그를 보고 말했다.

"오늘은 자웅을 결판내도록 합시다!"

둘은 더 이상 여러 말 하지 않고 곧장 맞붙었다. 강상의 왼편에는 양전이 오른편에는 나타가 함께 문 태사를 공격했다. 이에 등충이 말을 달려 나가 도우려 하자 황비호가 맞붙었고 장절과 도영이 나오자 무길과 남궁괄이 대적했다. 또 신환이 날아오자 황천화가 저지했다.

한참 격전이 벌어지고 있을 때 문 태사가 암수 채찍을 공중으로 던졌는데 강상의 타신편은 옥허궁의 원시천존이 하사한 것으로 스물여섯 개의 마디마다 네 개의 부적이 찍혀 있어서 8부部의 신들을 때려잡을 수 있었다. 그래서 문 태사의 채찍이 내려칠 때 강상이 타신편을 휘둘러 맞받아치자 태사의 채찍은 그대로 두 동강이 나서 땅바닥에 떨어지고 말았다. 문 태사가 고함을 질렀다.

"오냐, 강상! 감히 내 보물을 망가뜨려? 네놈과는 절대 한 하늘을 이고 살 수 없다!"

그때 강상이 다시 타신편을 공중으로 던지자 그것은 그대로 문 태사를 후려쳤고 그 바람에 문 태사는 묵기린에서 떨어지고 말았다. 다행히 길립과 여경이 황급히 말을 달려와 구해주어 문 태사는 흙의 장막을 이용해 도망쳤다. 이에 강상 일행은 한 차례 전투에서 대승을 거두고 성 안으로 돌아왔다. 강상의 저택에 도착하자 양전이 나와서 말했다.

"오늘 밤에 적의 영채를 기습하면 틀림없이 대승을 거둘 것이옵니다."

"좋은 생각일세! 장수들은 잠시 물러가 있다가 오후에 있을 명령에 대기하라!"

그야말로 이런 격이었다.

전장에 구덩이 파서 호랑이와 표범 같은 적장 사로잡고
온 하늘에 그물 펼쳐놓고 교룡이 나타나기를 기다리지.

挖下戰坑擒虎豹　滿天張網等蛟龍

한편 문 태사는 패전하여 영채로 돌아와 중군 막사에 앉아 있다가 사천왕이 들어오는 것을 보고 이렇게 말했다.

"내가 정벌을 나선 이후로 패전한 적이 없는데 오늘 강상이 내 채찍을 끊어버렸구먼. 스승님께서 비밀리에 전수해주신 교룡금편蛟龍金鞭이 이렇게 끊어져버렸으니 무슨 면목으로 스승님을 뵐 수 있겠는가!"

"승패는 병가지상사라고 하지 않았사옵니까?"

오후가 되자 강상은 북을 쳐서 장수들을 대전으로 불러 모았다. 그는 황비호와 황비표, 황명 등으로 하여금 적군의 좌측 영채를 공격하게 하고 남궁괄와 신갑, 신면 그리고 사현四賢으로 하여금 우측 영채를 공격하게 했다. 또 나타와 황천화는 선봉이 되어 원문을 공격하고 목타와 금타, 한독룡, 설악호는 제2진을 구성했으며 용수호와 무길은 강상을 호위하며 제3진을 구성했다. 그런 다음 양전에게 군령을 내렸다.

"자네는 적군의 양곡을 불살라버리도록 하게. 그리고 연로하신 황곤께서는 성을 수비하도록 하시오."

이렇게 모든 안배를 끝냈다.

한편 울적한 기분으로 중군 막사에 앉아 있던 문 태사는 갑자기 살기가 뒤덮어오자 얼른 동전을 하나 꺼내어 점을 쳐보았다.

"홍! 기습을 하겠다고? 가소로운 계책이지!"

그는 서둘러 장수들에게 군령을 내렸다.

"등충과 장절은 좌측 영채에서, 신환과 도영은 우측 영채에서 적을 막고 길립과 여경은 군량을 지키도록 하라. 중앙의 영채는 내가 지킬 테니 걱정할 필요 없다."

이윽고 서기성의 여러 장수들이 각자 맡은 바 임무를 수행하기 위해 성을 나섰는데 그들은 은밀히 인마를 이끌고 나와서 사면팔방으로 흩어져 서로 주고받을 암호를 정했다. 그리고 각 방위에 맞춰 등롱을 높이 내걸고 포성이 울리기만을 기다렸다.

초경이 되자 한 발의 포성과 함께 주나라 군대가 일제히 함성을 내질렀다. 원문 공격을 맡은 나타와 황천화가 먼저 공격을 개시했고 이어서 황비호를 비롯한 장수들이 좌측 영채로, 사현을 비롯한 장수들은 우측 영채로 일제히 돌진했다. 자, 이 전투의 승패가 어찌 되는지는 다음 회를 보시라.

문 태사, 서기에서 격전을 벌이다

聞大師西岐大戰

칠흑 같은 밤의 전투는 정말 두려워

투구도 갑옷도 팽개치고 옷조차 걸치지 못했지.

연기와 화염 뚫고 돌아갈 길 찾았고

뜻을 잃고 혼만 날아 고향길 찾았지.

얼마나 많은 영웅이 얼떨결에 죽었던가?

얼마나 많은 사나이가 꿈속에서 죽었던가?

뜻밖에 길립이 말이 많아서

또 사천왕을 북망산으로 들여보냈구나.

黑夜交兵實可傷　抛盔棄甲未披裳

冒煙突火尋歸路　志失魂飛覓去鄉

多少英雄茫昧死　幾許壯士夢中亡

誰知吉立多饒舌　又送天君入北邙

그러니까 강상이 여러 장수들과 함께 바람을 탄 불길처럼 문 태사의 진영을 공격하자 곧이어 나타가 풍화륜을 몰고 화첨창을 휘두르며 공격했다. 문 태사는 황급히 묵기린에 올라 채찍을 들고 맞섰는데 황천화가 영웅의 기개를 자랑하며 옥기린을 몰고 두 개의 은빛 추를 휘두르며 달려들어 문 태사를 포위해버렸다. 금타와 목타도 보검을 휘두르며 협공했고 한독룡과 설악호는 각자 칼을 들고 좌우에서 공격하니 살기가 자욱하게 피어나면서 무기들이 번쩍번쩍 빛났다. 이 치열한 야전을 묘사한 송가頌歌가 있다.

황혼녘에 군대가 쳐들어와
캄캄한 밤에 적이 들이닥쳤지.
황혼녘에 군대가 쳐들어와
대오를 들이치니 어찌 감당하랴?
캄캄한 밤에 적이 들이닥쳐
울타리 쳐서 쓰러뜨리니 어찌 버티랴?
징 소리 북소리에 놀란 말은
정신없이 이리저리 치달리고
요란한 함성에 놀란 병사들
적아조차 구분하지 못하고
창칼을 마구잡이로 찔러댔으니
윗사람과 아랫사람이 칼 부딪치는 줄 어찌 알았으랴?
장수와 병졸이 맞붙으니
뉘라서 동서남북 방향을 분간할까?

쳐들어온 장수는 맹호 같고

진영을 짓밟는 병사는 기뻐 날뛰는 용 같았지.

징 치는 하급 장교

북 치는 젊은 병사

징 치는 하급 장교는

어지러워 두 눈조차 뜨기 힘들고

북 치는 젊은 병사는

두 손이 정신없이 북을 두드려댔지.

처음에는

양쪽 모두 기운을 차렸으나

나중에는

승패를 알 수 없게 되어

패배한 이들은

화살에 다친 새처럼

굽은 나뭇가지를 본 듯 높이 날고

승리한 이들은

벼랑을 오르는 맹호처럼

양 떼 사이를 휘저으며 마음껏 흉포하게 굴었지.

칼에 맞은 이는

어깨부터 등까지 갈라지고

도끼에 맞은 이는

머리가 쪼개지고 몸이 동강 나고

검에 찔린 이는

갑옷조차 베어져버리고
창에 맞은 이는
배에서 붉은 피 흘려댔지.
사람과 사람 부딪히면
서로 밟고 넘어가고
말과 말이 부딪히면
땅에 가득 시신이 널브러졌지.
부상당한 병사들
애절하게 비명 지르고
화살 맞은 젊은 병사
구슬피 울어댄다.
징도 북도 팽개치고
땅바닥에는 깃발 가득 널렸으며
양곡에 불이 붙어
온 들판이 온통 시뻘겋다.
그저 어명 받들어 정벌하러 나왔을 뿐
갑옷 조각 하나 남지 못할 줄 누가 알았으랴?
시름겨운 구름 아홉 겹 하늘로 올라가고
온 땅에 시신 널브러져 참으로 처참하구나!

黃昏兵到　黑夜軍臨

黃昏兵到　衝開隊伍怎支持

黑夜軍臨　撞倒柵欄焉可立

馬聞金鼓之聲　驚馳亂走

軍聽喊殺喧嘩　難辨你我

刀槍亂刺　那知上下交鋒

將士相迎　孰識東西南北

劫營將如同猛虎　踏營軍一似歡龍

鳴金小校　擂鼓兒郎

鳴金小校　灰迷二目難睜

擂鼓兒郎　兩手慌忙槌亂打

初起時　兩下抖擻精神

次後來　勝敗難分敵手

敗了的　似傷弓之鳥　見曲木而高飛

得勝的　如猛虎登崖　闖群羊而弄猛

著刀的　連肩拽背

逢斧的　頭斷身開

擋劍的　劈開甲冑

中槍的　腹內流紅

人撞人　自相踐踏

馬撞馬　遍地尸橫

傷殘軍士　哀哀叫苦

帶箭兒郎　慼慼之聲

棄金鼓　幡幢滿地

燒糧草　四野通紅

只知道奉命征討　誰知道片甲無存

愁雲只上九重天　遍地尸骸眞慘切

308

강상이 문 태사의 진영을 공격하자 나타 등은 문 태사를 한가운데에 두고 단단히 포위했다. 황비호 부자는 좌측 영채를 공격하여 등충 및 장절과 격전을 벌여 천지가 캄캄해졌고 남궁괄과 신갑 등은 우측 영채를 공격하여 신환 및 도영과 접전을 벌였으니 모두 야간에 벌어진 전투라 구슬픈 바람만 처참하게 불어대고 시름겨운 구름만 뭉게뭉게 흘러갔다. 그렇게 한창 격전이 벌어지고 있을 때 양전이 적진의 뒤쪽으로 말을 몰고 쇄도해 들어가 창을 휘둘러 막아선 자들을 격퇴하며 양곡과 마초가 쌓인 곳에 이르러 불을 질렀으니 이를 묘사한 시가 있다.

뜨거운 불꽃 하늘로 치솟으니 기세 더욱 흉험하고
만 가닥 황금 뱀이 공중을 에워쌌다.
연기가 삼천 리를 말려 날아가니
양곡을 불태운 것은 하늘이 도운 덕이었지.

烈燄衝霄勢更兇　金蛇萬道繞空中
煙飛捲蕩三千里　燒毀行糧天助功

이렇게 양전이 가슴속의 삼매진화로 양곡과 마초를 태우자 천지가 불길에 환해졌다. 한창 격전을 벌이던 문 태사는 갑자기 불길이 치솟자 깜짝 놀랐다.

'양곡과 마초가 타버리면 영채를 유지하기 곤란하지.'

그는 황금 채찍°으로 창칼을 막으면서도 더 이상 싸움을 계속하고 싶은 마음이 없었다. 그때 강상이 다시 사불상을 몰고 다가와 타

서기에서 격전을 벌이다.

신편을 공중으로 던지자 채찍에 맞은 문 태사는 서너 자나 되는 삼매진화를 뿜어내며 다급히 묵기린을 몰아 포위망을 빠져나갔다. 그 모습을 본 황비호는 맹렬히 뒤를 추격했고 등충과 장절은 중군이 무너지자 문 태사를 보호하며 탈출로를 찾아야 했다. 이에 남궁괄 등은 신환과 도영을 추격했다. 길립과 여경 역시 전세가 불리하게 돌아가는 것을 보고 더 이상 버티지 못하고 패주했고 신환은 날개를 펼치고 공중으로 날아올라 기산으로 패주하는 문 태사를 호위했다.

한편 종남산 옥주동의 운중자는 벽유상에 앉아 있다가 문득 문 태사가 서기를 정벌하러 떠났다는 사실을 떠올리고는 뇌진자를 하산시킬 때가 되었다고 생각했다. 이에 그는 다급히 금하동자를 불렀다.

"가서 네 사형을 데려오너라."

금하동자가 떠나고 얼마 후에 뇌진자가 벽유상 앞으로 와서 엎드려 절을 올렸다. 그러자 운중자가 말했다.

"애야, 이제 서기로 가서 네 형인 무왕을 알현하고 네 사숙을 찾아가서 주왕을 정벌하는 일을 돕도록 해라. 어서 가라, 혹시 도중에 날개가 달린 이를 만나면 공을 세울 수 있을 게다. 그래야 내가 두 날개의 현묘한 공부를 전수해 주나라를 돕도록 해준 보람이 있지 않겠느냐?"

그야말로 이런 격이었다.

신선 나라의 살구 두 알로 천하를 안정시키고
비로소 주나라 팔백 년의 역사를 보증해주었지.

兩枚仙杏安天下　方保周家八百年

동부에서 나온 뇌진자는 풍뢰시風雷翅를 펼친 채 발로 허공을 딛고 머리를 아래로 한 다음 날개를 퍼덕여 순식간에 만 리를 날아갔으니 이를 묘사한 찬가가 있다.

큰비 내릴 때 연산에서 출가했는데
벼락 소리에 귀신도 놀랐지.
종남산에서 선천의 비결 전수받고
팔괘로 옆에서 사부의 가르침 받았지.
일곱 살 때 임동에서 부친을 뵌 뒤에
산으로 돌아와 학예가 더욱 정묘해졌지.
신선 나라 살구 두 알 음양을 나누고
두 날개로 날아오르니 차고 비움이 있구나.
동부에서 전수받은 황금 곤봉
좌우로 전개하니 구름과 안개 피어난다.
사부의 분부에 따라 옥주동을 떠나
비로소 기산에서 옛 명성을 드러냈지.

大雨燕山曾出世　一聲雷響鬼神驚
終南秘授先天訣　八卦爐邊師訓成
七歲臨潼曾會父　回山學藝更精明

二枚仙杏分離坎　雨翅飛騰有虛盈

洞府傳就黃金棍　左右展開雲霧生

奉師法旨雕玉柱　方見岐山舊有名

　뇌진자가 날개를 퍼덕여 바람과 우렛소리를 울리며 서기산으로 향하는데 멀리 문 태사의 패잔병들이 달려오는 모습이 보였다. 그것을 보고 그는 무척 기뻐했다.

　'운 좋게 저들을 만났으니 마음먹고 한바탕 벌여볼 수 있겠구나!'

　한편 예봉이 꺾여 다급히 패주하던 문 태사는 문득 고개를 들어 보니 시퍼런 얼굴에 시뻘건 머리카락, 입술 위아래로 송곳니가 삐져나와 무시무시한 얼굴을 한 사람이 공중을 날아오고 있었다. 이에 그가 신환을 불렀다.

　"저기 흉악하게 생긴 자가 날아오고 있으니 조심해라!"

　그 말이 끝나기도 전에 뇌진자가 "내가 간다!" 하고 고함을 지르며 곤봉을 내리치자 신환도 추를 휘둘러 맞섰으니 허공에서 둘 사이에 격전이 벌어졌다. 뇌진자는 신선에게서 곤봉을 쓰는 법을 전수받았고 신환은 타고난 영웅이었으니 그들의 싸움은 정말 대단했다.

공중에 네 날개 펼치니

바람과 우렛소리 요란하구나.

이쪽은 살기를 삼천 길이나 내뿜고

저쪽은 신령한 빛 하늘까지 뚫고 들어간다.

이쪽은 육신을 지닌 채 도를 깨달았고

저쪽은 평범한 몸으로 신에 봉해질 운명.

이쪽의 곤봉에서는 뜨거운 불꽃 피어나고

저쪽의 추에서는 영웅의 기개 씩씩하다.

평지에 전쟁의 구름 일어나고

공중에는 불꽃이 흉험하다.

황금 곤봉의 광채 위아래로 나뉘고

추 휘두르는 솜씨 정교하기 그지없다.

예로부터 장군들의 전투 있었지만

공중에 나는 쑥대 같은 이 전투보다는 못했지.

四翅在空中　風雷響亮衝

這一個殺氣三千丈　那一個靈光透九重

這一個肉身成正道　那一個凡體受神封

這一個棍起生烈燄　那一個錘鑽逞英雄

平地征雲起　空中火燄兇

金棍光輝分上下　錘鑽精通最有功

自來也有將軍戰　不似空中類轉蓬

　　신환은 결국 뇌진자의 살벌한 공격을 감당하지 못하고 얼른 몸을 빼서 기산으로 도망쳤다.

　　'쫓아가서는 안 되겠지? 일단 사숙과 형님을 만나자. 저놈도 다시 찾아올 테니 결국 내 손에서 벗어나지 못할 거야!'

　　뇌진자는 그대로 서기성으로 가서 강상의 저택을 찾아갔다.

　　한편 강상의 저택에서는 여러 장수들이 문 태사의 예봉을 꺾고 승전한 공적을 보고했다. 보고를 들은 강상은 무척 기뻐하며 장수들을 위로했다.

"오늘의 승리는 모두 여러분 덕분이니 이야말로 성스러운 우리 주군의 사직과 백성의 복이 아니겠소?"

"전하의 크나큰 복과 승상의 빛나는 덕 때문이지요. 그러니 시세를 모르는 문중이 패전할 수밖에 없었던 것이 아니겠습니까?"

그렇게 이야기를 나누고 있는데 갑자기 문지기가 보고했다.

"젊은 도사가 찾아왔사옵니다."

"들라 하라!"

잠시 후 뇌진자가 들어와 절을 올렸다.

"사숙, 안녕하십니까?"

"어디에서 오셨는가?"

"저는 종남산 옥주동에 계신 운중자의 제자인 뇌진자입니다. 사부님의 분부에 따라 사숙을 뵙고 공을 세우고 또 지금 왕위에 계신 제 형님을 알현하려고 하산했사옵니다."

"자네 형님이 누구신가?"

"무왕 전하이십니다."

이에 강상이 양쪽에 서 있는 무왕의 형제들에게 물었다.

"아시는 분입니까?"

"모르겠습니다."

"저는 일곱 살 때 아버님을 구출하여 다섯 관문 밖으로 보내드린 적이 있습니다. 연산의 뇌진자가 바로 접니다."

그제야 기억을 떠올린 강상이 장수들에게 말했다.

"이분에 대한 말씀은 선왕께 들은 적이 있소이다. 그토록 훌륭하신 분이 이제 이렇게 서기에 오셨으니 이야말로 우리 전하의 크나큰 복이 아닐 수 없소이다."

그리고 그는 뇌진자와 함께 궁으로 갔다. 보고를 받은 무왕이 강상에게 물었다.

"짐의 아우가 누구입니까?"

"예전에 선왕께서 연산에서 거둬들이신 뇌진자이옵니다. 지금까지 종남산에서 수련하다가 돌아왔다고 하옵니다."

"여봐라, 아우를 대전으로 데려오너라."

대전으로 들어온 뇌진자가 엎드려 절을 올렸다.

"형님, 안녕하십니까?"

"아우, 예전에 선왕께서 자네의 공로에 대해 말씀하셨네. 다섯 관문을 나올 수 있도록 도와주고 종남산으로 돌아갔다지? 이제 오늘 이렇게 만나게 되었으니 정말 경사가 아닐 수 없구먼!"

하지만 뇌진자의 무시무시한 외모 때문에 무왕은 그를 내궁으로 부르지 않았다. 아무래도 모친이나 다른 여인들이 보고 놀라게 될까 염려스러웠기 때문이다. 이에 무왕이 강상에게 말했다.

"상보, 저 대신 상보의 저택에서 아우에게 술이라도 한잔 대접해주십시오."

"뇌진자는 재계를 하기 때문에 그것은 필요 없사옵니다. 그래도 저와 함께 제 집으로 가서 지내는 것이 공을 세우기에 편할 듯하옵니다."

무왕은 무척 기뻐하며 윤허했다.

한편 패잔병을 이끌고 칠십 리를 내달려 기산에 도착한 문 태사는 남은 병력을 수습하여 영채를 세웠다. 그리고 인원을 점검해보니 이만 명도 넘는 병력이 손실된 상태였다. 이에 그는 중군 막사에 들어가 긴 한숨을 내쉬었다.

　"그렇게 여러 해 동안 정벌을 다녔어도 패전해본 적이 없거늘 오늘 여기서 기회를 놓치고 군사를 잃었으니 너무나 분통하구나!"

　그는 마음이 너무 울적했지만 아무리 생각해도 뾰족한 대책이 떠오르지 않아서 따로 장수를 뽑아 요충지를 수비하게 했다. 오로지 나라를 위하는 일편단심뿐인지라 한시라도 빨리 서쪽 땅을 평정해야 마음이 개운할 것 같았지만 뜻밖에 패전의 수모를 당하고 나자 화가 치밀어 미간 사이의 눈을 치뜨고 줄곧 한숨만 내쉬었다. 그때 길립이 앞으로 나와서 말했다.

　"걱정하실 필요 없사옵니다. 여러 명산에 도를 수련하신 벗들이 많으실 테니 한두 분을 모셔 오면 자연히 일이 잘 해결될 것이 아니겠사옵니까?"

　"내가 번잡한 군사 업무 때문에 심란하여 잠시 그것을 잊고 있었구나!"

　그는 곧 등충과 신환에게 분부했다.

　"영채를 잘 지키고 있도록 해라, 잠시 다녀올 데가 있다."

　그는 곧 묵기린을 타고 풍운각風雲角을 툭 쳤다. 그러자 묵기린이 공중으로 날아올랐으니 그야말로 이런 격이었다.

　금오도에서 신선 친구 초빙했으니

진즉 봉신방에 이름 올라간 이들이었지.

金鰲島內邀仙友　封神榜上早標名

　문 태사는 묵기린을 타고 천하를 두루 돌면서 순식간에 천 리를 갈 수 있었다. 그날 동해의 금오도를 찾아간 그는 거대한 바다에 그윽하게 떠 있는 푸른 산을 보고 자기도 모르게 탄식했다.

　"나랏일이 복잡하고 선왕께서 후사를 부탁하신 막중한 유언을 남기셨으니 언제나 번뇌를 떨치고 부들방석에 평온하게 앉아 현묘한 도를 참오參悟하면서 느긋하게 『황정경』을 읽으며 쏜살같이 흐르는 세월에 얽매이지 않고 살 수 있을까?"

　그 섬은 정말 빼어난 절경이 무궁한 곳이었다.

　일렁이는 대해를 누르고 앉아
　아름다운 바다를 고요히 다스리지.
　은빛 산 같은 파도 솟구치면 물고기는 동굴로 들어가고
　눈 같은 파도 뒤집어지면 신기루도 못을 떠나지.
　서남쪽 귀퉁이에는 흙이 높이 쌓였고
　동서쪽 벼랑가에 까마득한 고개 솟아 있다.
　붉고 괴이한 암석과
　깎아지른 듯 괴이한 봉우리
　붉은 바위 위에서는 오색 봉황이 쌍쌍이 울고
　깎아지른 절벽 앞에는 기린이 홀로 누워 있지.
　봉우리 위에서는 때로 고운 난새 울음소리 들리고

바위 동굴에는 늘 용이 드나드는 모습 보인다.

숲 속에는 장수하는 사슴과 신선 세계의 여우가 있고

나무 위에는 신령한 새 현조가 있다.

사계절 지지 않는 기화요초

늘 푸른 소나무와 잣나무

신선 복숭아는 늘 열매를 맺고

높다란 대나무에는 항상 구름이 머물지.

한 줄기 계곡에는 등나무 덩굴 무성하고

사방 언덕에는 새싹 머금은 풀이 자라지.

그야말로 수많은 시내 모이는 곳에 높이 솟은 하늘 기둥

만겁의 세월 동안 그 자리 지키는 대지의 뿌리일세!

勢鎭汪洋　威寧瑤海

潮湧銀山魚入穴　波翻雪浪蜃離淵

木火方隅高積土　東西崖畔聳危巓

丹巖怪石　峭壁奇峰

丹巖上彩鳳雙鳴　峭壁前麒麟獨臥

峰頭時聽錦鷄啼　石窟每觀龍出入

林中有壽鹿仙狐　樹上有靈禽玄鳥

瑤草怪花不謝　青松翠柏長春

仙桃常結果　修竹每留雲

一條澗壑藤蘿密　四面源堤草包新

正是　百川會處擎天柱　萬劫無移大地根

금오도에 도착한 문 태사는 묵기린에서 내려 한참을 둘러보았다. 그런데 곳곳의 동부는 모두들 어디로 갔는지 인적이 없이 고요하기만 했다. 이렇게 되자 그는 생각에 잠겼다.

'차라리 다른 곳으로 가보자.'

그가 다시 묵기린에 올라 막 섬을 떠나려 하는데 뒤에서 누군가 그를 불렀다.

"도형, 어디로 가시는 게요?"

문 태사가 돌아보니 그는 바로 함지선菡芝仙이었다. 문 태사는 황급히 고개를 숙여 인사했다.

"도형, 어디로 가시는 길입니까?"

"그대를 만나러 왔지요. 금오도의 도우들은 그대를 위해 진법陣法을 익히려고 백록도白鹿島에 가 있소이다. 저번에 신공표가 와서 우리더러 서기로 가서 그대를 도와주라고 부탁했거든요. 나는 지금 팔괘로에서 뭘 하나 단련하고 있는데 아직 완성되지 않았소이다. 완성되는 즉시 나도 서기로 가겠소. 도우들은 지금 백록도에 있으니 얼른 그곳으로 가보시구려."

문 태사는 무척 기뻐하며 즉시 함지선과 작별하고 백록도로 갔다. 순식간에 그곳에 도착해보니 일자건과 구양건, 어미금관, 벽옥관碧玉冠 등을 쓰거나 머리에 두 개의 상투를 틀어 올리고 행각승의 차림을 한 여러 도우들이 산비탈에 모여 앉아 한담을 나누고 있었다. 문 태사는 그들을 발견하고 큰 소리로 불렀다.

"도우 여러분, 정말 느긋하시군요!"

도우들은 고개를 돌려 쳐다보고 그를 알아보고는 모두 자리에서 일어나 맞이했다. 개중에 진천군秦天君이 말했다.

"도형께서 서기를 정벌하신다고 하던데 저번에 신공표가 와서 그대를 도와주라고 부탁하더이다. 우리는 여기서 열 개의 진법을 연마하여 조금 전에야 완성했소이다. 도형께서 때맞춰 오셨으니 천만다행입니다!"

"열 개의 진법이라니요? 그게 무엇입니까?"

"우리가 익힌 열 개의 진법은 각기 오묘한 쓸모가 있소이다. 나중에 서기에서 이것을 펼치면 무궁한 변화를 일으킬 것입니다."

"그런데 왜 아홉 분만 계십니까? 한 분이 보이지 않는군요."

"금광성모金光聖母께서는 금광진金光陣을 익히려고 백운도白雲島로 가셨지요. 그 진법의 오묘함은 우리가 익힌 것과는 차원이 다릅니다. 그래서 여기에는 우리 아홉 명만 있는 것이지요."

"그럼 여러분은 진법을 다 익히셨습니까?"

"예, 우리는 먼저 서기로 갈 테니 도형께서는 여기서 금광성모를 기다렸다가 함께 오시지요. 어떻습니까?"

"여러분께서 이렇게 우애를 베풀어주시니 정말 감격스럽고 영광스럽습니다! 어쨌든 아주 좋은 생각이니 그렇게 하겠소이다."

이에 아홉 명의 도사가 물의 장막을 이용해 서기로 갔으니 이를 묘사한 시가 있다.

천하를 유람하는 것도 한나절이면 되고
동서를 막론하고 어디든 순식간에 왕래하지.
신선의 오묘한 능력은 한이 없나니

평범한 인간이 무지개 탄다 한들 어찌 이와 같을까?

天下嬉遊半日功　倐來倐去任西東

仙家妙用無窮際　豈似凡人駕彩虹

　어쨌든 아홉 명의 도사가 떠나고 나서 문 태사는 잠시 소나무 옆
에 있는 바위에 기대앉아 쉬고 있었다. 그때 남쪽에서 도사 한 명이
다가왔는데 그는 다섯 개의 표범 무늬가 있는 말을 탄 채 어미금관
을 쓰고 팔괘 문양이 장식된 붉은 도포에 명주 띠를 허리에 두르고
운리雲履를 신고 있었다. 또 등에는 보따리를 하나 짊어지고 안장에
는 두 개의 보검을 걸어놓은 채 구름이 번개를 당기듯이 다가왔다.
그가 멀리서 보니 백록도 앞에 다른 이들은 보이지 않고 그저 붉은
도포를 입고 늙수그레한 얼굴에 긴 수염을 기르고 세 개의 눈을 가
진 도사 하나만 있었다. 금광성모는 곧 문 태사를 알아보고 황급히
말에서 내려 인사했다.

　"도형, 여긴 어떻게 오셨습니까? 다른 분들은 어디로 가셨고요?"

　"그분들은 먼저 서기로 갔습니다. 저는 도형과 함께 가려고 여기
서 기다리고 있었지요."

　둘은 무척 기뻐하며 각자의 탈것에 올라 구름과 빛을 일으키며
서기로 갔다. 그들이 순식간에 서기에 도착하여 영채로 들어가자
길립이 장수들과 함께 나와 영접했다. 문 태사는 중군 막사로 들어
가서 열 명의 도사들과 정식으로 인사를 나누었다. 그때 진천군이
물었다.

　"서기성은 어디에 있습니까?"

"지난밤에 제가 패전해서 칠십 리 밖으로 물러나 영채를 차렸습니다. 여기는 기산이지요."

그러자 도사들이 일제히 말했다.

"그럼 당장 병력을 출발시켜 오늘 밤 안으로 거기로 가십시다."

이에 문 태사는 등충에게 군령을 내려 선발 부대를 점검하게 하고 한 발의 포성과 함께 서기성으로 갔다. 잠시 후 군사들은 영채를 차리고 나서 대포를 쏘고 함성을 지른 후 영내를 순찰했다.

그 무렵 강상은 저택에서 장수들과 함께 천하의 대사를 논의하고 있었다. 그런데 갑자기 함성이 들려오자 이렇게 말했다.

"문 태사가 구원병을 데려온 모양이구려."

곁에 있던 양전이 말했다.

"문 태사가 패전하고 보름 동안 떠나 있었지요. 듣자 하니 그 사람은 절교의 문하라고 하던데 틀림없이 좌도방문을 익힌 도사들을 데려왔을 테니 각별히 신경을 써서 방비해야겠습니다."

그 말에 강상도 궁금해져서 곧 나타와 양전 등을 데리고 성에 올라가 문 태사의 진영을 살펴보았다. 그런데 이번에는 상황이 전혀 달랐다. 문 태사의 진영에는 근심스러운 구름이 자욱하고 싸늘한 안개가 풀풀 날리면서 살기를 품은 빛이 번쩍이고 구슬픈 바람이 쌩쌩 불었다. 또 십여 줄기의 검은 기운이 하늘로 치솟아 중군 막사를 뒤덮고 있었다. 그 모습을 본 강상은 놀라움을 금치 못했고 제자들도 아무 말이 없었다. 그들은 어쩔 수 없이 성을 내려와 적을 물리칠 대책을 논의했지만 도무지 뾰족한 수가 나오지 않았다.

한편 문 태사는 영채를 차리고 열 명의 도사들과 함께 성을 공략할 방책을 논의했다. 그때 원천군袁天君이 말했다.

"들자 하니 강상은 곤륜의 문하라고 하던데 두 교파에서 추구하는 경지는 결국 하나의 이치로 귀결되지 않습니까? 그러니 우리도 속세의 전쟁 같은 것을 생각하면 안 될 것입니다. 또한 열 개의 진법을 익혔으니 먼저 저들과 지혜를 겨뤄 어느 쪽이 더 오묘한지 판가름하는 게 좋겠습니다. 용맹심에 기대어 힘을 겨루는 것은 우리 같은 도교 문하에서 할 일이 아니지요."

그러자 문 태사가 말했다.

"아주 지당한 말씀이십니다."

이튿날 문 태사의 진영에서 한 발의 포성이 울리더니 진세가 펼쳐졌고 문 태사는 묵기린을 타고 나가 강상에게 나오라고 요구했다. 보고를 받은 강상은 곧 진세를 펼치고 성을 나섰는데 다섯 색깔로 구분된 깃발 아래 장수들의 기개가 헌앙했다. 사불상에 탄 강상이 진세를 펼친 문 태사의 병력을 살펴보니 문 태사가 묵기린에 탄 채 황금 채찍을 들고 있고 그 뒤쪽으로 흉험하게 생긴 열 명의 도사가 있었다. 얼굴색이 푸른색과 노란색, 붉은색, 흰색, 분홍색으로 각기 다른 그들은 모두 사슴을 타고 있었다.

푸른 띠 위에 윤건을 쓰고
가슴속에는 수만 명 움직일 현묘한 계책 담고 있다.
신선이 되어 도덕 칭송받을 복이 없어
봉신방에 그 이름 나열되었지.

324

青絲上搭一綸巾　腹內玄機動萬人

無福成仙稱道德　封神榜上列其身

그때 진천군이 사슴을 몰고 앞으로 나와 강상에게 고개를 숙여 예를 표하고 말했다.

"승상, 안녕하시오?"

강상도 허리를 숙여 답례했다.

"예, 안녕하십니까? 그런데 어느 산 어느 동부에서 오신 분들이 신지요?"

"나는 금오도에서 수련한 진완秦完이라고 하외다. 그대는 곤륜산의 문하이고 나는 절교의 문하인데 어째서 도술을 믿고 우리 절교를 무시하는 거요? 그것은 우리 도가의 체면을 손상시키는 일이 아니오?"

"어째서 제가 그쪽을 무시했다고 하시는 건지요?"

"구룡도의 마씨 사형제를 처형했으니 우리 절교를 무시한 게 아니고 무엇이오? 그래서 오늘 우리가 그대와 자웅을 겨루려고 하산했소이다. 하지만 용력을 겨룰 게 아니라 각자 전수받은 비전의 공부로 겨뤄봅시다. 우리는 평범한 속세의 사람이 아니니 용맹을 내세워 힘을 겨루는 것은 신선가의 체면을 손상시키는 일일 테니 말이오."

"도형께서는 사리에 통달하시고 사방을 두루 비추며 끝없이 삶을 순환하며 천지를 두루 관통하여 애초에 양자의 차별이 없는 분이 아니시오? 지금 주왕은 무도하여 기강을 멸절시켰기 때문에 왕자

王者의 기운이 어두워졌소이다. 그에 비해 이곳 서기에는 이미 어진 군주가 나왔으니 하늘이 정한 시운을 따라야지 스스로 성정을 미혹해서는 안 될 것이외다. 게다가 기산에서 봉황이 울어 성현이 나타날 징조에 부응하지 않았소이까? 예로부터 도리를 갖춘 이가 무도한 자를 이기고 복 있는 이가 복 없는 자를 꺾고 정의가 사악한 것을 이기고 사악한 것이 정의로운 것을 범하지 못하는 것은 당연한 일이 아니었소이까? 도형께서는 어려서부터 훌륭한 스승 밑에서 배워 위대한 도리를 깨치셨다면서 어떻게 그런 이치를 모르십니까!"

"그 말대로라면 주나라 군주가 진정한 하늘의 뜻을 이은 군주이고 주왕은 무도한 군주인데 우리가 주왕을 도와 주나라를 멸하려 하는 것은 하늘이 정한 시운에 순응하지 않는 행위라는 것이오? 그런 것은 말로 해결할 수 없는 법이오. 강상, 우리가 금오도에서 열 개의 진법을 수련했는데 이제 그것을 그대 앞에서 펼쳐 보이겠소. 괜히 용력을 써서 생명을 아끼시는 하느님의 마음을 상하게 하고 또 그로 인해 무고한 백성과 병사, 지혜롭고 용맹한 장수들이 몸을 상하게 되는 불상사를 일으킬 필요는 없을 것이오. 어떻게 생각하시오?"

"그리 생각하신다면 제가 어찌 감히 뜻을 거스르겠소이까?"

잠시 후 열 명의 도사가 모두 문 태사의 진영으로 돌아가더니 서너 시간 뒤에 열 개의 진법이 펼쳐졌다. 그런 다음 진완이 진세 앞으로 나와서 말했다.

"강상, 우리가 열 개의 진법을 다 펼쳐놓았으니 잘 감상해보시기 바라오."

"알겠소이다."

강상은 곧 나타와 황천화, 뇌진자, 양전까지 네 명의 제자를 데리고 가서 진법을 살펴보았다. 문 태사가 열 명의 도사들과 유심히 지켜보는 가운데 강상이 네 사람을 데리고 왔으니 한 사람은 풍화륜을 타고 화첨창을 들고 있는 나타이고 옥기린을 탄 황천화, 무시무시한 용모의 뇌진자, 도의 기운이 헌앙한 양전이 그들이었다. 잠시 후 양전이 앞으로 나와서 진완에게 말했다.

"우리가 진법을 살피는 동안 몰래 무기나 보물을 써서 우리 사숙을 해치지는 않겠지요? 그것은 대장부로서 할 짓이 아니니까요."

"하하! 자네들은 곧 죽게 될 텐데 굳이 몰래 해칠 필요가 있겠는가?"

그러자 나타가 말했다.

"말로만 해서는 믿을 수 없으니 증거를 보이시오. 도인은 말을 함부로 하지 않는 법이니까요!"

네 사람이 강상을 단단히 호위하며 첫 번째 진세에서 패를 들어 보니 '천절진天絶陣'이라고 적혀 있었다. 그리고 두 번째는 '지열진地烈陣', 세 번째는 '풍후진風吼陣', 네 번째는 '한빙진寒冰陣', 다섯 번째는 '금광진金光陣', 여섯 번째는 '화혈진化血陣', 일곱 번째는 '열염진烈焰陣', 여덟 번째는 '낙혼진落魂陣', 아홉 번째는 '홍수진紅水陣', 열 번째는 '홍사진紅沙陣'이었다. 강상이 다 살펴보고 나서 다시 진세 앞으로 오자 진완이 물었다.

"이 진법을 알아보시겠소?"

"열 개 모두 알고 있소이다."

그러자 원천군이 물었다.

"이 진법을 깨뜨릴 수 있겠소?"

"도를 수련한 몸인데 깨지 못할 리 있겠소이까?"

"언제 깨뜨리시겠소?"

"이 진은 아직 완성되지 않았으니 완성하고 나면 그대들이 편지로 알려주시오. 그러면 그때 깨뜨려보겠소. 그럼, 이만!"

이에 문 태사는 도사들과 함께 영채로 돌아갔다. 강상도 성 안의 저택으로 돌아와 눈살을 찌푸리며 머리를 짜냈지만 도무지 방법이 떠오르지 않았다. 그때 옆에 있던 양전이 말했다.

"사숙, 조금 전에 그 진을 깨뜨릴 수 있다고 하셨는데 정말이십니까?"

"그것은 절교에서 전수된 기이한 환술을 쓰는 진법이라 이름도 생소한데 어찌 깰 수 있겠는가?"

강상이 그렇게 고심하는 사이에 문 태사와 열 명의 도사들은 영채 안에서 술을 마시고 있었다. 문 태사가 물었다.

"여러분, 이 열 개의 진법은 무슨 묘용이 있소이까? 이것으로 서기를 격파할 수 있겠소이까?"

그러자 진완이 그 진법의 묘용에 대해 설명하기 시작했는데 과연 어떤 묘용이 있는지는 다음 회를 보시라.

제44회

강상의 영혼, 곤륜산을 찾아가다
子牙魂遊崑崙山

좌도의 요사한 마귀 행사도 더욱 편벽하여
저주 내려 남을 해치는 마술 예로부터 전해졌지.
사람 해치는 데 신검 날릴 필요 없나니
혼을 묶는 데 취명전이 왜 필요하랴?
얼마나 많은 영웅이 모두 세상을 버렸던가?
아무리 호걸이라 해도 모두 황천으로 돌아갔지.
뉘라서 알았으랴? 하늘의 뜻은 모두 예전에 정해져 있어서
한 가닥 영혼 떠나갔다가 다시 돌아왔지.

左道妖魔事更偏　呪詛魔魔古今傳
傷人不用飛神劍　索魂何須取命箋
多少英雄皆棄世　任他豪傑盡歸泉
誰知天意俱前定　一脈遊魂去復連

그러니까 진완은 문 태사에게 천절진에 대해 설명했다.

"이 진법은 내 스승께서 하늘의 운수를 풀이하여 선천의 청아한 기운을 얻으셔서 만든 것으로 그 안에 혼돈의 묘용이 담겨 있지요. 진 가운데에는 세 개의 깃발이 천지인天地人 삼재三才의 자리에 맞춰 세워져 있으니 이것을 모두 합쳐서 하나의 기운으로 만든 것이외다. 사람이 이 진 안으로 들어가면 우렛소리가 들리면서 즉시 재로 변해버리고 신선이나 도사가 이것을 만나면 사지가 진동하여 가루로 부서져버리기 때문에 천절진이라고 부르지요. 이를 증명하는 시가 있소이다."

천지인 삼재를 뒤집어 미루었나니
현묘함 속에 현묘하여 더욱 짐작하기 어렵도다.
신선이라도 천절진을 만나면
순식간에 온몸이 재가 되어버리지.

天地三才顚倒推　玄中玄妙更難猜
神仙若遇天絶陣　頃刻股體化成灰

문 태사가 다시 물었다.
"지열진은 어떤 것이오?"
그러자 조천군趙天君이 말했다.
"내 지열진도 땅의 운수에 맞춘 것으로 그 안에 돈후한 실체가 숨겨져 있지만 밖으로는 은밀하게 드러나는 묘용이 있어서 많은 변화를 담고 있소이다. 안에 붉은 깃발이 하나 숨겨져 있는데 그것을 흔들면 위에서 우렛소리가 울리면서 아래에서는 불길이 일어나지요. 평범한 인간이든 신선이든 이 진에 들어가면 더 이상 되살아날 방법이 없고 설사 오행의 오묘한 술법을 가지고 있다 한들 그런 재난을 피할 수 없지요. 이를 증명하는 시가 있소이다."

지열진 단련하여 탁하고 두터운 것을 나누니
위에서는 우레가 아래에서는 불길이 일어 무정하기 그지없지.
이 안에 들어가면 오행을 수련한 강건한 몸이라도
뼈가 녹고 몸이 쓰러지는 것을 피하기 어렵지.

地烈煉成分濁厚　上雷下火太無情
就是五行乾健體　難逃骨化與形傾

"풍후진은 어떤 것이오?"

그러자 동천군董天君이 말했다.

"내 풍후진에는 지地, 수水, 화火, 풍風에 따라 안배된 현묘함이 담겨 있어서 바람과 불을 품고 있지요. 이 바람과 불은 삼매진화로서 수백만 개의 칼날이 그 안에서 나오지요. 사람이든 신선이든 이 진에 들어가면 바람과 불길이 번갈아 일어나고 수만 개의 칼날이 일제히 날아와 순식간에 사지를 가루로 만들어버립니다. 그러니 바다를 뒤집고 산을 옮기는 훌륭한 술법을 아는 이라 해도 몸뚱이가 피고름으로 변하는 신세를 면하기 어렵지요. 이를 증명하는 시가 있소이다."

풍후진 속에 숨겨진 칼날
하늘 구름처럼 현묘한 이치 은밀히 담고 있지.
신선의 몸이라도 해칠 수 있으니
온몸의 피와 살을 모조리 없애버리지.

風吼陣中兵刃窩　暗藏玄妙若天羅
傷人不怕神仙體　消盡渾身血肉多

"한빙진에는 어떤 묘용이 있소이까?"

그러자 원천군袞天君이 대답했다.

"이 진은 하루만 공을 들여서 만들 수 있는 것이 아니지요. 이름이
야 한빙진이지만 사실 칼의 산이외다. 그 안에 현묘함이 깃들어 있
어서 진의 중앙에는 바람이 불고 우레가 치며 위쪽에는 승냥이 이
빨 같은 얼음산이 있고 아래에는 칼날 같은 얼음 덩어리가 삐죽삐
죽 솟아 있지요. 사람이든 신선이든 여기에 들어가면 바람과 우레
가 진동하면서 위아래가 탁 합쳐져 온몸이 순식간에 가루로 변해버
립니다. 아무리 신기한 술법이 있다 한들 그런 재난을 피할 수 없지
요. 이를 증명하는 시가 있소이다."

현묘한 공부로 단련하여 한빙진이라 부르나니
칼날의 산이 위아래로 얼어 있지.
신선이라도 이 진을 만나면
살갗이며 뼈까지 죄다 남아나지 않지.

玄功煉就號寒冰　一座刀山上下凝

"금광진에는 어떤 묘용이 있소이까?"

그러자 금광성모가 대답했다.

"내 금광진 안에는 해와 달의 정기를 모아서 천지의 기운을 숨겨
놓았지요. 그 안에는 스물한 개의 보배로운 거울이 스물한 개의 높
다란 기둥 꼭대기에 걸려 있소이다. 거울에는 각기 덮개가 덮여 있
지요. 사람이든 신선이든 이 진에 들어가면 이 덮개를 당기는데 그
러면 바람과 우레가 거울을 진동하여 한두 바퀴만 돌아도 금빛이
쏟아져 그 몸을 비추어서 즉시 핏물로 만들어버리지요. 그러니 설
사 하늘을 나는 재주가 있다 한들 이 진에서 빠져나갈 수 없지요. 이
를 증명하는 시가 있소이다."

보배로운 거울은 구리도 쇠도 아니요
화로에 넣지 않아도 그 안에 불이 있지.
하늘의 신선이라도 이 진을 만나면
순식간에 몸이 녹으니 더욱 피할 길 없지.

寶鏡非銅又非金　不向爐中火內尋

縱有天仙逢此陣　須臾形化更難禁

"화혈진에는 어떤 묘용이 있소이까?"

그러자 손천군孫天君이 대답했다.

"내 화혈진은 선천의 신령한 기운을 쓰는 것이외다. 그 안에는 바

람과 우레가 들어 있고 여러 알의 검은 모래가 숨겨져 있지요. 사람
이든 신선이든 이 진에 들어가면 우레가 울리면서 바람이 검은 모
래를 몰아치는데 거기에 조금이라도 닿으면 즉시 핏물로 변해버리
지요. 그러니 설사 신선이라 해도 피해를 면하기 어렵지요. 이를 증
명하는 시가 있소이다."

누런 바람에 검은 모래 말려 날아오르니
천지는 빛을 잃고 무시무시한 위세 일어나지.
신선이라도 이 기운 맞게 되면
방울방울 핏물이 전포를 적시리라!

黃風捲起黑沙飛　天地無光動穀威
任你神仙聞此氣　涓涓血水濺征衣

"열염진에는 또 어떤 묘용이 있소이까?"
그러자 백천군柏天君이 대답했다.
"내 열염진은 무궁한 묘용이 있어서 일반적인 진과는 다르지요.
그 안에는 삼매화三昧火와 공중화空中火, 석중화石中火라는 세 개의
불이 있는데 이것이 어우러져 하나의 기운을 이루지요. 또 진 안에
는 세 개의 붉은 깃발이 있어서 사람이든 신선이든 이 진에 들어가
면 세 개의 깃발이 펼쳐지면서 세 개의 불이 일제히 날아 순식간에
재로 만들어버리지요. 설령 불길을 피하는 주문을 안다 한들 삼매
진화를 피할 수는 없지요. 이를 증명하는 시가 있소이다."

수인씨가 비로소 공중화를 가지게 되어

단사 단련하여 화로 안에 숨겨두었지.

남쪽 이궁離宮 지키며 수령이 되나니

붉은 깃발 움직이면 모든 것이 사라지게 되지.

燧人方有空中火　煉養丹砂爐內藏

坐守離宮爲首領　紅幡招動化空亡

"낙혼진에는 어떤 묘용이 있소이까?"

그러자 요천군姚天君이 대답했다.

"내 낙혼진은 예사로운 것이 아니어서 생문生門을 닫고 사문死門을 열어놓았는데 그 안에 천지간의 지독한 기운을 모아 만들었지요. 안에 부적이 찍힌 하얀 깃발이 하나 있어서 만약 사람이나 신선이 진 안으로 들어가면 하얀 깃발이 펼쳐지면서 순식간에 그의 혼백이 스러져버리지요. 신선이고 뭐고 간에 들어가는 즉시 소멸해버립니다. 이를 증명하는 시가 있소이다."

하얀 종이 깃발 흔들리면 검은 기운 생겨나니

오묘한 술법으로 연마하여 차고 비움을 관통하지.

예로부터 신선의 몸이라는 것 믿지 않아서

진에 들어가면 혼魂이 스러지니 백魄도 저절로 쓰러져버리지.

白紙幡搖黑氣生　煉成妙術透虛盈

從來不信神仙體　入陣魂消魄自傾

"홍수진이라는 것이 무엇입니까? 거기에는 어떤 묘용이 있소이까?"

그러자 왕천군王天君이 대답했다.

"내 홍수진 안에는 물의 정수를 모으고 태을太乙°의 묘용이 숨겨져 있어서 변화를 헤아릴 수 없지요. 그 안에 있는 팔괘대 위에는 세 개의 호리병이 있어서 사람이든 신선이든 진으로 들어가면 호리병이 아래로 떨어지면서 끝없이 일렁이는 붉은 물을 쏟아내는데 만약 그 물이 한 방울이라도 닿으면 순식간에 몸이 핏물로 변해버리지요. 그러니 설령 신선이라 해도 피할 방법이 없지요. 이를 증명하는 시가 있소이다."

화로 안의 음양은 참으로 오묘하여
물을 단련하여 그 안에 숨겨놓았지.
그대가 설령 강철 같은 몸이라 해도
물이 몸에 닿으면 순식간에 죽고 말지.

爐內陰陽眞奧妙　煉成壬癸裏邊藏
饒君就是金剛體　遇水黏身頃刻亡

"홍사진은 분명 더욱 신기할 것 같은데 궁금증이 풀리게 좀 설명해주시겠소이까?"

그러자 장천군張天君이 대답했다.

"내 홍사진은 정말 기묘하고 만드는 법도 더욱 정교하지요. 진 안에는 천지인 삼재의 원리에 따라 중간에 세 개의 기운이 나뉘어 있

고 거기에 세 말[斗]의 붉은 모래가 숨겨져 있소이다. 그것이 보기에
는 붉은 모래 같지만 몸에 닿으면 날카로운 칼로 변해서 위로는 하
늘, 아래로는 땅, 중간의 사람도 알아보지 못하지요. 사람이든 신선
이든 이 진에 들어가면 바람과 우레가 진동하면서 모래가 날아와
다치게 하니 순식간에 뼈조차 가루로 변해버리지요. 설령 신선이나
부처라 하더라도 여기에 당하면 빠져나갈 수 없지요. 이를 증명하
는 시가 있소이다.”

붉은 모래 한 줌에 무궁한 도리 담겨 있으니
팔괘로 속에서 현묘한 공부로 단련했기 때문이지.
삼라만상을 한곳에 두루 모았으니
비로소 절교에 혼돈이 있음을 알게 되리라!

紅砂一撮道無窮　八卦爐中玄妙功

萬象包羅爲一處　方知截敎有鴻濛

이런 설명을 듣고 나자 문 태사는 자기도 모르게 무척 기분이 좋
아졌다.

“이제 여러분이 여기에 오셨으니 서기는 조만간 격파되겠구려.
설사 백만 명의 정예병과 천 명의 용맹한 장수가 있다 한들 어쩔 도
리가 없을 테니 이야말로 사직의 복이 아니고 무엇이겠소이까?”

그러자 요천군이 말했다.

“여러분, 서기성은 구슬처럼 조그맣고 강상은 행실이 천박한 자
에 불과한지라 도저히 열 개의 진을 견뎌내지 못할 것이오. 그저 자

그마한 술법을 쓰기만 해도 강상을 죽여버릴 수 있으니 그렇게 되면 저들은 군대를 지휘할 사람이 없어져서 저절로 무너질 것이외다. '머리 없는 뱀은 앞으로 나아가지 못하고 지휘관 없는 군대는 바로 어지러워진다'라는 속담도 있지 않소이까? 그런데 굳이 승부를 겨룰 필요가 있겠소이까?"

그 말을 듣고 문 태사가 물었다.

"도형, 강상이 저절로 죽게 만들 기묘한 술법이 있다면 무기를 쓰거나 병사를 도탄에 빠뜨리지 않아도 되니 그야말로 천만다행한 일이 아닐 수 없소이다. 그런데 그것은 어떤 술법이오?"

"아무것도 하지 않고 그냥 두어도 스무하루가 지나면 저절로 목숨이 끊어질 것이외다. 강상이 설령 탈태환골한 신선이나 속세를 초월한 부처라 할지라도 피하지 못할 것이외다."

문 태사는 무척 기뻐하며 자세히 설명해달라고 했다. 그러자 요천군이 귓속말로 이야기했다.

"여차여차하면 자연히 죽을 것이니 여러 도형들이 신경 쓰지 않아도 되지요."

문 태사는 기뻐서 어쩔 줄 몰라 하며 나머지 도사들에게 말했다.

"오늘 요형께서 엄청난 도술을 펼치셔서 강상을 죽음으로 몰아넣겠다고 하오. 강상이 죽으면 장수들도 자연히 와해될 테니 쉽게 공을 세울 수 있을 것이외다. 그러니 이야말로 술상 앞에서 적을 물리치고 담소를 나누는 사이에 서기성을 함락하는 격이 아니겠소이까? 지금 황제 폐하의 크나큰 복이 하늘에 닿아 감격스럽게 여러분의 도움을 받게 되었구려."

이에 아홉 명의 도사들이 일제히 말했다.

"이 공적을 요 아우에게 넘긴 것은 모두 문 도형을 위해서인데 무슨 그런 말씀이 필요하겠소이까!"

요천군은 그들 사이를 지나 낙혼진 안으로 들어갔다. 그리고 흙으로 대를 쌓고 제사상을 하나 준비했는데 대 위에는 짚으로 허수아비를 하나 만들어 세우고 그 몸에 '강상'이라고 이름을 적었다. 그런 다음 허수아비의 머리 위에 세 개의 등잔을 밝히고 발아래에는 일곱 개의 등잔을 밝혔다. 위쪽의 세 등잔은 최혼등催魂燈이라는 것이고 아래쪽의 일곱 등잔은 촉백등促魄燈이라는 것이었다. 그리고 요천군은 그 안에서 머리카락을 풀어 헤치고 칼을 짚은 채 별자리를 따라 걸음을 옮기며 대 앞에서 주문을 외었다. 또 도장을 찍은 부적을 공중에 살라 하루에 세 차례씩 제사를 올렸다. 그렇게 사나흘 동안 연이어 제사를 지내니 강상은 앉으나 누우나 몸이 불편하게 되었다.

한편 강상은 자신의 저택에서 여러 장수들과 함께 적을 물리칠 방도를 의논했다. 하지만 아무도 이렇다 할 대책을 내놓지 못했다. 양전은 강상이 갑자기 놀라기도 하고 의아한 표정을 짓기도 하면서 아무 방책을 마련하지 못하고 전에 비해 안색도 훨씬 나빠진 것을 발견하고는 의아한 생각이 들었다.

'승상께서는 옥허궁 문하에서 공부하셨고 지금은 나라의 중책을 맡고 계시며 하늘이 내린 징조와 운세를 타고 흥성한 분이시니 어찌 예사로운 인물이신가? 그런데 설마 그 열 가지 진을 깨뜨릴 방도

가 없어서 이렇게 스스로 낙담하시고 쇠약해지신 것일까? 정말 알 수 없는 노릇이로구나.'

양전이 그렇게 무척 걱정하는 사이에 또 이레 남짓 시간이 흘렀다. 그사이에 요천군은 낙혼진 안에서 제사를 지내 강상의 혼 하나와 백 두 개를 떨어뜨려버렸다. 그 바람에 강상은 마음이 답답하고 조급해져서 대전에 나와 공무를 볼 때나 물러나 쉴 때나 늘 불안하고 기분이 울적했다. 이 때문에 그는 하루 종일 공무를 보지 않고 무기력하게 누워만 있었다. 장수와 제자들은 도무지 영문을 알 수 없었는데 그것을 두고 진을 깨뜨릴 방책이 없어서 그런가 보다 생각하는 이도 있고 너무 깊이 생각하느라 넋이 나간 것이 아닌가 생각하는 이도 있었다. 어쨌든 그렇게 보름 정도 지나자 요천군은 또 강상에게서 두 개의 혼과 네 개의 백을 없애버렸다. 그 바람에 강상은 시도 때도 없이 잠에 빠져서 우레처럼 코를 곯아댔다.

나타는 양전을 비롯한 여러 제자들과 따로 모여 이 일에 대해 상의했다.

"적군이 성 아래에 포진해 있고 진법을 펼친 지도 한참이 지났는데 사숙께서는 군사 업무를 도외시하고 잠만 주무시니 필시 무슨 까닭이 있는 것 같네."

그러자 양전이 말했다.

"내가 보기에 승상께서 예전과 달리 무기력하게 매일 비몽사몽의 지경에 빠져 계시는 것은 아무래도 누군가 몰래 수작을 부리기 때문인 것 같소이다. 그것이 아니라면 곤륜산에서 도를 배워 오행의 술법에 능통하시고 음양과 화복禍福의 기미를 통찰하는 능력을

요천군, 술법을 써서 강상의 혼백을 없애려 하다.

강상의 영혼, 곤륜산을 찾아가다 341

지니신 분께서 저렇게 혼미한 상태에 빠져 대사를 눈앞에 두고도 신경조차 쓰지 않으실 수 있겠소이까? 틀림없이 무슨 의뭉스러운 곡절이 있는 게지요!"

그러자 모두들 고개를 끄덕였다.

"분명 무슨 까닭이 있어! 함께 침실로 가서 사숙께 적을 물리칠 방책을 의논해야 하니 대전으로 나오시라고 해보세."

이에 그들은 내실로 가서 시종에게 물었다.

"승상께서는 어디에 계시는가?"

"깊은 잠에 빠져 계십니다."

"가서 전하시게, 논의할 일이 있으니 대전으로 좀 나오시라고 말일세."

시종이 황급히 안으로 들어가 강상을 부축하고 침실 밖으로 나오자 무길이 다가가 여쭈었다.

"사부님, 매일 주무시기만 하시고 군사 업무는 돌보지 않으시니 문제가 심각하옵니다. 이 때문에 장수와 병사들이 모두 걱정하고 있사오니 어서 업무를 처리하셔서 주나라를 평안하게 해주시옵소서."

강상은 어쩔 수 없이 장수들과 업무를 논의하러 대전으로 나갔지만 아무 말도 없이 취한 듯 몽롱한 표정이었다. 그때 한 줄기 바람이 불어오자 나타가 강상의 상태를 알아보기 위해 물었다.

"사숙, 이 바람이 몹시 흉악한 것 같은데 길흉이 어찌 됩니까?"

강상이 손가락을 꼽아 점을 쳐보고 말했다.

"오늘 원래 바람이 불게 되어 있었으니 전혀 이상한 일이 아니다."

그러자 아무도 감히 그 말에 토를 달지 못했다.

여러분, 이 무렵 강상은 요천군에 의해 혼백이 빠져나가 마음속이 흐릿하여 음양의 변화조차 제대로 점치지 못했기 때문에 그렇게 대답한 것일 뿐이었지요. 그러니 어떻게 길흉에 대해 이야기할 수 있었겠소? 하지만 그날은 사람들도 별다른 수가 없어서 그대로 해산해야 했지요.

어쨌든 어느새 다시 스무 날이 지났다. 그사이에 요천군은 강상의 혼백을 거의 다 빼내버려서 이제 겨우 혼 하나와 백 하나만 남은 상태였다. 그리고 그날 남은 혼백마저 니환궁泥丸宮°을 빠져나가 결국 강상은 죽고 말았다. 제자와 장수들은 물론 무왕까지 강상의 거처로 행차하여 모두 그의 시신을 둘러싸고 통곡했다. 무왕은 눈물을 흘리며 말했다.

"상보, 나라를 위해 고생만 하시고 편한 날이 없으셨는데 갑자기 이렇게 되시다니요! 아아, 짐은 마음이 너무 아픕니다!"

그 말을 들은 장수들도 애통함을 금치 못했다. 그때 양전이 눈물을 머금고 다가가 강상의 시신을 쓰다듬자 문득 심장 부근에 아직 따뜻한 기운이 남아 있는 것이 느껴졌다. 이에 그가 다급하게 무왕에게 아뢰었다.

"전하, 고정하시옵소서. 승상의 가슴이 아직 따뜻하니 바로 돌아가시지는 않을 것이옵니다. 그러니 잠시 침대에 눕혀놓으시옵소서."

그렇게 장수들이 당황하여 어쩔 줄 몰라 할 때 강상의 혼백은 표홀하게 떠돌다가 몽롱한 상태로 봉신대로 갔다. 그때 청복신이 마중을 나왔다가 강상의 혼백을 발견했는데 그는 하늘의 뜻을 알고 있었기에 강상의 혼백을 슬며시 떠밀어 봉신대 밖으로 내보냈다.

강상은 본래 수양이 깊은 인물인지라 언제나 곤륜산을 잊지 않았다. 그래서 봉신대 밖으로 나온 그의 혼백은 표연히 바람을 따라 버들솜처럼 하늘하늘 날아서 곧장 곤륜산으로 갔다. 마침 한가롭게 산 아래에서 산책을 하며 영지와 약초를 캐고 있던 남극선옹은 아득하게 날아오는 그의 혼백을 알아보고 깜짝 놀랐다.

"이런! 강상이 죽었구나!"

그는 황급히 다가가 강상의 혼백을 덥석 붙들어 호리병 안에 넣고 주둥이를 막은 다음 교주에게 알리려고 곧장 옥허궁으로 달려갔다. 그가 막 옥허궁 대문을 들어서자 누군가 뒤에서 소리쳤다.

"남극선옹, 거기 서시오!"

남극선옹이 돌아보니 그는 바로 태화산 운소동의 적정자였다.

"도우, 어디서 오시는 길이신가?"

"심심해서 자네와 바다의 섬이나 산악으로 나들이 가서 고명한 신선들과 바둑을 한 판 둘까 하는데 어떤가?"

"오늘은 짬을 낼 수 없구먼."

"요즘은 강론도 하지 않으니 우리에게는 휴가나 다름없지 않은가? 나중에 강론이 시작되면 이럴 시간도 없을 텐데 오히려 지금 짬이 없다니 설마 나를 기만하는 것인가?"

"그것이 아니라 급한 일이 있어서 그러네."

"무슨 일인지 나도 아네. 강상의 혼백이 육신으로 들어가지 못하고 있다는 게 아닌가? 급한 일이라면 그것밖에 없지."

"자네가 그것을 어찌 아는가?"

"조금 전에 한 말은 자네를 놀려주려고 한 것일세. 나도 바로 그

일 때문에 달려온 걸세. 아까 기산의 봉신대에 갔다가 청복신 백감을 만났는데 이런 말을 하더구먼. '조금 전에 강상의 혼백이 여기에 왔기에 제가 밖으로 내보냈는데 지금쯤 곤륜산에 가 있을 겁니다.' 그래서 이렇게 달려온 걸세. 마침 자네가 궁으로 들어가는 모습이 보이기에 일부러 그렇게 물어본 것이지. 그나저나 강상의 혼백은 지금 어디에 있는가?"

"벼랑 앞에서 산책하고 있는데 강상의 혼백이 날아오더구먼. 내가 알아보고 얼른 붙들어 호리병에 담아두고 사부님께 알리러 가는 길에 뜻밖에도 자네를 만났네."

"그것이 무슨 대수로운 일이라고 교주님의 심기를 어지럽히나? 그 호리병을 나에게 주게, 내가 가서 강상을 살려주고 오겠네."

남극선옹에게서 호리병을 건네받은 적정자는 조급한 마음에 서둘러 흙의 장막을 이용해 서기성으로 가서 강상의 저택을 찾아갔다. 그러자 양전이 마중을 나와 땅바닥에 엎드려 절을 올렸다.

"사백, 사숙 때문에 오신 것입니까?"

"그래, 어서 안에다 알려라."

양전이 들어가서 무왕에게 보고하자 무왕이 몸소 나와서 맞이했다. 은안전에 도착한 적정자는 무왕에게 머리를 조아려 절을 올렸고 무왕도 스승을 대하는 예법으로 답례한 후 그를 상석으로 모셨다.

"강상 때문에 이렇게 찾아왔습니다. 시신은 어디에 있습니까?"

무왕과 장수들의 안내를 받고 내실로 든 적정자는 죽은 듯이 누워 있는 강상을 보고 나서 말했다.

"전하, 슬퍼하시거나 놀라실 필요 없습니다. 이 사람의 혼백을 몸으로 되돌려주기만 하면 무사히 깨어날 것입니다."

적정자가 무왕과 함께 대전으로 돌아가자 무왕이 물었다.

"상보께서 아직 돌아가시지 않았다면 무슨 약으로 치료하실 생각이십니까?"

"약은 필요 없고 나름대로 방법이 있습니다."

그러자 양전이 옆에서 물었다.

"언제쯤 살려내실 수 있습니까?"

"삼경쯤 되면 자연히 회생할 게야."

그 말에 모두들 기뻐했다. 어느덧 밤이 되고 다시 삼경이 되자 양전이 적정자를 찾아갔다. 적정자는 옷매무새를 가다듬고 성 밖으로 나가보니 열 개의 진 안에 음산한 먹구름과 함께 구슬픈 바람이 횡횡 불고 싸늘한 안개가 자욱하여 귀신이 울부짖는 소리가 울리면서 도무지 그 끝이 보이지 않았다. 그는 진이 무척 위험하다는 것을 알아차리고는 손가락으로 발밑을 가리켰다. 그러자 하얀 연꽃 두 송이가 나타나 그의 몸을 보호해주었다. 이에 적정자는 삼실로 엮은 신을 신고 사뿐히 연꽃 위에 올라가 가볍게 공중으로 날아올랐으니 그야말로 신선의 오묘한 면모였다.

도사의 발밑에 하얀 연꽃 피어나고
머리 위에 상서로운 빛 오색으로 피어났지.
오로지 신선 위해 살계를 범하려고
낙혼진 안에 들어가 이름을 남겼지.

道人足下白蓮生　頂上祥光五色呈

　적정자가 공중에서 살펴보니 열 개의 진은 대단히 흉험하여 살기가 하늘을 찌르고 검은 안개가 기산을 뒤덮고 있었다. 그때 낙혼진 안에서 머리를 풀어 헤친 요빈姚賓이 칼을 짚은 채 뇌문雷門에서 별자리를 따라 걸음을 옮겼다. 허수아비의 머리 위에는 하나의 등잔이 흐릿하게 꺼져가고 발아래에 있는 등잔 하나도 반쯤 꺼져 겨우 깜박였다. 이때 요빈이 영패를 내리치자 등불이 꺼질 듯 흔들리면서 호리병 안의 혼백이 일제히 튀어나오다가 주둥이가 막혀 나오지 못했다. 그는 연달아 여러 차례 절을 올리고 영패를 내리쳤지만 등불은 계속 꺼지지 않았다. 등불이 꺼지지 않으면 혼백도 스러지지 않는지라 마음이 조급해진 요빈은 다시 한 번 영패를 내리치며 크게 소리쳤다.

　"두 개의 혼과 여섯 개의 백이 모두 왔거늘 남은 하나의 혼과 백은 어찌 오지 않는 것이냐!"

　공중에서 그 모습을 지켜보고 있던 적정자는 연꽃을 타고 아래로 내려가 허수아비를 낚아채려고 했다. 그러자 마침 절을 올리고 일어서던 요빈이 그를 발견하고 소리쳤다.

　"적정자! 알고 보니 네놈이 감히 내 낙혼진에 들어와 강상의 혼백을 훔쳐가려고 했구나!"

　그러면서 그가 황급히 검은 모래를 한 줌 집어 공중에 뿌리자 적정자는 황급히 도망쳤다. 그 바람에 그가 타고 있던 두 개의 연꽃이 낙혼진 안으로 떨어지고 말았다. 적정자는 어쩔 수 없이 흙의 장막을 이용해 서기성으로 돌아왔고 양전은 넋이 나간 얼굴로 연신 한숨만 내쉬는 적정자를 맞이했다.

"사백, 사숙님의 혼백은 구하셨습니까?"

그러자 적정자가 머리를 내저었다.

"정말 엄청나구나! 엄청나! 하마터면 나까지 낙혼진에 빠질 뻔했다. 황급히 빠져나오느라 타고 있던 두 송이 연꽃마저 그 진에 떨어뜨리고 말았다."

무왕이 그 말을 듣고 대성통곡했다.

"그렇다면 상보의 목숨은 살릴 수 없게 된 것입니까?"

"걱정 마십시오, 괜찮을 겁니다. 이것은 저 사람이 겪어야 할 재앙 가운데 하나에 지나지 않습니다. 하지만 늦어져서는 곤란하니 제가 어디를 좀 다녀와야겠습니다."

"어디를 다녀오신다는 말씀이십니까?"

"금방 다녀오겠습니다."

그리고 적정자는 양전 등에게 분부했다.

"너희들은 자리를 뜨지 말고 사숙을 잘 지키도록 해라."

그런 다음 그는 상서로운 빛을 타고 흙의 장막을 이용해 곤륜산으로 갔다.

잠시 후 옥허궁에서 나온 남극선옹이 적정자를 발견하고 다급히 물었다.

"강상의 혼백은 돌아왔는가?"

적정자가 조금 전의 일을 자세히 들려주고 말했다.

"아무래도 사부님께 말씀드려서 가르침을 받아야겠네."

남극선옹은 곧 옥허궁으로 들어가서 원시천존에게 절을 올리고 상황을 설명했다. 그러자 원시천존이 말했다.

"내가 교단을 관리하고 있지만 아무래도 일이 아직 어려운 데가 있구나. 적정자에게 팔경궁八景宮에 계신 큰 어르신께 가보라고 해라. 그러면 일의 전말을 알 수 있을 게야."

이에 남극선옹이 나와서 적정자에게 말을 전하자 적정자는 곧 상서로운 구름을 타고 노자老子가 살고 있는 대라궁大羅宮 현도동玄都洞으로 찾아갔다. 순식간에 도착한 그곳에는 아름답기 그지없는 풍경 속에 팔경궁이 자리 잡고 있었다.

높고 험한 신선 세계의 봉우리
험준한 고갯마루 까마득하구나.
산비탈에는 상서로운 풀이 자라고
땅에서는 영지가 자라지.
뿌리는 빼어난 땅의 정기에 이어졌고
꼭대기는 하늘과 나란하지.
푸른 소나무와 버들
자줏빛 국화와 붉은 매화
푸른 복숭아와 은행
붉은 대추와 교리
신선은 골패 놀이
은자들은 바둑 장기
신선은 도를 논하며

차분히 현묘한 이치를 강론하고

경전 읽는 소리에 귀 기울이는 괴이한 짐승

설법에 귀 기울이는 여우와 살쾡이

얼룩무늬 곰은 꼬리 흔들고

표범 춤추고 원숭이 울어대지.

용이 울고 호랑이 포효하며

녹음 속에 꾀꼬리 날지.

물소는 달을 우러르고

해마는 소리 내어 울지.

기이한 짐승은 변화도 많고

신선 세계의 새는 속세에서 보기 힘들지.

공작은 경전 구절 이야기하고

선동은 옥피리 불지.

괴이한 소나무 잎사귀 평평하고

귀한 나무는 모래언덕 마주 보고 서 있구나.

산이 높아 붉은 해와 가깝고

계곡 넓어 물줄기 낮게 흐르지.

맑고 그윽한 신선 세계의 뜰

풍경은 요지보다 멋지지.

이곳의 무한한 경치

세상에 아는 이 드물지.

仙峰巓險　峻嶺崔嵬

坡生瑞草　地長靈芝

根連地秀　頂接天齊

青松綠柳　紫菊紅梅

碧桃銀杏　火棗交梨

仙翁判畫　隱者圍棋

群仙談道　靜講玄機

聞經怪獸　聽法狐狸

彪熊剪尾　豹舞猿啼

龍吟虎嘯　翠落鶯飛

犀牛望月　海馬聲嘶

異禽多變化　仙鳥世間稀

孔雀談經句　仙童玉笛吹

怪松盤古頂　寶樹映沙堤

山高紅日近　澗闊水流低

淸幽仙境院　風景勝瑤池

此間無限景　世上少人知

그러니까 적정자가 현도동에 도착하자 대련이 하나 걸려 있었다.

도는 혼돈을 나누니

태극과 음양이 사상四象을 낳는 모습 보았고

혼돈에서 법을 전하니

또 오랑캐가 서쪽 함곡관 밖으로 나가게 했도다.

道判混元　曾見太極兩儀生四象

현도동 밖에 도착한 적정자는 감히 함부로 들어가지 못하고 기다렸다. 그러자 잠시 후 현도대법사玄都大法師가 궁궐 밖으로 나와서 그를 발견하고 물었다.

"도우, 무슨 큰일이 생겼기에 여기까지 오셨는가?"

"도형, 별다른 일이 아니라서 감히 함부로 들어가지 못했습니다. 그저 강상의 혼이 떠돌고 있는 일 때문입니다."

그러면서 적정자는 사정을 자세히 설명하고 말했다.

"그래서 사부님의 분부에 따라 큰 어르신을 뵈러 왔으니 안에다 좀 알려주십시오."

현도대법사가 황급히 안으로 들어가 보고하자 노자가 그를 데려오라고 했다. 잠시 후 적정자가 들어가서 엎드려 절을 올렸다.

"만수무강하시옵소서!"

"너희들이 이런 재앙을 일으켜 강상이 낙혼진에서 액운을 당하고 내 보물도 낙혼진에 떨어지는 재앙을 당하게 되었으니 이 모두가 하늘이 정해놓은 운수이니라. 너희는 신중하게 그 교훈을 받아들여야 할 것이야."

노자는 현도대법사에게 말했다.

"가서 태극도太極圖를 가져오너라."

노자는 태극도를 적정자에게 주며 말했다.

"이것을 가져가서 이리이리하면 강상을 구할 수 있을 게다. 어서 가봐라."

"예."

적정자는 서둘러 현도궁을 나와 서기성으로 갔다. 소식을 들은 무왕이 장수들과 함께 맞이하여 대전으로 들어가 다급히 물었다.

"어디를 다녀오셨습니까?"

"이제야 저 사람을 구할 수 있게 되었습니다."

장수들은 그 말을 듣고 모두 기뻐했다. 양전이 물었다.

"사숙께서는 언제 회생하실 수 있습니까?"

"이번에도 삼경까지 기다려야 한다."

제자들은 삼경이 오기만을 학수고대하다가 마침내 때가 되자 적정자를 찾아갔다. 적정자는 즉시 성 밖으로 나가서 열 개의 진 앞으로 걸어갔다. 그리고 흙의 장막을 이용해 공중으로 날아올라 살펴보니 요빈은 여전히 낙혼진 안에서 제사를 올리고 있었다. 그것을 본 적정자는 노자가 준 태극도를 펼쳤다. 이 태극도는 노자가 천지를 가르고 맑음과 흐림을 나누어 대지와 물, 불, 바람의 자리와 운동을 정하면서 삼라만상을 두루 아우른 보물로 황금 다리로 변하여 오색 광채를 발산하니 산천과 대지를 두루 비추어 적정자를 보호했다. 이에 적정자는 재빨리 아래로 내려가 허수아비를 낚아채서 그대로 공중으로 도망쳤다. 그때 요빈이 그를 발견하고 고함을 질렀다.

"이놈, 적정자! 또 내 허수아비를 훔치러 왔구나! 괘씸한 놈!"

그러면서 그가 재빨리 검은 모래를 공중에 뿌리자 적정자도 다급해졌다.

"이런!"

적정자는 너무 서두르느라 왼손에 들고 있던 태극도를 낙혼진 안으로 떨어뜨리고 말았다. 그것은 그대로 요빈의 손에 들어가버렸다.

적정자는 허수아비를 들고 진에서 빠져나왔지만 태극도를 잃어버렸기 때문에 혼비백산 놀라 얼굴이 노랗게 변해서 연신 한숨을 내쉬었다. 그는 흙의 장막으로 겨우 그곳을 벗어나 허수아비를 내려놓고 호리병을 꺼내 강상의 나머지 두 혼과 여섯 백을 거둬들여 다시 호리병에 담아 강상의 저택으로 갔다.

목이 빠져라 기다리고 있던 제자들은 멀리서 적정자가 즐거운 표정으로 오는 모습을 보고 반갑게 맞이했다. 양전이 다가가서 물었다.

"사백, 사숙의 혼백은 가져오셨습니까?"

"그 일은 해결했지만 큰 교주님께서 주신 보물을 낙혼진에서 잃어버렸으니 이제 나는 죽음을 면치 못하겠구나!"

그리고 장수들과 함께 안으로 들어가자 무왕도 그 소식을 듣고 무척 기뻐했다. 적정자는 강상이 누워 있는 침대로 가서 그의 머리카락을 헤치고 호리병의 주둥이를 니환궁에 대더니 연달아 서너 번 두드려 혼백이 원래대로 돌아가게 했다. 잠시 후 강상이 눈을 번쩍 뜨고 말했다.

"아, 잘 잤다!"

그리고 주위를 둘러보니 무왕과 적정자, 여러 제자들이 모두 침상 앞에 서 있는 것이었다. 그가 깜짝 놀라 벌떡 일어나자 무왕이 말했다.

"상보, 이 도사님께서 애써주시지 않았더라면 이번 생에 다시 뵙지 못했을 겁니다!"

강상은 그제야 상황을 파악하고 물었다.

"도형, 어떻게 알고 저를 구해주셨습니까?"

"열 개의 진 가운데 낙혼진이 있는데 그 안에서 요빈이 수작을 부려 자네 혼을 허수아비에게 옮겨버렸다네. 세 개의 혼과 일곱 개의 백 가운데 각기 하나만 남아 있었는데 하늘이 목숨을 끊지 말라는 뜻이었는지 자네의 혼이 곤륜산을 찾아왔지. 내가 따라갔다가 혼백을 받아 온 다음 다시 대라궁에 가서 어르신께서 내려주신 태극도를 가져와 구해주었네. 하지만 뜻밖에 낙혼진 안에서 그 태극도를 잃어버리고 말았구먼."

"제 수양이 너무 얕아 일의 전말을 알 수 없군요. 그나저나 태극도는 현묘한 보물인데 그것을 잃어버렸으니 어쩌지요?"

"일단 몸조리부터 하게, 회복된 뒤에 함께 진을 깨뜨릴 방책을 의논해보세."

무왕은 궁으로 돌아갔고 강상은 며칠 동안 몸조리를 하고 나서야 완전히 나았다.

이튿날 강상은 대전에서 적정자를 비롯한 여러 사람들과 진을 깨뜨릴 방법을 논의했다. 그때 적정자가 말했다.

"이 진은 좌도방문의 술법이니 제아무리 심오하다 해도 천명이 우리에게 있는 한 자연히 해결될 걸세."

그 말이 끝나기도 전에 양전이 강상에게 말했다.

"이선산二仙山 마고동麻姑洞의 황룡진인黃龍眞人께서 오셨습니다."

이에 강상이 맞이하여 은안전으로 안내한 다음 서로 인사를 나누고 자리에 앉았다.

"도형, 무슨 가르침을 주시려고 오셨습니까?"

"함께 저 열 개의 진을 깨뜨리려고 왔네. 얼마 전에 우리가 살계를 범했는데 각기 경중의 차이가 있었네. 잠시 후면 다른 도우들도 오실 건데 이곳은 범속한 곳이라 불편해서 내가 먼저 와서 자네와 의논할까 하네. 서문 바깥에 갈대로 움막을 하나 지어 방석을 깔고 비단을 둘러 꽃을 걸어놓으면 각처의 도우들이 함께 와서 쉴 수 있지 않겠는가? 그렇지 않으면 신선들에게 누를 끼치는 셈이니 현자를 우대하는 도리가 아니겠지."

이에 강상이 수하에게 분부했다.

"남궁괄과 무길로 하여금 움막을 짓고 방석을 깔아놓게 하라! 그리고 양전은 대문 앞에서 대기하고 있다가 그분들이 오시거든 즉시 내게 알리도록 하게."

그러자 적정자가 말했다.

"우리도 여기서 의논할 게 아니라 움막이 완공되면 거기서 하도록 하세."

며칠 후 무길이 찾아와서 움막이 완성되었다고 보고했다. 그러자 강상은 적정자, 황룡진인과 함께 제자들을 거느리고 성 밖으로 나갔고 무성왕만 남아서 공무를 처리하라고 분부했다.

강상은 움막으로 가서 융단을 깔고 꽃을 걸어 비단을 둘러놓고 도사들이 오기만을 기다렸다. 무릇 무왕은 하늘의 뜻에 부응하는 훌륭한 군주였기 때문에 신선들이 알아서 끊임없이 찾아온 것인데 그렇게 찾아온 이들을 순서대로 나열하면 다음과 같다.

　구선산 도원동의 광성자

　태화산 운소동의 적정자

　이선산 마고동의 황룡진인

　협룡산夾龍山 비운동飛雲洞°의 구류손懼留孫°(훗날 불가에 귀의하
여 부처가 됨)

　건원산 금광동의 태을진인

　공동산崆峒山 원양동元陽洞의 영보대법사靈寶大法師

　오룡산 운소동의 문수광법천존(훗날 문수보살文殊菩薩이 됨)

　구궁산 백학동의 보현진인(훗날 보현보살普賢菩薩이 됨)

　보타산普陀山 낙가동落伽洞의 자항도인慈航道人(훗날 관세음보살
觀世音菩薩이 됨)

　옥천산玉泉山 금하동金霞洞의 옥정진인玉鼎眞人

　금정산 옥옥동의 도행천존

　청봉산 자양동의 청허도덕진군

　강상은 서둘러 그들을 맞이하여 움막으로 들어가 자리에 앉았다.
그러자 광성자가 말했다.

　"여러분, 오늘 이렇게 오셨으니 흥망성쇠를 알고 진짜와 가짜를
구별하실 수 있을 것이외다. 여보게 강상, 언제 저 열 개의 진을 깨뜨
릴 건가? 우리는 자네의 지휘에 따르겠네."

　강상은 그 말에 깜짝 놀라서 황급히 허리를 숙여 예를 표했다.

"여러분, 저는 기껏 사십 년 동안 보잘것없는 공부를 했을 따름인데 어떻게 저 열 개의 진을 깨뜨릴 수 있겠습니까? 못난 저를 불쌍히 여기시어 도탄에 빠진 백성과 물과 불의 재앙에 시달리는 장수와 병사들을 위해 나서주시기 바랍니다. 저 대신 군주와 신하들의 근심과 백성의 재난을 해결해주신다면 진정 사직과 백성의 복이요 저도 감격해 마지않을 것입니다!"

그러자 광성자가 말했다.

"우리도 자기 몸조차 지키지 못할까 걱정일세. 배운 바가 있기는 하지만 이런 좌도방문의 술법을 대적할 수는 없네."

이렇게 서로 미루고 있던 차에 갑자기 허공중에 사슴 울음소리가 들리면서 기이한 향기가 사방에 가득 퍼졌다. 자, 누가 왔기에 이런 일이 생겼는지는 다음 회를 보시라.

연등도인, 열 개의 진을 깨기 위해 논의하다
燃燈議破十絕陣

천절진 안에는 맹렬한 것이 많고

지열진 만나면 더욱 난감하지.

진완이 수를 채운 것은 모두 하늘이 정한 것이요

원각이 처형당한 것은 탐욕스러운 성품 탓이었지.

우레와 불꽃이 태우고 남긴 것은 이미 둘뿐이고

신선을 붙잡아 간 것은 일이 온전할 수 없었기 때문이지.

보잘것없는 열 개의 진으로 무슨 도움이 되랴?

봉신방에 올라 이야깃거리나 되었을 뿐이거늘!

天絕陣中多猛烈　若逢地烈更難堪

秦完湊數皆天定　袁角遭誅是性貪

雷火燒殘今已兩　細仙縛去不成三

區區十陣成何濟　贏得封神榜上談

그러니까 신선들이 진을 깨뜨리는 데 앞장설 사람을 누구로 내세울 것인지 상의하며 서로 미루고만 있을 때 갑자기 공중에서 진한 향기를 풍기면서 사슴을 탄 도사 한 명이 구름을 몰고 나타났다. 그의 모습은 정말 괴상망측했으니 그야말로 신선들의 우두머리요 부처의 원류였다.°

온 하늘에 상서로운 오색의 빛이 흔들리며 끌려오더니
상서로운 오색구름 끝없이 날아왔지.
허공의 사슴 울음 속에 학 울음소리 섞여 들리고
모습도 빼어난 자줏빛 영지 천 겹의 잎을 둘렀구나.
그 가운데 신선의 모습 나타났는데
기괴한 용모 원래부터 특별했구나.
신선의 춤 속에 무지개는 하늘을 뚫고 들어가고
허리에 보배로운 부록符籙 걸어 생멸을 초월했구나.
영취산 아래에서 연등이라 불렸고
수시로 반도회에 나가 수명을 늘렸지.

一天瑞彩光搖曳	五色祥雲飛不徹
鹿鳴空內九皐聲	紫芝色秀千層葉
中間現出眞人相	古怪容顏原自別
神舞虹霓透漢霄	腰懸寶籙無生滅
靈鷲山下號燃燈	時赴蟠桃添壽域

여러 도사들은 그가 영취산 원각동의 연등도인임을 알아보고 일

연등도인, 열 개의 진을 깨기 위해 논의하다.

제히 움막을 나와 맞이했다. 연등도인은 움막으로 들어가 인사를 하고 나서 말했다.

"도우 여러분, 용서하십시오. 제가 너무 늦었소이다. 그런데 누가 먼저 나서 저 열 개의 흉험한 진을 깨뜨리기로 하셨습니까?"

그러자 강상이 허리를 굽혀 예를 표하고 말했다.

"그저 어르신의 분부만 따르겠습니다."

"사실 나는 자네를 대신해 지휘를 하러 왔네. 여러 도우들이 재난을 당하게 되어 이를 풀어주고 그럼으로써 내 염원을 마무리 지을 생각이지. 자네는 내게 지휘권을 넘기고 이만 가보시게."

이에 강상과 여러 도사들이 무척 기뻐했다.

"아주 지당하신 말씀이십니다!"

강상은 연등도인에게 절을 올리고 나서 신선들을 지휘할 수 있는 부인符印을 건네주었다. 연등도인은 그것을 받고 여러 도사들에게 감사한 다음 곧 열 개의 진을 깨뜨리기 위한 안배를 했으니 그야말로 이런 격이었다.

뇌부의 진정한 신이 용감하게 힘쓰니
신선들의 살계도 피하기 어려웠지.

雷部正神施猛力　神仙殺戒也難逃

그러니까 연등도인은 진을 깨뜨릴 안배를 하면서 자기도 모르게 속으로 탄식했다.

'이 재난으로 인해 열 명의 벗을 잃을 수밖에 없구나!'

한편 중군 막사에 있던 문 태사는 열 명의 천군을 자리에 청해놓고 물었다.

"열 개의 진은 다 설치되었습니까?"

그러자 진완이 말했다.

"그거야 진즉 완성되었지요. 그러니 어서 사람을 통해 결전을 요청하는 서신을 보내시구려. 얼른 일을 해결하고 회군해야 하지 않겠소이까?"

이에 문 태사는 서둘러 서신을 작성하고 등충으로 하여금 강상에게 전하라고 분부했다. 등충이 강상의 저택으로 찾아가자 나타가 그를 발견하고 물었다.

"무슨 일로 왔는가?"

"결전을 요청하는 서신을 가져왔소."

나타의 보고를 받은 강상이 서신을 받아 펼쳐보니 거기에는 이렇게 적혀 있었다.

정서대원수 태사 문중이 승상 강상에게.

'천하의 모든 백성 가운데 천자의 신하가 아닌 자는 없다'라는 말도 있거늘 이제 너희는 무단히 반란을 일으켜 천하에 죄를 지음으로써 온 천하의 버림을 받았노라. 천자의 군대가 여러 차례 토벌하러 왔음에도 죄를 뉘우치기는커녕 방자하게 횡포를 부려서 천자의 군대를 살해하고 조정을 모욕했으니 그 죄는 도저히 용서할 수 없노라. 이제 열 개의 진을 모두 완성해서 너희와 승부를 결판내고자 등충으로 하여금 이 서신을 전하게 하나니 정확한 날짜를 잡아서 나오도록 하라. 서신을 받는 즉시 답장을 보내기 바란다.

강상은 서신을 다 읽고 나서 "사흘 후에 봅시다"라고 답장을 적어 돌려보냈다. 등충의 보고를 받은 문 태사는 영채에서 잔치를 열어 열 명의 천군을 접대하면서 거창한 풍악을 울리고 마음껏 술을 마셨다. 그렇게 삼경까지 술을 마시고 중군 막사를 나오는데 깜짝 놀랄 일이 벌어졌다. 주나라 움막에 있는 도사들의 정수리에서 나온 상서로운 오색구름과 황금 등잔에 밝혀진 패엽[金燈貝葉], 진주가 꿰어진 영락瓔珞이 처마에서 떨어지는 낙숫물처럼 끊임없이 방울방울 떨어지는 것이었다.

"곤륜산에 있는 이들이 왔구나!"

열 명의 천군들은 모두 놀랐다. 하지만 각자의 진으로 돌아가니 자연히 걱정도 사라졌다.

그리고 어느덧 사흘이 지났다. 이른 아침부터 상나라 진영에서 포성과 함성이 울리면서 문 태사가 원문 입구로 나왔다. 그의 좌우로 등충 등 네 명의 장수들이 대오를 나누어 포진했고 열 개의 진을 친 천군들도 각자의 방위에 맞추어 자리를 잡고 섰다. 잠시 후 주나라의 움막에서 은은하게 깃발이 펄럭이면서 상서로운 기운이 자욱하게 피어나더니 삼산오악의 제자들이 양쪽으로 늘어섰다. 맨먼저 나타와 황천화가 나란히 나왔고 그다음으로는 양전과 뇌진자, 한독룡과 설악호, 금타와 목타가 각기 짝을 이루어 나왔다.

옥경과 금종 소리 둘로 나뉘면서

서기성 아래에 상서로운 구름 피어났지.

이제부터 열 개의 진을 대파하여

뇌조°의 빼어난 명성 영원히 전해지리라!

玉磬金鐘聲雨分　西岐城下吐祥雲

從今大破十絕陣　雷祖英名萬載聞

한편 사령관의 직무를 장악한 연등도인은 신선들에게 움막에서 나와 반열을 갖추어 천천히 행진하라고 군령을 내렸다. 잠시 후 적정자와 광성자, 태을진인과 영보대법사, 도덕진군과 구류손, 문수광법천존과 보현진인, 자항도인과 황룡진인, 옥정진인과 도행천존이 짝을 이루어 열두 명의 신선들이 나란히 나와서 대열을 갖추었다. 그 중앙에는 연등도인이 매화 무늬가 있는 사슴을 타고 있었다. 적정자는 금종을 치고 광성자는 옥경을 쳤다.

잠시 후 천절진 안에서 종소리가 울리며 문이 열리더니 두 개의 깃발이 펄럭이면서 푸르뎅뎅한 얼굴에 시뻘건 머리카락을 휘날리는 도사가 노란 얼룩무늬 사슴을 타고 나왔다.

연밥 모양의 머리 테

머리에 두르고

붉은 비단옷에는

백학 무늬 수놓았다.

손에는 사각형의 황금 몽둥이를 들고

신선 잡는 현묘한 밧줄 옷 속에 숨겨 둘렀다.

삼산을 노닐고

태산을 유람하며

금오도에서 단약을 연단했지만

번뇌로 인해 분노와 어리석은 마음 생겨

높은 산에서 즐거운 생활 누리는 일 팽개쳤지.

蓮子箍　頭上著

絳綃衣　繡白鶴

手持四楞黃金鐧　暗帶擒仙玄妙索

蕩三山　遊東嶽

金鰲島内燒丹藥　只因煩惱共嗔癡　不在高山受快樂

이렇게 천절진에서 진완이 나는 듯이 밖으로 나오자 연등도인이
좌우를 돌아보며 생각했다.

'이들 가운데는 이 재난에서 먼저 이 진을 격파할 이가 하나도 없
구나.'

그 생각이 끝나기도 전에 갑자기 공중에서 바람소리가 울리면서
표연하게 신선 한 명이 내려왔으니 그는 바로 옥허궁의 다섯째 제
자인 등화鄧華였다. 그는 방천화극을 들고 여러 도인들에게 머리를
조아려 인사를 올렸다.

"사부님의 분부를 받들어 천절진을 깨러 왔사옵니다."

그러자 연등고불이 고개를 끄덕이며 생각했다.

'운수가 미리 정해져 있으니 이 재난을 어찌 피할 수 있으랴?'

그가 미처 대답도 하기 전에 진완이 고함을 질렀다.

"옥허궁의 제자들이여, 누가 나서서 내 진을 시험해보겠느냐?"

그러자 등화가 앞으로 나아가 말했다.

"서둘지 마시구려, 별것도 아닌 것을 믿고 왜 그리 거들먹거리는 거요!"

"너는 누구인데 감히 그런 큰소리를 치느냐?"

"못된 것! 심지어 나조차 알아보지 못하느냐? 내가 바로 옥허궁의 제자 등화이니라."

"네가 감히 내 진을 시험해볼 용기가 있느냐?"

"이미 분부를 받고 하산했거늘 어찌 그냥 돌아갈 수 있겠느냐?"

등화가 방천화극을 내지르자 진완도 사슴을 몰아 달려들어 둘은 천절진 앞에서 격전을 벌였다.

이쪽은 가볍게 도의 걸음을 옮기고
저쪽은 얼룩무늬 노란 사슴 몰고 맴돈다.
도의 걸음 가볍게 옮기며
금실로 수놓은 오색 깃발 펼쳐 흔들고
얼룩무늬 노란 사슴 몰고 맴돌며
쇠몽둥이 휘둘러 용이 꼬리를 치는 듯하다.
이쪽은 도를 품은 마음 물러간 후 악한 마음 생겼고
저쪽은 불로장생의 진정한 비결 따위 생각지도 않는다.
이쪽의 푸르뎅뎅한 얼굴에서는 살광殺光이 삼천 길이나 치솟고
저쪽의 새하얀 얼굴에서는 사나운 기운 오색구름 흩뜨린다.

한쪽은 뇌부의 신으로 위용을 떨치고

다른 한쪽은 일궁의 신으로 기개도 헌앙하다.

그야말로 이런 격 봉신대에 이름 오른 이

육신이 죽는 재앙 어찌 모면하랴?

這一個輕移道步　那一個兜轉黃斑

輕移道步　展動描金五色旛

兜轉黃斑　金鐧使開龍擺尾

這一個道心退後惡心生　那一個那顧長生眞妙訣

這一個藍臉上殺光直透三千丈　那一個粉臉上惡氣衝破五雲端

一個是雷部天君施威仗勇　一個是日宮神聖氣概軒昂

正是　封神臺上標名客　怎免誅身戮體災

　진완과 등화의 싸움이 사오십 판쯤 이르렀을 때 갑자기 진완이 몽둥이를 허공에 휘두르며 진 안으로 도망치자 등화가 그를 쫓아 들어갔다. 그것을 본 진완은 재빨리 판자를 쌓아 만든 대로 올라갔고 대 위의 낮은 탁자에는 세 개의 깃발이 얹혀 있었다. 진완이 그 깃발을 손에 들고 연달아 몇 번 휘두르고 나서 아래로 던지자 우렛소리가 번갈아 일어났다. 그 순간 등화는 정신이 아득해지면서 그대로 땅바닥에 쓰러져버렸고 진완은 대에서 내려와 등화의 수급을 베어 들고 진 밖으로 나와서 고함을 질렀다.

　"곤륜의 제자들이여, 누가 또 내 천절진을 시험해보겠느냐?"

　그 모습을 본 연등도인이 자기도 모르게 한숨을 내쉬었다.

　'불쌍하게도 여러 해 동안 도를 수행했건만 오늘 이렇게 끝나고

말았구나!'

그때 진완이 다시 도발하자 연등도인은 문수광법천존에게 나가서 진을 깨뜨리라고 군령을 내렸다.

"조심해야 하오."

"알겠습니다."

그리고 문수광법천존은 노래를 부르며 출전했다.

날카로운 칼날 시험하는데 힘들다고 꺼리랴?

하늘의 보배로운 상자 속에서 옥룡이 소리치는구나.

손안의 자줏빛 기운 삼천 길이나 피어나

머리 위의 구름 넘어 백 자나 높이 올라가지.

하늘 궁궐에서 새벽이면 도덕을 논하고

하늘 도읍에서 수시로 반도를 심고는 했지.

스승의 분부 받아 신선의 거처를 떠났으니

속세에 나들이 한 번 다녀오려 했기 때문이지.

　　　　　　　欲試鋒芒敢憚勞　凌霄寶匣玉龍號

　　　　　　　手中紫氣三千丈　頂上凌雲百尺高

　　　　　　　金闕曉臨談道德　玉京時去種蟠桃

　　　　　　　奉師法旨離仙府　也到紅塵走一遭

문수광법천존이 진완에게 물었다.

"진완, 너희 절교는 아무 구속도 없이 즐거움을 누렸는데 어째서 이 천절진을 펼쳐 생명을 해치느냐? 내 이왕 진을 깨뜨리러 나섰으니 어쩔 수 없이 살계를 열어야겠구나! 이것은 우리가 자비심을 버려서가 아니라 그저 과거의 인연을 매듭지어야 하기 때문이다. 그러니 너희는 후회하지 말도록 해라!"

"하하! 너희처럼 한가로운 신선들이 왜 이런 고뇌를 자초하느냐? 너도 내가 연단한 진 안에 무궁무진한 묘용이 있음을 모르는 모양이구나? 이것은 내가 강요한 것이 아니라 너희가 스스로 크나큰 재앙을 자초한 것이야!"

"허허! 너 역시 누가 목숨이 끊어지는 재앙을 맞이할지 모르는 모양이구나."

그러자 진완이 버럭 화를 내며 쇠몽둥이를 휘둘러 공격했다.

"선재, 선재로다!"

그러면서 문수광법천존도 칼을 들어 맞섰다. 하지만 몇 판 붙기도 전에 진완이 다시 진 안으로 도망치자 문수광법천존은 진 입구까지 쫓아갔으나 그 안에 소슬한 바람과 차가운 안개가 가득한 것을 보고 멈칫하며 감히 함부로 들어가지 못했다. 그때 뒤쪽에서 금종이 울리면서 재촉하는지라 그는 어쩔 수 없이 진 안으로 들어가야 했다. 문수광법천존은 손가락으로 가리켜 두 송이 연꽃을 나타나게 해서 그것을 타고 표연하게 안으로 날아 들어갔다. 그러자 진완이 고함을 질렀다.

"문수광법천존! 네가 입만 열면 황금 연꽃이 나타나고 아무렇게나 손만 내밀어도 하얀 빛이 일어나는 재간이 있다 해도 내 천절진에서 벗어나지는 못할 것이다."

"허허! 그것이 뭐가 어렵다고 그러느냐?"

그러면서 문수광법천존은 입을 쩍 벌려 됫박 열 개만큼 큰 황금 연꽃을 뱉어냈다. 그리고 왼손 다섯 손가락에서는 다섯 줄기의 하얀 빛이 땅을 향해 쏟아지다가 다시 위쪽으로 쓸어갔는데 그 하얀 빛의 꼭대기에 얹힌 한 송이 연꽃에서는 다섯 개의 황금 등잔이 놓여 길을 인도했다.

진완은 저번과 마찬가지로 세 개의 깃발을 펼쳐 술법을 부렸다. 순간 문수광법천존의 정수리에서 상서로운 구름이 피어올라 오색찬란하게 빛나면서 그 안에 구슬을 꿴 영락을 늘어뜨리고 칠보금련을 손에 받쳐 든 본래 모습이 드러났다.

마음에 깨달음 얻으니 몸도 절로 달라져서
자유자재하여 술법으로도 구속하기 어려웠지.
오래전에 이미 신선의 경지에 올라
진주 구슬 꿰어 머리에 영락을 드리웠지.

悟得靈臺體自殊　自由自在法難拘
蓮花久已朝元海　瓔珞垂絲頂上珠

진완이 깃발을 수십 번이나 흔들었지만 문수광법천존은 꼼짝도 하지 않았다. 그는 눈부신 빛 속에서 이렇게 말했다.

"진완, 오늘은 절대 너를 놓치지 않고 살계를 열겠노라!"

그러면서 문수광법천존은 용을 잡는 기둥인 둔룡장을 공중에 던졌는데 둔룡장에는 천지인 삼재의 원리에 따라 상중하로 세 개의 고리가 달려 있어서 그대로 진완을 단단히 묶어버렸다. 문수광법천존은 곤륜산을 향해 고개를 숙여 절을 올리며 말했다.

"제가 오늘 살계를 열겠나이다!"

그리고 즉시 칼을 휘둘러 진완의 수급을 베어 들고 천절진 밖으로 나왔다.

묵기린을 타고 있던 문 태사는 진완의 목이 잘리는 모습을 보고 버럭 고함을 질렀다.

"이런 분통한 일이!"

그러더니 묵기린을 몰고 달려 나가 소리쳤다.

"문수광법천존, 거기 서라! 내가 간다!"

하지만 문수광법천존은 그를 상대하지 않았다. 한편 묵기린은 마치 한 줄기 검은 연기가 내쏘듯이 무척 빨랐으니 이를 칭송하는 후세 사람의 시가 있다.

하늘을 찌르는 노기를 어찌 억누르랴?

오로지 무기를 휘두르고 싶은 마음뿐이었지.

이 진을 이길 날 없으리라 말하지 말라.

아무리 뛰어난 계책을 쓴들 모두 저절로 그릇될 뿐이니!

怒氣凌空怎按摩　一心只要動干戈

休言此陣無贏日　縱有奇謀俱自訛

어쨌든 그때 연등도인의 뒤쪽에 있던 황룡진인이 학을 타고 날아가 문 태사를 가로막았다.

"진완이 천절진으로 내 사제 등화를 죽였으니 그자가 죽은 것은 그에 대한 대가로 충분하오. 이제 열 개의 진 가운데 하나가 깨졌고 아직 아홉 개에 대해서는 승부를 가리지 못했소. 싸움에는 법도가 있으니 억지로 밀어붙여서는 안 되오. 그대는 잠시 물러가 계시구려."

그때 지열진에서 종소리가 울리더니 조강趙江이 매화 무늬 사슴을 타고 노래를 부르며 나왔다.

오묘한 가운데 또 오묘하고
현묘한 가운데 더욱 현묘하도다.
입을 열면 모두 도를 설명하고
말이 없으니 바로 신선이로다.
손바닥에서는 진주처럼 신기하고
공중에서는 달처럼 둥글도다.
공을 이루고 나면 속세 밖으로 돌아가
그대로 대라천으로 들어가리라!

妙妙妙中妙　玄玄玄更玄
動言俱演道　默語是神仙
在掌如珠異　當空似月圓
功成歸物外　直入大羅天

조강이 크게 고함을 질렀다.
"광법천존이 천절진을 깨뜨렸는데 감히 내 지열진을 시험해볼 자는 누구냐?"

그러면서 그가 돌진하자 연등도인이 한독룡으로 하여금 지열진을 깨뜨리라고 군령을 내렸다. 그 말이 떨어지기 무섭게 한독룡이 풀쩍 뛰어나가며 소리쳤다.

"함부로 굴지 마라, 내가 간다!"

"네놈은 누구이기에 감히 내게 맞서느냐?"

"나는 도행천존의 제자 한독룡이다. 연등 사부님의 분부에 따라 너의 지열진을 깨뜨리러 왔노라!"

"하하! 겨우 눈곱만큼 배운 도술로 어찌 감히 내 진을 깨뜨리겠다고 나서서 부질없이 목숨을 버리려 하느냐?"

그러면서 조강이 들고 있던 칼을 날려 단번에 목을 베려 하자 한독룡도 칼을 들고 맞서 싸웠다. 그렇게 칼과 칼이 맞부딪치니 마치 허공에 번개가 치는 듯 골짜기에서 차가운 얼음이 쏟아지는 듯 했다. 그렇게 대여섯 판쯤 맞붙었을 때 조강이 칼을 허공에 휘두르고 진 안으로 도망치자 한독룡도 놓칠세라 진 안으로 쫓아 들어갔다. 조강이 판자로 만든 대에 올라서서 다섯 방위에 세워진 깃발을 흔들자 사방에서 괴이한 구름이 뭉게뭉게 피어나며 벼락 소리가 울리고 위에서는 불길이 쏟아져 위아래로 협공하며 우레와 불길이 동시에 휘몰아쳤다. 가련하게도 한독룡은 순식간에 몸이 가루가 되어 그의 영혼은 봉신대로 떠났고, 청복신이 맞이하여 안으로 들어갔다.

한편 조강은 다시 매화 무늬 사슴을 타고 진 밖으로 나와서 소리쳤다.

"천교의 도우들이여, 좀 더 도력이 있는 다른 이로 하여금 이 진을 시험해보게 하시오. 괜히 수양이 얕은 이를 보내서 부질없이 목숨을 잃게 하지 마시구려! 자, 이제 누가 감히 이 진을 다시 시험해 보겠소?"

그러자 연등도인이 말했다.

"구류손, 그대가 다녀오시게."

이에 구류손이 노래를 부르며 앞으로 나아갔다.

햇빛과 달빛 번갈아 받아 황금의 꽃 단련하니

신령한 진주 두 알 방 안을 밝게 비추지.

천지를 뒤흔들면 도의 힘을 알까?

삶과 죽음을 초월하여 공을 이루었지.

천하를 주유하며 발자취 남기다가

현도동에 귀의하여 명성을 세웠지.

오색구름 위로 곧장 올라가 편안히 타고 다니면

오색 난새와 붉은 학이 알아서 마중을 나오지.

交光日月煉金英　二粒靈珠透室明

擺動乾坤知道力　逃移生死見功成

逍遙四海留蹤跡　歸在玄都立姓名

直上五雲雲路穩　彩鸞朱鶴自來迎

구류손이 펄쩍 뛰어 나가자 조강이 사슴을 몰고 달려들었다. 그의 차림새는 이러했다.

벽옥관에는

붉은 보석 하나 박혀 있고

비취 도포에는

한 떨기 꽃이 수놓였다.

허리띠는 건곤의 모양으로 묶었고

발은 두 개의 구름을 밟고 있다.

태아검에

북두칠성 나타나면

용과 호랑이를 베고

요괴와 정령도 처단하지.

구룡도의 신령한 신선

상나라 위해 큰 공을 세우려 하는구나.

碧玉冠　一點紅

翡翠袍　花一叢

絲絲結就乾坤樣　足下常登兩朵雲

太阿劍　現七星

誅龍虎　斬妖精

九龍島内眞靈士　要與成湯立大功

그 모습을 보고 구류손이 말했다.

"조강, 너는 절교의 신선이라 우리와 달리 마음 씀씀이가 험악하구나. 어째서 이런 고약한 진을 설치해 하늘을 거스르는 짓을 하느냐? 네 뱃속에 대단한 도술을 담고 있다는 말 따위는 하지 마라. 당장 봉신대에 이름이 올라갈 재앙을 피하지 못할 테니 말이다!"

조강이 버럭 화를 내며 칼을 들고 달려들자 구류손도 칼을 들고 맞섰다. 하지만 몇 판 맞붙기도 전에 조강은 다시 진 안으로 도망쳤고 구류손이 뒤쫓아 갔지만 함부로 들어가지 못했다. 그러다가 뒤에서 재촉하는 종소리에 어쩔 수 없이 진 안으로 들어갔다. 그때 조강은 이미 대 위에 도착하여 저번과 마찬가지로 다섯 방위에 꽂힌 깃발을 운용했다. 사태가 심상치 않게 돌아가는 것을 본 구류손은 두 엄지손가락으로 이마를 눌러 천문혈天門穴°을 열고 상서로운 구름을 피워내 몸을 보호하고 나서 신선을 잡는 곤선승綑仙繩을 꺼내 황건역사에게 명령했다.

"조강을 잡아 움막에 데려다 놓고 분부를 기다려라!"

손에서 금빛 쏟아지니 모든 신선이 놀라고
한 줄기 용맹한 기풍 온몸에서 피어난다.
지열진 안에서 오묘한 술법 펼쳐
대뜸 붙잡아 움막으로 끌고 갔지.

金光出手萬仙驚　一道英風透體生
地烈陣中施妙法　平空拎去上蘆蓬

그러니까 구류손이 황건역사로 하여금 곤선승으로 조강을 잡아 움막으로 끌고 가게 하자 조강은 몸이 묶인 채 움막 아래에 팽개쳐져 칠공에서 삼매진화를 내뿜으며 쓰러졌다. 그러자 곧 지열진도 깨져버려서 구류손은 느긋하게 돌아갔다. 묵기린 안장에서 그 모습을 본 문 태사는 벼락처럼 고함을 질렀다.

"구류손, 거기 서라! 내가 간다!"

그러자 옥정진인이 말했다.

"문형, 그러시면 안 되오. 우리는 옥허궁의 명령을 받고 하산하여 속세의 먼지를 무릅쓰고 열 개의 진을 깨뜨리는 임무를 받았소이다. 이제 두 개를 깨뜨려서 아직 승패를 정하지 못한 여덟 개가 남아 있지 않소이까? 게다가 전투에도 법도가 있는데 왜 그리 얼굴을 붉히시오? 이것은 고명한 도인이 할 바가 아니지 않소이까?"

그 말에 문 태사는 할 말을 잃었다. 그때 연등도인이 잠시 돌아가 휴식을 취하자는 군령을 내렸고 문 태사도 자기 영채로 돌아가 여덟 명의 천군을 청해서 대책을 상의했다.

"이제 두 개의 진이 깨지고 두 분 도우를 잃고 말았으니 정말 슬프기 그지없소이다."

그러자 동천군이 말했다.

"일이란 정해진 운수에 따르는 것이니 일단 거기에 휩쓸리면 수습하기가 어려운 법이지요. 이제 곧 풍후진으로 큰 공을 세울 것이외다."

한편 연등도인이 움막으로 돌아오자 구류손이 조강을 끌고 와서 보고했다. 이에 연등도인이 말했다.

"조강은 움막 위에 매달아두시오."

연등도인이 그렇게 지시하자 여러 도인들이 물었다.

"내일 풍후진을 깰 수 있겠습니까?"

"어렵소이다, 그 진에서 부는 바람은 세상의 바람이 아니라 바로 땅과 물과 불의 바람이오. 그것이 일단 움직이기 시작하면 바람 안에서 수만 개의 칼날이 일제히 날아오니 어떻게 막아낼 수 있겠소이까? 그러니 먼저 정풍주定風珠를 빌려 바람을 멈추게 한 다음에야 진을 깨뜨릴 수 있소이다."

"정풍주를 어디서 빌린다는 말씀이십니까?"

그러자 영보대법사가 말했다.

"제 친구 가운데 도액진인이 구정철차산九鼎鐵叉山 팔보영광동八寶靈光洞에 있는데 그에게 제가 편지를 써서 보내면 빌릴 수 있을 것이외다. 승상께서는 문관 한 명과 무장 한 명을 뽑아 속히 다녀오게 하시지요. 그러면 자연히 그 진을 깰 수 있을 거외다."

강상은 황급히 산의생과 조전으로 하여금 밤길을 무릅쓰고 다녀오라고 분부했다. 두 사람은 서기성을 나와서 곧장 큰길을 달려 며칠 만에 황하를 건넜고 또 며칠이 지난 뒤에 구정철차산에 도착했는데 그곳의 풍경은 이러했다.°

까마득히 높고
너무나 험준하구나!
까마득히 높아 하늘에 닿을 듯하고
너무나 험준하여 푸른 하늘 가리는구나.
어지러이 쌓인 괴이한 바위는 웅크린 호랑이 같고
비스듬히 걸린 늙은 소나무는 나는 용 같구나.
고개 위에서는 새소리 아름답게 울리고
벼랑 앞 매화는 기이한 향기 진하게 풍긴다.

졸졸 흐르는 계곡물 차갑고

산꼭대기 짙은 먹구름 불길하게 밀려온다.

표연히 떠도는 안개와

스산한 바람 속에서

굶주린 호랑이 산속에서 포효한다.

추위에 떠는 새는 깃들 만한 나뭇가지 찾기 힘들고

보금자리 찾는 들판의 노루는 쉴 곳을 찾지 못하지.

행인들도 길 가기 어렵다고 탄식하며

눈썹 찡그린 시름겨운 얼굴로 어쩔 줄 몰라 하지.

嵯峨矗矗　峻險巍巍

嵯峨矗矗衝霄漢　峻險巍巍礙碧空

怪石亂堆如坐虎　蒼松斜掛似飛龍

嶺上鳥啼嬌韻美　崖前梅放異香濃

澗水潺湲流出冷　巓雲黯淡過來兇

又見飄飄霧　凜凜風　咆哮餓虎吼山中

寒鳥揀樹無棲處　野鹿尋窩沒定蹤

可歎行人難進步　皺眉愁臉抱頭蒙

　어쨌든 산의생과 조전은 말을 타고 산을 올라 동부 입구에서 내렸다. 잠시 후 선동 하나가 밖으로 나오자 산의생이 말했다.

　"사형, 사부님께 주나라의 관리 산의생이 뵈러 왔다고 알려주십시오."

　이에 선동이 안으로 들어갔다가 잠시 후 다시 나와서 산의생을

농부 안으로 안내했다. 안으로 들어간 산의생은 부들방석 위에 앉은 도사를 보고 공손히 절하고 서신을 바쳤다. 도사는 서신을 다 읽고 나서 산의생에게 말했다.

"선생, 정풍주를 빌리러 오셨구려? 지금 신선들이 모여 열 개의 진을 깨뜨리려는 것도 모두 하늘이 정해놓은 운수이니 내가 빌려주지 않을 수 없구려. 게다가 영보 사형께서 이렇게 편지까지 보내셨으니 말이오. 다만 가시는 길에 실수하지 않도록 조심하시구려."

산의생은 도액진인이 건넨 정풍주를 받아 들고 감사 인사를 한 후 서둘러 밖으로 나왔다. 그리고 조전과 함께 말에 올라 험난한 산길을 무릅쓰고 황급히 치달렸다. 하지만 황하를 따라 이틀이나 치달렸는데도 강을 건널 배가 보이지 않았다. 이에 산의생이 조전에게 말했다.

"저번에는 두 곳에 배가 있었는데 지금은 왜 없을까요?"

그때 앞쪽에서 웬 사람이 나타나자 조전이 그에게 물었다.

"여보시오, 말씀 좀 여쭙시다. 여기에 왜 배가 없는 것이오?"

"모르셨나 보군요? 최근에 엄청난 힘을 가진 악당 두 명이 나타나 황하를 건너는 배를 모조리 쫓아버렸지요. 여기서 오 리 안의 나루터에 있는 배는 모두 그자들이 강제로 부리면서 뱃삯을 받아 챙기는데 다들 감히 대들 생각을 못하고 달라는 대로 내고 있지요."

그러자 산의생이 탄식했다.

"허! 며칠 사이에 이런 변고가 생기다니!"

그들이 서둘러 말을 달려 가보니 과연 두 사내가 보였다. 사내들은 상앗대도 없이 뗏목에 두 개의 밧줄을 묶어 오른쪽으로 건널 때는 왼쪽에서 밧줄을 당기고 왼쪽으로 건널 때는 오른쪽에서 밧줄을 당겨 뗏목을 움직였다. 그 모습을 본 산의생은 깜짝 놀랐다.

'정말 힘이 대단하구나! 저런 식으로 뗏목을 빨리 움직이다니!'

그는 초조한 마음으로 조전이 오기를 기다렸다.

잠시 후 말을 타고 도착한 조전이 방필과 방상 형제를 알아보고 소리쳐 불렀다.

"방 장군!"

방필도 조전을 알아보고 물었다.

"조 형, 어디로 가시는 게요?"

"죄송하지만, 우리를 좀 태워다주시구려."

방필은 곧 배표를 가지고 산의생과 조전과 함께 뗏목을 타고 황하를 건너 동생과 만나 회포를 나누었다. 방필이 조전에게 물었다.

"이분은 누구시오?"

"주나라의 상대부 산의생이시오."

이에 방필이 산의생에게 물었다.

"이 사람은 주왕의 신하인데 어째서 동행하는 것이오?"

"주왕이 정치를 그르쳐서 이분도 진즉 우리 무왕 전하께 귀의했습니다. 지금 태사 문중이 주나라를 정벌하러 와서 열 개의 진을 펼쳐놓았는데 이번에 풍후진을 깨뜨리기 위해 정풍주를 빌리러 온 것입니다. 그런데 오늘 운 좋게도 두 형제님을 만날 수 있었습니다."

그 말을 듣고 방필이 생각했다.

'지난날 조가를 등져 주왕에게 죄를 지은 후로 줄곧 떠돌며 지냈는데 오늘 이 정풍주를 빼앗아 돌아가 속죄하면 우리 형제도 원래

의 벼슬을 되찾을 수 있지 않을까?'

이에 그가 물었다.

"대부, 정풍주라는 게 뭡니까? 어디 식견을 넓히게 좀 보여주시구려."

산의생은 그가 황하를 건너게 해주었고 또 조전과도 아는 사이인지라 얼른 정풍주를 꺼내 방필에게 건네주었다. 방필은 상자를 열어 정풍주를 확인하더니 포대기에 싸서 허리춤에 끼워 넣으며 말했다.

"이건 뱃삯으로 치겠소."

그러면서 그는 더 이상 아무 말도 하지 않고 남쪽으로 난 큰길로 가버렸다. 조전도 감히 그들을 저지하지 못했으니 방필 형제는 신장이 합쳐서 세 길이나 되고 힘이 엄청났기 때문이다. 그렇게 되자 산의생이 혼비백산 놀라서 대성통곡했다.

"수천 리를 달려가 빌린 것을 하루아침에 빼앗겼으니 어쩌면 좋단 말인가! 무슨 면목으로 승상을 비롯한 다른 이들을 보라는 것인가?"

그러면서 그가 황하에 뛰어들려고 하자 조전이 덥석 끌어안아 붙들었다.

"대부, 너무 성급하게 굴지 마십시오. 우리야 죽어도 아깝지 않지만 승상께서 풍후진을 깨뜨리기 위해 우리더러 정풍주를 빌려 오라고 하시지 않았소이까? 불행히도 저들에게 정풍주를 빼앗겼지만 우리가 황하에서 죽어버리고 승상께 소식도 알리지 않으면 나랏일을 그르치는 불충을 저지르게 될 것입니다. 도중에 정풍주를 빼앗

긴 것은 우리가 어리석은 탓이지만 어쨌든 함께 승상께 가서 자초
지종을 말씀드리면 그분께서 다른 좋은 계책을 마련하실 것입니다.
차라리 처형을 당하는 편이 그나마 이 불충과 무지의 죄를 조금이
나마 덜 수 있을 텐데 지금 앞뒤를 가리지 않고 죽어버리면 둘 다 그
르치게 되니 그 죄가 더욱 무거워지지 않겠소이까?"

그 말에 산의생이 한숨을 내쉬었다.

"여기서 이런 재난을 당할 줄이야!"

둘은 곧 말에 올라 서둘러 달렸다. 그런데 채 십오 리도 못 가서 갑
자기 앞쪽 산어귀에서 두 개의 깃발이 나타나더니 그 뒤쪽으로 양
곡을 실은 수레 소리가 들려왔다. 산의생이 말을 몰아 다가가보니
그들을 이끄는 장수는 다름 아니라 양곡을 나르기 위해 여기까지
나온 무성왕 황비호였다. 산의생이 말에서 내리자 황비호도 안장에
서 내려 물었다.

"대부, 어디로 가시는 길이시오?"

이에 산의생이 통곡하며 땅바닥에 엎드려 절을 올렸다. 황비호도
답례하고 나서 조전에게 물었다.

"대부께서 무슨 일로 이리 슬퍼하시는 게요?"

산의생이 방필 형제에게 정풍주를 빼앗긴 이야기를 자세히 들려
주자 황비호가 물었다.

"그것이 언제 일어난 일이오?"

"아직 멀리 가지 못했을 것입니다."

"그렇다면 걱정할 것 없소이다. 제가 가서 찾아올 테니 두 분은 잠
시 여기서 기다리시구려."

황비호는 곧 오색신우에 올랐는데 오색신우는 하룻밤에 팔백 리를 달리는 영물인지라 출발한 지 얼마 되지 않아 곧 방필 형제를 따라잡았다. 앞쪽에서 느긋하게 걸어가는 그들을 발견한 황비호가 고함을 질렀다.

"방필과 방상, 거기 서라!"

방필이 뒤를 돌아보고는 황급히 길가에 무릎을 꿇고 물었다.

"전하, 어디로 가시는 길이옵니까?"

"네 이놈! 어째서 산의생의 정풍주를 빼앗은 것이냐?"

"그것은 황하를 건네준 뱃삯이지 약탈한 게 아니옵니다."

"당장 이리 내놓아라!"

방상이 두 손으로 정풍주를 바치자 황비호가 받아 들고 물었다.

"그건 그렇고, 너희 둘은 그동안 어디에 있었느냐?"

"전하와 헤어진 뒤로 저희 형제는 황하 주위에서 어렵사리 생계를 꾸리고 있었사옵니다."

"지금 나는 상나라를 버리고 주나라에 귀순했다. 무왕 전하는 진정 성스러운 군주로서 요·순과 같은 인덕을 지니셨으며 이미 천하의 삼분의 이를 소유하고 계시다. 지금 문 태사가 주나라를 정벌하러 왔지만 몇 차례의 전투에서 승리하지 못하고 있으니 너희도 의탁할 곳이 없어져버렸다. 그러니 나와 함께 가서 무왕 전하께 귀순하면 제후의 자리에 봉해질 것이나 그렇지 않으면 괜히 너희 형제의 재능만 썩히고 말 것이다."

그러자 방필이 말했다.

"전하, 저희를 천거해주신다면 못난 저희에게 재생의 은혜를 베풀어주시는 것과 마찬가지이옵니다. 그러니 어찌 저희가 거절하겠사옵니까!"

"그렇다면 나를 따라오너라."

이에 그들은 황비호를 따라 나는 듯이 달려 순식간에 산의생 등이 기다리는 곳으로 갔다. 산의생과 조전은 그들 형제가 함께 오는 것을 보고 혼비백산 놀랐다. 그러자 황비호가 안장에서 내려 산의생에게 정풍주를 주며 이렇게 말했다.

"두 분은 먼저 가시구려, 저는 이들 두 사람과 함께 뒤따라가겠소이다."

이에 산의생과 조전은 밤길을 무릅쓰고 서기성 밖의 움막으로 가서 강상을 찾아갔다.

"일은 어찌 되었소?"

산의생이 황하에서 일어난 일을 자세히 설명하자 강상이 버럭 호통쳤다.

"여보게, 그게 무슨 경망한 짓인가! 정풍주가 국새國璽였더라도 도중에 빼앗기고 말았을 게 아닌가! 그 죄는 마땅히 참수해야 하나 일단 물러가 있게!"

강상은 곧 연등도인에게 정풍주를 바쳤다. 그러자 여러 도사들이 이구동성으로 말했다.

"이제 정풍주가 있으니 내일 풍후진을 깨뜨릴 수 있겠구려!"

자, 이제 승부가 어찌 되는지는 다음 회를 보시라.

제*31*회

1) 오시환烏翅環은 말에 탄 사람의 무릎이 닿지 않는 말안장의 왼편
   앞쪽에 장착하는 틀로 무기를 걸어두는 용도로 쓰이며 생김새는
   여름에 피우는 모기향과 비슷하다. 한편 안장 오른편 앞쪽에 장착
   하는 틀은 득승구得勝鉤라고 부르는 갈고리 모양으로 이것은 대개
   긴 자루가 달린 무기를 장착하는 데 쓴다.

2) 원신元神은 도교의 연단술煉丹術에서 선천先天의 신神을 가리키는
   데 이것은 인간이 태어날 때부터 지니고 있는 근본적이고 원시적
   인 것으로 사려思慮 자체가 없이 허령虛靈한 존재이다. 이는 생후에
   외부 환경과 사물에 영향받아 점차적으로 형성되는 후천적인 의
   식으로 사려함으로써 신령하되 공허하지 않은[靈而不虛] 존재인
   식신識神 내지 욕망의 근원인 욕신欲神과 본질적으로 구별된다. 원
   신은 또한 선천의 성性으로 '원성元性' 또는 '진성眞性'으로도 불린
   다. 도가에서는 단전호흡을 통해 무념무아無念無我의 상태가 되면
   원신이 나타난다고 여긴다.

제*32*회

1) 칠규七竅는 사람의 얼굴에 있는 일곱 개의 구멍 즉 귀, 눈, 코에 각

기 있는 두 개의 구멍과 입을 합쳐서 부르는 표현이다.

제33회

1) 고가藁街는 원래 한나라 때 장안성長安城 남문 안에 있던 거리로 속
국의 사절이 머무는 관사가 있었다. 당나라 측천무후則天武后 시절
에는 이곳을 죄수의 목을 치는 장소로 사용했다.

2) 좌도左道는 정통 학문이나 종교의 종지宗旨에 어긋나는 모든 사이
비 학문 내지 사이비 종교를 말하는데, 여기서 좌도방문左道旁門은
정통 도교의 관점에서 볼 때 사이비 종교 및 거기에 속하는 각종 수
련법 등을 포괄하는 뜻이다.

제34회

1) 칠살고성七煞孤星은 일종의 점성술占星術인 자미두수紫微斗數 108
개에서 중시되는 열네 개 별 가운데 하나로 용맹과 숙살肅殺을 상
징하며 편관偏官이라고도 한다.

제36회

1) 낭아봉狼牙棒은 이리 이빨 같은 돌기가 박힌 몽둥이 모양의 무기
이다.

2) 상문신喪門神은 고대 점성술에서 피마披麻, 조객弔客과 더불어 불
길한 신으로 꼽히는 이른바 '사주신살四柱神煞'의 하나이다. 상문
은 지자地雌, 지상地喪, 지활地猾이라고도 불린다.

제37회

1) 인용된 부는 『서유기』 제1회에 수록된 것을 일부 변형한 것이다.

2) 상해고적본에는 마지막 두 구절이 빠져 있는데 장안본에 따라 보충했다.

3) 파군성破軍星은 원래 고대 점성술에서 이른바 자미두수 열네 개 별자리 가운데 하나로 북두칠성의 일곱 번째(일설에는 첫 번째) 별을 가리킨다. 이것은 일반적으로 부부와 자녀, 하인을 주관하는 것으로 알려져 있으며 자신의 위험을 무릅쓰고 적에게 돌진하는 군대의 선봉대나 돌격대처럼 파괴적이고 용맹한 인물을 상징하기도 한다.

4) 오로신五路神은 노두신路頭神이라고도 하며 오吳 지역에서는 재신財神으로 섬겼다.

제38회

1) 쟁녕猙獰은 민간 전설에서 전해지는 들짐승으로 사람의 형상을 하고 서서 다니는데 얼굴이 무척 무시무시하게 생겼다고 한다. 이놈은 들판에서 사람을 만나면 먼저 앞발로 얼굴을 가리고 있다가 사람이 가까이 다가오면 갑자기 발을 내려 얼굴을 드러내서 보는 사람이 놀라 죽게 만든다.

2) 사불상四不相은 원래 반고가 천지를 개벽하고 조룡祖龍과 원봉元鳳, 시기린始麒麟의 삼대 신수神獸가 대지와 물, 불, 바람의 사대 선천원소先天元素 속에서 생장하여 각자의 종족을 키우던 용한초겁龍漢初劫의 시기에 기린족의 족장이었던 시기린의 유일한 적자嫡子로 태어났는데 다른 기린과는 달리 머리에 두 개의 뿔이 있어서

'사불상'이라는 이름이 붙었다고 한다. 이후 삼대 신수의 싸움이 원시천존에 의해 마무리되자 시기린은 사불상을 원시천존에게 맡기고 자신은 기린애麒麟崖로 변했다. 그 목에는 사자[猊]처럼 오색의 갈기가 있고 몸뚱이는 물고기 모양인데 네 개의 다리가 달려 있으며 허리와 배는 이무기[蜃] 모양으로 치명적 급소인 역린逆鱗은 없다고 한다. 한편 미록麋鹿은 말과 같은 머리에 사슴 같은 뿔, 낙타와 같은 목, 나귀와 같은 꼬리를 지니고 있어서 사불상四不象 또는 사불상四不像이라고 불리며 종종 혼동되어 쓰이는데 사실 이것은 강상이 탄 짐승과는 종류가 다른 것이다.

3) 삼산三山과 오악五嶽은 천하의 명산을 두루 아우르는 말이다. 구체적으로 삼산은 안후이[安徽]의 황산黃山과 장시[江西]의 여산廬山, 저장[浙江]의 안탕산雁蕩山을 가리키고 오악은 태산泰山과 화산華山, 형산衡山, 숭산嵩山, 항산恒山을 가리킨다.

4) 사독四瀆은 고대에 독자적으로 흘러 바다로 들어간 네 개의 큰 강즉 장강長江과 황하黃河, 회하淮河, 제수濟水를 아울러 가리키는 말이다.

5) 인용된 부는 『서유기』 제1회에 수록된 것을 일부 변형한 것이다.

6) 음양수陰陽手는 기공氣功을 단련하여 양손에 각기 음의 기운과 양의 기운을 모아 여러 가지로 운용하는 수법이다.

제39회

1) 본문의 '기기棄'를 상해고적본에서는 '변抃'이라고 했으나 중화서국본에 따라 교감했다.

2) 도정道情은 당나라 때 도사들이 도교의 이야기를 노래로 부르던 데에서 비롯된 민간 곡예曲藝 형식으로 후세에는 민간의 이야기를 주제로 노래하게 되었다. 남송南宋 무렵에는 어고漁鼓와 간판簡板으로 반주를 하면서 불렸기 때문에 '도정어고道情漁鼓'라고도 불렸으며 청淸나라 때에는 각 지역의 음악과 결합하여 다양한 형식으로 발전했다.

3) 인용된 부는『서유기』제48회에 수록된 것을 일부 변형한 것이다.

제40회

1) 역사 속의 실제 인물로 유명한 양전(楊戩:?~1124)은 송나라 휘종徽宗의 총애를 받아서 죽은 후에 오국공吳國公에 봉해진 환관이다. 그는 지방관으로 있을 때 폭정으로 백성을 수탈한 탐관으로 악명이 높았고 흠종欽宗 때에는 수여된 모든 관직을 박탈당했다. 그러나『봉신연의』의 등장인물은 그와는 전혀 다른 성격으로 창조되었다.

2) 속발관束髮冠은 황금으로 만들어 녹주석綠珠石 등으로 장식하거나 좌우에 꿩의 깃털을 장식한 것으로 대개 제왕이 외출할 때 썼다. 일반적으로 모자 중간에는 머리카락에 찔러 고정할 수 있는 비녀를 좌우로 관통시켰고 재질이나 모양은 다르지만 일반인도 쓰곤 했다. 특히 남자아이가 청년으로 성장하여 머리카락을 묶어 상투를 틀 때 이런 형식의 모자를 썼다.

3) 병령공炳靈公은 원래 도교 전설에서 동악대제東嶽大帝의 셋째 아들로 병령태자炳靈太子 또는 태산삼랑泰山三郞이라고 불렸으며 후당

後唐 장흥長興 4년(933)에 위웅대장군威雄大將軍에 봉해지고 다시 송나라 대중상부大中祥符 7년(1014)에 '병령공'에 봉해진다. 그러므로 『봉신연의』에서 황천화를 병령공으로 칭한 것은 원래의 전설과는 다르게 작자가 지어 붙인 것이라고 할 수 있다.

제 41 회

1) 침금창鑱金槍은 쇠로 만든 자루의 속이 비어 있는 창이고 점강창點鋼槍은 빈철鑌鐵을 두드려 만든 창으로 강철도 단번에 뚫을 수 있는 날카로운 무기이다.

2) 화간극畫桿戟은 자루를 화려하게 장식한 양날 창이고 은첨극銀尖戟은 두 갈래로 갈라진 날이 은빛으로 빛나는 창을 가리킨다.

3) 녹각鹿角은 고대 무기의 일종으로 주로 성을 방어하는 데 쓰였다. 이것은 여러 개의 날카롭고 견고한 나뭇가지를 한데 묶은 형태인데 둥근 나무의 끝을 뾰족하게 깎아 교차해 고정시켜 기마병의 공격을 저지하는 것으로 거마拒馬라고도 불렀다.

4) 본문의 낭선狼銑은 원래 명明나라 때 척계광(戚繼光:1528~1588)이 왜구를 격퇴하기 위해 창안한 무기로 뿌리 근처에서 자른 대나무 끝에 창날을 장착한 형태로 되어 있다. 여기서는 그냥 긴 창이라는 정도의 뜻으로 쓰였다.

5) '천군天君'은 말 그대로 하늘의 신이라는 뜻이다. 원래는 강상이 벼슬을 봉한 이후에 붙은 호칭이지만 본문에서 미리 쓰는 경우가 종종 있습니다. '오악'이나 '칠살' 등도 그런 예에 해당한다.

6) 오둔五遁은 신선이 다섯 종류의 사물을 빌려 형체를 숨기는[遁形]

방술로 금둔金遁과 목둔木遁, 수둔水遁, 화둔火遁, 토둔土遁으로 나뉜다.

제42회

1) 위자수圍子手는 원래 제왕이 순행할 때 의장을 호위하는 부대에 소속된 인원을 가리키는데 여기서는 주장主將을 호위하는 병사를 뜻한다.

2) 여기서 말하는 '삼제三除'의 의미는 불명확하다. 다만『도덕경道德經』제29장에서 "성인은 과분한 것과 과대한 것, 극단적인 것을 버린다[聖人去甚 去奢 去泰]"라고 한 점으로 미루어보건대 일종의 양생술養生術로 이해할 수 있을 듯하다.

제43회

1) 문 태사의 교룡금편은 이전의 전투에서 강상의 타신편에 의해 두 동강이 났다고 했지만, 이후의 전투에서도 계속 사용하는 것으로 서술되어 있다. 다만 본문에 자세한 설명이 없기 때문에 그가 그것을 수리했는지 아니면 망가진 상태 그대로 계속 사용했는지는 알 수 없다.

2) 인용된 부는『서유기』제1회에서 화과산花果山을 묘사한 것을 일부 변형하여 수록한 것이다.

제44회

1) 태을太乙은 음양오행의 상생상극 원리를 이용하여 자연과 사회,

인간사의 길흉을 점치고 관상을 보거나 꿈을 해몽하고 길일과 길지를 택하는 등의 도교 술수 가운데 하나이다. 이것은 또 태을과 기문奇門, 육임六壬의 '삼식三式' 가운데 으뜸으로 황제가 치우와 싸울 때 만든 것이라고 하며 일종의 상수역학象數易學에 해당한다. 이른바 진법에서 개開, 휴休, 생生, 상傷, 두杜, 경景, 사死, 경驚으로 구분되는 '태을팔문太乙八門'의 명칭과 방위가 『기문둔갑奇門遁甲』이나 『대륙임大六壬』의 그것과 같다.

2) 도교에서는 머리에 아홉 개의 자리[宮]가 있어서 아홉 하늘과 대응한다고 여겼는데 그 가운데 정중앙의 것을 니환궁泥丸宮이라고 하며 그것은 또한 단전궁丹田宮, 황정궁黃庭宮, 곤륜궁崑崙宮, 천곡궁天谷宮 등 여러 이름으로 불린다. 그곳은 두뇌의 신[腦神] 정근(精根, 자는 니환) 즉 상원진군(上元眞君, 태을제군太乙帝君 또는 태을원진太乙元眞이라고도 함)이 머무는 곳이기도 해서 훗날 니환궁은 곧 사람의 머리를 가리키는 뜻으로도 쓰였다.

3) 비운동飛雲洞을 제52회 이후로는 비룡동飛龍洞이라고 표기하는데 여기서는 원문 그대로 번역했다.

4) 부처의 다른 명칭 가운데 하나인 구류손불(拘留孫佛, Krakucchanda)을 염두에 두고 설정한 인물로 이 부처는 구류손불俱留孫佛, 구루손불鳩樓孫佛, 가라구찬타迦羅鳩餐陀 등 다른 이름으로도 불린다. 과거 일곱 명의 부처 가운데 네 번째이자 현재 현겁일천불賢劫一千佛 가운데 우두머리로 알려져 있다. 이에 대한 전설은 당나라 때의 승려 도세道世가 편찬한 『법원주림法苑珠林』권8「천불편千佛篇」제5 "칠불부七佛部"의 첫 단락에 수록되어 있다(中華書局,

2003, 267~274쪽).

제45회

1) 인용된 시는 『서유기』 제5회에 수록된 것을 일부 변형한 것이다.

2) 뇌조雷祖는 원래 도교에서 부려원시천존浮黎元始天尊의 아홉째 아들인 옥청진왕玉淸眞王의 화신으로 구천응원뢰성보화천존九天應元雷聲普化天尊 또는 구천응원뢰성보화진왕九天應元雷聲普化眞王이라고 불리며 우레와 비를 관장하는 뇌부雷部의 최고신을 가리킨다. 일설에는 황제 헌원씨의 부인 누조(嫘祖, 累祖 또는 嫘姐라고도 함)를 가리킨다고도 하지만 여기서는 연등도인을 가리킨다.

3) 천문혈天門穴은 찬죽攢竹이라고도 부르며 미간의 인당혈印堂穴에서 이마의 머리카락이 자라는 곳까지 이어지는 직선 위에 있다.

4) 인용된 부는 『서유기』 제50회에도 거의 비슷하게 들어 있다.

구룡도 사성

왕마, 양삼, 고우건, 이흥패. 절교의 구룡도 도사들로 문중을 도와 서기
를 정벌하러 나서지만 봉신방에 이름이 올라 있기 때문에 결국 왕마와
양삼은 금타의 둔룡장에, 고우건은 강상의 타신편에, 이흥패는 목타의
오구검에 각기 목숨을 잃는다.

금타

이정의 아들로 문수광법천존의 제자인 그는 나타가 이정을 죽이려고
할 때 동생인 목타와 함께 저지하며 이후 구룡도의 사성 중 하나인 왕
마를 죽이는 데 공헌하는 등 강상의 봉신 계획을 위해 힘쓴다.

남극선옹

곤륜산 옥허궁의 주석 선인으로 원시천존을 보좌하는 선인의 우두머
리 역할을 하며 원시천존의 명을 받아 천교의 임무를 수행한다.

마씨 사형제

마예청, 마예홍, 마예해, 마예수. 가몽관의 마씨 사형제로 문중의 요청
으로 서기를 정벌하러 나서지만 봉신방에 이름이 올라 있기 때문에 결
국 네 형제 모두 황천화의 찬심정에 목숨을 잃는다.

목타

이정의 아들로 보현진인의 제자인 그는 나타가 이정을 죽이려 할 때 형인 금타와 함께 저지하며 이후 구룡도의 사성 중 하나인 이홍패를 죽이는 데 공헌하는 등 강상의 봉신 계획을 위해 힘쓴다.

무왕

주나라 문왕 희창의 아들 희발로 아버지가 사망한 후에 주 왕조를 세우고 강상을 중용하여 상나라를 격파한다. 맹진에서 800명의 제후들을 회합하고 중국 천하를 통일한다.

문중

상나라의 태사太師로 주왕의 아버지인 제을 때부터 상나라를 섬겼으며 곤륜산에서 수련하다가 선골仙骨이 없다는 이유로 하산하여 절교의 금오도에서 수행을 쌓아 도술과 무술에 뛰어난 능력을 지니게 되었다. 상 왕조의 충신으로 끝까지 주왕에게 간언하며 무왕을 막기 위하여 전력을 다하지만 결국 다섯 차례의 전투 끝에 절룡령에서 전사한다.

신공표

원시천존의 제자이자 강상의 사제인 그는 강상이 원시천존에게 명받은 봉신 계획을 막기 위해 용수호, 일성구군, 삼선도 세 선녀, 토행손, 여악, 나선, 유환, 은홍, 은교, 마원 등을 설득해서 상나라를 도와 천교 출신의 선인들과 싸우게 한다. 그러나 그는 결국 몸으로 북해의 눈을 막는 벌을 받고 영혼은 신의 벼슬에 봉해진다.

양전

옥정진인의 제자로 72가지 변신술에 능하며 강상을 도와 봉신 계획을 실행한다.

황비호

무성왕武成王의 작위를 가진 상나라의 무장으로 주왕의 폭정에 아내 가씨와 여동생 황비가 살해당하자 일족을 데리고 주나라에 귀순하여 무왕과 강상을 도와 역성혁명과 봉신 계획을 실행한다.

황천화

황비호의 장남으로 청허도덕진군의 제자가 되어 도술을 수련하다가 아버지 황비호가 주나라로 귀순할 때 위기에 처하자 적시에 나타나서 활약한다. 이후로 강상의 군대를 도와 상나라를 정벌하면서 전공을 세우지만 금계령에서 고계능의 창에 찔려 죽는다.

봉신연의 ❸

1판 1쇄 인쇄	2016년 8월 10일
1판 2쇄 발행	2024년 3월 5일

지은이	허중림
옮긴이	홍상훈
펴낸이	임양묵
펴낸곳	솔출판사

기획편집	윤정빈 임윤영
경영관리	박현주

주소	서울시 마포구 와우산로29가길 80(서교동)
전화	02-332-1526
팩스	02-332-1529
블로그	blog.naver.com/sol_book
이메일	solbook@solbook.co.kr
출판등록	1990년 9월 15일 제10-420호

ⓒ 홍상훈, 2016

ISBN	979-11-86634-97-4 (04820)
	979-11-86634-94-3 (세트)